BIBLIOTECA DE ESCRITORAS

CONSEJO EDITOR

Elena Catena
Marina Mayoral
Amparo Soler
Matilde Vázquez

ELISABETH MULDER

ALBA GREY

Edición, introducción y notas
de
MARÍA DEL MAR MAÑAS

EDITORIAL CASTALIA

INSTITUTO DE LA MUJER

Copyright © Editorial Castalia, S.A. 1992
Zurbano, 39 - 28010 Madrid - Tels. 319 89 40 - 319 58 57
Cubierta de Víctor Sanz

Ilustración de la cubierta:
© V.E.G.A.P., Tamara de Lempicka,
Madrid, 1992
Retrato de Ira P.

Impreso en España. Printed in Spain
por Unigraf, S.A. (Móstoles) Madrid
I.S.B.N. 84-7039-659-5
Depósito Legal: M-35752-1992

SUMARIO

Introducción

> *A la memoria de mi padre, porque*
> *siempre me ayudó a ser lo que he querido*
> *ser, y a mi madre, que cada día me sigue*
> *ayudando a serlo.*

I. *Elisabeth Mulder*

El de "cosmopolita" es, sin duda, uno de los adjetivos más usados a la hora de definir a Elisabeth Mulder, y no por tópico menos cierto, como veremos inmediatamente. Ve la luz en el seno de una familia acomodada de Barcelona un nueve de febrero de 1904 según se recoge en todas las bio-bibliografías;[1] pero la realidad es que ni siquiera su propio hijo sabe a ciencia cierta si fue en 1904 o en 1903, aunque él se inclina por este último, ya que fue inscrita en el registro español y en el del consulado holandés con una fecha distinta en cada uno. Su padre, Enrique Mulder

---

1. 1904 es la fecha que aparece en las siguientes obras: *Diccionario de autores. Quién es quién en las letras españolas,* Madrid, Fundación Germán Sánchez Ruipérez. Centro de las letras españolas, 1988, p. 181; Carolyn L. Galerstein, *Woman writers of Spain. An annotated bio-bibliographical guide,* New York, Greenwood Press, 1986, pp. 226-228; Eugenio de Nora, *La Novela Española Contemporánea,* Vol. II (1927-1936), Madrid, Gredos, 1968, pp. 402-407. (La información acerca del problema de las fechas de su nacimiento procede de una entrevista personal con su hijo, Don Enrique Dauner Mulder, realizada en septiembre de 1991, quien me comentó que ni su madre lo sabía a ciencia cierta.)

García, era holandés de madre española, y de él heredó el Marquesado de Tedema Toelosdorp de los Países Bajos, aunque ella nunca usó el título. Hombre polifacético donde los haya: médico de profesión, ejercía con igual interés de viajero vocacional, apasionado de la música y pintor aficionado que frecuentaba el café de "Els Quatre Gats", círculo éste dónde se formó la vanguardia artística barcelonesa y al que asistía, entre otros, un jovencísimo Pablo Picasso. La madre de Elisabeth, Zoraida Pierluisi Grau, era portorriqueña de orígenes italianos y catalanes, como revelan sus apellidos, y entre sus antepasados se encontraba el compositor renacentista Giovanni Pierluigi da Palestrina;[2] ella misma también tenía estudios musicales.

La pequeña Elisabeth, hija única del matrimonio, pasó algunos años en compañía de sus padres en una hacienda materna en Puerto Rico, pero la familia tuvo que regresar a Barcelona porque el clima no le iba bien a la niña.

La exquisita formación cultural de nuestra autora puede ser calificada de autodidacta, ya que no fue al colegio más que unos cuantos meses, los necesarios para preparar su primera comunión; el resto se debe a preceptores particulares y, por encima de todo, a su auténtica pasión por la lectura y los viajes, heredada sin duda de sus progenitores. Esta formación es similar a la que recibió otra gran escritora de su generación: Rosa Chacel.

Los idiomas serán una baza fundamental en su educa-

---

2. Conocido internacionalmente como Palestrina, este no era su nombre, sino el de la ciudad en la que había nacido en 1525. La evolución fonética de su apellido "Pierluigi" daría el actual "Pierluisi" de nuestra autora. La importancia de este famoso compositor y organista, maestro de capilla de varias de las basílicas más importantes de Roma, ciudad en la que murió en 1594, reside en haber recuperado el uso de la polifonía para la música religiosa, al demostrar con sus composiciones que ésta podía ser perfectamente clara e inteligible para los fieles.

ción: el más importante el inglés, que aprende a la vez que el castellano y asimila de modo completamente bilingüe, hasta tal punto que es el que hablaría posteriormente con su hijo en casa. Elisabeth Mulder mostró toda su vida una gran admiración por la cultura anglosajona, y admiraba a Shakespeare sobre todos los escritores.[3] No en vano su primer trabajo periodístico fue en una sección de literatura inglesa en el diario *El Noticiero Universal* de Barcelona, y en los años 50 se hizo cargo de la sección "Letras Inglesas" en *Ínsula*[4] de Madrid. Además dominaba el alemán, el francés, el italiano e incluso el ruso, en el que tuvo como preceptora a una antigua dama de la Zarina Alejandra, que había establecido su domicilio en Barcelona tras su exilio. Esto le permitió traducir directamente a Pushkin,[5] en una época en la que la mayoría de los intelectuales españoles no podría ni soñar con ello.

También recibió una esmerada educación musical y estudió piano teniendo como profesor a Enrique Granados en la escuela que éste dirigía en la Ciudad Condal, que luego pasaría a su discípulo Frank Marshall, profesor de Alicia de Larrocha. El pianista y compositor Federico Longás, también alumno de Granados, le dedicó a Elisabeth un zapateado que permanece inédito. Además como todas las jovencitas modernas de su época

3. Así lo manifiesta en su conferencia "Shakespeare y dos de sus personajes antagónicos: Otelo y Hamlet", leída en el Ateneo de Barcelona, el 12 de abril de 1966.

4. Se hizo cargo de dicha sección entre los años 54 y 55. Unas veces sus artículos eran reseñas de libros anglosajones y otras veces eran estudios monográficos. Publicó entre otros los artículos: "Sommerset Maughan como crítico de novelas", Año X, n.º 110, 15 de febrero de 1955; "La imagen de Lawrence" (Suplemento del n.º 113), 15 de mayo de 1955; "Un nuevo libro sobre Shakespeare y otras críticas, n.º 116, 15 de agosto de 1955.

5. *Las mejores poesías líricas de Alejandro Pushkin*, Barcelona, Cervantes, 1930.

fue una apasionada de los deportes practicando el patinaje, la equitación, el tenis y la natación, llegando a ganar incluso un campeonato de Barcelona en este último deporte.

Sin embargo, si hacemos caso de sus propias palabras, el aprendizaje de las primeras letras, según relata con el gran sentido del humor que la caracterizaba, no fue nada fácil para ella:

> ...Porque la verdad es que yo "casi" aprendí antes a escribir que a leer y que si dominé rápidamente el juego de combinar las palabras formando frases, en cambio llegar a conocer las letras y formar las palabras fue un proceso largo, incluso doloroso por la tensión a que me sometía. No he conocido jamás una criatura más torpe, más densa para las letras ni más temerosa de ellas que yo. Fui la justificada desesperación de mis padres y educadores y si no se me aplicó el denominativo de retrasada mental es porque no se usaba todavía corrientemente, pero sospecho que el de burra debí ganármelo muchas veces. Muchas.
>
> Yo no creo, la verdad, que fuera retrasada mental, o por lo menos eso espero, pero algo raro sí debía ocurrirme para que se produjese en mi cerebro aquella enorme dificultad de asimilar las letras. Quizás era una intuición premonitoria de las inquietudes que más tarde iba a causarme...[6]

Afortunadamente, una vez que tuvo "la facilidad de mover aquel resorte mágico de construir palabras que tenían un sentido con aquellos dibujitos impenetrables que eran las letras,"[7] comenzó su vocación literaria. Y así a los siete años escribió su primer cuento. Aparte de esta anéc-

---

6. Elisabeth Mulder, en A.A.V.V, *El autor enjuicia su obra*, Madrid, Editora Nacional, 1966, pp. 191-198, (la cita pertenece a la p. 92). En este libro se recoge una serie de conferencias que fueron pronunciadas por novelistas españolas en el Ateneo de Madrid en 1965.

7. *Ibídem.*

dota, su carrera literaria, en verdad precoz, se inicia cuando a los quince años gana el Primer Premio de unos Juegos Florales con un poema titulado "Circe". Por estos años comienza también su colaboración periodística en *El Noticiero Universal,* de Barcelona, en el que se hace cargo de la mencionada sección sobre literatura inglesa, en la que Elisabeth se dedicaba al comentario de la novela victoriana.

En 1921 contrae matrimonio con Ezequiel Dauner Foix, respetado personaje de la vida social barcelonesa, que al igual que ella también merece el calificativo de cosmopolita, pues era un hombre de gran cultura y otro apasionado de los viajes. Procedía de una familia catalana que tras la revolución de 1714, que le costó a Cataluña sus Fueros por apoyar al archiduque Carlos de Austria frente a Felipe V, se había instalado en Austria, donde había metatizado su apellido "Duaner" por "Dauner". Ezequiel tenía la carrera de abogado, pero no la ejerció ya que se dedicó a la política y a su muerte en 1930, pues era bastante mayor que su esposa, desempeñaba el cargo de concejal en el ayuntamiento de Barcelona. En 1923 había nacido Enrique, el único hijo del matrimonio.

Elisabeth Mulder se inicia en el mundo literario cultivando la poesía, género que dejó de publicar en 1934 al dedicarse a la novela, aunque la siguió escribiendo durante toda su vida; tiene poesía inédita, y es corriente en las entrevistas la referencia al hecho de que está preparando algún libro de poemas, sobre todo durante los años 60 en los que tampoco publica ya narrativa. Además no podemos olvidar la poesía que vertió en sus novelas, ya que una de las principales características de su narrativa, junto con el interés por el análisis psicológico de los personajes, es su profundo lirismo. A su etapa poética, que Consuelo

Berges[8] denomina como su "prehistoria" literaria, pertenecen los siguientes libros entre 1927 y 1933: *Embrujamiento* (Barcelona, Cervantes), del 1927, *La canción cristalina* (Barcelona, Cervantes), del 1928, en el 1929 publica *Sinfonía en rojo* (Barcelona, Cervantes), en 1931 *La hora emocionada* (Barcelona, Cervantes), y en 1933 *Paisajes y meditaciones* (Barcelona, Atenea). Aparte de éstos, en 1949 se publica *Poemas mediterráneos,* una edición homenaje prologada por Concha Espina, y existe además un número antológico de la revista venezolana *La Lírica Hispana* dedicado a ella en el año 1962. Su poesía es una obra juvenil con influencia simbolista —conocía y había traducido a Baudelaire —[9] e incluso con ciertos tintes de "poesía maldita", como lo atestigua el prólogo de *Sinfonía en rojo* firmado por M.ª Luz Morales, en el que la considera propia "...de musa atormentada y crepitante". A pesar de todo esto va evolucionando hacia una aspiración al equilibrio y la serenidad, quizá influida por el dictado D'Orsiano que ella tanto admiró, como se demuestra en un poema de *Paisajes y meditaciones,* titulado "Súplica".[10] No es éste el lugar adecuado para ello, pero hay que señalar que probablemente su obra poética merezca una

8. Dicha autora habla de la "prehistoria lírica", y de la "historia novelística" de Elisabeth Mulder en el prólogo de la antología poética de Elisabeth Mulder recogida en: *La Lírica Hispana,* Caracas, Agosto de 1962, año XX, n.º 232. Reproduce prácticamente sin modificaciones el mismo texto, en su prólogo a la edición de *La historia de Java,* Albacete, Ayuntamiento de Albacete, 1987.

9. *Las mejores poesías líricas de Charles Baudelaire,* Barcelona, Cervantes, 1930.

10. Lo reproduzco a través de la citada antología poética (ver nota n.º 8), p. 52:

> Dame, ¡oh Dios!, la serenidad.
> Deja, ¡oh Dios!, que mis labios
> no me pidan el alma
> para ungir cada beso

revisión en mayor profundidad. Hasta la muerte de su marido firma sus libros como Elisabeth Mulder de Dauner, y una buena muestra del desconocimiento de su obra y del desinterés académico que pesa sobre ella, es que en la Biblioteca Nacional aún sigue fichada como tal, cuando dejó de usar el apellido de su marido en 1931. Incluso Carolyn L. Galerstein[11] la cita como Mulder de "Daumer" en vez de "Dauner", lo que es peor.

Antes de la guerra civil comparte estas actividades poéticas con las colaboraciones periodísticas en los diarios *Mundo Gráfico* de Madrid, *Las Provincias* de Valencia, y *La Noche,* de Barcelona. También traduce, principalmente poesía, aunque de esta época data su traducción de *La buena tierra,* de Pearl S. Buck.[12]

En 1934 y 1935 publica sus dos primeras novelas: *Una sombra entre los dos* (Barcelona, Edita), y *La historia de*

Dame, ¡oh Dios!, la serenidad.
Deja, ¡oh Dios!, que mis ojos
no entreguen la emoción
hecha perlas de llanto

Dame, ¡oh Dios!, la serenidad.
Deja, ¡oh Dios!, que mi mano
se tienda sin temblar
hacia las cosas que amo

El tono de este poema, en efecto recuerda a la Glosa n.º 2 de *La bien plantada* de D' Ors, aquella que trata de "la figura y condiciones de la bien plantada", y que comienza su descripción con la recomendación de "Guárdate admiración mía de empujarme al lirismo..."

11. Carolyn. L. Galerstein, *op. cit.,* (ver nota n.º 1).

12. Pearl S. Buck, *La buena tierra,* Barcelona, Juventud, 1935. Según declaraba la autora en una entrevista concedida a Joaquín Soler Serrano, en el programa que éste dirigía y presentaba en TVE, "A fondo", que fue emitida en los años 70, Pearl S. Buck y Charles Morgan habían sido los autores que ella había traducido con mayor gusto. Realiza en esta época las mencionadas traducciones de Baudelaire y Pushkin y una versión de la obra autobiográfica de Gina Kauss, *Catalina la Grande,* Barcelona, Juventud, 1936.

Java (Barcelona, Juventud), respectivamente. La primera está considerada como una novela de tesis feminista y recibió excelentes críticas, con repercusión incluso en el extranjero, como lo prueba la reseña que de ella hizo Sidney Oppenheim en *Books Abroad,* en la que insiste precisamente en este aspecto del feminismo.[13] En ella se narra la historia de una mujer que entre su profesión y su marido, elige la primera, precisamente por la intransigencia e incomprensión del segundo. En cuanto a *La historia de Java,* probablemente su novela más vanguardista, se puede definir como una parábola sobre la libertad absoluta, encarnada en una gata, Java, que toma unas dimensiones casi míticas.[14] La novela, muy original al estar narrada desde el punto de vista de Java, recibió la elogiosa crítica de Juan José Domenchina,[15] y está encabezada por una cita muy elocuente de Paul Geraldy: "un espíritu verdaderamente superior no puede ser nunca completamente dominado por el amor".

Cuando estalla la guerra civil, Elisabeth Mulder se refugia en su casa de la Bonanova, n.º 53, donde se había instalado tras su matrimonio y que compartió posteriormente con su hijo, nuera y nietos hasta su muerte, en la

13. Sidney Oppenheim, *Books Abroad,* Oklahoma, University of Oklahoma Press Norman, octubre de 1934. Se puede ver también al respecto la crítica de Regina Opisso, "de Nora a Patricia", *Renovación,* 5-5-34 (por supuesto, Nora es la protagonista de *Casa de muñecas* de Ibsen, obra considerada como un hito de feminismo). Y véase también la crítica de M.ª Luz Morales, en *La Vanguardia,* Barcelona, 15-4-34.

14. En la mencionada entrevista del programa "A fondo" (ver nota n.º 12) la autora alude a la indignación que causó en ella una crítica de periódico que comenzaba "Java es una linda gatita...", y como esto fue lo único que leyó de ella, antes de arrojar el periódico, y exclama en la entrevista: "Java no es una linda gatita, Java es un mito".

15. La crítica fue publicada en *El Sol,* y posteriormente recogida en la obra de Domenchina, *Nuevas crónicas de Gerardo Rivera,* Barcelona, Juventud, 1938.

que el Consulado de los Países Bajos instala una bandera holandesa para mantenerla bajo su protección; le ofrecen asimismo recuperar la nacionalidad holandesa, a lo que ella se niega porque se considera española para lo bueno y para lo malo. Sufre una grave nefritis que la tiene en cama durante un año, en el que escribe *Preludio a la muerte,* novela ésta que a su publicación en 1941 tendrá problemas con la censura a causa del suicidio de la protagonista; al parecer alegaron que "las mujeres españolas no se suicidan",[16] y ella lo dejó ligeramente velado, pero en realidad es bastante evidente. Aparte de esta novela, la traducción será su actividad fundamental durante la guerra y también continuará con ella en la inmediata postguerra.[17]

Los años 40 y 50 son los más productivos de la narrativa mulderiana, y en ellos alcanza gran consideración por parte de la crítica. Cultiva la novela, novela breve, cuento y cuento infantil. En 1941 publica, la ya citada, *Preludio a la muerte* (Madrid, Pueyo); según Consuelo Berges es "la novela preferida de los poetas que han sabido leerla",[18] y mereció el elogio de Eugenio D'Ors en una de sus famosas "glosas".[19] Esta novela fue llevada al cine en el año 1950 con el título de *Verónica.* El director fue Enrique Gómez, y Margarita Andrey, Fernando Nogueras, Silvia Morgan, Guillermo Marín y Maruchi Fresno, los intérpre-

16. Recojo estas declaraciones del mencionado programa "A fondo".

17. Traduce en esta época las siguientes obras: T. S. Lawrence, *Tormenta en el desierto,* Barcelona, Juventud, 1940; *Selección de poesías de Percy Bysshey Shelly,* Barcelona, Yunque, 1940; *Selección de poemas de Keats,* Barcelona, Yunque, 1940; Charles Morgan, *La fuente,* Barcelona, Agustín Nuño Lauro, 1944; Charles Morgan, *Imágenes en un espejo,* Barcelona, José Janés, 1947; George Duhamel, *El notario del Havre,* Barcelona, Juventud, 1949.

18. Consuelo Berges, *op. cit.,* Prólogo a *La historia de Java...* p. 13.

19. Eugenio D'Ors, "Nuevo glosario" (Sobre *Preludio a la muerte*), *Arriba,* Madrid, 26-6-47.

tes principales.[20] En ese mismo año publica el libro de narraciones *Una china en la casa y otras historias* (Barcelona, Surco). Entrambasaguas en una reseña del libro[21] acuña el concepto de "universo mulderiano" e intenta definir ya algunas de las características de la autora. En 1942 publica *Crepúsculo de una ninfa* (Barcelona, Surco). Ella misma adapta esta novela para el teatro con el título de *Casa Fontana,* y es estrenada el 4 de noviembre de 1948 en el teatro Romea de Barcelona, dirigida por José Miguel Velloso y con Ana M.ª Noé y Vicente Soler en los principales papeles. No es éste el primer contacto de Elisabeth Mulder con el teatro, pues en 1936 había estrenado *Romanza de media noche,* escrita en colaboración con su buena amiga la periodista y novelista M.ª Luz Morales, y además Elisabeth Mulder escribió teatro que permanece inédito. En *Crepúsculo de una ninfa* cambia los escenarios de la alta sociedad por escenarios rurales y es una novela en la que la naturaleza, al igual que pasaba en *La historia de Java,* cobra un papel importante. En el año 1944 publica

20. Esta película no se conserva en los archivos de la Filmoteca Nacional. Según una entrevista emitida por Radio Nacional de Barcelona, dentro del espacio "Sincérese usted", emitida el día 21-10-50, con Elisabeth Mulder, Enrique Gómez, Margarita Andrey y Fernando Nogueras, se rumoreaba la posibilidad de una adaptación al cine de *Alba Grey,* así Margarita Andrey responde que Verónica es su papel favorito, "hasta que puede interpretar *Alba Grey,* también de Elisabeth Mulder". Y en otra entrevista emitida el 14-3-51, en el mismo espacio, con Elisabeth Mulder esta comenta su satisfacción con la interpretación de Margarita Andrey en *Verónica,* y a la pregunta de si podría protagonizar *Alba Grey* cuando se lleve a la pantalla, responde: "Por sus facultades artísticas, por su comprensión de la psicología de los personajes, Margarita Andrey está perfectamente capacitada para protagonizar un personaje de los matices que caracterizan a Alba Grey.

Agradezco a D. Enrique Dauner Mulder que me haya permitido acceder a las transcripciones de tales entrevistas.

21. Joaquín de Entrambasaguas, "Elisabeth Mulder y su mundo literario, *Cuadernos de Literatura Contemporánea,* Madrid, n.º 1, 1942, pp. 43-44.

una de sus obras más famosas: *El hombre que acabó en las islas* (Barcelona, Apolo), que relata en buena parte el proceso de aprendizaje y madurez de un joven en los escenarios de España, Países Nórdicos y finalmente Puerto Rico, donde recrea el ambiente de su propia infancia. En 1945 publica *Más,* novela breve (Barcelona, Selecciones científicas y literarias), y *Las hogueras de otoño* (Barcelona, Juventud), novela que ella misma considera bastante intrascendente[22] y que relata la crisis de un matrimonio maduro por la interposición de un tercero. En este mismo año sale a la luz una nueva colección de relatos breves titulada *Este mundo* (Barcelona, Artigas, colección Sirena). En 1947 aparece *Alba Grey* de la que nos ocuparemos en profundidad más tarde. 1953 es el año de publicación de dos novelas breves en la colección "La novela del sábado" (Madrid): *Día negro* y *Eran cuatro.* También es el año de su novela más barojiana según la crítica: *El vendedor de vidas* (Barcelona, Juventud). Esta novela se vio rodeada de cierta polémica ya que fue retirada por su autora, absolutamente indignada, del "Premio Ciudad de Barcelona" al que la había presentado antes de que se conociera el fallo, cuando se apuntaba como posible ganadora, porque había recibido unos anónimos que intentaban desacreditarla rumoreando que tenía influencias en el Jurado del mismo.[23] La novela se desarrolla en un ba-

22. Las declaraciones proceden de "A fondo".
23. Acerca de la polémica sobre tal hecho se puede ver: *Solidaridad Nacional,* Barcelona, 20-II-53. En la columna de su última página "El hombre y su tema" titulada ese día "Los anónimos", se recoge una entrevista con la autora en la que se alude al hecho de que también habían dicho que no era española, y por eso no podía optar a tal premio.
En el mismo diario el día 19-5-53, en la sección "El dominguillo burlón" firmada por Héctor, el artículo "Cerrado por defunción del protagonista" alude al hecho de que nunca debió retirar la novela, "porque la única opinión que no puede contar para nada es la de aquel que no conoce", y acaba

rrio popular de la Barcelona de la postguerra entre gentes de "vivir mal", que no de "mal vivir", según declaraba humorísticamente la autora.[24] Encontramos en esta novela además, la presencia de un elemento de literatura fantástica en la adivinación del futuro del protagonista que "ve" su muerte al comienzo de la novela aunque no sabe que se trata de la suya. En el año 1954 escribe *Flora,* otra novela breve, en la colección ya mencionada. *Luna de las máscaras* (Barcelona, AHR) es su última novela publicada. En ella se ejerce una técnica perspectivística, contando una historia en la que cada fragmento pertenece al punto de vista de un personaje distinto.

Cultivó también, como ya hemos indicado, Elisabeth Mulder la narración infantil en dos libros, *Los cuentos del viejo reloj* (Barcelona, Juventud, 1941), y *Las noches del gato verde* (Salamanca, Anaya, 1963). Además en el año 1976 tradujo el libro infantil *La lente mágica* de Astrid Bergman Sucksdorff, (Barcelona, RM).

Sigue alternando su producción literaria con la periodística colaborando en *La Vanguardia, Destino* y *Solidaridad Nacional,* de Barcelona, *ABC,* de Madrid e *Índice Literario* de Caracas, entre otros, y en 1954 y 55 se hace cargo de la sección de Letras inglesas de *Ínsula* de Madrid. En los años 60 y 70 desarrolla una intensa labor como conferenciante, requerida por importantes instituciones y universidades españolas y extranjeras, las de Boston y Puerto Rico la reclaman y así tiene la oportunidad

---

de la siguiente manera: "El libro se cierra por defunción del héroe. ¿Se convencen ustedes de que Elisabeth Mulder no tiene ninguna influencia en el ayuntamiento. Con un guardia de tráfico en el sitio conveniente se evitaba el atropello y el relato hubiese podido continuar con el mismo interés que despierta desde la página 1".

24. "A fondo...".

de volver a visitar en este último país los escenarios de su infancia. Traduce también en estos años una colección de libros de pintura.[25]

Su independencia la mantuvo siempre alejada de todos los círculos literarios, participando únicamente en la curiosa tertulia de inspiración quijotesca del "Trascacho",[26] que desde los sótanos de un noble palacio situado en el n.º 1 de la calle de Montcada, animó durante más de veinticinco años la vida cultural barcelonesa con su lema "Vino y verdad sin aguar". Allí coincide con sus buenos amigos Luis Santa Marina, Carlos Muñoz y Dolly Latz, directora de la compañía teatral "Ciudad Condal" del teatro griego de Montjuïc que vivió mucho tiempo en su casa cuando llegó a España huyendo de los nazis, entre otros muchos, ya que por este cenáculo cultural pasaron prácticamente todas las personalidades importantes de las artes y las letras de la ciudad, además de ilustres invitados. Elisabeth Mulder llegó a ser también vocal del Instituto de Estudios Norteamericanos y del Ateneo Barcelonés, y vi-

---

25. Es la colección "Pictura" de la editorial Garriga de Madrid-Barcelona. Tradujo quince volúmenes para esta colección entre 1956 y 1962. Es un panorama de la pintura universal en volúmenes de temas monográficos. Entre los autores figuraban Galienne Francastel, Bernard Dorival o Robert Genaille, entre otros. Se trataba, como ya se habrá podido adivinar, de una traducción del francés.

26. Sobre este tema puede consultarse el libro de Carlos Muñoz, *El Trascacho. Historia de una tertulia literaria. Textos recopilados por el faraute Carlos Muñoz,* Barcelona, Plaza y Janés, 1981. Resulta particularmente interesante el prólogo en el que explica cómo funcionaban las sesiones reglamentadas casi por un código caballeresco. En ellas el conferenciante invitado tenía que "soportar" los ataques dialécticos de los asistentes tras su exposición, y al final se le imponía la insignia de la tertulia que era un escudo insignia con una vasija de barro, una pluma de ave, y un pincel orlados con el lema "La verdad y el vino sin aguar", que compendiaba un refrán del XVI recogido por Gonzalo Correas. En los descansos se obsequiaba a los asistentes con pan, vino y queso manchego.

cepresidenta de la Academia del Faro de San Cristóbal, cargo al que le tenía especial cariño pues esta institución había sido fundada por su admirado amigo Eugenio D'Ors, a cuyo fallecimiento le dedicó un texto homenaje: "Esquema de Eugenio D'Ors en la misión de la serenidad". En esta institución compartía actividades con otros excelentes amigos suyos de la ciudad de Barcelona, como el escultor Federico Marés y la pintora Rosario de Velasco. Entre sus amistades de Madrid a las que visitaba sin falta cuando pasaba por esta ciudad, estaban Concha Espina, Jacinto Benavente, Julián Marías, el Padre Blanco García, Matilde Marquina, la Condesa de Campo Alange, Gerardo Diego y sobre todo Consuelo Berges con quien, cuando su delicada salud le impedía desplazarse, mantenía larguísimas conversaciones telefónicas. Mantuvo además relación epistolar con Colette, Jean Cocteau, y Max Aub con el que mantenía buena amistad desde antes de su exilio.

Durante los años 80 y superando graves dificultades visuales retoma su actividad creadora, escribiendo obras que permanecen inéditas, poesía y narrativa. Acaba así una novela, *El retablo de Salomé Amat,* que según se deduce de algunas declaraciones suyas[27] era una novela en la que llevaba trabajando durante más de veinte años. En esta novela se narra la historia de una familia a través de cuatro generaciones de mujeres de la misma. Acaba también un libro de relatos titulado *Al otro lado de la calle,* del que solamente dos han sido publicados por la revista

27. En una entrevista concedida a Concha Fernández Luna, titulada "Elisabeth Mulder, retrato de madurez", *ABC,* Madrid, 10 de junio de 1956. Se expresa en los siguientes términos:

"Preparo una novela larga, ¿sobre?, cuatro generaciones de una misma familia vistas a través de una mujer de cada generación. El arranque de la novela lo fecho alrededor de 1870…"

Barcarola.[28] Se trata de un conjunto de cuentos de una modernidad sorprendente que demuestran que la evolución de Elisabeth Mulder a tenor de los tiempos que corren y que nos hacía pensar que su narrativa volvía a resurgir con nuevos bríos, que no sabemos adónde la hubieran conducido, cuando falleció el 28 de noviembre de 1987.

II. *Elisabeth Mulder y las novelistas de la postguerra*

La producción novelística de Elisabeth Mulder, si exceptuamos sus dos primeras obras, se desarrolla entre 1941 y 1958.[29] Abarca, pues, las dos décadas más representativas del período de novela denominado de "postguerra". Sin embargo, no pertenece generacionalmente a la promoción de escritoras que se incorpora a la narrativa acabada la guerra civil. Promoción para la que se admite como punto de partida 1944, año en el que Carmen Laforet gana el Premio "Nadal" con su novela *Nada.* Las escritoras de dicha promoción tendrán como referencia, más o menos obligada, en su obra el tema de la guerra.

Podemos incluir a Elisabeth Mulder en la generación de escritoras como Rosa Chacel, Mercè Rodoreda, Carmen de Icaza o Carmen Conde. Todas ellas comienzan a publicar antes de la fecha de terminación de la guerra y se han formado literariamente en la década de los veinte. No debemos entender por esto que se tengan que establecer necesariamente otras semejanzas formales, estilísticas o

---

28. "Sentados en un banco de piedra", *Barcarola,* Albacete, n.º 16-17, noviembre de 1984, pp. 63-68. "Sol y el niño", *Barcarola,* n.º 18, Albacete, mayo de 1985, pp. 65-72.

29. 1941, *Preludio a la muerte,* y 1958, *Luna de las máscaras.*

ideológicas entre ellas, pues son escritoras de muy diferente personalidad. Durante este primer tercio de siglo conviven y escriben en España diversas generaciones de novelistas cuyos nombres están siendo actualmente reivindicados para el estudio, del mismo modo que es necesario recuperar el de Elisabeth Mulder. Nombres que recoge Ángela Ena en su antología de *Novelas breves de escritoras españolas (1900-1936)*,[30] como los de Blanca de los Ríos, Caterina Albert ("Víctor Català"), Sofía Casanova, Carmen de Burgos ("Colombine"), Margarita Nelken, Pilar Millán Astray, María Teresa León, o Federica Montseny, entre muchas otras. Ya no podemos mantener por más tiempo la idea tópica de que en el primer tercio del siglo XX sólo había dos narradoras importantes en España: Doña Emilia Pardo Bazán y Concha Espina, aunque la propia Elisabeth Mulder reconoce el magisterio de ambas en las letras españolas, y asegura que cuando ella empezó a escribir:

> ...Desde luego predominaba todavía Concha Espina y aún se leía mucho, y en todo caso se debiera seguir leyendo porque es una fenomenal escritora, a doña Emilia Pardo Bazán.[31]

Elisabeth Mulder dedicó además trabajos periodísticos o ensayísticos a ambas autoras. El 27 de agosto de 1971 leyó una conferencia titulada "Emilia Pardo Bazán: Tres aspectos de su novelística",[32] con motivo del cincuentenario del fallecimiento de la escritora. A Concha Espina,

30. Ángela Ena Bordonada, *Novelas breves de escritoras españolas,* Madrid, Castalia-Instituto de la Mujer, Colección Biblioteca de Escritoras, 1989.
31. "A fondo...".
32. Esta conferencia fue publicada posteriormente en la *Separata de la Revista del Instituto "José Cornide" de Estudios Coruñeses,* Año VII, n.º 7, 1971.

con la que además la unía una entrañable amistad, le dedicó artículos periodísticos como los titulados: "Concha Espina", y "Nuestra Concha Espina", y se mostró partidaria de su entrada en la Real Academia, que nunca llegó a producirse.[33] La admiración era mutua, y Concha Espina también elogió a Elisabeth Mulder en los siguientes términos:

> Elisabeth Mulder es una excelente novelista de cuerpo entero, tiene recia y fina cultura, inspiración y excelente decoro literario; sabe mucho y dice lo que sabe con ejemplar maestría.[34]

A pesar de que los críticos destacan generalmente el carácter de "rara avis" de esta autora dentro del panorama de la literatura española, lo que hace que la veamos tal y como la definió Consuelo Berges,[35] como una personalidad "sola", "lejana", y "diferente"; Eugenio de Nora en su obra *La novela española contemporánea*,[36] la incluye en el grupo que él califica de "narradores independientes o de transición" o "realistas difusos". Los caracteriza como unos autores independientes de las corrientes narrativas de su época, que suponen una transición entre los narradores vanguardistas que cultivan la novela "pura" y "deshumanizada" propuesta por Ortega y Gasset y los narradores "neorrealistas" de la postguerra. Cultivan, para Nora, desde una literatura amable y amena hasta una encarnizada crítica social a la burguesía. Se adhieren a un

---

33. "Concha Espina", *Solidaridad Nacional,* Barcelona, 13-11-49. "Nuestra Concha Espina", *Ondas,* Madrid, n.º 60, 1-6-55. Sobre la entrada de Concha Espina, Elisabeth Mulder opina que: "Su ingreso naturalmente es una cosa de lógica, más que de lógica, de estricta justicia» *(Solidaridad nacional,* Barcelona, 7-8-49).
34. *Fotos,* 10-6-44.
35. Consuelo Berges, prólogo a *La historia de Java...* p. 9.
36. Eugenio de Nora, *op. cit.,* (ver nota n.º 1) pp. 372-373.

realismo más o menos mitigado; y están caracterizados, además, por un cierto tradicionalismo estético, y una ideología conservadora o moderadamente liberal. Incluye en este grupo de escritores nacidos entre 1891 y 1909, junto a Elisabeth Mulder, a Tomás Borrás, Francisco de Cossío, Rafael Sánchez Mazas, Darío Fernández Flórez y Carmen Conde, entre otros.

La propia Elisabeth Mulder declara su postura ante el tan controvertido asunto del "realismo":

> He afirmado una vez, y continúo afirmándolo, que la novela es un filtro de realidades, y que de ser buena, rechaza en mayor cantidad que acepta. Me atrevería a decir que hay que hacer con esas realidades, además una especie de limpieza y articulación.[37]

Eugenio de Nora, en la obra citada, sitúa a esta autora entre "el intelectualismo" de Rosa Chacel y la "sensibilidad intuitiva y casi ingenua de Carmen de Icaza".[38] Si bien a primera vista el equilibrio entre la novela vanguardista y la novela rosa parecería imposible, en este caso el comentario es acertado, y se puede sostener. Sin embargo, Elisabeth Mulder no estaba muy de acuerdo con su adscripción a la novela "pura" y "deshumanizada y solamente encontraba tales características en *La historia de Java;* pensaba que el resto de su producción, ya desde su primera novela, *Una sombra entre los dos,* podía ser entendido dentro de una influencia formal "barojiana".[39]

37. Elisabeth Mulder, "Interpretación novelística de la realidad", Madrid, *Ínsula,* n.º 122 (enero de 1957), p. 5.

38. Eugenio de Nora, *op. cit.,* p. 402.

39. Elisabeth Mulder en *El autor enjuicia su obra...* p. 196, comenta el hecho de su inspiración barojiana para contraponerla a la caracterización de autora "deshumanizada" que de ella daba precisamente Eugenio de Nora en la obra citada.

Por otra parte, Elisabeth Mulder comparte con la "novela rosa" el gusto por los escenarios lujosos y cosmopolitas, así como el interés por los conflictos sentimentales;
pero con la imposibilidad de realización absoluta del amor
que subyace en la mayoría de sus novelas, se aleja por
completo de los principios de este género, como veremos
con respecto a *Alba Grey*. Además esta autora desau-
tomatiza de modo vanguardista, con su sentido del humor e ironía, todos los tópicos que pudieran parecer edul-
coradamente sentimentales. Bien es cierto, por ello,
que Eugenio de Nora no la compara con cualquier cul-
tivadora de novela rosa, sino con la mejor de ellas, Carmen de Icaza, que poco a poco, aunque no lo lograra
del todo, se fue desprendiendo de las convenciones del
género.[40]

La novela rosa era probablemente el género más popular entre las lectoras de nuestra postguerra, como lo prueba el hecho de que en 1945 le fuera concedido a Carmen
de Icaza un premio del Gremio de Libreros, que la acredi-
taba como la escritora más popular. Entre las cultivado-

Es muy curioso el sincretismo que se da en Elisabeth Mulder, pues admiraba a Baroja y a Eugenio D'Ors, cuando ambos representaban corrientes de la concepción novelística totalmente encontradas. Bien conocida es la
polémica entre Ortega y Gasset —que en teoría de la novela no hizo sino
traducir los dictados del "noucentisme" catalán que preconizaba D'Ors al
"novecentismo" castellano— y Pío Baroja. Esta polémica está recogida en
dos textos emblemáticos: el de Ortega y Gasset, "Ideas sobre la novela", en
La deshumanización del arte e ideas sobre la novela, Madrid, Revista de
Occidente, 1925, y el de Pío Baroja, "Prólogo a *La nave de los locos,* Madrid, Caro Raggio, 1925. (Ambos textos están recogidos actualmente para
una mejor localización en el libro de Germán Gullón y Agnes Gullón, *Teoría de la novela,* Madrid, Taurus, 1974, pp. 29-64 y 67-95 respectivamente.
40. Véase al respecto el prólogo de Paloma Montojo de Icaza a la edición
de la obra de Carmen de Icaza, *Cristina Guzmán, profesora de idiomas,*
Madrid, Castalia-Instituto de la Mujer, Colección Biblioteca de Escritoras,
1991.

ras, y cultivadores, que también los había, del género, se encontraban: Rafael Pérez y Pérez, M.ª Mercedes Ortoll, M.ª Luisa Villardefrancos, y las hermanas Concha y M.ª Luisa Linares Becerra, que a juicio de Carmen Martín Gaite[41] eran, junto con Carmen de Icaza, las más innovadoras del género. Pero los críticos comenzaron a hartarse de la popularidad del género e incluso llegaron a ejercer de moralistas, cuestionando los efectos perniciosos que estas fantasías pudieran tener en la mentalidad de las jóvenes lectoras. Según la propia Martín Gaite no faltó quien llegó a opinar que:

> ...(la novela rosa) es un pomo de veneno en las manos femeninas. La novela acaba siempre donde comienza la vida: en el matrimonio.[42]

---

41. Con respecto al tema de la novela rosa de la postguerra española pueden consultarse dos excelentes trabajos de Carmen Martín Gaite: "Nubes de color de rosa", incluido en su libro *Usos amorosos de la postguerra española,* Barcelona, Anagrama, 1987, pp. 139-161, y "La chica rara" en su libro *Desde la ventana,* Madrid, Espasa Calpe, 1989, pp. 89-117.

En la p. 145 del primer trabajo citado menciona, en efecto, la modernidad de estas autoras, pero en la p. 90 del segundo matiza la idea: "En una época como la de la primera postguerra española donde los modelos de comportamiento ofrecidos a la mujer por la propaganda oficial eran los de restituirla a la pasividad de "sus labores", como reacción a las "novedades de la República", sí podía encontrarse cierto conato de "modernidad" en aquellas protagonistas femeninas de la Icaza o de las hermanas Linares Becerra que viajaban solas, desempeñaban su trabajo, y se aventuraban a correr ciertos peligros, sin que se alterase por ello su contextura moral. Pero el lector estaba tranquilo desde que abría el libro hasta que lo cerraba, seguro de que el amor correspondido premiaría al final cualquier claroscuro de la trama, haciendo desembocar la vida azarosa y presuntamente rebelde de aquellas heroínas en el oasis de un hogar sin nubes".

42. La cita pertenece a Julia Maura, en *La Estafeta Literaria,* 5 de marzo de 1944. La tomo a través de Carmen Martín Gaite, "Nubes de color de rosa...", p. 148.

Así que no debe extrañarnos nada la crítica de Ángeles Villarta,[43] periodista y también novelista interesada en temas sociales polémicos:

> En España no existe apenas una novela intermedia, ligera e interesante. De la copia rosa pasamos a copias con caracteres rudos y difíciles, ambientes que repugnan a los paladares acostumbrados a la fácil trampa y a la dulzura de un final que premia a la niña rosa, huérfana y que se enamora y enamora cantando y contando cursiladas.

Bien pudiera considerarse la novela de Elisabeth Mulder como esa alternativa de novela cuya carencia se denuncia en este texto. Se trata de una novela "intermedia", "interesante", y dejo el "ligera" para el final, pues hay que matizar la palabra y no entenderla en el sentido peyorativo de la superficialidad de los conflictos, sino más bien de la amenidad en el tratamiento de los mismos; a pesar de presentar serios problemas existenciales, entiéndanse en el sentido literal de la palabra y no como sujetos a ninguna filosofía, las novelas de Elisabeth Mulder se pueden leer de un tirón. Los críticos de la época debieron de verlo de modo similar, pues de sus novelas alababan los rasgos que las separaban de las novelas habituales de aquellos años de postguerra; precisamente aquellos rasgos que la sacaban del provincianismo e incluso del tremendismo y que la acercaban a la novela europea contemporánea, desde los que podrían parecer más superficiales, como su cosmopolitismo y ambientes refinados, hasta su más profunda sustancia enraizada en la indagación de problemas

43. En efecto, Ángeles Villarta cultivó lo que se podría llamar un periodismo de investigación, y publicó un reportaje titulado "Mi vida en un manicomio", que la obligó a pasar una temporada entre enfermos mentales. La cita que reproduzco, también a través de Carmen Martín Gaite, "Nubes de color de rosa...", p. 149, fue publicada en *El Español*, 17 de junio de 1944.

esenciales y eternos en la línea de la mejor novela psicológica. Una novela que, en suma, no se alejaba demasiado de la herencia simbolista y espiritualista de la transición del siglo XIX al XX que dio origen a dos corrientes que, aunque siempre nos han parecido contrapuestas, no lo son en realidad: el Decadentismo y el Regeneracionismo, que tan bien se plasmaron en nuestro Modernismo y Generación del 98 respectivamente. Estas manifestaciones no son sino dos caras de la misma moneda, dos respuestas distintas a una misma inquietud existencial que tratan de ir más allá de la realidad tal y como se documentaba ésta en la novela decimonónica, para transcenderla. Sólo desde esta perspectiva actual de la crítica literaria podremos entender, pues, sin extrañarnos de ello, que la propia Elisabeth Mulder califique la esencia de su narrativa de "barojiana", cuando tan "modernista" parecía en su superficie, viendo más allá que sus propios críticos.[44]

Veamos algunas de las críticas laudatorias que consideraban la novelística de Elisabeth Mulder al margen de las corrientes reinantes en la postguerra y emparentada con la novela europea, ejemplificadas en la obra que aquí nos ocupa, *Alba Grey*.

Así se expresaba Melchor Fernández Almagro desde las páginas de *ABC*:[45]

---

44. Es de destacar la intuición de Antonio Valencia, que en su "Crítica al *Vendedor de vidas*", en Arriba, 7 de marzo de 1954, se expresa en los siguientes términos: "Elisabeth Mulder significa en la novela de hoy algo así como la traducción del espíritu novelesco que informa a las novelas de Baroja a lo femenino..."

Especifica luego que se trata precisamente de "un Baroja estilizado", de "un Baroja de última época", precisamente es éste el Baroja que se ocupa de temas existenciales en un ambiente casi modernista en novelas como *Laura o la soledad sin remedio*.

45. Melchor Fernández Almagro, "Alba Grey por Elisabeth Mulder", *ABC,* Madrid, 23-V-48.

De sangre extranjera, pero de espíritu formado en España, Elisabeth Mulder cultiva un tipo de narración que se hace mucho en el extranjero y apenas entre nosotros. ¿Qué modalidad es esa...? Valgámonos del nombre de Sommerset Maughan para que el lector —si es que aún no conoce a Elisabeth Mulder— se forme una idea del mundo literario al que pertenece esta *Alba Grey* ha poco nacida en las prensas nacionales.

Consuelo Berges desde *El Noticiero Universal*:[46]

Digamos para comenzar que esta novela de Elisabeth Mulder, como todas las anteriores, está fuera del tiempo y de la actualidad. Lo que quiere decir, en este caso, dentro de lo permanente. Bien encajada, sin embargo, en un modo de hacer perfectamente actual. Su autora ignora en ella, conociéndolos muy bien —porque la consciente sabiduría literaria de Elisabeth Mulder es tan evidente como su espontánea fuerza de creación—, todos los "tremendismos" más o menos existencialistas, y sigue el mejor camino de la novela psicológica.

Ángel Zúñiga, en *La Vanguardia Española*:[47]

Sobre todo, existe en ella una brillante imaginación para combinar las situaciones, una fina perspicacia para ver los personajes, sin acabar de verlos del todo, como si los mirara al trasluz y luego contara lo que ha visto en un tono suave, elegante. Además maneja el diálogo con tal maestría —la segunda parte del libro resulta deliciosa pese a rebasar con tanta dialéctica la relación novelística— que acaban por darle ese tono cosmopolita ¿tal vez con aires de Maughan?, superficial si se quiere, pero limpio, con gente que sabe conducirse y que no cree de buen tono apurar demasiado las jugadas humanas. En todo caso, una manera de hacer necesaria para sacar nues-

46. Consuelo Berges, "Una gran novela de una gran novelista", *El Noticiero Universal,* Barcelona, 15-IX-47.

47. Ángel Zúñiga, "El sexo débil", *La Vanguardia Española,* Barcelona, 14-VIII-47.

tra literatura de las pensiones baratas, de tanta olla podrida, de tronado provincianismo del siglo XIX, e incluso de las pequeñas "cumbres borrascosas" de las calles Aribaus.

De estas críticas que en general alaban el "buen tono" de las novelas de Elisabeth Mulder, nos llama inmediatamente la atención por repetida, la referencia a Sommerset Maughan,[48] autor con el que sin duda Elisabeth Mulder comparte el interés por el análisis psicológico, la sofisticación y, sobre todo, su ironía y finísimo sentido del humor, cualidades éstas que la autora prodiga en sus novelas con vocación casi británica. Tampoco es extraña en las críticas la mención a otra autora británica, Rosamund Lehman,[49] a la que se refieren Eugenio de Nora,[50] y José Luis Cano,[51] entre otros. Ciertamente, Elisabeth Mulder esta-

---

48. William Sommerset Maughan (París, 1874—Saint-Jean-Cap-Ferrat, 1965). Novelista inglés, acabó sus estudios de medicina en la Universidad de Heildelberg, pero tras el éxito de sus primeras novelas, *Liza of Lambeth* (1897), y *Mrs. Cradock* (1902), abandonó definitivamente la medicina para dedicarse a la literatura. Cultivó el teatro y la narrativa, en relatos breves y largos. Reflejó en su obra las experiencias vividas en sus viajes por Oriente, buena prueba de ello es una de sus más famosas novelas, *El filo de la navaja* (1944). Entre sus obras destacan además de la citada: *Servidumbre humana* (1915), *La luna y los seis peniques* (1919), y *El velo pintado* (1925). Llegó a alcanzar gran popularidad además por las numerosas adaptaciones cinematográficas que de su obra se han realizado. Es buena muestra de esta popularidad el hecho de que Fernández Almagro en la crítica expuesta se vale de su nombre como ejemplo para el lector, "si es que aún no conoce a Elisabeth Mulder".

49. Rosamund Lehman, escritora inglesa nacida en 1903 en Londres, es hermana del también escritor John Frederick Lehman. Cultiva la novela psicológica, en la que destacan principalmente los retratos de mujeres de distinta edad y condición social. Entre sus obras destacan: *Invitación al vals* (1932), *Intemperie* (1936), *La balada y la fuente* (1944), y *El día sepultado* (1953).

50. Eugenio de Nora, *op. cit.*, p. 403.

51. José Luis Cano, crítica sobre *Preludio a la muerte*, en *Ínsula*, n.º 14, Madrid, febrero de 1947, p. 5.

ba más en contacto con la novela europea que muchos de sus contemporáneos, sobre todo con la francesa y anglosajona, gracias a sus conocimientos de estos idiomas y a su formación, factores éstos que la llevaron a realizar labores de traductora.

Las referencias que encontramos en las citadas críticas a "los tremendismos más o menos existencialistas", y sobre todo a "las pequeñas cumbres borrascosas de las calles Aribaus", nos llevan a otra historia de la que nos ocuparemos inmediatamente: la de promoción de escritoras españolas que, encabezadas por Carmen Laforet, irrumpe en el panorama narrativo de nuestra postguerra, y digo "irrumpe" porque a primera vista parece tratarse de un hecho desbordante y sin precedentes, aunque en realidad, como veremos, el panorama no era tan halagüeño. En efecto, es ya una tradición entre la crítica literaria considerar que hay dos novelas cuya publicación supone un hito que inaugura nuestra novelística de postguerra. Estas dos novelas son: *La familia de Pascual Duarte,* de Camilo José Cela, y *Nada,* de Carmen Laforet. La primera, publicada en 1942, indudablemente tiene mucho de "tremendismo más o menos existencialista", ya que encuentra su modelo más inmediato en *El extranjero,* de Albert Camus; pero es la segunda de ellas la que nos interesa, por razones obvias, en este estudio.

Cuando una jovencísima y desconocida Carmen Laforet gana en 1944 el premio "Nadal" con su novela *Nada,* la opinión y la crítica sufren una conmoción; sin duda no encontraban adecuado el que de la pluma de una jovencita de clase media saliera aquel ambiente desolado, amargo y duro que reflejaba la novela. Ciertos sectores de la crítica encontraron en *Cumbres borrascosas* de Emily Brontë, un modelo para los torturados y hasta cierto punto patológicos personajes que habitan la sórdida casa de la calle Aribau a la que va a parar Andrea, la protagonista.[52] Con esta novela se abre el camino a toda una generación de mujeres que se incorpora a la novela con fuerza, intentando recuperar una voz propia que por las circunstancias sociales les había sido arrebatada. Los nombres de Carmen Laforet, de la llamada "generación del 39", y los de Ana M.ª Matute y Carmen Martín Gaite, de la "generación del medio siglo", son quizá los más emblemáticos de tal promoción, pero no deberíamos olvidar otros muchos, o correríamos el riesgo de ser tan injustos como al considerar que Emilia Pardo Bazán y Concha Espina eran las dos únicas novelistas importantes del primer tercio de siglo. Recordemos a Elena Quiroga, Mercedes Fórmica, Elena Soriano, Luisa Forrellad, Dolores Medio, Eulalia Galvarriato, Eugenia Serrano, Mercedes Salisachs, Concha Castroviejo, Josefina Rodríguez, Carmen Kurz, Paulina Crusat, M.ª Luz Morales, Carmen Conde, Susana March, Mercedes Ballesteros... y probablemente dejemos muchos otros en el tintero. Estas autoras, además, acaparan con sus obras los premios literarios, siguiendo los pasos de Carmen Laforet. Ganan el "Nadal": Elena Quiroga, con *Viento del norte* en 1950; Dolores Medio, con *Nosotros los Rivero* en 1952; Luisa Forrellad, con *Siempre en capilla* en 1953; en 1957 lo gana Carmen Martín Gaite, con *Entre visillos,* y en el 1959 Ana. M.ª Matute, con *Primera memoria.* El Premio "Planeta" lo ganan: *Pequeño teatro,* de Ana M.ª Matute, en el 54, y *El desconocido,* de Carmen Kurz, en el 56. El premio "Ciudad de Barcelona": en 1954 Carmen Kurz, por *Duermen bajo las aguas,* y en 1956 Mercedes Salisachs, por *Una mujer llega al pueblo;* ya hemos comentado cómo Elisabeth Mulder presen-

---

52. Sobre este hecho consultar Carmen Martín Gaite, *op. cit., Desde la ventana...*, p. 92.

tó en 1953 *El vendedor de vidas* pero lo retiró. Carmen Laforet y Ana M.ª Matute reciben el "Premio Nacional de Novela" en 1956 y 1959 por *La mujer nueva* y *Los hijos muertos* respectivamente, novela esta última que también obtiene ese mismo año el "Premio de la Crítica". Incluso se crean premios exclusivamente para mujeres como el "Elisenda de Montcada", creado por la Revista *Garbo,* que obtienen, entre otras, Carmen Conde o Concha Castroviejo.

Es difícil encontrar características comunes a todo este grupo de escritoras, tan difícil como sería encontrarlas entre los escritores de su época. Cada una de ellas tiene una personalidad distinta y un modo de reflejar los conflictos que exponen en sus novelas también distinto. Sus temas son similares a los que tratan los hombres que escriben novela en su generación, tocan la problemática humana en todos sus aspectos, desde los sentimentales a los sociales, en un universo desolado y hostil, que en España tiene como referente, que se plasmará en sus novelas de modo más o menos inmediato, el de la guera civil. Así este tema está presente en *Víspera del odio,* de Concha Castroviejo, *Algo muere cada día,* de Susana March, o *Monte de Sancha,* de Mercedes Fórmica, por ejemplo. Pero, además, nuestras escritoras se sienten muy interesadas por una variante del tema de la guerra: sus consecuencias en la infancia, que conducen necesariamente a la pérdida de la inocencia. Pueden ser consideradas, por lo tanto, algunas de estas novelas como obras que reflejan un proceso de iniciación y aprendizaje, encerrando en ellas toda la fascinación que este tema mítico conlleva. Casos paradigmáticos de tal tratamiento los tenemos en *Nada,* de Carmen Laforet, y *Primera memoria,* de Ana M.ª Matute, y también la novela de Elisabeth Mulder considerada por la crítica como más barojiana de todas, *El vendedor de vidas.*

En esta novela se refleja el proceso de iniciación del joven Julio Regás en el mundo de los adultos, en un escenario que, aunque no se especifique, se identifica con el barrio gótico de la Barcelona destrozada por la guerra, una Barcelona que aparece tratada de forma similar a como aparecía en la citada obra de Carmen Laforet.

Lo que sí es común a la mayoría de novelistas que inician su singladura literaria después de la guerra civil, y en cierta medida las diferencia de sus compañeros del sexo opuesto, es la voluntad de su escritura. Ellas utilizarán la literatura, como ya hicieran en otros tiempos, para tratar de salir de esa "casta aparte", en la que la postguerra las había confinado, a la que se refiere Geraldine Nichols cuando escribe que:

> Entre los estudios de la narrativa española de la postguerra, no figura ninguno que se enfoque exclusivamente en la narración femenina (...). Esta laguna extraña más aún si se considera que la mujer de los años franquistas vivía en unas condiciones vitales e intelectuales tan especiales que cabe hablar de ellas como de una casta aparte.[53]

Si las consecuencias de la guerra fueron represivas para todos, lo fueron doblemente para las mujeres si comparamos el *status* de que habían gozado durante la segunda república con su situación posterior. La voluntad de salir del confinamiento doméstico se manifestará tanto en el acto mismo de escribir, según hemos expuesto antes, como en el tratamiento especial de los temas mencionados, plas-

---

53. *Geraldine Nichols, "Caída re(s)puesta: la narrativa femenina en la postguerra,* en M.ª Ángeles Durán y J. A. Rey, editores, *Literatura y vida cotidiana. Actas de las IV Jornadas de investigación interdisciplinaria.* Seminario de estudios de la mujer, U.A.M., Zaragoza, 1987, pp. 325-335. (La cita pertenece a la p. 325.)

mando esas problemáticas humanas fundamentalmente ejemplificadas en personajes femeninos. Este hecho ha llevado a parte de la crítica a hablar de un cierto autobiografismo,[54] consideración apoyada además en el uso de la primera persona o de narradores que focalizan su punto de vista en la protagonista que a veces se da en estas novelas. De todas maneras, no creo que pueda entender este "autobiografismo" en un sentido riguroso e ingenuo sino más bien con una manifestación más o menos testimonial de las mujeres de su generación.

Asistimos por tanto en estas novelas, parafraseando el título de una obra de Carmen Laforet al nacimiento de "la mujer nueva", o de lo que Carmen Martín Gaite ha denominado "la chica rara",[55] en un ensayo particularmente interesante, porque ella misma, que es una de esas novelistas, reflexiona con una asombrosa lucidez teórica sobre el tema.

Así comenta acerca de Andrea, la protagonista de *Nada*:

> Este paradigma de mujer que de una manera o de otra pone en cuestión la "normalidad" de la conducta amorosa y doméstica que la sociedad mandaba acatar va a verse repetida con algunas variantes en otros textos de Ana M.ª Matute, Dolores Medio y yo misma.
> (…)
> En una España como la de la primera postguerra anclada en la tradición y agresivamente suspicaz frente a cualquier novedad ideológica que llegara del extranjero, el escepticismo de Andrea y las peculiaridades insólitas de su conducta la convierten en una audaz pionera de las corrientes existencialistas

---

54. Biruté Ciplíjauskaité: "La novela femenina como autobiografía", en *Actas del VIII Congreso de la Asociación Internacional de Hispanistas,* Madrid, Itsmo, 1983.
55. Ver nota 41.

tan temidas y amordazadas con la censura española que en general aborrecía de las excepciones.[56]

Posteriormente reflexiona:

Es precisamente la puesta en cuestión de las historias de final feliz otra de las características comunes a muchas de las novelas escritas por mujeres a partir de 1944, que proponen una relación nueva, dolorosa y dinámica de la mujer con el medio en que se desarrolla su formación como individuo. Para la mayoría de estas autoras (...) la dialéctica entre la libertad y sumisión es un núcleo perenne del conflicto.[57]

Estas novelistas son el eslabón entre dos generaciones de autoras que exponen sus reivindicaciones feministas de modo más explícito, porque las condiciones sociales así se lo permitían: las de la II República, época en la que precisamente se escribe *Una sombra entre los dos* de Elisabeth Mulder, y las de las escritoras surgidas a partir del 68. Estas últimas recuperan esa voz propia que les había sido negada, recuperando a su vez incluso como instrumento de expresión unas lenguas que también les habían sido negadas. Resulta curioso el hecho de que la mayoría de las novelistas de la postguerra sean catalanas que escriben en castellano.

Los críticos de los años 40 y 50, por supuesto, no veían nada de esto y seguían anclados en los mismos parámetros que se habían usado para juzgar la literatura escrita por mujeres en el primer tercio del siglo XX. Joaquín de Entrambasaguas en un artículo ya clásico titulado "Las novelistas actuales"[58] que viene a inaugurar los estudios sobre

56. *Ibidem*, p. 99.
57. *Ibidem*, p. 108.
58. Joaquín de Entrambasaguas, "Las escritoras actuales", *El Libro Español*, II, n.º 17, 1959, pp. 286-294. La cita pertenece a la p. 289.

el tema, expone su particular visión muy "sui generis" acerca de los motivos que habían llevado a las mujeres a incorporarse a la narrativa de la postguerra (el artículo por otra parte es útil ya que ofrece un censo comentado de las novelistas de la época, y es además uno de los pocos en los que se incluye a Elisabeth Mulder, considerándola junto a Rosa Chacel y M.ª Luz Morales como una de las pocas autoras que "merecen consignarse" antes de la guerra, dejando aparte, claro está, a Emilia Pardo Bazán y Concha Espina).[59] Veamos pues cuáles son estas motivaciones según él:

> La española se dijo: ¿De manera que sin salir de casa, escribiendo unas cuartillitas cada día puedo ganar honradamente —como la española suele ganar todo— esas pesetazas que tanta falta nos están haciendo? Pues a ello, como en otro tiempo animara a descubrir América o a reformar conventos. Y hela novelista, porque el talento, la imaginación y la inventiva lo da la raza y el castellano, después de don Pío Baroja, admite todo y al fin acaba, como es natural, en los ficheros de la Real Academia Española, quien ordena el idioma que crean los escritores aunque con algún retraso, disculpable por tantos años como en sí encierra. Y menos mal, que saliéndose de una timi-

59. En efecto, Elisabeth Mulder no aparece en la mayoría de los artículos interesantes de la época sobre el tema, como pueden ser por ejemplo, el de Celia Berretini, "Breves apuntes sobre la novela femenina española (1944-1959), en *Asomante,* Puerto Rico, XIX, 3, 1963. Apenas hay una brevísima mención a ella en el de Leopoldo Rodríguez Alcalde: "Las novelistas españolas en los últimos veinte años", *La Estafeta Literaria,* Madrid, n.º 251, X, 1961, p. 8. Tampoco se hace la más mínima referencia a ella en estudios más modernos sobre el tema que pretende completar la panorámica dada en estos artículos, como es el libro de Janet W. Pérez, edit., *Novelistas femeninas de la postguerra española,* Madrid, José Porrúa Turanzas, 1983. Creo que este hecho se debe a que Elisabeth Mulder está a caballo entre dos generaciones y no se la puede englobar plenamente, como veremos en este estudio, en la promoción de novelistas que comienzan su producción en la postguerra.

dez muy española también, las novelistas no convencieron a sus padres, maridos o hermanos para que firmaran sus obras.

La cita no puede ser más elocuente y revela cómo a mediados de los años 50 se seguía considerando, por algunos sectores de la crítica, la novela escrita por mujeres como algo relacionada con el ámbito doméstico. Ya en los años 60, la Condesa de Campo Alange[60] comenta que: "Tras este premio (el de Carmen Laforet) vienen otros Nadales (seis en quince años) concedidos a mujeres, lo cual da lugar a que se diga humorísticamente que el Premio Nadal debería llamarse Premio Dedal", revelando de modo indirecto que seguía existiendo esa conciencia.

Leopoldo Rodríguez Alcalde expone en un artículo titulado "Las novelistas españolas en los últimos veinte años":[61]

> Si nos atenemos a la cantidad y variedad, el panorama de las mujeres novelistas es vastísimo; tan extenso que resulta imposible compendiarlo en el reducido marco de un artículo; y advirtamos que no se trata de ese fenómeno de mimetismo que, en otro tiempo, arrastraba a muchas mujeres a escribir para demostrar que no eran inferiores a los hombres, con el pésimo resultado de todos conocido. Ni tampoco se dedican las españolas de hoy al folletín sentimental o de la novela rosa, que durante muchos años dijérase terreno acotado para plumas femeninas, incapaces de mayores arrestos. Las novelistas españolas no se pierden en dulzonerías: su creación es amarga y apasionada, recia, sin que ese vigor proceda de una masculinidad postiza, capaz de anular la consistencia de su obra.

Lo cierto es que, después de todo lo expuesto hasta aquí, podemos apreciar cierta tendencia esquizofrénica

60. María Lafitte, Condesa de Campo Alange, *La mujer en España. Cien años de su historia. 1860-1960,* Madrid, Aguilar, 1964, p. 310.
61. Ver nota 59.

por parte de la crítica. Si por un lado alaban el que la mujer no se dedique a "la novela rosa", y que no escriba con "dulzonería", por otro no aprueba el que se pase de la raya, e incurra en ciertas escabrosidades, retratando esos "caracteres rudos" y "difíciles" a los que aludía la ya citada Ángeles Villarta, porque tal vez consideren que esos tremendismos son más propios de esa "masculinidad postiza" que, por otra parte, Dios sabrá en lo que consiste exactamente. Rara vez se las juzga por ellas mismas sino por lo que escriben en comparación con lo que escriben los hombres. Como ya hemos expuesto aún siguen usando los mismos parámetros consistentes en distinguir entre cualidades masculinas y femeninas, como bien señala Ángela Ena[62] que se hacía en el primer tercio del siglo, y así Elisabeth Mulder es alabada ya que parece ser que logra un perfecto equilibrio entre ambas cualidades. No es extraño encontrar opiniones como las que Alfonso Pintó expresa con respecto a *El hombre que acabó en las islas,* en una reseña que le dedicó a *Alba Grey:*[63]

> ...donde de un modo definitivo ha logrado la difícil conquista de la seguridad narrativa y de un pensamiento sustancial virilmente profundo y femeninamente penetrante.

O las de Joaquín de Entrambasaguas refiriéndose a *Una china en la casa y otras historias:*[64]

---

62. Ver nota 30. En efecto en la p. 17 del prólogo, Ángela Ena incluye juicios semejantes a éstos referidos a Carmen de Burgos, Blanca de los Ríos o Caterina Albert.
63. Alfonso Pintó, "Elisabeth Mulder. *Alba Grey",* Ínsula, año II, n.º 16, Madrid, 15 de abril de 1947.
64. Joaquín de Entrambasaguas, "Sobre una china en la casa y otras historias", *Cuadernos de Literatura Contemporánea,* n.º 1, 1942, pp. 43-44.

> El mundo literario de esta gran escritora originalísima, con un sentido viril de lo humano y una exquisita idealización del mismo firmemente femenina, es de complicada captación.

Y Melchor Fernández Almagro va aún más lejos limitando la capacidad de las mujeres sólo con serlo para la escritura, aunque utiliza términos que intentan relativizar tal limitación, como "quizá", "pudieran" y "en un principio". Pertenece la cita a la crítica que le dedicó a *Alba Grey*:[65]

> Nunca como ahora han alternado en tanto número las novelistas con los novelistas. Entre ellas hay que contar a Elisabeth Mulder, y ninguna de las limitaciones que por razón de sexo, quizá pudieran, en un principio, señalarse se da en esta autora, muy femenina desde luego, pero nada débil y sí vigorosa en su arranque y forma de novelar.

Al menos resulta alentador el hecho de que las críticas firmadas por mujeres, como Consuelo Berges o Carmen Conde,[66] no se desarrollen en estos términos.

Ángel Zúñiga concluye así su crítica a *Alba Grey*:[67]

> El talento de Elisabeth Mulder —que hace tiempo se puso de largo— merece una consideración especial por cuanto demuestra que no se trata de narrar "su caso", sino que también cabe en la mujer la pura información de las cosas, dentro de un constante esfuerzo inventivo y sin tenerse que vestir con modelos de color de rosa.

Crítica ésta en la que se hacen dos referencias interesantes para relacionar a Elisabeth Mulder con todo lo has-

---

65. Ver nota 45.

66. Consuelo Berges, "una gran novela..." (ver nota 46), y Carmen Conde, "De Elisabeth Mulder y una novela suya", *El Correo de Mallorca*, Palma de Mallorca, 30-7-47.

67. Ver nota 47.

ta aquí expuesto. Por un lado el que se diga que no se limita a contar "su caso", hay que entenderlo como una negación en su obra de ese autobiografismo que se le atribuye en general a la narrativa escrita por mujeres, y por ende a la narrativa escrita por mujeres en la postguerra, autobiografismo que ya hemos destacado como no tiene que ser entendido en un sentido literal. Por otro lado se recoge la referencia a la no adscripción de Elisabeth Mulder a la novela rosa, ya que su narrativa no tiene que vestirse con "modelos de color de rosa". Todo esto, unido a su falta de tremendismo, confirmaría el hecho de que su novela era la novela deseada por la crítica de su época.

Como la relación entre Elisabeth Mulder y la novela rosa ya ha sido comentada en este estudio, conviene que aludamos a la posición de Elisabeth Mulder con respecto al "autobiografismo", del que ella nunca se mostró partidaria, aunque recree los ambientes de sus años de infancia en Puerto Rico en *El hombre que acabó en las islas* y "Rosina y los fantasmas", relato perteneciente a *Una china en la casa y otras historias*. Es de destacar el hecho de que según sus propias declaraciones, ella también consideraba el autobiografismo como algo propio de la literatura femenina.

Comenta con respecto a su primera obra, para luego aplicarlo a todas:

> Esta iniciación de mi narrativa por la senda autobiográfica es algo que yo no he podido explicarme nunca, pues en la caracterización general de mi novelística y contrariamente a lo que suele suceder con las novelas femeninas el dato autobiográfico no apoya ningún personaje ni ninguna situación (...). Esta ausencia de elementos autobiográficos es precisamente una característica de mi manera de hacer.[68]

68. Elisabeth Mulder, *El autor enjuicia su obra...* pp. 192-193.

Elisabeth Mulder no se mostró nunca demasiado satisfecha de *Una sombra entre los dos,* por ser una novela de tesis feminista. A pesar de no sentirse muy identificada con las reivindicaciones feministas explícitas los reparos que le hace al libro parecen ser mayores por su condición de "obra de tesis", incidiendo en el daño que esto puede hacerle a una novela, que por su condición de "feminista".

> Para el novelista las ideas pasan a ser verdaderamente claras cuando adquieren ojos, boca, alma, circunstancias, atmósfera. Es decir, cuando se transforman en personajes. Y no al revés. El personaje esclavizado a una idea para servirla tiene siempre algo de fantasma, y las novelas, las buenas novelas, no se escriben con apariciones fantasmales, sino valiéndose de los más "vivos" y "sanguíneos" en el sentido de la vitalidad novelística, claro está, de robustez literaria.[69]

Hemos aludido a la no identificación de Elisabeth Mulder con las reivindicaciones feministas explícitas, ya que le gustaba mantenerse al margen de toda polémica. En los años de nuestra postguerra, Elisabeth Mulder está próxima a lo que yo me atrevería a denominar un "Feminismo Ilustrado". Entiendo como tal una posición de defensa de los derechos de las mujeres ejercida por unas escritoras —ensayistas, periodistas, y no exclusivamente novelistas— de clase social alta, exquisita formación intelectual, y talante más o menos liberal según los casos. Es fundamental destacar el hecho de su clase social elevada, ya que funcionará como condicionante de esa reivindicación. Como bien expone M.ª Elena Bravo[70] acerca de Mercedes

69. Elisabeth Mulder, "Interpretación novelística de la realidad" (v. nota 37).
70. Véase la introducción de M.ª Elena Bravo a la obra de Mercedes Fórmica, *A instancia de parte,* Madrid, Castalia-Instituto de la Mujer, Colección Biblioteca de Escritoras, 1991, p. 42.

Fórmica o de la Condesa de Campo Alange, que pueden ser consideradas como perfectas representantes de esta tendencia, sus obras, al igual que las de la Pardo Bazán, "están marcadas por una cierta ambigüedad que proviene no del trabajo ni del material en sí, sino de la posición social de las escritoras". Hecho éste que puede conducirnos a valoraciones equivocadas e injustas de estas autoras.

La mención a la Condesa de Campo Alange o a Mercedes Fórmica, en el caso de la autora que nos ocupa, no es en absoluto gratuito ya que la misma Elisabeth Mulder se refiere a estos nombres. En el año 1949 se expresaba en los siguientes términos con respecto al feminismo:

> La mujer no es la musa ni el diablo. En fin eso ya está olvidado. Hoy en día no existen los derechos del hombre ni los de la mujer. Existen los del ser humano. Si algún tema me aburre soberanamente y considero pasado de moda es el del feminismo sobre el que ya está todo dicho y de una manera magistral precisamente en España, por un cerebro femenino, tan agudo, tan ponderado y bien informado, como es el de la Condesa de Campo Alange que ha estudiado en su admirable libro *La secreta guerra de los sexos* todos los aspectos de esta así llamada cuestión del feminismo.[71]

No debemos malinterpretar estas palabras considerándolas como muestra de una falta absoluta de interés hacia el tema, simplemente hay que situarlas en su contexto adecuado dentro de esa "ambigüedad" motivada por la posición social de la escritora, a la que M.ª Elena Bravo aludía: son además unas simples declaraciones a la prensa y no una reflexión profunda. Indudablemente Elisabeth Mulder, con todas las posibilidades de exquisita formación intelectual que su clase social le proporcionó, debió

---

71. *Solidaridad Nacional,* Barcelona, 7-8-49.

de conocer poco la marginación de la mujer española y por eso es de esta opinión. Su pensamiento se sitúa, además, en la línea de un humanismo utópico que demuestra una considerable dosis de buena voluntad y confianza en el ser humano. Digo utópico, porque a cualquiera le gustaría subscribir su idea de que "Hoy en día no existen los derechos del hombre ni de la mujer. Existen los del ser humano", pero por desgracia si es difícil de sostener cuando ese "hoy" corresponde al año 1992, más difícil lo era aún en el "hoy" de 1949.

Sin embargo, la misma Elisabeth Mulder, que puede parecernos por estas declaraciones poco concienciada en su opinión acerca de la situación general de la mujer, cuando se topa de frente con hechos concretos, como la marginación que sufría la mujer en el Código Civil español, no duda en pronunciarse de modo abierto contra ésta:

> Es evidente que estos artículos del Código Civil, en los que no se da a la mujer la capacidad debida, precisan de una revisión. Parece mentira que todavía andemos discutiendo el código, cuando por el tiempo transcurrido desde su redacción debería estar sentado y dictaminado justamente.[72]

En esta misma entrevista concedida en 1954, se muestra partidaria de las ideas de reforma que Mercedes Fórmica venía desarrollando en una campaña de prensa desde el año 1953, ideas que culminaron en la redacción de su novela *A instancia de parte,* que favoreció la Reforma del Código Civil 24-4-58.[73]

En el año 1956 en una entrevista concedida a Radio Miramar —en la que por cierto declaraba su admiración

---

72. *Solidaridad Nacional,* Barcelona, 6-1-54.
73. Ver nota 70, concretamente las pp. 34-36 de dicha introducción.

por Ana M.ª Matute, Mercedes Salisachs, Elena Quiroga, Mercedes Fórmica y Mercedes Ballesteros, considerando "esperanzadora" la incorporación de la mujer al panorama de la narrativa— ante la pregunta de si cree "en la emancipación total e integral de la mujer", responde:

Creo en ella sin ignorar la lentitud con que se desenvuelve.[74]

Vemos, pues, cómo a lo largo de todo este proceso va matizando su afirmación tajante de la igualdad de los sexos en su tiempo, ante la constatación de los hechos concretos de marginación, convirtiéndola en una profunda esperanza de afirmación futura, sin dejar de confiar nunca en que ello sea posible. Ya en los años 70, como hemos destacado, más abiertos a las reivindicaciones feministas explícitas, opinaba que su primera novela, precisamente por ser la más pronunciada en este sentido, le parecía "más propia de los tiempos actuales".[75]

Ya hemos afirmado que Elisabeth Mulder no es una representante típica de las narradoras que comienzan su producción en la postguerra, aunque conviva con ellas. Podemos asegurar que todos los rasgos que diferenciaban su novela de las de aquéllas, por los que mereció la alabanza de la crítica de su época, son precisamente los mismos que la han condenado al ostracismo por parte de la actual. Pecado común conocido de los críticos de todos los tiempos, ha sido el dejarse llevar incluso por criterios no estrictamente literarios en la valoración de los autores; así que su obra merece una revisión justa. Elisabeth Mulder realizó una literatura que no se correspondía demasiado

74. Agradezco a D. Enrique Dauner Mulder que me haya permitido acceder a la transcripción de dicha entrevista.
75. "A fondo..."

con la de su época, trascendió el marco de la realidad que la rodeaba, resucitando quizá por ello la eterna y casi siempre mal entendida polémica entre la estética y la ética. Ella misma declaró al respecto: "Quiero establecer una novela que presente un mundo tal y cómo él sea, lo mejor que yo sé, para que sea reconocible por su autenticidad, que es el cruce donde lo estético y lo social se encuentran".[76] Reflejaba problemas eternos y esenciales del alma humana, y no concretos. Parafraseando sus propias palabras podríamos interpretar que para ella no había problemas del hombre ni de la mujer, sino problemas del ser humano. Sin embargo no podemos prescindir del hecho de que en sus novelas estos problemas están encarnados en su mayor parte, al igual que en las de las autoras que inician su producción después de la guerra, en mujeres; mujeres fuertes e independientes, que tienen el valor de enfrentarse, casi siempre, a su destino, para bien o para mal, solas. Y eso es algo que tardará mucho en ser aceptado en la literatura española, y mucho más aún en la vida, si es que ha sido aceptado; pero ése sería ya otro capítulo de la historia...

III. *"Alba Grey"*

En 1947 se publica *Alba Grey* en la colección "Los escritores de ahora", de la editorial José Janés, de Barcelona. La inclusión de la novela en dicha colección, que publicaba la obra de autores europeos de primerísima fila, tales como Herman Hesse, Thomas Mann, J. B. Priestley, Virginia Woolf, o Katherine Mansfield, entre otros, nos confirma la idea anteriormente expuesta de que Elisabeth

---

76. Elisabeth Mulder, *El autor enjuicia su obra...* p. 198.

Mulder era considerada como la más europea de las escritoras españolas. La autora siempre le quitó importancia a este hecho, y aludía a su parte extranjera como a "una pincelada decorativa" de su persona, en vez de considerarla como "la arquitectura firme" de la misma.[77] Manifestaba al respecto que:

> Es mucho lo de española que hay en mí, aparte de la importancia que tiene haber nacido en España, haberme educado en España y haber vivido según las españolas.[78]

Alba Grey conoció además dos ediciones posteriores. En 1950 apareció en la siempre recordada colección de bolsillo "Crisol", de la editorial Aguilar, edición que llevaba una nota introductoria de Federico Carlos Sainz de Robles. En el año 1969, mereció el honor de ser incluida en el volumen XI de la antología *Las mejores novelas contemporáneas,* que Joaquín de Entrambasaguas preparó para la editorial Planeta.

Entrambasaguas declaraba en el prólogo de dicho volumen las razones que le habían llevado a elegir *Alba Grey* como la más representativa de su año de edición:[79]

> 1947: La superioridad de *Alba Grey* de Elisabeth Mulder, sobre las novelas de este año y aún sobre la obra novelística de la autora, me decidió a incluirla como la mejor de él.

El que los críticos, que como ya hemos visto la recibieron de modo elogioso, la hayan considerado como una de las mejores novelas de la autora, se debe a que en ella

77. "A fondo..."
78. *Ibidem.*
79. En efecto, el criterio que regía esta obra era el de seleccionar la novela que creyera más representativa de la narrativa española de cada año.

encontramos los rasgos más característicos de la narrativa mulderiana perfectamente representados: lirismo, ambientes refinados y cosmopolitas descritos con rasgos muy estilizados, una finísima ironía, y un profundo análisis psicológico de los personajes. Dichos personajes parecen vivir sobre todo problemas sentimentales, que no son sino un reflejo de sus problemas existenciales. El hecho de que vivan sus fracasos o éxitos amorosos como reflejo de sus fracasos o éxitos existenciales y no al revés diferencia la novelística de Elisabeth Mulder de la novela rosa, así como el hecho de que normalmente fracasen en ambos aspectos. Como bien expone Consuelo Berges:[80]

> Se reflejan en su novelística, versiones diferentes de un solo tema eterno, el ser humano y su conflicto, la soledad, y el intento, casi siempre fallido de buscarle remedio en el amor.

En otro lugar, la misma Consuelo Berges expone acerca del final de *Alba Grey*,[81] que en él "el drama siempre sin resolución en lo absoluto, se remansa en una fórmula de consolación dentro de lo relativo". Esta fórmula de consolación no es otra que la respuesta de Lorenzo, —"Lo intentaremos, querida", ante la pregunta de Alba: —"¿Tú crees que seremos felices?" (p. 385). Respuesta que Alba considera la única aceptable, por ser precisamente la única honrada. Este hecho nos revela mucho acerca de la idiosincrasia de los personajes mulderianos. Son personajes que oscilan entre "lo modernista" y "lo moderno": es decir entre una concepción de la existencia, hastiada, decadentista y melancólica, típicamente finise-

---

80. *Las mujeres célebres,* Barcelona, Gustavo Gili, 1965, Tomo I, p. 407. (Consuelo Berges es la encargada de redactar la parte correspondiente a España e Hispanoamérica).
81. Consuelo Berges, "Una gran novela de una gran novelista..."

cular, y entre otra mucho más práctica, e incluso si se quiere frívola en apariencia, ya que los personajes no carecen de ideales, mucho más propia de "los locos años veinte". Son, como los personajes de Scott Fitzgerald, o Sommerset Maughan, hijos de la generación de entreguerras, generación a la que también pertenece la autora, y que ella misma tan bien define al referirse a Laura Cristina, la madre de Alba:

> Una juventud que era romántica detestando la palabra romántica, desengañada mientras aseguraba sinceramente que jamás volvería a haber guerras ni injusticias; sometida con fanatismo a las normas por ella misma creadas, a la vez que sostenía que la vida del hombre, como sus ideas, debe ser flexible, fluctuante, abierta y porosa. Una juventud que creía en la salvación de la Humanidad, y se llamaba a sí misma escéptica y decía estar de vuelta de todo. Una juventud, en fin simpática, como tal vez ninguna lo haya sido tanto, audaz, nerviosa, curiosa, cínica en sus manifestaciones, ingenua en sus procedimientos, humorista, antiteatral, pero chocante e incongruente en grado máximo. (p. 142)

Alba Grey se presenta desde el primer momento como un personaje fascinante, fuerte y carismático, cuya presencia se impone, incluso en su ausencia física. Así al comienzo de la novela asistimos a la expectación que provoca en su familia su inminente llegada, llegada que habrá de anunciar, en cierto modo, la muerte de su abuelo; porque el agonizante Marqués de Velletri, hombre acostumbrado a hacer su voluntad, ha decidido no morir hasta que no pueda hablar con ella. No debe extrañarnos, pues, que desde un principio Alba adquiera un carácter simbólico para algunos de los personajes de la novela; para Berta, la joven criada que sufre un fuerte *shock* emocional debido al ambiente tenso que se respira en el palacio es: "la muerte que llega al Palazzo Velletri" (p. 106). Sin embargo, lo que Alba será fundamentalmente es el símbolo de la unión de dos formas de vida, de dos regímenes en buena parte contrapuestos: "Única heredera de los Velletri y de los Grey, se fusionan en ella un gran nombre europeo y una gran fortuna americana" (p. 129). Circunstancia de la que resulta un personaje, que como todos los grandes personajes, encierra en sí una buena dosis de contradicción.

Al comienzo de la segunda parte de la novela también en ausencia de Alba, no se para de hablar de ella. Es en la escena[82] de la conversación que tiene lugar en El Cairo entre Margaret Grey y Lorenzo de Brixia, en la que Alba resulta ser el tema favorito. En ella se establece un panorama o resumen temporal de lo que le ha sucedido desde la última vez que supimos de ella, a la muerte de su abuelo. La conocimos entonces bajo la apariencia de una adolescente algo desgarbada, por ello su primo Lorenzo la había calificado de "mujer de trapo", confusa ante las circunstancias, pero que a pesar de todo, intenta mantener la calma y entender lo que pasa a su alrededor. En ella intuimos una especie de gracia y fuerza interior que la harán capaz de llevar sobre sus hombros con dignidad esa carga que le ha impuesto el Destino, la de ser, precisamente, la fusión entre un gran nombre europeo y una gran fortuna americana, y que la convertirá en algo mucho más sólido que "una pobre-niña-rica". Esa fuerza se manifiesta ya desde el momento en el que Alba se niega a aceptar el matrimonio con un primo al que no conoce, Gian Carlo, que su abuelo intenta imponerle desde su le-

---

82. Utilizo "escena" en su sentido narratológico de tratamiento del tiempo del relato igual al del tiempo de la historia, es decir que reproduce de manera casi idéntica el tiempo de la acción real. El término "panorama", sería un resumen temporal.

cho de muerte. Se niega porque considera monstruoso e ilógico arrancarle a una niña de catorce años esa promesa que coartaría su libertad. "¿Por qué debía ella casarse con un desconocido?" (p. 162). También Alba se rebela después, cuando a la muerte de su padre su madre, muy posesiva en su amor por éste, se marcha a América e impide que Alba vaya con ella, dejándola encerrada en el Palazzo. El escándalo que arma le hará comentar a su tía Margaret, que Alba es "dócil a la razón y rebelde en la injusticia" (p. 210), y desde luego lo comentará con orgullo, atribuyendo ese rasgo a su sangre norteamericana, sangre para la que Lorenzo reivindica un cincuenta por ciento de componente latino, pues cada rama de la familia intenta atraerla a su bando.

La aparición de Alba en la segunda parte, tras esta conversación, la revela como un personaje que en efecto responde a las expectativas de fascinación que como lectores habíamos puesto en ella. Una fascinación que parece residir, según palabras de Lorenzo, en su absoluta singularidad:

> No, eres... iba a decir una "mujer preciosa", pero sería una definición tonta y falsa. He visto muchas mujeres preciosas, pero no he visto ninguna como tú. Eres distinta, con una belleza distinta, con una sugestión diferente. Eres Alba Grey. Eres tú. (p. 251).

Antes aludíamos a esa fuerza interior de Alba que la capacita para cumplir dignamente el papel que el Destino le ha impuesto, y es que desde luego, si no es la sombra del Destino, algo muy parecido planea sobre los personajes de esta novela. Así lo intuye con acierto José M.ª Pemán, en la crítica que realizó de la novela:[83]

83. José M.ª Pemán, "Alba Grey", *La Vanguardia Española,* Barcelona, 28-XII-47. Conviene aclarar que la contraposición entre "las tinieblas" y "lo

Estos seres viven hacia fuera determinados por fatalidad de casta más que por matices de sensibilidad enfermiza. Toda la novela está llena de un misterio soleado. Alba Grey la protagonista, siendo definida y perfilada como una estatua de Canova tiene raíces de misterio como una figura de Poe. Todo en ella está sentenciado desde las lejanías de la sangre, que serían tenebrosas si no fuera esa sangre tan latina. Adivinamos al principio que para su abuelo moribundo es la Muerte. Luego para sus primos Juan Carlos y Lorenzo será sucesivamente el Destino. Todo tenía que suceder así. Por eso hay tanto orden dentro de tanta fatalidad. Por eso Alba es como un juguete de los Dioses; y lo que pone en su vida de transcendencia la idea de "los dioses", la suaviza y llena de gracia la idea del "juguete".

Así es el Destino el que hace que Alba y Lorenzo acaben cumpliendo de modo paradójico, pues ambos se habían negado a ello en un principio, las promesas matrimoniales que el Marqués de Velletri había intentado imponerles desde su lecho de muerte. Promesas a las que

---

soleado" que Pemán mantiene a lo largo de toda la crítica se debe al hecho de que él establece una cierta oposición entre lo mediterráneo y lo germánico, y considera que hay más de lo primero que de lo segundo en la obra, encuentra en ella mucho más de tragedia griega que de relato gótico. Incide mucho, al contrario que otros, en buscarle una filiación española y no europea en la novela, y creo que lo hace movido por esa intención de encontrar las raíces de lo genuinamente español, tan extendida entre todos los intelectuales adeptos al pensamiento del bando vencedor de la guerra civil. Así por ejemplo pone mucho énfasis en el hecho, creo yo que bastante anecdótico y decorativo de que Lorenzo pertenezca a una rama española de la familia, incluso castellaniza el nombre de Gian Carlo en su crítica (como se hacía por ejemplo en todas las traducciones de la época) y sobre todo ve un carácter salvador en el hecho de que al final Lorenzo y Alba regresen a España, así concluye su crítica diciendo que:

"Es esa nueva capacidad infinita de comprender, perdonar y sonreír lo que da aroma de poesía a esas crudas y simples versiones de la vida que son las novelas actuales (...). Esa capacidad que sería hasta peligrosa si al final —¿verdad, universal y cosmopolita Elisabeth?— no dijeran los protagonistas, señalando la última orilla del Mediterráneo "Allí está España..."

ambos se habían negado precisamente por considerarlas injustas y además, según Lorenzo, como algo "teatral" (p. 110), lo cual revela que este personaje es consciente del carácter paródico de folletín que la situación presenta; sobre este interesante aspecto volveremos más tarde.

Intuimos que para Lorenzo, Alba se convierte en "su Destino" en el momento en el que le confiesa a Margaret Grey que había descubierto que el rostro de Alba era el rostro de la estatua situada en el Palazzo, que le había fascinado desde pequeño precisamente por no tener rostro. La idea de ligazón inexorable entre Lorenzo y Alba se confirma cuando, al prenderle en el pecho el alfiler que su tía Margaret le ha regalado, se ve destinado a convertirse en su marido según reza la leyenda sobre tal alfiler. Para Gian Carlo, Alba también se convierte en "su Destino", ya que aparece ante él recordándole el carácter arbitrario e inexplicable de la pasión amorosa, porque "si no se ama cuando se quiere tampoco se odia con desearlo" (p. 336). La ama cuando únicamente querría odiarla, por representar para él todo lo que odia: esa clase que repudió a su madre por saltarse las convenciones sociales, y que le convirtió a él por tanto en un proscrito para la familia. Para él, esa fusión entre un gran nombre europeo y una gran fortuna americana será un objeto constante de burla, por ello suele llamar a Alba "alteza", de modo irónico, y ésta es la última palabra que pronuncia el personaje. Pero a pesar de todo surge el amor entre ellos y él se horroriza porque es algo que está en contra de su voluntad; entonces se explica su reacción, cuando tras haberle confesado que la ama, ella le confiesa que siente lo mismo: "La había mirado como se mira a los fantasmas y había huido como se huye de los demonios para volver una hora después..." (p. 337).

Alba también se siente unida a Gian Carlo por una

fuerza situada más allá de lo humano, y que parece regir los designios de los mortales; así se manifiesta al final de la novela, cuando siente su matrimonio amenazado por la presencia de Leticia:

> A pesar de todo, no podría en cambio quitarle a Gian Carlo jamás. A pesar de todo no podría. Gian Carlo era de ella, y continuaría siendo de ella, por voluntad, no ya de él, ni de ella, sino por voluntad de la vida y de lo que desde más allá de la vida rige y conduce el corazón de los hombres. Si Leticia era tan semejante a Gian Carlo en rebeldía, podría burlar las leyes del mundo, no podría en cambio, no podría jamás, burlar la Ley que actuaba sobre la vida. (p. 376).

Elisabeth Mulder veía en sus dos personajes masculinos una de las principales razones del éxito de la novela.[84] Personajes muy distintos entre sí, y trazados también de una manera muy distinta. Las críticas insisten en los "tonos grises" del personaje de Lorenzo, contrastándolo sin duda con la fuerte personalidad de Gian Carlo. Consuelo Berges[85] lo califica de "magnífico personaje tan magistralmente logrado en los mejores tonos grises", y Carmen Conde[86] escribe sobre él: "Hay un personaje que es como la luz imprescindible para que se puedan 'ver' los otros personajes". Sin embargo, en el personaje de Lorenzo se produce, desde mi punto de vista, una evolución inexistente en el personaje de Gian Carlo que hace que cobre ante nuestros ojos una dignidad que le eleva muy por encima de lo grisáceo.

Cuando comienza la novela, Lorenzo se nos presenta

84. "A fondo...".

85. Consuelo Berges, "Una gran novela...".

86. Carmen Conde, "De Elisabeth Mulder y una novela suya..." (ver nota 66).

como un personaje que tiene algo de *enfant terrible*, al que le gusta provocar e incluso comportarse como un niño malcriado. Se pasea como un tigre enjaulado por los salones del *Palazzo* Velletri, mientras espera la muerte de su tío. No soporta los susurros de sus parientes, que le parecen zumbidos de abejas, e imagina divertido qué pasaría, ya que toda la familia se reúne en torno al lecho de un de Brixia moribundo, si en vez de ser uno, fueran dos los agonizantes. Incluso escandaliza al venerable mayordomo —la servidumbre en las novelas de Elisabeth Mulder es tan venerable, cuando no más que sus amos— calificando de decrépitos a la mansión y a su tío, y mostrando las ganas que tiene de prenderle fuego a todo ello. Se divierte tratando con desdén y superioridad a Berta, la joven criada, a la que intenta poner en su sitio, por esas "confianzas" y esas "condenadas familiaridades" (p. 96) que se toma con él, lo que nos hace sospechar acertadamente que él se las había tomado antes con ella, y se burla de Alba cuando ésta demuestra ser mucho más madura que él. Lo que en realidad le pasa a Lorenzo es que aún no ha crecido; se comporta así con respecto a Berta dejándose llevar por una especie de sentimiento de revancha porque hace dos años se había reído de él, cuando ingenuo e inexperto le había confesado su amor. Realmente a sus diecinueve años no ha cambiado mucho, aunque se empeñe en hacerle ver a Berta que ahora ahoga sus penas en coñac y no en chocolate. Sigue siendo un adolescente ante el amor, como lo demuestra su necesidad imperiosa de encontrar un objeto en el que depositar su idealización amorosa, sin importarle demasiado quién sea éste. Lo mismo le da la enfermera que cuida de su tío o Miss Burnett, la institutriz de Alba. Claro está que, cuando sus ideales chocan con la realidad normal y corriente, pasa con facilidad de la idealización más sublime a la degradación más vulgar. Pocas descripciones más despiadadas podemos encontrar que la que se hace de Miss Burnett a través de los ojos de Lorenzo (p. 150), insistiendo en sus aspectos de solterona poco agraciada, y haciéndonosla aparecer poco menos que como un ser repugnante: se fija en su "piel encendida, con grandes zonas descoloridas como lunares blancos", en sus mejillas "mofletudas", que tendían a "la flacidez", o en sus ojos que "demasiado abiertos tenían una mirada inquietantemente hambrienta". También se destaca la vulgaridad de la enfermera cuando en su descripción el narrador, desde el punto de vista de Lorenzo, emplea recurrentemente el adjetivo "mediana" (p. 93). Probablemente ninguna de las dos sea tan horrible como Lorenzo las pinta, ni tampoco Miss Burnett sea tan maravillosa como la ve luego su enamorado Monsieur Paul, idealizándola por el amor que siente por ella: "hermosa, casi rubia, con la piel muy blanca y las mejillas avivadas por los más bellos colores" (p. 176). Valgan estos ejemplos pues, como muestras del uso del perspectivismo en las descripciones, del que Elisabeth Mulder se vale para hacernos ver a sus personajes a través de los ojos de otros personajes.

Lorenzo adquiere su madurez como personaje cuando asume su amor por Alba, un amor que:

> Feliz o desafortunado, aceptado o no, este amor suyo era de una categoría afincada en la predestinación, en lo misterioso, en lo maravilloso, y jamás, jamás volvería a producirse (p. 259).

Se enamora en silencio de ella, sin atreverse a confesárselo, y se lamenta de no haber aceptado la promesa de matrimonio que le exigió su tío. Comparte con Alba una complicidad basada en muchas pequeñas cosas en común, espera que ella sienta lo mismo por él; y sin embargo desde el momento en el que Gian Carlo aparece en escena se da cuenta de que su pérdida es inevitable y, por inevitable precisamente, sobrarían las quejas por su parte. También él como Alba es poseedor de "una sensibilidad de muchos quilates que aborrece lo teatral" (p. 206). Siente la presencia de algo intangible entre ellos que les separa:

> Y reconoció la presencia del fantasma. Una niebla, fina, inmaterial, se alzaba ante él, acercándose, envolviéndole. Ya no veía a Alba si no era a través de aquella niebla (p. 303).

Este personaje que asume con integridad y dignidad lo inevitable, poco tiene ya que ver con el jovencito malcriado que conocimos en la primera parte, o con el joven decadente y hastiado de la vida placentera que se mueve en el exótico ambiente egipcio del comienzo de la segunda parte. Su encuentro con Margaret Grey parece prepararle para un cambio de vida, que probablemente ansiara sin saberlo. No en vano, ella le había advertido con esa ironía que la caracteriza que: "Limitarse a una sola mujer es un esfuerzo como otro cualquiera y a veces un arte. El dominio de esa técnica se llama amor. Espere a estar enamorado" (p. 222). Claro está, que esa mujer no podría ser otra que Alba, y él ya comienza a intuirlo desde el momento en el que se sorprende considerándose infiel a ella mientras está con Daphne Grahan. Margaret Grey, al igual que le enseña la auténtica esencia de Egipto, parece enseñarle la auténtica esencia de su alma, revelándose como una observadora muy hábil.

Nada es perfecto en esta vida. Así que el amor entre Alba y Lorenzo parece sustentarse no en una gran pasión, sino como reconoce Alba, en el hecho de que ambos se entienden muy bien; mientras que el amor entre Alba y Gian Carlo es en cambio una gran pasión en la que apenas se entienden. Para Gian Carlo es un auténtico *"amour fou"*, que no puede hacerse compatible con ninguna otra actividad de la vida cotidiana, vive tan sólo para amarla, exigiendo lo mismo a cambio, aunque sienta que por eso se "desintegra" su personalidad, y necesite de vez en cuando huir de ella saliendo a cazar con el guardián que cuida la finca en la que pasan su luna de miel. Una luna de miel que él propone como eterna, en un intento de mantener su amor aislado de todo y de todos. Asistimos entonces, a un panorama temporal en el que se refleja de modo muy hermoso cómo la pareja va demorando continuamente su decisión de regresar a la "civilización", porque siempre encuentran motivos para no hacerlo en el cambio de la naturaleza:

> En septiembre presenciaron las alegres faenas de la vendimia en las colinas cercanas, que recogían en su halda al pueblito. Y dijeron que después de la vendimia regresarían a Florencia. En octubre el bosque se convirtió en un mar de oro trémulo. Y dijeron que cuando aquel oro se hubiera transformado en oscuro cobre regresarían a Florencia. En noviembre encendieron por primera vez la chimenea y fueron ante ella, las más dulces veladas, leyendo y charlando, viendo las grandes sombras, que las llamas ponían en movimiento, brincar por los rincones y trepar alocadamente por las paredes. Y dijeron que antes de Navidad regresarían a Florencia... (p. 353).

Una vez que se impone el regreso a Florencia, Gian Carlo no consigue integrarse en la vida de Alba y se siente completamente desplazado en ese ambiente. Es muy significativo el episodio de la modelo, episodio casi barojiano, que acude a posar para él sintiéndose intimidada al principio, para darse cuenta luego de que él también lo está, de que él también parece un huésped incómodo:

Tenía la sensación de que también allí a pesar de todo, se escondía algo que era como ella: patético y miserable. También allí había algo parecido a lo que ella sentía crónicamente: una especie de hambre (p. 364).

Y claro, por si fuera poco, para completar este panorama desolador, ahí está Leticia, la causa inmediata del conflicto, a la que pronto volveremos.

Gian Carlo se presenta como un personaje arrollador; es el artista maldito y el héroe romántico. Como requieren los cánones está caracterizado por su orgullo y soberbia demoníacos. Pero creo que lo más interesante, es que en él podemos ver una cierta reflexión metaliteraria por parte de la autora. Es un personaje que está fuera de su época y de su ambiente. Se ve arrojado a un mundo práctico, moderno y civilizado donde la gente no es como él; causa al principio el mismo efecto que un elefante en una cacharrería, pero luego se siente desvalido. En este mundo ya no hay sitio para él; sin duda esto ya no es *Cumbres borrascosas,* y no me refiero precisamente a "las de la calle Aribau".

Como ya hemos señalado las manifestaciones acerca de su orgullo que le acercan a lo demoníaco son numerosas. Alba acaba manifestando, ante el comentario de Lorenzo que define a Gian Carlo como al hombre más peligrosamente orgulloso que ha conocido jamás. "Sí lo es. Tiene el orgullo de su raza agudizado y pervertido por las circunstancias de la vida. Hay que tener cuidado con él." Y finalmente reconoce: "no me extrañaría que hubiera algo diabólico en Gian Carlo" (p. 320). Se insiste, con una técnica casi naturalista de animalización del personaje, en su aspecto de fiera salvaje. Se alude en repetidas ocasiones, convirtiéndose casi en un *leit-motiv* del personaje, en sus dientes, blancos, brillantes, e intuimos que afilados, en definitiva "caninos", e incluso en una ocasión se alude además a sus orejas:

> Y había aguzado las orejas. Sí, las había aguzado tanto en el sentido figurado, como en el literal. Sus orejas, que eran, por cierto muy finas y bien modeladas, típicas orejas De Brixia, parecieron tensarse y afilarse. En todo caso, se estremecieron. Una especie de vibración pasó por ellas y se estremecieron como las de un animal sensitivo que oye un ruido anómalo y está intrigado y alerta, escuchándolo (p. 328).

Detalles que nos hacen pensar que Gian Carlo es "el lobo feroz", con todas las connotaciones que queramos ver en ello, así que no nos debe extrañar que Alba le vea como un peligro, y ante la pregunta de Lorenzo acerca de que en dónde ve el peligro, responda: "No lo sé, él mismo es el peligro" (p. 320).

Por cierto que Leticia, comenta acerca de los dientes de Gian Carlo:

> Pero lo que verdaderamente admiro en él es su boca. ¿Cómo se las compone, con esa boca para no parecer un anuncio de dentífrico? Y no lo parece, sin embargo ni siquiera cuando se ríe dejándole a uno deslumbrado. No he visto nunca tanta blancura de esmalte. Cuando se ríe parece que abre la puerta de un cuarto de baño. Pero no es una boca trivial, ni fría, no. ¿Recuerdas las carcajadas del diablo en *Mefistófeles*? Pues la boca de Gian Carlo parece indicada para una risa así, una risa de bajo, profunda, pastosa, voluminosa, resonante... diabólica (p. 329).

No me interesa de este comentario lo que incide nuevamente en el aspecto diabólico de Gian Carlo, sino el comentario irónico acerca de la blancura de esmalte de sus dientes, que descontextualiza comparándola con la del esmalte de un cuarto de baño, y la alusión al anuncio de dentífrico. Este distanciamiento irónico a la hora de ver a sus personajes acerca a Elisabeth Mulder a los novelistas de vanguardia, prosistas deshumanizados, de los que ella no se consideraba representante. Es típico en su obra el valerse de comentarios humorísticos, bien de su narrador o bien de otros personajes, para "desautomatizar" situaciones literariamente tópicas y convencionales. Así por medio de Leticia, en este caso, se burla de la insistencia en mostrar ese rasgo de Gian Carlo, para que comprendamos nosotros lectores, que desde fuera del texto ya nos hemos dado cuenta de ello y nos molesta, que desde dentro del texto se tiene esa misma conciencia y se emite un comentario que pudiéramos haber hecho nosotros mismos. Este juego entre el lector y el texto es un rasgo de clara modernidad en la narrativa de Elisabeth Mulder. Tenemos otros buenos ejemplos en la novela: se deshace una situación de romanticismo edulcorado cuando Alba, ante la insistencia de una florista muy típica para que Lorenzo le compre un enorme mazo de rosas rojas, exclama: "¿Cómo voy a ir yo por el mundo con ese jardín? Pareceré una estatua alegórica: Flora o Ceres o algo así…" (p. 293). En otra ocasión es el narrador quien apostilla irónico ante la descripción de una modelo: "una muchacha pálida y delgada, con los ojos melancólicos y aspecto de tuberculosa", "era bonita, con una belleza de cromo sentimental y tenía una sonrisa permanente que crispaba los nervios" (p. 284). Se dan además toda una serie de comentarios en los personajes que pueden ser considerados como metaliterarios ya que con cierta "conciencia de sí" ironizan cuando las situaciones son extremas remitiendo esos posibles excesos literarios que en el texto pudiera haber a un género determinado. Ya hemos comentado cómo a Lorenzo le parece "teatral" el que su tío le haga prometer en su lecho de muerte que se va a casar con

Alba. Y el mismo Lorenzo comenta en otra ocasión: "Ahora comprendo todo, *como dicen en los dramones...*" (p. 261, el subrayado es mío), o Gian Carlo en una situación de especial tensión:

> Hacer los honores, querida Alba... Y eso ¿qué es? —había preguntado con irritante afectación e inocencia sonriendo torcidamente. Yo soy un ser simple, no entiendo muy bien esa fórmula, que por otra parte *recuerdo haber visto alguna vez en los novelones que leía mi abuela y que tal vez, por eso me resulte un poco anticuada y anacrónica en tus labios.* Hacer los honores... [La cursiva es mía.] (p.359).

Ya que hemos mencionado a Leticia, bien está que pasemos a ocuparnos ahora de ella. Este personaje parece estar diseñado sobre el modelo de la *femme fatale* finisecular, típica del modernismo. Personaje perverso donde los haya, arrastra al infierno y a la perdición a los hombres que caen en sus garras. En su descripción se potencian los elementos negativos. Sabemos que es pelirroja y con los ojos verdes, dos características nada fiables según la tradición popular y literaria; pero es que sus ojos no son además de un verde convencional sino de un verde de "óxido" o de "tóxico" (p. 325). Se insiste además en su aspecto flexible y felino, como algo inquietante y diabólico; así Alba la contempla:

> ...enroscada en una esquina del sofá, con el cuerpo un poco inclinado hacia el fuego, que hacía más duros los ángulos agudos de su cara y más profundas las luces verdes de sus pupilas (p. 369).

Y poco después la propia Leticia se compara a sí misma con un gato montés y a Alba con un gato de angora, aunque lo más interesante no es la comparación, sino cómo se realiza ésta. El narrador indica que su voz "descendió varios tonos y se hizo espesa, lenta y perezosa". Indudablemente sólo le falta ronronear.

Hay una gradación en la consideración de Leticia como un personaje negativo. Gradación que la lleva de ser un "elfo" o duendecillo travieso hasta ser esta especie de ser demoníaco y enloquecido del final, consumida por el deseo de conseguir a Gian Carlo, meta que parece haberse impuesto desde la primera vez que lo vio. Digo "consumida", porque existe una complacencia casi propia del naturalismo en mostrar la incidencia de los rasgos fisiológicos en su carácter:

> Era nerviosa en grado alto, propensa a anemias y fiebres fulminantes, a cambios de humor y depresiones del espíritu, pero era sin ser bella, extraordinariamente atractiva y, a pesar de ser débil y enfermiza, lograba imponerse a personas dotadas de vigor y de carácter por la sola fuerza de su originalidad, de su fragilidad —física y moral— y de su portentoso egoísmo. Tenía la fuerza de los débiles, que es una fuerza terrible y a menudo devastadora (p. 254).

Tendencia fisiológica que se acentúa al final de la novela:

> Estudió su rostro y halló en él una tensión, una intensidad, una especie de apasionamiento que nunca había percibido. Y se dijo que la enfermedad había dejado en ella, indudablemente, un gran desquiciamiento nervioso y relacionó con él la extraña mirada... (p. 369).

Se llega a advertir incluso que "había adquirido en aquellos días la costumbre de morderse los labios como por una especie de tic" (p. 371).

Pero es difícil mantener a estas alturas el tópico por más tiempo, y podemos ver también en Leticia una cierta superación del arquetipo. Tiene un componente demasiado fuerte de ese sentido práctico, incluso cínico, una fuerte dosis de "lo moderno" a lo que hemos aludido antes. Ella misma es consciente hasta de su modernidad física y, contraponiéndose claramente a Alba alega:

> ...El verdadero tipo de belleza actual es el de mi fealdad. Yo no cambiaría mi nariz un poco irregular, por la más bella nariz clásica; mi áspera cabellera roja por los más sedosos cabellos rubios... o negros; mis ojos de un verde rabioso, por los más dulces ojos de cualquier otro color, cualquier otro verde... o azul impreciso. ¿Comprendes? (p. 366).

Leticia dista mucho de ser un personaje romántico y apasionado, como Gian Carlo, capaz de arriesgar hasta el final en su apuesta. Con ella siempre se llevará las de perder, porque sabe muy bien ponerse a salvo a última hora. Cuando finalmente huyen juntos, y Gian Carlo va conduciendo a gran velocidad, ella le apostilla, práctica, cauta, y sobre todo asustada ante el hecho de que a él no le importe matarse, "pero es que podrías matarme a mí también", a lo que él le responde: "eso tampoco me importaría". Se puede ver entonces la diferencia radical entre ambos personajes que están modelados sobre bien distintas tradiciones literarias, y se demuestra que ese "bárbaro y alucinante amor al peligro", que parecía común a ambos no lo es tanto en el caso de Leticia. Ella se queda corta cuando le dice a Gian Carlo que tienen el mismo demonio en común, "el de hacer todo por conseguir sus deseos"; en cambio él acierta plenamente cuando al disponerse a montar a Orlando —nombre profético de furia donde los haya, que nos recuerda además al caballo de la narración "Metzengenstein" de Poe— le grita: "Vamos a llevar de paseo a nuestro demonio". Ha intuido que es con él y no con Leticia con quien lo comparte, y por lo tanto se dispone para su único final posible: el ser destruido por un ser tan furioso y apasionadamente irracional como él mismo. Un ser que pertenece a su mismo ámbito mítico de aspiración al ideal absoluto del Romanticismo, un ser vestigio de otra época, como él mismo; porque los civilizados humanos del mundo moderno, como se revela en el agridulce final entre Lorenzo y Gian Carlo, tienen que conformarse con "intentarlo" solamente. Han aprendido a consolarse, como la misma Elisabeth Mulder declaraba,[87] siendo felices "al margen de la felicidad".

Es privilegio de los grandes creadores, el trazar personajes e historias secundarias de tal entidad que se pudiera escribir otra novela entera acerca de cada una de ellas. En *Alba Grey* nos encontramos con numerosos ejemplos de ello.

La historia de amor entre Miss Burnett, la institutriz de Alba, y Monsieur Paul, el chef del Palazzo Velletri, retrata dos personajes de sensibilidad extraordinaria, tratados con la misma extraordinaria sensibilidad por parte de la autora, dos personajes en apariencia insignificantes, grises y cotidianos, pero revestidos de toda la dignidad que esa misma "grisura" pueda darles. De ellos acabamos sabiendo todo lo que necesitamos saber, pero contado con técnicas muy distintas; mientras que de Miss Burnett lo conocemos mediante un largo *flashback* rememorado por

87. Estas palabras proceden de una entrevista a Elisabeth Mulder recogida en un reportaje titulado "Cinco mujeres con ideas propias", firmado por Mercedes Dexeus. Desgraciadamente no puedo dar más datos para su localización, ya que tuve acceso al mismo revisando papeles personales de la autora, y las páginas de dicho reportaje estaban sueltas y sin ninguna referencia de su publicación. Se recogían en el mismo declaraciones de Susana March, Carmen Conde, Carmen Kurz y Ana M.ª Matute además de las de Elisabeth Mulder, que a la pregunta "¿Qué le intriga de nuestro mundo?", responde: "Su explosión. ¿No es eso lo que los científicos andan buscando?... Pero no estoy hablando en serio. Hoy se busca como siempre la felicidad. Pero hemos llegado a un punto cuya salida no podemos adivinar todavía. Creo que debemos ser felices al margen de la felicidad. Apartando la idea fija de ser felir, se puede llegar a serlo sin enterarse."

ella misma, de Monsieur Paul sólo se nos dan unas pince-
ladas, pero muy elocuentes, para conocerle, simplemente
nos basta con saber que:

> Sólo un poeta lírico podía llamarle a una ensalada de remola-
> chas "Cœur de rose", y a un puré de zanahorias "Tendré soleil",
> y a una poularde al vino de Tokay, "Vien cherie" (p. 169).

Después de esto poco nos importa que además el personaje escriba poemas, es un hecho consustancial a su personalidad, lo más importante de él es que es capaz de con-
vertir en poética hasta la actividad cotidiana más prosaica.
Resultan muy cómicos en esta historia los remilgos que
Miss Burnett siente al principio ante él, ya que ella es una
mujer educada y culta y él un simple cocinero, para acabar descubriendo finalmente que en realidad es un alma
exquisita, que como ella siempre ha estado esperando ese
amor que nunca llegaba.

Es hermosísima también la historia de amor no correspondido, por imperativo social, entre el Doctor Bargione
y Laura Cristina, la madre de Alba. Amor descubierto
por Assunta, temible ama de llaves, ante cuya mirada "incluso un de Brixia podía verse obligado a bajar los ojos"
(p. 97), por lo que el pobre doctor se sentirá avergonzado
durante toda su vida. Su imagen, inmediatamente antes
de atreverse a confesarle su amor a Laura Cristina, apoyado en los barrotes de hierro de la verja del palacio familiar
"cogido a ellos con ambas manos como un preso que sueña con la libertad" (p. 265), es muy difícil de olvidar.
Como también lo es la historia entre el guardián del coto
de caza y su esposa, un amor sencillo y sin complicaciones
que sirve de contrapunto al de los protagonistas; o la
de los Marqueses de Velletri, los abuelos de Alba, que
después de cuarenta y siete años juntos no saben muy bien

si se quieren o no. Hay además episodios divertidos contados con la gracia y elegancia de una comedia de Ernst Lubitsch;[88] me refiero al de la borrachera de la doncella, Berta, que sólo descubrimos cuando a la mañana siguiente Fabio, el dignísimo mayordomo, le pregunta a Lorenzo si figura entre sus atribuciones el tenerle que poner compresas frías a una jovencita borracha. Pero el personaje más inolvidable, por fascinante, es sin duda Margaret Grey, la tía de Alba, que merece un tratamiento aparte.

Margaret Grey pertenece a esa clase de personajes "superficialmente-profundos" que podemos encontrar en las obras de Oscar Wilde o del ya citado Sommerset Maughan; en realidad parece de la misma familia que Elliot Templeton, el tío de la protagonista de *El filo de la navaja*. Personajes que ejercen como agudos observadores de

---

88. Ernst Lubitsch (Berlín, 1892 — Hollywood, 1947). Empezó su carrera en Alemania donde a los 19 años debutó como actor en la compañía de Max Reinhardt, pronto saltó al cine y a partir de 1915 se dedicó a la dirección. En sus primeras películas se decantó por la recreación histórica, *Carmen* (1918), *Madame du Barry* (1919), pero posteriormente prefirió la comedia y la opereta, aún en el cine mudo. Su consagración llegó con su salto a Hollywood y ya en el cine sonoro. Lubitsch ha pasado a la historia como un director de una comedia, elegante, pícara, sutil, irónica y tremendamente inteligente. Es característica de su estilo la economía narrativa basada en la elipsis de las imágenes, sobre todo para resolver situaciones eróticas, pues es su comedia una comedia fundamentalmente de enredo. Es típico en él el recurso a las puertas que se abren y se cierran, sin duda heredado del *vaudeville,* pero del que él saca un partido muy inteligente. Todo ello ha llevado a los críticos a acuñar el término de "toque Lubitsch" para definir su estilo. Entre sus películas más famosas figuran: *Un ladrón en la alcoba* (1933), *La octava mujer de Barba Azul* (1938), *Ninotchka* (1939), y *Ser o no ser* (1942).

Empleo la referencia a Lubitsch en este pasaje de *Alba Grey,* precisamente por el uso que en él se hace de la elipsis, lo que nos hace gracia es que no presenciamos la borrachera sino sólo conocemos el relato de sus consecuencias.

todo lo que les rodea, que parecen estar de vuelta de todo, sin estarlo de nada, y que prodigan una brillante ironía, e incluso cinismo, hasta en sus más mínimas manifestaciones, exquisitamente educados, sabios, sibaritas, y sobre todo, expertos consejeros, porque "más sabe el diablo por viejo que por diablo", sin tener la más mínima intención de sentar cátedra por ello. Elisabeth Mulder suele reservar este papel a personajes femeninos, lo cual no es extraño porque estos personajes suelen construirse, permítaseme la osadía, como *alter ego* ideal de su creador, sobre todo en el caso de que el creador tenga el exquisito sentido del humor de los casos citados. Así Margaret Grey —que ante el comentario de Lorenzo: "Es usted la mujer más inteligente, más frívola y superficial que he conocido jamás", responde: "No exagere, sólo aspiro a serlo. Sólo una simple aficionada" (p. 215), responde al mismo tipo que la Karen de *El hombre que acabó en las islas,* cuando le aseguraba a su sobrina Ingrid, que: "Yo no hablo nunca completamente en serio. Ni nunca completamente en broma".[89] Son mujeres independientes y liberadas que actúan sin importarles la opinión que los demás puedan tener sobre ellas.

Somos testigos de una larguísima conversación entre Margaret y Lorenzo en la que se revela lo que ha sido de Alba desde que murieron su abuelo y su padre, se nos cuenta su matrimonio con el casi anciano duque de Paliano-Vasi y su posterior viudez. Pero además de la importancia de lo que se cuenta, está la importancia de cómo se cuenta, y se cuenta con ese empleo magistral del diálogo que caracteriza a Elisabeth Mulder, al que ya hemos aludido con motivo de la crítica que Ángel Zúñiga le dedicó a

89. Elisabeth Mulder, *El hombre que acabó en las islas,* Barcelona, Apolo, 1944, p. 230.

Alba Grey.[90] Un diálogo que refleja perfectamente la psicología de los personajes,[91] en el que bajo una apariencia frívola se dicen las verdades más serias. Parafraseando términos, podríamos calificarlo como de propio de una "alta novela", en el que prima la agudeza de ingenio y la réplica justa, siempre a la altura de las circunstancias. Precisamente ese componente de juego, e incluso de combate a veces, cuando se da entre dos personajes de sexo opuesto, lleva implícito un fuerte componente de seducción; seducción que puede ser solamente intelectual o más abiertamente sensual, como en el caso de algunos de los diálogos que se dan en cualquiera de las parejas que se forman a lo largo de la novela. En el caso de Lorenzo y Daphne Graham, el diálogo llega casi a extremos de "novela negra". También cuando Lorenzo y Gian Carlo discuten delante de Alba, están usando su ingenio como arma en un combate que parece destinado a deslumbrarla para que decida con cuál de los dos se va a quedar.

Dentro del episodio de la conversación entre Margaret y Lorenzo, en el que ya hemos aludido a que Margaret actúa como buena observadora ayudando a Lorenzo a conocerse mejor a sí mismo, destaca la historia acerca del asesino esteta que ella le cuenta. Esta historia refiere el caso de un amante de la belleza que se casa con una mujer fea a la que induce indirectamente al suicidio, para acabar de modo paradójico enamorado de otra mujer que él desprecia y cuya única manifestación de belleza exterior resi-

90. Ver nota 47.

91. Entrevista emitida por Radio Nacional de España en Barcelona, dentro del espacio "Sincérese usted", el día 14-3-51, en ella la autora expone: "...Lo que verdaderamente me importa es saber dar exactamente el clima psicológico que los personajes requieren y traducirlo con agudeza al diálogo". (Agradezco a don Enrique Dauner Mulder que me haya dejado acceder a la transcripción de dicha entrevista).

de en su voz. Este relato se inscribe en la línea de otros muchos que escritores europeos y norteamericanos de la época, piénsese por ejemplo en Paul Bowles,[92] incluyen en sus novelas, utilizando el recurso de la historia oral enmarcada en la trama de la novela, que situada en el contexto de un viaje del personaje a un escenario exótico, se constituye en una especie de parábola que refleja en el personaje otro viaje: el interior, el del descubrimiento de sí mismo. Estas historias son espejos de las paradojas que encierra el alma humana; nada por lo tanto más apropiado para una autora a la que le fascinaba su contemplación, ya que como ella misma manifestaba:

Mi oficio es escribir; mi vocación observar.[93]

MARÍA DEL MAR MAÑAS

---

92. Paul Bowles, escritor y compositor nacido en Nueva York en 1911. Estudió composición con Aaron Copland, y en 1938 se casó con la también escritora Janet Auer. Antes de la Segunda guerra mundial vivió en Europa, y después de ella se instaló definitivamente en Tanger. Entre sus novelas caracterizadas por una minuciosidad del análisis psicológico en sus personajes, y en las que utiliza frecuentemente el tema del viaje como símbolo del viaje interior, destacan, *Déjala que caiga, Un episodio distante, Misa del gallo,* o *El cielo protector.* Precisamente en esta novela encontramos un ejemplo del tipo de historia enmarcada a la que me refería al hablar de *Alba Grey* en la historia que escucha el protagonista acerca de tres muchachas cuyo mayor sueño era poder tomar el té en el Sahara, y que da, por cierto, el título a la primera parte de la novela, "Té en el Sahara".

93. Elisabeth Mulder, "Autocrítica a *Crepúsculo de una ninfa"*, *La Estafeta Literaria,* Madrid, 1-2-59.

Bibliografía selecta
sobre la autora y su obra

Berges, Consuelo, Prólogo a la antología poética de Elisabeth Mulder recogida en *La Lírica Hispana,* Caracas, agosto de 1962, año XX, n.º 232, pp. 8-24.

—, Prólogo a la edición de la novela de Elisabeth Mulder *La historia de Java,* Albacete, Ayuntamiento de Albacete, 1987, pp. 7-18.

Entrambasaguas, Joaquín de, Prólogo a la edición de la novela de Elisabeth Mulder *Alba Grey,* en *Las mejores novelas contemporáneas,* Tomo XI (1945-1949), Barcelona, Planeta, 1969.

Galerstein, Carolyn L., *Woman writers of Spain. An annotated biobibliographical guide,* New York, Greenwood Press, 1986, pp. 226-228.

Mulder, E., en AA.VV., *El autor enjuicia su obra,* Madrid, Editora Nacional, 1966, pp. 191-198.

Nora, Eugenio de, *La novela contemporánea,* vol. II (1927-1936), Madrid, Gredos, 1968, pp. 402-407.

Criterios de la presente edición

Sigo íntegramente el texto de la edición de Joaquín de Entrambasagüas, incluida en el volumen n.º XI de *Las mejores novelas contemporáneas,* Barcelona, Planeta, 1966. Solamente me he limitado a corregir algunas erratas obvias, principalmente de concordancia gramatical, que en ella se mantenían.

* * *

Agradezco la colaboración de Don Enrique Dauner Mulder y de su esposa, Dña. M.ª Luísa Tapias Cerdá, que amablemente me han brindado todo el tiempo, la atención y el material necesarios para la realización de esta edición. Agradezco también las sugerencias de Marina Mayoral, y finalmente a todos aquellos que de una manera u otra me han ayudado en la redacción de las notas del texto, cuyos nombres especifico en las mismas.

ALBA GREY

PRIMERA PARTE

Habían llegado por la tarde, hacía ya varias horas, pero aún no les había sido posible ver al enfermo. Estaba tan postrado aquel día, que el doctor Bargioni no le permitió recibir visitas, temeroso de que el menor esfuerzo le fuera fatal. Todos sabían, naturalmente, que se estaba muriendo; también lo sabía él.

—Pero no me moriré —afirmaba— hasta que llegue mi nieta. Esperaré a que llegue mi nieta para morirme.

Estas palabras parecían de una gran arrogancia en un ser extenuado al punto en que él lo estaba: en realidad, moribundo; pero el viejo marqués los tenía tan acostumbrados a determinar por sí mismo todos los actos de su vida, desde los más nimios hasta los más importantes, que parecía natural que éste también, el de su muerte, dependiera de su voluntad. No, no se moriría hasta que él quisiera, y no quería morirse hasta que llegase su nieta. Aquellos otros parientes, sus sobrinos y los hijos de sus sobrinos, que habían venido de España para verle morir, podían esperar o podían volver a marcharse si tenían prisa. A él le daba igual. Por eso cuando el doctor se opuso a que los recibiera aquella noche, no protestó. Solamente quiso cerciorarse:

—Lorenzo ha venido también, ¿verdad?

—Sí, también.

—Me gustará verle. Más tarde.

Y cayó de nuevo en una gran indiferencia y en aquella especie de letargo consciente en que, desde su gravedad, estaba frecuentemente sumido. Las breves palabras pronunciadas le habían fatigado en extremo, y el jadeo de su respiración habíase hecho más acelerado y angustioso. No pareció notar la inyección de coramina[1] que el doctor se apresuró a aplicarle.

En el pequeño salón de la marquesa, cercano a la estancia donde yacía el enfermo en larga y lúcida agonía, se reunieron, después de cenar, los parientes recién llegados. Pertenecían éstos a lo que los Velletri denominaban "la rama española". Eran Roberto de Brixia, hijo del ya fallecido hermano menor del marqués; su esposa, Ana Guzmán de Sotomayor, y los hijos de ambos: Irene y Lorenzo. Tenían otra hija menor, Leticia, que había quedado en España, en el colegio, pues era todavía una niña.

Desde el saloncito de la marquesa, separado del cuarto de su marido únicamente por una antecámara cuya puerta de comunicación con el dormitorio permanecía abierta, podían oír al enfermo en el caso de que llamara o se agitase, y el enfermo, a su vez, podía oírlos a ellos si elevaban normalmente la voz. Para evitar esto hablaban muy bajo, en un murmullo nervioso, rápido y continuo, pues hacía más de dos años que tía y sobrinos no se veían y no estaban faltos de cosas que contarse. Sin embargo, aquel acelerado bisbiseo acabó por afectar los nervios de Lorenzo, cuyos diecinueve años rebosaban impaciencias, y al cabo

---

1. *coramina:* es el nombre comercial de la fórmula de la dietilamida del ácido pirin-B-carboxílico. Medicamento utilizado para las afecciones cardiacas.

de un cuarto de hora de susurrar y oír susurrar de aquella suerte, se dijo que parecían una reunión de abejorros. Este pensamiento le divirtió un instante y se escuchó a sí mismo y a los demás con una sonrisa interior, afirmándose que, en efecto, la conversación no era sino un persistente zumbido. Pero de pronto se le hizo imposible soportarlo más tiempo. Para olvidarlo recorrió el salón con la mirada; mas todo cuanto contenía le era conocido y carecía de interés para él, de manera que no encontró solaz en su contemplación. En cambio, hubo de fijarse nuevamente en la chimenea de mármol blanco, de indeciso estilo Luis XV,[2] que había olvidado, y su fealdad volvió a herirle y a indignarle. No comprendía a su tía. ¿Cómo podía sentarse cerca de semejante chimenea y sentir ni siquiera el calor ante ella? A él le era imposible mirarla sin tener la sensación de que le helaba hasta los huesos. Se los estaba helando ahora, aun cuando ardía tan vivamente, cargada de crepitantes leños.

—¿Estás cansado, Lorenzo? —le preguntó su madre inesperadamente.

—¿Yo? No; en absoluto. ¿Por qué he de estar cansado?

—¡Chis! —le conminaron cuatro zumbidos a la vez. Sin darse cuenta había alzado la voz.

—En absoluto —repitió en un ahogado, lúgubre susurro—. Pero... ¿de veras oiría tío Gaetano nuestra conversación si hablásemos normalmente?

---

2. *estilo Luis XV:* es el estilo decorativo utilizado en mobiliario en Francia durante el reinado de dicho monarca (1714-1744). También es conocido como "rococó", nombre éste despectivo que le dieron los alemanes debido a la "rocalla", volutas decorativas que imitaban la forma de las conchas que en él se usaban. Es un estilo en el que el predominio de la curva llega a sus últimas consecuencias huyendo deliberadamente de toda simetría, prefiriendo las formas arriñonadas dispuestas también en forma asimétrica.

—Claro —repuso su tía—. Se da cuenta de todo.

—Entonces, tal vez no esté...

—¡Lorenzo! —exclamó su madre.

—Sí, Lorenzo; *está* muriéndose —afirmó la marquesa—. No hay duda.

Irene, al oírla, se estremeció de pies a cabeza y miró a Lorenzo con reproche. Amaba a su tío Gaetano, y la muerte le inspiraba un miedo supersticioso. Además, su novio se había quedado en España y la separación la afectaba, causándole un aterrado desconsuelo, como si fuera una niña pequeña y estuviera perdida en un bosque embrujado, con trasgos y duendes y toda suerte de seres misteriosos pululando en torno de ella. Sí, tener miedo era una cosa horrible y enloquecía un poco. Pero tal vez perdería el miedo después de haber hablado con Juan. Tenía pedida conferencia con él para aquella misma noche y estaba aguardando la llamada como si se tratase del genio benéfico que habría de sacarla del encantado bosque. Su espíritu, pues, hallábase enteramente dominado por la idea terrorífica de su tío moribundo y la esperanza salvadora del teléfono. La ligereza de su hermano, al apartarla de lo uno y de lo otro e imponerse a su atención, le produjo una especie de sacudida, de empujón violento, casi brutal. Y volvió a mirarle con reproche; pero si él captó su repulsa, fingió no percibirla.

—Entonces —siguió Lorenzo, acosado por su fastidio—, ¿no sería mejor que nos fuésemos a conversar a otro lado, tía Giovanna? Molestaríamos menos a mi tío y podríamos hablar sin atragantarnos con las palabras...

—No, Lorenzo —repuso ella—; yo no puedo marcharme de aquí, pero ve tú si quieres... Id vosotros.

—¡De ninguna manera! —protestaron los demás.

—Yo he de quedarme —continuó la marquesa—, porque la enfermera está cenando y luego saldrá a dar su paseo cotidiano por el parque. Le he dicho que permaneceré al cuidado de Gaetano hasta que ella regrese. Nos turnamos.

Lorenzo abrió la boca y la volvió a cerrar violentamente, ahogando un bostezo.

—¿Hay una enfermera en la casa? —preguntó—. ¿Cómo es?

—Excelente —contestó Giovanna sin captar el verdadero significado de la pregunta—. Nos la trajo el mismo Bargioni. Es de toda confianza.

Oyeron al enfermo moverse en el lecho y quedaron todos atentos, en suspenso, prontos a correr a su lado si percibían alguna señal de que los necesitaba. Pero no oyeron nada más, y, tras un expectante silencio, la marquesa se levantó y, de puntillas, pasó a la antecámara, se acercó a la puerta de comunicación con el dormitorio y desde allí estuvo contemplando a su marido durante un rato.

—No es nada —dijo al regresar, volviendo a sentarse junto al fuego—. Parece tranquilo. Duerme, creo.

Tendió las manos hacia la chimenea, y sus pálidas palmas parecieron traslúcidas al ser coloreadas por el fuego. No hacía frío, apuntaba ya la primavera; pero la marquesa estaba aterida, debido al cansancio y a la prolongada inquietud.

—Deberías acostarte, tía Giovanna —le dijo Roberto, compasivo—. Ana y yo nos quedaremos al cuidado del tío hasta que regrese la enfermera. Tú, Lorenzo, vete a otro lado, o acuéstate, o haz lo que quieras. Me pones nervioso.

Lorenzo no se hizo repetir la orden.

—Iré un rato a la biblioteca —dijo, levantándose prestamente—. Volveré luego, tía Giovanna, si lo permites.

La marquesa asintió con un gesto, sonriendo débilmente al ver salir a su sobrino con apenas disimulada precipitación.

Lorenzo, una vez en la biblioteca, hojeó distraídamente unos cuantos libros que no le despertaron el menor interés. Luego comenzó a tenerse lástima, mal signo en él, signo de rebeldía y de interior protesta. Estaba muy aburrido. El viejo Palazzo Velletri se le caía encima, con su silencio, su aire inerte —en el que los siglos parecían haberse echado a dormir un sueño sin fin—, sus incongruencias de estilo, su riqueza impresionante, sus valores artísticos acumulados en desorden, sus notas de mal gusto arquitectónico, su historia y sus historias, el espíritu de tanto Velletri contenido en su atmósfera como en conserva etérea. No; él no había querido emprender aquel viaje a Florencia para ver morir a su viejo tío Gaetano; pero sus padres le habían obligado a acompañarlos, a él y a su hermana Irene, y extraño era que no hubiesen sacado a la pequeña del colegio y se la hubiesen llevado también. Era tradicional que todo De Brixia acudiera a la muerte de un De Brixia, y, verdaderamente, ninguno dejaba de acudir, a menos que se estuviera muriendo él también. Esta coincidencia, que Lorenzo supiera, no había ocurrido nunca. "Pero —se dijo intrigado—, ¿cómo se las arreglarían si ocurriese?" E imaginó el desconcierto y la desesperación de todos los De Brixias vivos, no sabiendo a qué De Brixia muerto acudir, y durante algún tiempo se distrajo pensando toda suerte de combinaciones para dar solución al problema sin que ningún De Brixia, muerto o vivo, pudiera considerarse postergado. Esto le llevó a pensar nuevamente en su hermana Leticia, que se había quedado en el colegio, y pensó que sólo podía haber sido por prudencia, pues era verdaderamente una chiquilla infernal, y ella y un muerto en la misma casa constituirían una combinación abominable. "Pero no me aburriría tanto —se dijo—

si Leticia estuviera aquí. Ya habrían ocurrido mil desastres." Y mentalmente vio a su hermana como un duende infantil y maligno agitando el aire estancado de aquellas grandes estancias; vio sus ojos verdes brillando entre las frías penumbras del palacio y atravesándolas con un centelleo metálico; su cuerpecillo enjuto, escurridizo, en furiosa zarabanda por las avenidas silenciosas del parque. Pronto hasta las estatuas se resentirían de su presencia. No; mejor, mucho mejor, no haberla traído.

Pero al pensar en el parque, se dijo súbitamente: "¡Toma! Por allá debe de andar la enfermera..."

Y volviendo a dejar en su sitio los libros y revistas que sólo le habían desesperado, salió de la biblioteca. En el vestíbulo se encontró con Fabio, el mayordomo, tan viejo y con tantos años de servicio en la casa que era como una reliquia familiar. Fabio se consideraba más De Brixia que ningún De Brixia, y, desde luego, todos le trataban con más respeto del que se concedían entre sí. Pero a Lorenzo le gustaba hacerle rabiar, hablándole mal de su propia familia y del Palazzo Velletri.

—Esta casa está de año en año más decrépita, Fabio —le dijo al verle—. Se viene abajo, sencillamente; pero rápido, rápido...

—¡Oh, señor! —protestó Fabio—. Esta es una noble mansión. Los años no le hacen mella. No; ni los siglos tampoco.

—Está decrépita, te dijo.

—Decrépitas... ¿no lo estarán también las pirámides, señor?

—No sé cómo estarán las pirámides. Hechas un asco, supongo. Me asquea pensar en las pirámides como residencia *post mortem*. Me horripilaría ser un cadáver de faraón. Pero esta casa tiene mucho de pirámide, Fabio, ahora que pienso en ello. Todo está encerrado aquí como en una tumba. Todo. Muebles, documentos, objetos, joyas... Cadáveres también.

—Cadáver no hay ninguno, señor.

—Bueno, lo habrá pronto.

—Hemos de esperar que el Cielo conceda todavía muchos años de vida al señor marqués.

—Entonces les hará competencia a las momias. Soplaremos sobre él y se lo llevará el aire, convertido en un puñado de polvo sutil. ¿Te parecería bonito?

—Me parecería monstruoso, señor. Un marqués de Velletri soplado así, como, como...

—Como un faraón cualquiera. Monstruoso, en efecto. Inimaginable. Bueno, y después de todo, puede que tengas razón y que mi tío no se muera por ahora, aunque digan el doctor Bargioni y sus compañeros que si está en la agonía y que si tal y que si cual. Los De Brixias somos duros para morir, agarrados a la vida como locos. Todos nos morimos de viejos, no de enfermedad, y nadie sabe cuál es el límite extremo de nuestra vejez. Quizá no sea todavía la edad de mi tío. Tú, ¿qué crees?

—Estoy seguro de que no.

—Entonces... Tendremos que regresar otra vez en estas mismas circunstancias, eso es todo. Mala suerte.

—¡Señorito Lorenzo!

—No hagas aspavientos, farsante; como si no supieras que me duele la pérdida de mi tío, inmediata o no, tanto o casi tanto como a ti, y que la tristeza que encuentro en esta casa, con la muerte fisgoneando por ella insolentemente, me deprime de tal modo que me dan ganas de pegarle fuego. Puede que lo haga. Sí, pensándolo bien, es muy posible que lo haga. No ardería mal toda esta madera reseca.

—¡Señorito Lorenzo! —imploró el fámulo.

—Fabio, no seas ridículo. Dramatizas. ¿Hay luna?

—¿Luna? —inquirió Fabio, sin delatar su asombro por la inesperada transición, pues los De Brixias le habían acostumbrado desde hacía muchísimos años a ocultar sus sorpresas, tanto, que ya no se acordaba muy bien de cómo hace uno para sorprenderse y demostrarlo—. Creo que sí, señor.

—Voy a salir al parque, pues.

—Abriré por la terraza del salón de música. Está ya toda la casa cerrada. No supuse que esta noche...

—¿Toda la casa cerrada, dices? Y ¿por dónde ha salido la enfermera?

—Por el ala de servicio.

—Bueno, pues yo también saldré por allí. Pero avisa para que no cierren y me dejen fuera, no sea caso que me vea obligado a forzar una ventana y al empujar se me venga todo el caserón encima.

—Este edificio no cedió ni cuando lo asaltaron las turbas en mil seiscientos, señor.[3]

—Pero de entonces acá debe de haberse apolillado mucho.

Y sin esperar a lo que dijese el mayordomo, que había comenzado a hablar, se dirigió al parque. Al alejarse del vestíbulo y adentrarse por el ancho pasillo que cruzaba el centro posterior del ala donde se hallaban algunas de las dependencias del servicio y el dormitorio de Fabio (los dormitorios pertenecientes a la demás servidumbre se hallaban en los altillos del palacio), el ruido de sus pisadas debió de despertar una corriente de energía por aquellas regiones, pues tras algunas puertas cerradas percibió una

---

3. *las turbas en 1600:* alude a una de las muchas revueltas populares debidas a las cosechas que tuvieron lugar en Florencia por aquellos años. (Agradezco a Jorge Dieguez Rodríguez Montero su colaboración para la redacción de esta nota).

nerviosa agitación y un cuchicheo de voces sorprendidas, como si todo un mundo soñoliento hubiese entrado bruscamente en actividad al conjuro de su paso.

Habiendo salido del palacio por una de las puertas laterales, dio media vuelta al edificio para alcanzar la fachada principal y la gran terraza, desde donde se obtenía una de las más bellas vistas de Florencia. Pero no era este espectáculo el que le atraía ahora, sino otro: la contemplación de una estatua.

Llegado al centro de la terraza, a lado y lado de la cual descendía al parque una escalinata en semicírculo, se inclinó sobre la balaustrada. Sus ojos se posaron sobre el vasto macizo de flores y césped que a partir de la base de la terraza descendía en suave declive, limitado en sus extremos laterales por las dos escalinatas, y enfrente, por la monumental fuente de cuya plazoleta arrancaba la avenida principal del parque. En el macizo se alzaba la estatua que él había ido a contemplar, porque había luna y a esta luz le parecía más bella aún y más increíblemente suave, como si estuviera construida, no de mármol, sino de una sustancia vaporosa y alada.

Recordaba claramente la primera vez que se había fijado en ella, siendo un niño todavía.

—¿Llora? —le había preguntado a su institutriz, señalándole la estatua.

—No —le contestó la señorita—. Me parece que debe de estar soñando.

—¿Soñando? ¿Está dormida, pues?

—No; no creo que esté dormida, pero sueña.

Y más tarde, casi adolescente ya, encontrándose con su tío Gaetano en la terraza, había vuelto a señalar la estatua y había preguntado:

—¿Qué es lo que está soñando, tío?

—¿Quién? ¿La estatua?

—Sí.

—No sueña. Me parece que está pensando.

—¿Pensando qué?

—Pues... —el marqués había hecho una larga pausa meditativa—. Pues no sé. Casi no se le ve la cara y nada en absoluto la frente, que es lo que más delata el pensamiento; pero estoy seguro de que está pensando.

—¿Qué es lo que te lo hace suponer?

—Su reposo.

—Pero todas las estatuas están en reposo.

—Sí; y, como los seres vivos, difieren y se expresan por él. Este es un reposo pensativo. ¿No te lo parece a ti también, Lorenzo?

Él no había respondido, sin saber en realidad qué creer. Se había acostumbrado a la idea de que la estatua se hallaba sumida en un ensueño, y ahora su tío le revelaba que, por el contrario, se recogía toda en el pensamiento. Tendría que acostumbrarse a esta nueva interpretación; pero, de momento, sentíase desconcertado ante la estatua y la miraba como si fuera un enigma.

Pero la última vez que la vio, hacía de ello dos años, cuando él acababa de cumplir diecisiete, le pareció que, de pronto, el enigma se revelaba para él y podía penetrar el secreto de la estatua, el secreto de su reposo. Y le pareció que ni lloraba ni soñaba ni pensaba, sino que estaba en espera expectante, aguardando algo con apasionada intensidad, toda ella en tensión, en cuerpo y espíritu. Y la revelación de lo que la estatua representaba o de lo que para él desde aquel momento representaba, le dejó un instante confuso y turbado, sintiendo que la posesión de aquel secreto le enriquecía misteriosamente, como si un genio mágico acabase de descubrirle un tesoro.

Buscó en el archivo del palacio cuanto dato contenía referente a la estatua. Era relativamente moderna y se le atribuía a Canova.[4] Dos veces había sido retirada del Palazzo Velletri: una vez para exhibirla, otra para ocultarla. En el primer caso, con motivo de una Exposición de arte italiano en París; en el segundo, durante una revolución. Lorenzo tuvo en su mano las listas de objetos del Palazzo Velletri puestos en seguridad durante aquel período turbulento y siguió la fuga de la estatua hasta su refugio, como si se tratara de la salvación de una persona viva.

4. *Canova:* Antonio Canova (1757-1822) es el principal representante de la escultura neoclásica italiana. También trabajó en Francia invitado por Napoleón y se convirtió en su escultor favorito. Allí realizó sus obras más neoclásicas de inspiración mitológica como la famosa *Venus* de la Galería Borghese, para la que tomó como modelo a Paulina Bonaparte, hermana del emperador. Sin embargo entre sus obras no figura ninguna que responda a la descripción dada por Elisabeth Mulder, aunque pudiera responder a cierto espíritu alegórico que anima algunas de sus obras. Según mi opinión la autora está remitiendo a algo mucho más moderno y cercano a ella, concretamente a la obra del escultor Josep Llimona y Bruguera (1864-1934), figura cumbre del modernismo catalán que recibió fuertes influencias de Rodin y Meunier, autor de obras famosas como el monumento a Ramón Berenguer III o a San Jordi. La escultura descrita parece ser una abstracción sobre dos obras de este autor, ya que tiene rasgos de ambas, me refiero a *Resignación* y *Desconsuelo*, esta última situada en el Patio de Armas del parque de la Ciudadela, con lo cual es muy fácil que pudiera estar en la memoria de la escritora, por la que Llimona ganó la medalla de honor de la Exposición Internacional de Bellas Artes e Industrias Artísticas de 1907. La postura de la escultura que Elisabeth Mulder recrea remite a *Resignación*, monumento funerario que representa a una muchacha sentada en actitud pensativa con el mentón apoyado en su mano derecha, aunque a esta figura se le ve el rostro. En cambio en *Desconsuelo*, que representa una mujer desnuda recostada en unos escalones en los que apoya los brazos, el rostro permanece oculto por la melena. (Puede consultarse sobre este autor el libro de Josep María Infiesta Monterde, *Un siglo de escultura catalana,* Barcelona, Aura, 1974, pp. 66-81. Se encuentran en él además excelentes reproducciones fotográficas de ambas obras, de *Resignación* en la p. 70 y de *Desconsuelo* en la p. 73. (Agradezco a María Jesús Cordero Bernet su ayuda para la redacción de esta nota ya que haciendo gala de sus conocimientos y extraordinaria memoria visual me facilitó las primeras pistas para la localización de estas obras).

Pero si la expresión de la estatua, el significado de su actitud, se había aclarado para él, guardaba, sin embargo, y guardaría siempre, otro secreto: el de su rostro. No lo descubría aquella mujer cuyo cuerpo joven, leve y compacto, mostraba tan estremecida belleza. La observó durante un rato, siguiendo con atención sus largas y delicadas líneas. Tenía la cabeza inclinada a un lado, descansando sobre la palma de la mano derecha, y el cabello, caído sobre el rostro, lo ocultaba casi totalmente, dejando tan sólo al descubierto la parte inferior de una mejilla, con el mentón agudo y alzado, y la curva enjuta de la mandíbula en trazo firme hacia el lóbulo de la oreja, que asomaba, entre una crencha partida, terso y menudo, de una extraña aparición traslúcida. Pero nada más podía percibirse de aquella faz cuya viva, penetrante exquisitez se adivinaba, y cuya expresión debía de contener la misma intensidad que el reposo expectante que el cuerpo revelaba.

Lorenzo, apoyado sobre la balaustrada de la terraza, contempló la estatua durante algún tiempo. Luego descendió al parque en busca de la enfermera. "Espero que tenga los ojos brillantes —se dijo— y que sea tímida e irónica. Es una combinación estupenda." Le parecía que adivinaba a la muchacha con bastante exactitud: sería rubia, con una cintura muy breve y un corazón muy generoso, capaz de atender con igual abnegación a un anciano moribundo y a un joven aburrido.

Tardó en hallarla, porque el parque era extenso y había en él múltiples rincones y senderillos atractivos para el paseante, múltiples juegos de luna y sombras, de agua y mármoles, capaces de apresarle en su encanto y retenerle semioculto entre jugosas frondas, máxime si el paseante era femenino, rubio y con tendencia a soñar. Uno podía muy bien salir un poco al parque en busca de aire y ejercicio y permanecer en él sin conciencia del tiempo, sumido en su encanto. Sí, el parque podía dar estas sorpresas, tener estas bromas. Y si a la enfermera y a él les ocurriese esto, ¿quién podría extrañarse excesivamente de una ausencia demasiado prolongada?

La encontró al fin en una rotonda formada por un círculo de cipreses. Al pie de cada ciprés crecían rosales trepadores que se alzaban de árbol en árbol, formando una tupida guirnalda. Algunas rosas estaban abiertas ya, entre una multitud de capullos. El aire olía a flor fresca, a rama verde, a noche húmeda. En la plazoleta había un diminuto estanque con un hilo de agua alzado en aguja, como los cipreses. Y cerca del surtidor, un banco de piedra. En él divisó a la enfermera, una forma blanca, brillante de almidón, algo fantasmal a la luz de la luna. Se fue acercando a ella muy despacio, pensando en cómo la abordaría, qué le diría, de qué forma le haría comprender la urgencia sentimental de la noche, la belleza enloquecedora de aquel abril florentino, el deleite de la fatalidad que los hacía encontrarse allí, ella y él, bajo el signo de la muerte, como en las grandes tragedias clásicas. Pasaría, con aire indiferente, entre el banco y el surtidor, y de pronto retrocedería y, deteniéndose ante ella, le diría con gesto y tono suplicantes, como si, encontrándose sobre un abismo, le rogase que le tendiera una mano salvadora: "¿Qué hora es, por favor? Tengo entendido que las enfermeras llevan siempre reloj. ¡Oh, le imploro, señorita! ¿Qué hora es?" Y entonces ella le respondería, tras una mirada a su frágil muñeca, donde un reloj chiquito parodiaría a la luna: "Es tal hora". "Pero no tiene ninguna importancia, ninguna —le afirmaría él—. Tenemos toda la vida para nosotros. La vida es larga." Y seguidamente se sentaría a su lado en el banco y trataría de extraer toda la compasión de que la muchacha era capaz, para él; la compasión que le correspondía por derecho de joven aburrido y la que le correspondía a su tío por derecho de anciano moribundo. "Porque después de todo, la opinión general es de que el pobre tío está ya más en el otro mundo que en éste, y una enfermera no puede hacer ya nada por él, mientras que, en cambio, puede hacer mucho por mí. Yo..." Su pensamiento quedó de pronto cortado, como su paso, y se detuvo mirando a la enfermera. Había llegado muy cerca de la rotonda y podía verla perfectamente, entre los rosales y los cipreses. La luna le daba de lleno. Era una mujer de mediana edad, de mediana estatura, de mediano peso, tiesa y sólida. Se había quitado la cofia, dejándola sobre el banco, y se pasaba entre los cabellos, ahuecándolos, una mano fuerte, grande. El cabello era oscuro, mustio y ralo, con anchos veteados de blancuzco gris, más mustio y ralo todavía. Su rostro era jetudo, su cuello corto, su busto unido a la vasta cintura por una línea recta, sus pantorrillas ordinarias. Burdamente enlazados a los gruesos tobillos pataleaban unos pies descalzos, cortos y anchos, casi cuadrados. De pronto, la enfermera hizo una cosa extraña: se cogió un pie con ambas manos y comenzó a imprimirle movimientos de rotación en un sentido, luego en otro, luego a moverlo de arriba abajo. Hizo esto durante dos o tres minutos, y en seguida lo repitió con el otro pie. Llevaba medias blancas, de algodón, y en una de ellas tenía un roto, y un dedo achatado asomaba por él como pequeño rostro deforme. Lorenzo cerró los ojos, tragó con fuerza para vencer la contracción de su garganta. Pero la imagen de la enfermera continuó asaltándole dentro de su mente y no podía borrarla por más que para ello acudía a sus sentimientos compasivos. "Es una pobre mujer cansada —se decía—; una pobre mujer que ha permanecido en pie demasiadas horas y está agotada y con las piernas edematosas..." Pero esto no hacía desaparecer la fea imagen clavada dentro de él. Volvió, pues, a abrir los ojos y tosió e hizo ruido para llamar la atención sobre su presencia. La enfermera se puso precipitadamente los zapatos y cogió la cofia. Lorenzo cruzó la rotonda y pasó ante el banco indiferentemente.

—Buenas noches —dijo sin detenerse al hallarse ante la mujer.

—Buenas noches —contestó ella.

Y le miró alejarse con los ojos desabridos, molesta de que hubiera turbado su soledad y sus ejercicios de la noche, que la descansaban tanto y le hacían tanto bien. Y de pronto, contemplando rencorosamente a Lorenzo, perdido en un río de luna, se le ocurrió que no le había visto nunca hasta aquel instante, y se dijo: "Debe de ser uno de esos De Brixias españoles que han llegado hoy". Y puso un gesto agrio, porque cuanta más gente hubiera en la casa más gente entraría y saldría del cuarto del enfermo, mareándola a ella y al pobre anciano, que no acababa nunca de morir.

* * *

Lorenzo volvió a entrar en la casa, llegó hasta el saloncito de su tía, comprobó que el zumbido familiar no se había extinguido aún y se retiró de nuevo, mortalmente aburrido. Sin saber qué hacer ni adónde dirigirse, regresó a la biblioteca. A poco de encontrarse allí, sumido en una butaca, con la barbilla apoyada sobre las manos y los ojos fijos en una pieza del entarimado, entró Berta, la doncella. En una bandeja traía una taza de humeante y perfumado chocolate y algunas golosinas que eran del especial agrado de Lorenzo. Éste, al verla, le dio una mirada de reconocimiento, pues aunque no tenía el menor apetito, comer algo y charlar con Berta sería una manera de matar

94

el tiempo. Mientras la muchacha le acercaba una mesita y colocaba sobre ella la bandeja, Lorenzo le susurró al oído, fingiendo una voz tenebrosa:

—No sé por qué me mimas, Berta. Soy un malvado. ¿Te había saludado ya? ¿O todavía no?

—Todavía no —contestó Berta.

Y dirigió a Lorenzo su mirada negra, húmeda, y entreabrió los labios, que eran rojos y gordezuelos, dejando centellear una rápida sonrisa.

—Todavía no —repitió Lorenzo. Y añadió—: ¿Lo ves? Un verdadero malvado. Bueno, ¿y cómo estás, Berta?

—Estoy muy bien.

—Hacía que no nos veíamos... ¿Cuánto tiempo exactamente?

—Dos años.

—¿Exactamente?

—Y cuatro meses.

—¿Te has acordado de mí?

—Nunca.

—Yo de ti, tampoco. Eres una mujer terrible.

—¿Por qué?

—Eres un fantasma.

—No.

—Sí, lo eres. Para mí lo eres. Inmaterial. Intangible. Incorpórea.

—No sé lo que quiere decir ninguna de esas palabras.

—Y de una ignorancia desoladora. Con todas y cada una de esas palabras quiero decir que te escabulles, ¿comprendes? Siempre has escapado de mí como del demonio.

—¿Qué tal está el chocolate?

—Huele muy bien.

—Lo he hecho yo.

—Claro. ¿Crees que no me doy cuenta, con solamente

verlo? Lo haces como los ángeles. Es lo único angelical que hay en ti.

—¡Bah! Y otras cosas.

—Cállate, perversa. Y ¿qué le has puesto al chocolate, di, ya que me lo has destinado? ¿Ácido prúsico?[5]

—No. ¿Qué es ácido prúsico?

—Veneno.

—¡Ah, sí! De eso, un poco.

—¿Tardaré mucho en morir?

—¡Tanto como el señor marqués! —rió la moza en voz baja, haciendo esfuerzos por contener la carcajada que pugnaba por estallarle en los labios—. ¡Y cuidado que tarda el pobre! Nos vamos a morir todos antes.

—Sí, ¿eh? ¡Fuera de aquí! ¡Largo!

Salió la chica huyendo, pero presa de contenida hilaridad, roja y agitada. Y Lorenzo, que se había levantado al impulso de su gesto conminatorio, volvió a sentarse, lleno de mal humor y apartó de su lado la mesita de la colación con una brusquedad irritada.

—Estas confianzas y estas condenadas familiaridades… —gruñó entre dientes—. Pero la culpa es mía.

Y porque la culpa era de él, pensó de pronto que era una culpa muy pequeña, después de todo, y que no había que exagerar y darle a la insolencia de la muchacha más importancia de la que tenía. Bien mirado, su salida no había estado carente de cierta gracia, de cierto sentido humorístico… Sonrió con tolerancia. "Pero no he de permitirle que se tome conmigo esas libertades —se dijo—. Es inaguantable. Como vuelva a suceder se lo diré a Assunta, para que la despida."

---

5. *Ácido prúsico:* también llamado ácido cianhídrico (CNH), es un líquido incoloro, volátil, de olor a almendras amargas, y extraordinariamente venenoso.

Sin embargo, sabía muy bien que no haría tal cosa, pues si alguien había en aquella casa capaz de impresionarle era Assunta, el ama de llaves. No tenía, ciertamente, el menor interés en que Assunta se enterase de que, dos años atrás, había tenido una obsesionante debilidad por la doncella Berta, y que de aquellos escarceos amorosos era consecuencia el actual desenfado e impertinencia con que la chica se permitía tratarle. Desde luego, en cuanto Assunta tuviera noción de aquel desacato, Berta dejaría de pertenecer al servicio del Palazzo Velletri; pero además de que Lorenzo no deseaba causarle a la chica este perjuicio, deseaba menos aún causarse a sí mismo el de que Assunta se enterase de su pecadillo y haber de sentir sobre él el mudo reproche de su mirada vigilante, tan aguda e intensa que incluso un De Brixia podía verse obligado a bajar los ojos ante ella. "Lo extraño es —pensó Lorenzo— que Assunta no se hubiera dado cuenta hace dos años de mi enamoramiento..., es decir, de mi enamoramiento... Bueno, de lo que fuese. Claro que no tenía importancia. Claro que yo era un niño. Claro que Berta no me hacía ningún caso."

Recordar que Berta no le hacía ningún caso le mortificaba más de lo que hubiera creído después de transcurrir tanto tiempo y de haberse extinguido su fiebre amorosa por la chica. Sí, Berta era coqueta, provocativa, le enloquecía un poco con sus miradas y sus sonrisas y sus arrumacos de seductora; pero en el fondo no le hacía ningún caso. Se reía de él.

—¿Por qué? —le preguntó una vez, fuera de sí, mortalmente herido en su amor propio—. ¿Por qué te ríes de mí?

—Siempre es preferible para una chica reírse de un hombre a que un hombre se ría de ella —repuso la sensata criatura, dirigiéndole la más devastadora de sus húmedas miradas.

—Berta... Yo no me reiría jamás de ti.

—Pues sería usted muy tonto, señorito.

Y había soltado una larga, vibrante, enloquecedora carcajada que hirió todas las fibras nerviosas de Lorenzo y le puso, o por lo menos así se lo pareció a él entonces, a dos dedos de enloquecer. Abalanzó ambas manos sobre Berta y la cogió por los hombros, sacudiéndola, y mientras la sacudía, con tanta fuerza que la cabeza de la muchacha iba violentamente hacia atrás y hacia adelante, como una flor oscura sobre el tallo del cuello, Berta no cesaba de reír y reír, mostrando la cegadora blancura de sus dientes, el interior de sus labios, de un rosado pálido y brillante. De pronto, todo su cuerpo se tesó,[6] el abandono de sus miembros transformóse en una rigidez súbita, y haciendo acopio de todas sus fuerzas, que no eran pocas, dio tal empellón al delirante Lorenzo, que no tan sólo lo desprendió de sus hombros, sino que le envió despedido contra la pared fronteriza, a la que permaneció adosado, abiertos los brazos y las piernas, semejante a una rana aplastada, con los ojos desorbitados y una expresión de asombro más bien idiota. Y sin cesar de reírse de aquella trastornante manera, Berta huyó de allí, con la más aviesa satisfacción escrita en el rostro. Por la noche, mientras su familia se hallaba reunida en el comedor, Lorenzo, que no había querido cenar y, pretextando una ligera indisposición, había permanecido recluido en su cuarto, vio abrirse la puerta del mismo, tras una discretísima llamada apenas perceptible, y aparecer en el umbral la figura aborrecida y adorada de la esquiva Berta. En las manos lleva-

6. *tesó:* Elisabeth Mulder usa este término sacándolo de su contexto habitual, ya que el verbo "tesar" se usa en el lenguaje marinero como equivalente a "tensar". Su definición según el *DRAE*, es la siguiente: "Poner tirantes los cabos, cadenas, velas, toldos, y cosas semejantes".

ba una bandeja y en ella humeaba olorosamente una taza de chocolate y aparecían unos deliciosos pastelillos.
Lorenzo no había cenado y si es cierto que estaba mortalmente triste, no era menos cierto que tenía hambre.
Le pareció que Berta se movía con extraordinaria suavidad junto a él, mientras colocaba a su lado una mesita y
en ésta la bandeja. Ella misma desdobló la servilleta y
se la extendió sobre las rodillas, permaneciendo durante
un largo rato inmóvil frente a él, mirándole y sonriéndole con una taladrante, aborrecible bondad. Lorenzo
se sintió conmovido y humillado hasta el fondo del alma. ¡Y si al menos no tuviera hambre! Pero su estómago se contraía al mismo tiempo que su corazón, y el
olorcillo mordiente del chocolate, el lustre jugoso y dorado de los pastelillos, constituían una tentación tan
irresistible como Berta y tenían la ventaja de que estaban destinados a él, y Berta, en cambio, no. Porque estaba humillado y tenía hambre, porque se hallaba enter-
necido y furioso a un tiempo, porque no hallaba en sí la
fuerza necesaria para exteriorizar su cólera y expulsar
de la habitación a la muchacha mandándola al diablo
con su solicitud y su chocolate, sintió que los ojos se le
llenaban de lágrimas. Pero si Berta las percibió, tuvo el
buen acuerdo de no decir nada, y tras unos momentos
de duda y lucha angustiosa, Lorenzo extendió la mano,
cogió un pastelito y comenzó a comerlo, abyectamente.
Tenía diecisiete años y sufría horriblemente de ser un
niño y sentirse un hombre, de ser un hombre y sentirse
un niño. Berta le miró mordiscar el pastelillo durante
un momento, luego hizo con la cabeza un gesto de
aprobación y salió de la estancia tan silenciosa y sonriente como había venido.

"Pero ahora soy un hombre —se dice Lorenzo, frun-
ciendo el ceño airadamente y alzando la barbilla con una

altivez que tiene, todavía, un ligero resabio infantil—, un hombre que conoce el amor, la mujer y las mujeres. Y esta muchacha no es ya para mí ni Flora[7] ni Afrodita.[8] Es, simplemente, una doncella de la casa, que me debe respeto..., aunque yo la haya abrazado por los rincones cuando era un niño y la creyera una diosa y otras majaderías por el estilo. Pero ya la pondré yo en su sitio, y si no..., con el cuento a Assunta."

Y sonríe nuevamente porque sabe que no hará tal cosa. Probablemente, ni siquiera tratará de poner a Berta "en su sitio". La casa está demasiado desprovista de atractivos, todo en el Palazzo Velletri tiene un aire demasiado sepulcral para que él pueda prescindir de lo único que abre a su aburrimiento una corriente de vida y de excitación: la impertinencia, el desenfado, la irrespetuosidad provocativa de Berta. Y dará gracias a Dios si el fino instinto de Assunta, celoso guardián del decoro familiar íntimo, como Fabio lo es de su prestigio externo, no olfatea ahora tampoco el vergonzoso concierto del desacato de la sirvienta y la tolerancia del señorito.

---

7. *Flora:* Flora es la potencia vegetal que hace florecer los árboles. La leyenda dice que fue introducida en Roma por Tito Tacio. La honraban las tribus itálicas y no itálicas. Algunas tribus sabinas le habían dedicado el mes correspondiente a abril. Ovidio la relaciona con un mito helénico, el de la ninfa Cloris, esposa de Céfiro, el dios del viento, que le concedió el don de reinar sobre las flores, jardines y campos en cultivo.

8. *Afrodita:* Afrodita es la diosa del amor griega, identificada en Roma con la divinidad itálica Venus. Hay dos tradiciones sobre su nacimiento, una que la considera hija de Zeus y de Dione, y otra, la más extendida, que la considera hija de Urano, cuyos órganos sexuales, cortados por Cronos, cayeron al mar y engendraron a la diosa, "la mujer nacida de las olas". A esta tradición pertenece la representación que de ella da Botticelli en su famoso cuadro de *El nacimiento de Venus*. Tras su nacimiento fue llevada a Citera y luego a Chipre. Afrodita —Venus era la divinidad protectora de Roma, pues la dinastía Julia se consideraba descendiente de Eneas que a su vez era hijo de la diosa y de Julo.

Para demostrarse a sí mismo cuán lejos se halla de la edad en que las penas con chocolate son menos,[9] Lorenzo se levanta, pasa con desdén ante la bandeja de las golosinas, y dirigiéndose a un mueble donde sabe que su tío guarda el más vetusto y exquisito coñac, extrae de él el frasco que lo contiene, coge una copa y se la sirve bien colmada. Está paladeándolo con ciencia deleitosa de viejo connaisseur[10] cuando Berta vuelve a entrar en la biblioteca.

—Muy bien —le dice Lorenzo al verla, mostrándole en alto la tallada copa donde el licor chispea en reflejos dorados—. Llegas a tiempo. *Esto* es lo que tomamos los hombres, ¿comprendes? Mira la pócima que me has traído antes: sin tocar. Llévatela, anda. ¡Me da asco!

Pero Berta no mira la pócima indicada ni siquiera la copa de coñac, de un rubio suave, que luce en la mano de Lorenzo como un gran topacio. Sus ojos vagan sin dominio un poco asustados.

—Bien, ¿qué ocurre? —la interroga Lorenzo. Y como la chica no responde inmediatamente, deja la copa sobre la mesa y, cambiando el tono burlón de la voz, insiste—: ¿Ocurre algo?

—No, nada —se apresura Berta a contestar—. Le llaman a usted a la habitación del señor marqués.

—¿A mí? ¿Por qué?

—Yo no lo sé. Ha llegado un telegrama de la señora Grey. Se lo han leído al señor marqués porque es una buena noticia y para que se alegre. El barco ha llegado ya a Génova, donde se detendrá unas horas. La señora Grey

---

9. *...las penas con chocolate son menos:* se trata de una variación irónica, ajustada a las circunstancias, del refrán "los duelos con pan son menos".

10. *connaisseur:* conocedor, experto.

ha desembarcado y sigue inmediatamente el viaje en automóvil.

—Excelentes noticias, en efecto. Pero ¿cómo te has enterado tu? Y ¿qué diablos te pasa? Estás nerviosa y hecha un pasmarote, ahí clavada.

—¿Por qué dice usted que son buenas noticias? —inquirió Berta con súbita vehemencia—. Son muy malas. Con la señora Grey viene la señorita Alba...

—Naturalmente.

—Y el señor marqués la espera para morirse. ¡Es la muerte lo que viene a todo correr al Palazzo Velletri!

Lorenzo se la quedó mirando, perplejo. La chica tenía razón. Aquello no se le había ocurrido a nadie. La muerte, representada por Alba Grey, había desembarcado en Génova, había subido al automóvil y acudía raudamente a tomar posesión de aquella casa.

—Fabio asegura —siguió diciendo Berta con un ligero jadeo de aprensión— que un marqués de Velletri sólo se muere cuando quiere, y que por eso no se ha muerto el señor marqués todavía: porque no quiere. Pero cuando llegue la señorita Alba querrá y...

—Todos los criados de esta casa —la interrumpió Lorenzo bruscamente— son de una arrogancia insoportable. Y los que no son arrogantes son impertinentes y fisgones como tú. Y todavía no me has contado cómo has sabido el contenido del telegrama. ¿Lo has robado para leerlo a hurtadillas?

—Yo no hago esas cosas.

—Será porque no puedes.

—Claro. Me he enterado porque yo misma he llevado el telegrama a la habitación del señor marqués, donde estaban todos reunidos y la señora lo leyó delante de mí.

—Te quedarías rezagada haciéndote la tonta para enterarte.

—Sí. Y ojalá no hubiera entrado en la habitación y no hubiera visto al señor marqués. Me he asustado. No parece el mismo. ¡Pobre señor!

—Bueno, ¿y por qué entraste tú precisamente?

—Los criados estaban cenando y Assunta iba a llevar el telegrama a la señora marquesa, pero se encontró en el vestíbulo con la señorita Irene, que lo cogió y dijo que se lo llevaría ella misma. Y cuando lo iba a hacer sonó el timbre del teléfono y era la conferencia con España. Entonces me llamó a mí, que venía de la biblioteca a ver si a usted le parecía bien el chocolate, y me mandó que lo fuera a entregar en el acto. ¡Y ojalá no hubiera tenido que ir!

—Ahora comprendo. De ahí tus nervios y tu cara de susto, ¿no es eso? Pero ¿hacía mucho tiempo que no veías a mi tío?

—Desde que se agravó. En su habitación sólo entran, aparte la enfermera, Fabio, su ayuda de cámara y Assunta. Los demás no entramos nunca. ¡Cómo cambia un hombre, Dios mío, cuando va a morir! Tengo miedo. No quiero quedarme en esta casa. No quiero quedarme en un lugar donde va a morir una persona...

—En resumidas cuentas: estás incubando un bonito ataque de histerismo. Pues escoges muy mala ocasión, hija, porque nadie se va a ocupar de ti ni te va a hacer el menor caso. Todos tendremos otras cosas más importantes que hacer. ¡No es nada el jaleo que se prepara en esta casa!

—Me marcharé a la de mi tía hasta que todo haya pasado.

—Muy considerado de tu parte, en el momento en que puedes hacer más falta aquí. Assunta te dirá unas cosillas cuando se lo manifiestes. Y no cuentes con volver.

Los ojos de Berta se llenaron de lágrimas.

—Tengo miedo —repitió—. Y ¿qué puedo hacer yo contra el miedo? Antes no lo tenía, me he sobrecogido de pronto. ¡Ojalá no hubiera visto al señor marqués! No parecía él, parecía aquel Cristo tan impresionante de la capilla, aquel Cristo... vizcaíno...

—Bizantino[11] —corrigió Lorenzo con desdén—. Y en cuanto al miedo, la mejor cura es emborracharse. Emborráchate.

—¿Yo? ¿Lo dice usted en broma?

—¿Quién tiene ganas de bromas en esta casa, absurda criatura? Lo digo como la cosa más seria que he dicho en mi vida. Emborráchate. Hace mucho bien. Vete a la cama con una botella de coñac, tómate la mitad, o así, y dormirás toda la noche como un angelito.

—¿Y mañana?

—Mañana..., mañana ya veremos. No te preocupes. Mañana ya no tendrás miedo. Mañana a lo mejor quien se ha muerto eres tú. Pero de ese coñac —y le señaló el mueble que lo contenía— ni una gota, ¿eh?, o te retuerzo el delicioso pescuezo. Probablemente será mi herencia.

—¿Qué?

—Ese coñac. Pídele al cocinero de mi parte una botella del que usan para guisar, y a tu cuarto con él, tesoro. Verás qué sueño más dulce y qué despertar más fresco y ligero. Como el despertar de una rosa.

—Ya sé que es una barbaridad lo que usted me aconseja, pero lo voy a hacer.

—Así me gustas: razonable.

---

11. *Cristo bizantino:* una muestra escultórica del arte que se mantuvo en Bizancio tras la caída del imperio romano de occidente, entre el siglo V y XII. Antes del siglo IX la escultura fue escasa limitándose a relieves y tallas de marfil, pero en esa fecha se enriquece considerablemente su iconografía con composiciones del ciclo evangélico y de la vida de la Virgen; el tema de la crucifixión pasa a ser uno de los favoritos entonces.

—Otras barbaridades ya sabe usted que no las he hecho...

—Excúsame. Decías que me llamaban a la habitación de mi tío, ¿no es cierto?

Y sin aguardar a que la muchacha volviera a afirmárselo pasó ante ella, lento y erguido, y salió de la biblioteca. Berta le siguió con la mirada. Mientras pudo contemplar la alta y recia figura del joven, sus anchos hombros, su fuerte nuca morena, suave como la de una mujer, perfectamente rasurada y vagamente olorosa a colonia, mantuvo el dominio de sí misma. Pero cuando salió Lorenzo, cuando vio cerrarse la enorme puerta de caoba y se quedó sola en la biblioteca, sus ojos giraron con estrabismo de terror en todas direcciones y la estancia entera, desde el suntuoso artesonado del techo hasta las espesas alfombras que cubrían el entarimado de cedro, le pareció terreno sobrenatural, zona de espanto invadida por legiones de invisibles fantasmas, de trasgos y duendes, de pavorosas almas del otro mundo en peregrinación penitente. Y si ninguna se materializaba, sí le pareció que la del marqués de Velletri, que sin duda acababa de abandonar el mundo de los vivos, tomaba forma ante sus mismos ojos aterrados, y allí estaba el señor marqués sentado ante la gran mesa-escritorio; y allí también, en pie frente a una estantería; y allí, junto a aquel armario del que extraía montones y montones de legajos amarillentos, de los que de un instante al otro podrían surgir sabe Dios cuántas legiones de espectros familiares, de alucinantes De Brixias muertos hacía siglos. Y allí también estaba el señor marqués, en aquel muro, bajo su propio retrato y el de su mujer; y allí, junto a la chimenea de piedra, cogiendo de la repisa una miniatura de su nieta Alba a la edad de dos años. Y sus manos inmateriales la retenían largamente, sus manos de fantasma; y su mirada sin ojos se clavaba en la imagen de la niña, fija, ansiosamente, su mirada de fantasma. Pero, pese a la ofuscación del miedo, Berta recuerda las palabras de Fabio: "Un marqués de Velletri no se muere hasta que quiere morirse." Y ¿cómo ha de haberse muerto el señor marqués si la señorita Alba, su nieta, no ha llegado todavía? Entonces, como obedeciendo a un misterioso acuerdo, todos los fantasmas del marqués de Velletri materializados en la biblioteca se desvanecieron a la vez y en su lugar apareció, multiplicada, la figura de Alba Grey. Pero su rostro no era su rostro, que Berta recordaba tan bien, sino la descarnada osamenta de una calavera. "¡Es la muerte, es la muerte! —gritó, aterrada, la muchacha—. ¡La muerte que llega al Palazzo Velletri!" Y el grito rodó por el interior de su garganta como por un abismo, porque lo cierto era que no podía articular palabra, y sus labios, fríos y apretados, no se habían abierto para dejar paso a aquella voz que se desgarraba dentro de ella. Y huyó a refugiarse en la cocina y cuando monsieur Paul, el cocinero, que estaba quitándose el mandil le dijo al verle aquella cara de angustia: "Pero, ¿qué le ocurre, *ma petite Berthe? Voyons, ma fille.*[12] ¿Has roto algo o has visto fantasmas?", se echó a llorar. Y monsieur Paul, que siempre la había visto reír, tanto que ni siquiera sospechaba que la chica supiera llorar, dio tal respingo de asombro que el gorro se le ladeó dos centímetros más de lo reglamentario, cosa increíble en monsieur Paul, hombre de una maniática etiqueta profesional. No puso reparo alguno cuando la chica le pidió la botella de coñac, aunque Berta se olvidó de mencionar que era por orden del señorito Lorenzo, y cuando la vio alejarse con ella movió la cabeza pensativamente y murmuró:

12. *…ma petite Berthe? Voyons ma fille…*: "…mi pequeña Berta, veamos hija mía".

—Tut..., tut..., tut... Algún día le tenía que ocurrir. Elle est trop belle, cette gosse, avec ses grandes prunelles humides...[13]

* * *

Lorenzo, al llegar a la habitación de su tío, se sentó donde le indicaron, a la cabecera de la cama.

—Lorenzo —le dice su padre severamente—, ¿dónde estabas? Tío Gaetano quería verte.

Lorenzo dirige la mirada hacia su tío, que no le ve, pues tiene los ojos cerrados, y piensa que la observación de Berta había sido justa y que su tío se parece ahora extraordinariamente al Cristo bizantino de la capilla. Y también a don Quijote moribundo.[14]

—Tío Gaetano... —comienza a decir, pero se detiene sin terminar la frase y mira a la familia interrogándola con los ojos, pues su tío ni se mueve ni habla ni parece vivo siquiera. ¿Está tal vez dormido? Su tía Giovanna apoya una mano sobre el hombro de Lorenzo e inclinándose sobre él dice al enfermo suavemente:

—¿Oyes, querido? Es Lorenzo. Está aquí ¿No querías verle? Contesta, querido...

Ahora el enfermo parpadea débilmente; es indudable que está despierto, que oye, pero tampoco abre los ojos. ¿No quiere contestar por el solo motivo de que le insten a que conteste? Es lo más probable. La familia se mira, se interroga, asiente, reconociendo aquel rasgo de su carácter. Siempre ha sido de ese modo: terco, obstinado, deter-

13. *Elle est trop belle, cette gosse, avec ses grandes prunelles humides:* "Ella es demasiado bella, esta muchacha con sus grandes pupilas húmedas".

14. *don Quijote moribundo:* probablemente el personaje saque esta impresión recordando los famosos grabados de Gustavo Doré realizados para una edición de la obra de Cervantes en 1863.

minando únicamente según su deseo, con un maniático e infantil terror a ser coaccionado, sin más norma de acción que su propia voluntad. Ahora, moribundo como se encuentra, ¿en qué puede imponer esta voluntad? En nada, como no sea en estas diminutas rebeldías. Una sonrisa caracolea en los labios de Lorenzo y una sombra pasa por el rostro de su tía Giovanna.

Irene entra en la estancia y, al oír sus pasos, el anciano abre los ojos, como si fuera ella y no otra cosa lo que le decidiera a abrirlos. Pero no los dirige hacia su sobrina, sino hacia Lorenzo, al que sabe a la cabecera de su cama, y al mirarle sonríe, si bien su sonrisa, dificultosa y breve, es más bien un rictus. Lorenzo le coge una mano y sonríe a su vez. Siempre se ha entendido muy bien con su tío-abuelo. Ha oído cosas raras de su carácter: manías, despotismos, ligerezas, pero él no ha visto nunca en el marqués de Velletri otra cosa que una varonil necesidad de imponer su independencia, que cierta actitud de idealista rebeldía ante la vida, encauzada, no obstante, en normas estrictas, dominada por una peculiar disciplina para su uso personal. Anciano y muchacho se han hecho desde antiguo concesión mutua de un cariño fuerte, brusco, un poco desdeñoso y burlón. En el fondo, hay bastante de todo esto en los dos. Lorenzo reconoce, cuando imita y caricaturiza a su tío, que él mismo, si fuera más engolado y solemne, si perteneciera a otra época y si estuviera saturado hasta la intoxicación de la atmósfera del Palazzo Velletri, si fuera un poco más sentimental y algo menos cínico, tendría muchos de los defectos y una o dos virtudes pertenecientes a su tío Gaetano.

—Querido Lorenzo —murmura al fin el anciano volviendo a sonreír con aquella extraña mueca—, querido Lorenzo, ¿qué tal estás? —su voz es lenta, cascada y flébil;[15] a Lorenzo le impresiona oírla porque antes era tan vibrante y vigorosa—. Hace mucho que no te veía, mucho...

Lorenzo vuelve a apretarle la mano, pero brevemente, pues no tarda en soltársela.

—Mucho tiempo, tío. Más de dos años.

—Sí. Debías haber venido antes a verme, Lorenzo..., quiero decir... antes de esto. Pero supongo que no habrás podido, con los estudios y...

—Te fatigas, amor mío, no hables tanto —rogó la marquesa interviniendo—. Descansa.

El anciano se calló y cerró los ojos, pero no en atención al consejo, sino porque se sentía exhausto.

—Lorenzo —exclamó la madre de éste para llenar el silencio súbito que se había hecho—, Lorenzo, y tú también, Irene, ¿sabéis la noticia? Laura Cristina y Alba han desembarcado en Génova y siguen el viaje en automóvil desde allí para ganar tiempo.

Al oír el nombre de su nieta el anciano abrió nuevamente los ojos. Había en ellos un brillo, una intensidad que no habían tenido un momento antes. Trató de incorporarse un poco y al ver que le era imposible hizo un gesto doloroso y dejó que le incorporasen los demás, soportando con irritada impaciencia que las señoras le ahuecasen las almohadas, le arreglasen el embozo, le alisasen el camisón de gruesa seda amarillenta. Cuando le dejaron en paz volvió a dirigirse a Lorenzo:

—Ahora recuerdo —le dijo— para qué te he llamado, Lorenzo. Al verte, se me olvidó. Ya no tengo muy fuerte la cabeza ¿sabes? Te he llamado porque quería pedirte una cosa.

---

15. *flébil:* derivado del latín "flebilis". Su significado es: "digno de ser llorado, lamentable, triste, lacrimoso".

—¿Qué cosa, tío?

—Quería pedirte que te casaras con Alba. ¿Lo harás?

Lorenzo, de un respingo, se había echado hacia atrás. La estupefacción se reflejaba en su rostro y en el de todos los presentes.

—¿Casarme con Alba? —murmuró dirigiendo su atónita mirada a su tío y luego sucesivamente a sus padres y hermana—. Pero ¿por qué?

—Ése es mi deseo —repuso el anciano—. ¿Lo cumplirás?

—Pero, tío Gaetano...

—¿Lo cumplirás, te digo, muchacho? —le interrumpió el marqués con impaciencia.

Y miró también a los demás, desafiándolos. ¿Iban a venirle ahora con argumentaciones? No tenía tiempo de discutir. Se estaba muriendo. Alba no tardaría en llegar y él no tardaría en morir.

—Gaetano, sé razonable —intervino la marquesa suplicantemente. Tenía los ojos llenos de lágrimas.

—Cállate, Vannozza, por favor. ¿Qué contestas, Lorenzo?

—Contesto que no, naturalmente. ¡Qué ocurrencia! —salía ya de su asombro y empezaba a encontrar la escena divertida. Los labios, en las comisuras, se le alzaron maliciosamente. Miró a su tío con sospecha y compasión. Sin duda, a la hora de la muerte, se estaba volviendo loco.

—¡Ah! ¿Contestas que no? —inquirió el anciano, y en el agotamiento de su voz vibraba una reminiscencia de timbre iracundo—. Y ¿por qué contestas que no, eh, muchacho?

—Pues porque la gente no se casa de esa forma, por una promesa hecha a un enfermo. Es ridículo. No se hace. Da risa. ¡Qué cosa más teatral!

—Cállate, Lorenzo —le ordenó vivamente su padre,

turbado a más no poder por la escena—. ¿Quién eres tú para expresarte en esta forma?

—No, que hable —insistió el anciano con petulancia infantil—. Déjale que hable, Roberto; déjale que insulte a su anciano tío moribundo, a su anciano tío que...

La voz se le quebró. La cabeza, agitada temblorosamente como la llama de una bujía que se extingue, escurrióse del centro de apoyo de la almohada y quedó completamente torcida, como tronchada. Acudieron todos a socorrerle e incorporarle nuevamente, menos Irene, que se había impresionado enormemente y se había ido a llorar al saloncito vecino. También Lorenzo estaba muy alterado. Nada más lejos de su intención que agitar y enfurecer a su tío, pero ¿cómo podía él ligarse por una promesa hecha a un moribundo? Era totalmente imposible.

Cuando hubieron incorporado al anciano nuevamente, quedaron en pie en torno a él, mirándole. Su respiración era fatigosa y rápida, los párpados caían sobre sus ojos como sábanas de mármol y la palidez de su rostro se había hecho amoratada. Lorenzo miró a su madre.

—¿Voy a buscar a la enfermera?

—Sí, en seguida.

Pero el anciano hizo un gesto que detuvo a Lorenzo.

—No —dijo, hablando con gran dificultad—. ¡Que no vayan a buscar a nadie, diablo! ¿No pueden dejar a un moribundo en paz?

Trató de abrir los ojos, pero no pudo. Esperó algún tiempo, en reposo absoluto, mientras todos le contemplaban temiendo un colapso. Pero éste no sobrevino, tal vez mantenido a raya por las gotas de estimulante cardíaco que la marquesa le había administrado. A poco recuperó un poco los ánimos, pudo abrir los ojos, mover la cabeza. Volvió a mirar a Lorenzo, pero no lo hizo con rencor ni enfado, sino con una especie de velado asombro. Incluso trató de sonreírle. Lorenzo se sintió conmovido. Se había llevado un susto enorme: había creído que su negativa había matado al anciano. Ahora le estaba agradecido de que no se hubiera muerto por su culpa ni le guardase rencor.

—Tío, lo siento mucho —exclamó con vehemencia—. De veras lo siento. Yo quisiera complacerte... Yo...

—Comprendido. Pero no puedes complacerme, ¿no es eso?

—No puedo.

—Bueno, pues si no puedes, no puedes, eso es todo. No te casarás con Alba. Pero eres el hombre más joven de la familia. Prométeme, al menos, que durante toda tu vida la protegerás.

—Lo haré, si puedo y ella me deja. A veces...

—Gracias. Eres un buen muchacho. Y aquel otro...

—¿Quién tío?

—¡Ah! No es a ti a quien he de hablar de esto, es cierto... Es a Alba. ¿Dónde está? ¡Alba! ¿Dónde está mi nieta? ¡Alba, Alba!

No se produjo el temido colapso, pero sí una crisis de excitación delirante. Acudió la enfermera, llamada por Irene, y se mostró muy irritada al ver lo que ocurría, de lo cual hizo a todos responsables. ¿Qué hacía allí tanta gente, mareando al enfermo? ¿No comprendían que...? Mejor era que regresasen al saloncito, ya calmaría ella sola al señor, que para eso era su enfermera y sabía cómo había que tratarle.

Y le fue calmando, en efecto. La familia la contemplaba desde lejos, desde la antecámara, con aprensión y admirativo interés. Era una mujer brusca, antipática, pero indudablemente sabía su obligación. Cuando el doctor Bargioni la había recomendado, por algo sería. Regresaron todos al saloncito, más tranquilos.

Pero Lorenzo sintió un súbito odio hacia ella porque

112

era tan hosca y malcarada y los había expulsado a todos de la habitación de aquella manera.

—Es una mujer —exclamó de pronto a media voz— que hace piruetas con los pies y tiene un roto en la media, por donde se le asoma un dedo atroz, de lo más chato que nadie pueda imaginar.

Su familia le dirigió una mirada estupefacta.

—Ahora es él quien delira —exclamó Irene en tono de reproche—. ¡Y ha tenido que escoger un instante como éste para ponerse a decir tonterías!

—Lorenzo, hijo mío, es cierto que lo que dices no tiene sentido. ¿Te encuentras mal? —preguntó la marquesa.

—¿Yo? ¿Por qué? —su voz era punzante e irritada.

—Es esa historia de la boda con Alba..., esa historia tan extraña, tan inesperada, que le ha impresionado... —dijo su madre, sin ocurrírsele qué otra cosa decir para excusarle, pues le veía nervioso y de mal talante, dispuesto a la impertinencia.

—Pero ¿por qué, mamá, por qué va a impresionarme eso? ¿Soy acaso una niña histérica?

—Sí, lo eres —le contestó Irene aviesamente.

Se sentía amargada pensando en su novio, que estaba lejos, triste y celoso. Habían tenido una disputa por teléfono. Sólo una cosa así podía agriar el carácter suave y sereno de Irene.

—Estoy avergonzado de vosotros —intervino el padre—. Avergonzado de veras —repitió en tono quejumbroso—. Giovanna, perdónalos, te lo ruego. No suelen ser así, tú lo sabes. No sé qué les ha ocurrido. Es extraordinario...

La reprimenda, propia para ser administrada a niños pequeños, ofendió mortalmente a Lorenzo y a Irene. Su hosco silencio y el rojo que les montó hasta la raíz del cabello lo manifestaban así elocuentemente. Su tía les tuvo lástima.

—¿Por qué no os vais a acostar, queridos? —preguntó con su voz suave, clara, exquisitamente modulada—. Estáis agotados. Habéis tenido un día muy duro. Id a descansar.

—Yo, en todo caso, lo voy a hacer, tía Giovanna, si lo permites y no hago falta —dijo Lorenzo—. Buenas noches.

Se retiró a la habitación que le estaba destinada, se acostó y cayó en seguida en un sueño dulce y profundo. Pero antes de la madrugada el ruido de un coche en el parque y los pasos del jardinero y su hijo Petruccio, que venían de cerrar la verja, hicieron que se despertara sobresaltadamente. Luego oyó ruido y voces dentro de la misma casa, en el vestíbulo. Fabio y Assunta se habían levantado, y también otro criado, no reconocía quién, andaba por allí. Y toda su familia estaba en pie. Reconocía sus veladas exclamaciones, sus voces de alegría nerviosa y un poco soñolienta. "Bueno, de forma que Laura Cristina y Alba han llegado ya —se dijo volviéndose del otro lado—. Supongo que yo también debería levantarme y bajar a saludarlas. Supongo... Claro que sí. Bajaré en seguida. Sí..." Pero no pudo terminar la frase. Se había vuelto a quedar dormido.

* * *

Al día siguiente se despertó tarde, y después de desayunarse descendió al piso inferior. No vio allí a nadie de su familia, y al encontrarse con Fabio se informó cerca de él sobre el estado de su tío. El mayordomo le contestó que el señor marqués seguía lo mismo. Ahora parecía dormir. El doctor Bargioni había telefoneado muy temprano y la enfermera había hablado con él. El doctor llegaría, como de costumbre, cerca del mediodía.

114

—Pero ¿qué va a decir el pobre doctor? —murmuró Fabio con desaliento—. El señor marqués es como un cirio que se apaga. El doctor hace todo lo que puede; pero ¿qué puede hacer un doctor cuando el señor marqués ha decidido apagarse como un cirio?

—Fabio, hoy estás muy pesimista —le contestó Lorenzo. Él lo estaba también.

—Lo estoy, señor. Y el haber pasado mala noche no contribuye a levantarme los ánimos.

—¿Has pasado mala noche? ¡Ah! Es cierto. Llegaron las viajeras anoche. Tuviste que levantarte.

—Eso, señor, es lo de menos. La obligación no pesa. Pero yo me pregunto, y perdone el señor que repita la pregunta ante él: ¿es mi obligación ponerle compresas frías a una chica borracha?

—Hombre, según. Si la has emborrachado tú, sí.

—¿Tengo yo cara de emborrachar a una chica? —inquirió Fabio ansiosamente.

—Te hago la justicia de reconocer que no. ¿Quién ha sido la bacante?[16]

—Berta. La doncella Berta.

—¿Una morenita, risueña, no mal parecida?

—Ésa, señor. Assunta la oyó hablar y reír como una loca. Y fue corriendo al cuarto de la chica a ver lo que le pasaba, y le pareció que, en efecto, había perdido la razón: de tal forma se portaba y tales insensateces decía. Entonces, Assunta, para no dar la alarma entre los demás, vino a buscarme a mí, que acababa de dormirme, y

---

16. *bacante:* es el nombre romano que se les daba a las ménades griegas, sacerdotisas del dios Baco, el Diónyso griego, dios del vino, la viña y el delirio místico. Las bacantes simbolizaban el lado orgiástico y participaban en las bacanales, desenfrenadas fiestas en honor de su dios. Indudablemente aquí el término está usado en sentido irónico, ya que se emplea para designar a una chica borracha.

volvimos los dos al cuarto de Berta. Pero yo me di cuenta en seguida de que lo que la chica tenía no era demencia: era coñac.

—¡Qué extraño! ¿Y tiene…, vamos, tiene la costumbre de empinar el codo así?

—¡Oh, no, señor! Jamás lo había hecho.

—Supongo que Assunta no la habrá despedido…

—No, señor. Pero si repite el espectáculo, lo hará. Lo malo es la noche horrible que hemos pasado…

Lorenzo no contestó. Se fue al salón de música, se acercó a la puerta vidriera, que daba a la terraza, y se puso a mirar hacia el parque. El tiempo había cambiado. El día era gris, húmedo y desapacible. Un cielo pálido, como hinchado, parecía descender pesadamente sobre los árboles, en los que el tierno follaje se estremecía, semejante a un plumón verde. Visto desde allí y a la luz de aquel día de primavera indecisa, el parque le pareció a Lorenzo más vasto, más impresionante, más melancólico que nunca. Contemplarle ahora le hubiera puesto de mal humor si no lo estuviera de antemano debido al hastío que le procuraba su encerramiento. La noche anterior, por lo menos, había sido agradable pasear por el parque. El cielo estaba despejado y el aire que venía del Sur olía dulcemente a frutas. A la luz de la luna había contemplado la bella estatua que ahora parecía envuelta en niebla verdosa, y había imaginado el romántico encuentro con una enfermera rubita, coqueta, comprensiva. ¡Vanas ilusiones! La realidad fue gris, chata y pirueteante. Y ¿cuánto tiempo debía soportar él aquella vida, permanecer encerrado en aquel mausoleo heterogéneo que era el Palazzo Velletri? Dentro del palacio, imposible hallar diversión, y fuera de él, menos aún. Todo Florencia conocía a los De Brixias y todo Florencia sabía que el anciano marqués estaba muriéndose. Hora tras hora, durante todo el día, acudía la gente para informarse del estado del ilustre patricio, firmaba en la antesala y se volvía a marchar con el mismo aire ceremonioso y desanimado con que había venido.

La puerta del salón de música se abrió de pronto, y Lorenzo se volvió a ver quién venía a compartir su aburrido aislamiento. Era Alba.

—Hola —exclamó al verla—. ¿Qué tal? ¡Dios mío, cómo has cambiado! Hace poco más de dos años eras una niña preciosa. Ahora eres una mujer, y una mujer fea. ¿Cuántos años tienes? ¿En qué atroz y disparatada edad se encuentra tu desgraciado organismo, criatura?

Ella se acercó lentamente y tamborileó con los dedos sobre los cristales de la vidriera.

—Hola —dijo—. Catorce años menos tres meses. ¿Hace tiempo que has llegado, Lorenzo?

—Siglos. Siglos, de veras. No se puede vivir en esta casa. Los siglos, no las horas, transcurren por ella minuto a minuto. Catorce años menos tres meses no son muchos años, después de todo. ¿Qué diablos has hecho de la niña que deberías ser? ¡Qué delgaducha y qué larguirucha y qué desgarbada te has vuelto! Pareces una mujer de trapo.

—Es que he dado un estirón —repuso Alba plácidamente. No parecían importarle las palabras de Lorenzo. Estaba mirando hacia el parque—. No hay muchas flores todavía —comentó—. Es pronto aún.

—Y ¡qué estirón el que has dado, criatura! Pareces una jirafa.

—Las jirafas, ¿no tienen un cuello muy largo, muy largo, completamente desproporcionado?

—Sí.

—Yo, no.

—Tienes el cuello muy largo.

—Pero no desproporcionado.

—Bueno, no. Toda tú eres larga. ¿Has visto a tu abuelo?

—Aún no. ¿Está muy malo?

—Sí. ¿Cuándo le verás? ¿Sabe que estás aquí?

—Sí, lo sabe. Pero me han dicho que ha dado orden de que yo no entre en su habitación hasta que haya llegado Michelotto y le haya puesto una inyección de no sé qué cosa para tener fuerzas. ¿Está muy débil, Lorenzo?

—Sí.

—No puedo imaginarlo. El abuelo débil... Es extraño.

—No lo es, después de todo. Uno pierde fuerzas cuando..., bueno, cuando se encuentra como él. Supongo que estarás deseando verle —la niña asintió con la cabeza—. Él no hace más que preguntar por ti. También me ha hablado a mí, no creas.

—¿Qué te ha dicho?

—¡Oh! —se encogió de hombros—. Tonterías. Disparates propios de su estado. No te dejes impresionar por su aspecto.

—¿Está muy cambiado?

—Sí, mucho. ¿Tú eres fácilmente impresionable?

—¿Cómo quieres que lo sepa?

—¡Ah! Perdona. Yo creía que a los catorce años una chica ya sabe lo que es y lo que no es.

—Yo no lo sé.

Volvió a tamborilear con los dedos sobre los cristales. Eran unos dedos largos, "como toda ella", agudos, de uñas almendradas.

Lorenzo soportó durante algún tiempo aquel repiqueteo que le hacía el efecto de que le pasasen un rallador por la espina dorsal, y de pronto no pudo soportarlo más y exclamó con impaciencia:

—¿Te importaría dejar ese ruidito, niña? Tú acabas de llegar, vienes fresca; no puedes imaginarte cómo tenemos los nervios todas las personas de esta casa. Es algo atroz. Irene...

—Pero, Lorenzo, ¿cuánto tiempo hace que has llegado tú? —preguntó Alba, cesando de tamborilear en los cristales.

—Siglos, ¿no te lo he dicho? Siglos.

La niña no contestó. Empezó a dar vueltas por la estancia observando todos los objetos. Los iba reconociendo uno por uno, pero su rostro permanecía impasible, como si no produjesen en ella impresión alguna, ni siquiera la del recuerdo. Sin embargo, en aquel salón, entre aquellos muebles, había dado su primera lección de música, cuando tenía cuatro años y aún no había abandonado a Florencia. De pronto regresó junto a Lorenzo, y le preguntó:

—¿He olvidado el español, Lorenzo?

—No. Pero lo hablas con un atroz acento italiano. Hablemos en italiano, pues.

Lo hicieron; pero al cabo de pocos minutos Lorenzo alzó las manos al cielo, con gesto de desolación.

—¡Dios mío, qué horror! —exclamó—. Hablas italiano con acento americano. Es espantoso.

Alba le miró imperturbable.

—Es natural —dijo—. Pero también sé hablarlo con otro acento.

—¿De veras? ¿Con qué acento?

—Inglés. El de miss Burnett.

—¡Ah! Tu institutriz. ¿Ha venido también con vosotras?

—También, claro.

—¡Qué buena idea!

Lorenzo recordaba perfectamente a Mary Burnett. Dos años atrás había atraído considerablemente su atención, y más la hubiera atraído de no haber sido por aquella pícara Berta, que le tenía atontado. Miss Burnett era una muchacha deliciosa, sin más defecto, para el Lorenzo de dos años atrás, que el de ser excesivamente circunspecta, tímida y reservada, con una terrible inclinación a ruborizarse. Mas, para el Lorenzo actual, aquellos defectos no eran tales defectos, sino todo lo contrario: seductores encantos. Un hombre no es un muchacho. El muchacho desea que le conquisten. El hombre, conquistar. Sí, deliciosa Mary Burnett. Recordaba su cabello vaporoso, de un castaño pálido, como el de los ángeles del coro de la capilla; sus ojos azules, un poco demasiado abiertos; su tez rosada, su perfecto ritmo al moverse, al andar; sus modales graciosos. Era una mujer que hablaba poco, excepto con Alba, y se decía de ella que era muy inteligente y terriblemente culta. Todas estas cosas, dos años atrás, intimidaban mucho a Lorenzo cuando las hallaba reunidas en una sola persona. Ahora, en cambio...

—Bueno, ¿en qué piensas? —le preguntó Alba.

—Pienso en tu institutriz. ¿Sigue siendo tan bonita como antes?

—Supongo que sí.

—¿No lo sabes?

—No, no lo sé.

—¿Está contenta de haber vuelto a Florencia?

—No ha dicho nada.

—Pero lo estará. Y de vivir en esta pirámide.

—¿Dónde?

—En el Palazzo Velletri.

—¿Es una pirámide?

—Lo parece. Y estará orgullosísima de hallarse rodeada de todos los ilustres De Brixias en el momento cumbre en que acuden a la llamada de... —se detuvo. Iba a decir "de la muerte"—. De la marquesa de Velletri —rectificó.

—Y ¿por qué ha de estar orgullosa?

—¿No lo estarías tú si fueras Mary Burnett?

—Si fuera Mary Burnett, lo estaría de ser Mary Burnett.

—¿Sí? Pues bien orgullosa estás de ser una De Brixia.

—Porque soy una De Brixia. Voy a ver si ha llegado Michelotto.

—El doctor Bargioni no llegará hasta cerca del mediodía.

—Voy a ver.

Y abandonó el salón de música sin prisa, sin calma, como si un leve aire la empujara con dulzura. Lorenzo pensó que si la palabra *frialdad* podía aplicarse al modo de andar de una persona, a ninguna mejor aplicada que a Alba. Andaba fríamente. "Y es terca —pensó—. Ha tenido que ir ella misma a ver si Bargioni había llegado o no, a pesar de mis palabras. Tiene la ciega, la desesperada tozudez de las personas no excesivamente lúcidas. No es inteligente, ni bonita, ni atractiva. Y además, carece de orgullo de nombre. "Porque soy una De Brixia", ha dicho. En otras palabras, que si fuera Perico de los Palotes sería lo mismo. Lo importante es ser ella. Egocéntrica, a los catorce años. A mí me parece que es una chica insensible. En todo caso, su cara no dice absolutamente nada."

Alba, una vez convencida de que el doctor Bargioni no había llegado aún, fue en busca de su madre. La encontró en aquel gabinete pequeñito, azul, que estaba junto a la que había sido su habitación de soltera. Ahora que Laura Cristina había vuelto al Palazzo Velletri sin su marido, la ocupaba nuevamente. Estaba sentada ante el *secrétaire* de palo de rosa,[17] en el que aparecían varias hojas de papel con el escudo de los Velletri cubiertas por su letra menu-

17. *secrétaire de palo de rosa:* escritorio hecho de madera de palo de rosa, árbol borragináceo de América cuya madera, olorosa, roja y con vetas negras es muy apreciada en ebanistería.

da, picuda y apretada. Pero no escribía en aquel instante: estaba hablando con Mary Burnett, que le mostraba una prenda de vestir negra. Alba no pudo descubrir lo que era, pues al llegar ella Mary se llevó las manos a la espalda y la pieza quedó oculta a sus ojos.

—¿Qué deseas, Alba? —le preguntó su madre. Y al ver que Mary se retiraba, le dijo—: La veré luego, miss Burnett. He de hablarle.

—Quiero escribirle a papá —manifestó Alba.

—¿Ya? Hija mía, no has cesado de comunicar con él en todo el viaje.

—Pero ahora quiero escribirle una carta larga, larga. Una carta inmensa.

—¿Como ésta? —le preguntó Laura Cristina, mostrándole las hojas de papel que aparecían sobre el escritorio.

—¿Le has escrito tú ya?

—Naturalmente.

La niña pareció desilusionada. ¡Tenía tantas cosas que contarle a su padre! Y muchas ya se las habría contado su madre. Sí, lo más interesante se lo habría contado ya. La caída de aquel muchacho que se había abierto la cabeza en el barco, jugando, y al que habían desembarcado en el primer puerto, para llevarle a una clínica. El viaje en automóvil, de noche, de Génova a Florencia. El alto en Pisa, para cenar. El maravilloso espectáculo de la torre inclinada a la luz de la luna, igual que en una postal que le habían enviado a ella una vez. La llegada al Palazzo Velletri, casi de madrugada, con toda la familia menos Lorenzo bajando por la monumental escalera de mármol en bata y salto de cama, lo que hacía un efecto extraño, y recibiéndolas a ellas de una manera muy curiosa, medio riendo y medio llorando. Y ahora era casi media mañana y todavía no habían visto al abuelo, lo cual también era una cosa extraña, teniendo en cuenta lo mucho que habían corrido para verle y la urgencia con que las había llamado. Pero, por lo visto, ahora que estaban allí, ya no había prisa. Sí; su madre sin duda le habría contado ya todo esto en aquella carta larguísima que le había escrito, pensaba Alba.

Se hubiera asombrado de saber que ni una sola de todas aquellas cosas eran mencionadas por su madre en la carta, excepto el hecho escueto de que habían llegado a tiempo y bien. "¿De qué, pues, le habla a papá en tantas páginas?", se hubiera preguntado la niña. No le hablaba de nada. Era una carta de amor.

Una doncella entró en la habitación, y le dijo algo a la señora Grey en voz baja. La señora Grey se limitó a asentir con la cabeza, y cuando la doncella hubo salido, recogió la carta que aparecía sobre el *secrétaire,* la guardó en un cajoncito y le dijo a Alba:

—Puedes escribir aquí, si quieres.

Alba lo hizo así. A poco entró Mary Burnett en la estancia con una labor en la mano. Se sentó junto al balcón en una butaca de raso azul, cuyos brazos estaban rematados por dos cabezas de cisne doradas, y se puso a trabajar. La luz pálida que venía del parque daba un tono ceniciento a sus cabellos castaños, pero no llegaba a apagar el rosado rubescente de sus mejillas, avivado en los pómulos.

—¿Qué haces? —le preguntó a Alba sin levantar la cabeza de su labor. La niña se había quedado quieta, mirándola, y Mary había sentido su mirada sobre ella.

—Voy a escribirle a papá.

—Muy bien. ¿Por qué me miras a mí, entonces?

—¡Oh!… Estaba pensando en una cosa.

—¿Puede saberse?

—Sí. Estaba preguntándome si todavía era bonita.

—¿Quién?

—Usted, miss Burnett.

Mary levantó vivamente la cabeza y miró a Alba con los ojos más abiertos que de costumbre.

—¡Qué ocurrencia! —exclamó.

—Es que me lo preguntó Lorenzo y no supe qué contestarle.

—¿Lorenzo? ¡Qué ocurrencia! —repitió Mary. Parecía muy sorprendida y turbada.

—Le dije que suponía que sí; pero en realidad no estaba muy segura, porque no me había fijado y…

—Llueve —dijo Mary, deseando cambiar la conversación—. Mira qué lluvia más delgada.

—Sí. Y por eso ahora me fijaba en usted para poder decírselo a Lorenzo con seguridad.

—Bien, ¿y cuál es tu veredicto? —repuso Mary, sonriendo penosamente.

La pregunta había brotado contra su voluntad y se sentía un poco avergonzada de ella.

—¡Oh, que sí es bonita, que sí! —exclamó Alba con vehemencia.

Su entusiasmo y su sinceridad eran tan evidentes, que Mary se sintió conmovida. La oleada de calor que invadió su rostro llenó también de grata tibieza toda su alma. Hacía mucho tiempo que la tenía fría. Se daba cuenta de ello ahora, al sentirla esponjarse alegremente bajo aquel calorcillo súbito.

—¡Cosas de niños! —exclamó.

—¿Lorenzo un niño? —inquirió Alba con asombro—. Pero si es un hombre tan alto como el abuelo.

—¿Tanto?

—Tanto. Y más grueso. Es… ¿cómo se dice? Es corpulento. ¡Debe de tener una fuerza enorme! Parece un atleta.

—Niña, yo diría que te ha causado mucha impresión… —repuso Mary, pero con ligereza y sin dejar de bordar para quitarle toda importancia a sus palabras.

124

—Es que le he encontrado muy cambiado. Él a mí también.

—¡Ah! ¿Sí? —preguntó Mary. Se quedó con la cabeza alzada y la aguja en el aire, esperando la respuesta.

—Sí, mucho. Dice que parezco una mujer de trapo.

Mary rió brevemente y siguió bordando.

—¡Una mujer de trapo! Pero ¿por qué?

—¡Oh! No sé... Porque me he vuelto muy desgarbada y fea, dice.

—No hagas caso, querida. Son ocurrencias de muchacho. ¿No ibas a escribirle a tu papá?

Y mientras Alba lo hacía, se quedó pensando en Lorenzo, que se había desarrollado tanto, decía la niña, y parecía un atleta. Claro que en algo más de dos años un chico puede cambiar considerablemente. Ella le recordaba como un adolescente tan desgarbado como ahora decía él que lo era Alba. Un adolescente que seguía a la doncella Berta con ojos ávidos y le hacía a ella, a Mary, sentirse mal cada vez que descubría una de aquellas miradas, como si la obligasen a presenciar algo terriblemente indecoroso. Pero nunca pudo sospechar que el muchacho se hubiera fijado en ella ni que la considerase bonita. La gente no solía fijarse en ella en aquel sentido, nunca había podido saber por qué, pues no era ni peor ni mejor que otras muchas. Tal vez si hubiera sido un poco más desenvuelta... Pero era terriblemente tímida. Su timidez la hacía sufrir mucho, pero no podía vencerla. Y le faltaba seguridad en sí misma, como mujer. La tenía como educadora, como individuo; como mujer, no. Mucha más seguridad en sí tenía aquella zafia Berta, aquella estúpida y desaprensiva Berta. Ella, Mary Burnett, tenía un espíritu fino, era culta, distinguida, inteligente... Pero no tenía fe en sí misma, como mujer. Ello provenía, tal vez, de haber convivido siempre con personas que no eran de su edad:

niños o ancianos, y de haber estado tan sola, tan sola... Demasiado sola, demasiado pobre, demasiado culta y refinada para recurrir a sus armas de mujer. Al quedar huérfana y en la miseria le dijeron que no se preocupase; tenía con qué luchar en la vida: una educación esmerada, una inteligencia despierta, capacidad de trabajo, paciencia, modales distinguidos. Y, sobre todo, excelentes relaciones. Tenía todo esto. Nadie le habló de sus cabellos, de su boca, de sus bellos colores, de sus manos. No, nadie. Ninguna de sus excelentes relaciones le mencionó esto para nada. Y nadie dijo: "La chica es buena y atractiva. ¿Por qué no casarla?" A ella le hubiera gustado casarse. Le hubiera gustado eso más que nada. Pero nadie se fijó en ella en ese sentido. Así, en lugar de casarse, como era culta y educada, le buscaron una colocación de profesora en casa de un matrimonio de mediana edad que tenía una hija inválida. Le dijeron de profesora: en realidad, era también de niñera, de enfermera, de criada. En realidad, su obligación consistía en ser una esclava de aquella criatura, que tenía un alma tan torcida como su cuerpecillo y siempre estaba pensando alguna iniquidad con que atormentarla. Soportó aquello un año; no pudo más y se fue. Las excelentes relaciones apenas velaron sus críticas. "Hija mía, ¿no te habrás precipitado? El empleo no era malo, la niña tal vez hubiera ido cambiando... Y ya se sabe: cuando uno tiene que ganarse la vida..." Pero prometieron que le buscarían otra colocación. Mientras el empleo aparecía, la invitaban aquí y allá, a tomar el té, a cenar los domingos, que era el día más aburrido de la semana. Conoció a algunos jóvenes que la miraban con cierto recelo, sin duda porque apenas se los presentaban alguna de las excelentes relaciones se precipitaba a exclamar en tono de alabanza: "La señorita Burnett ha estado cuidando con la mayor abnegación a una horrible niña inválida..."

Y ella, pensando en todas las vejaciones y tormentos que le habían sido infligidos por la horrible niña inválida, se ruborizaba, se cortaba, tartamudeaba unas frases idiotas, sonreía con vacuidad y producía en los desconcertados jóvenes la impresión de que ella misma no estaba muy lejos de ser una horrible niña inválida. Luego apareció la segunda colocación. Debía preparar a dos niños que vivían en el campo para ingresar en el colegio. Aquello no fue desagradable. Los chiquillos eran simpáticos y a ella el campo le gustaba. "No me importaría casarme con algún hombre que estuviera bien y vivir en el campo", se dijo muchas veces. Pero el hombre no se presentó. En cambio, los chiquillos se fueron al colegio y ella se quedó otra vez sin colocación.

Estaba haciendo sus maletas para regresar a Londres, cuando vino a visitarla el párroco del pueblo. "Miss Burnett —le dijo—: ¿le gustaría a usted emplearse como señorita de compañía en casa de mistress Hutchinson? Me ha preguntado si no podía recomendarle alguien para este cargo, y me ha parecido que usted era la persona más indicada para él. Tiene usted buena salud y mucha paciencia." ¡Salud y paciencia! Ambas cosas eran, en efecto, sumamente necesarias para poder resistir a mistress Hutchinson sin morir o matarla, pues era una anciana histérica, avara y despótica. Pero ella aceptó el empleo, ¡qué iba a hacer! Gastó en él salud y paciencia pródigamente, y, al fin, la muerte de mistress Hutchinson, producida por colapso cardíaco en un acceso de furia, la dejó libre, sí, pero también desocupada.

Volvió a Londres entonces, y como tenía algunos ahorros, se dijo que se tomaría un mes de vacaciones antes de volver a buscar trabajo. Tenía verdaderas ansias de divertirse, de salir de noche, de bailar, de charlar y reír con gente de su edad. Pero ¿cómo, con quién hacerlo? Sólo tenía familiares indiferentes y excelentes relaciones. De modo fatal, volvió a caer en su círculo. Tés, conversaciones sobre el reuma y la política, domingos aburridos... Se sentía triste y desesperada. ¿Era aquélla una existencia propia para una muchacha? Y lo peor era que en aquel hastío, en aquel estancamiento, sus ahorros se evaporaban... Casi inconscientemente empezó de nuevo a preguntar a sus excelentes relaciones (que por lo visto daban por descontado que se había convertido en millonaria) si "no sabían algo para ella", y a leer los anuncios de los periódicos. Y por el periódico, precisamente, consiguió su mejor empleo hasta entonces. Señorita de compañía también, pero de una dama elegante y divertida: lady Bradley. Con esta señora viajó por diversos países de Europa, y residió algún tiempo en París. Era una vida encantadora, varia e interesante. Conoció a muchos hombres: aristócratas, artistas, políticos, burgueses. Dos o tres dieron vagas señales de interesarse por ella algo más que amicalmente; pero todo acabó en agua de borrajas y ella continuó soltera. Luego ocurrió que lady Bradley, siempre inquieta y versátil, siempre extravagante, se cansó de su compañía y de tener su residencia habitual en Inglaterra. La despidió, pues, sin más motivo (no había otro en realidad) que el de que estaba cansada de ella, como de todo el mundo, y "necesitaba un cambio".

Cerró su piso de Londres, alquiló su castillo de Escocia y se fue a vivir a Florencia, donde su buena amiga, la marquesa de Velletri, le había conseguido, a no mal precio, un auténtico palacete de lo más "Risorgimento"[18] que

18. *Risorgimento:* se denomina "Risorgimento" al movimiento de conciencia nacionalista, propio del Romanticismo, que surgió en Italia tras su división en nueve estados a consecuencia de la reorganización de Europa dictada por el Tratado de Viena (1815). Este movimiento originó el proceso de reunificación de Italia que tras varias fases concluiría definitivamente en 1870 durante el reinado de Víctor Manuel II.

se pudiera desear. "Y usted vendrá también por un corto tiempo a Florencia, miss Burnett", le dijo a Mary. "¿Para qué?", contestó ésta con el alma amarga, preguntándose, desesperada, cómo le sería posible soportar, después de la vida que había conocido cerca de lady Bradley, la insustancialidad de las excelentes relaciones, las cenas de los domingos, los tés deprimentes. "Porque ello puede ser muy interesante para usted —repuso lady Bradley—. Es decir: estoy completamente segura de que lo será. Los Velletri tienen una hija casada que acaba de llegar de América, adonde regresará dentro de seis o siete meses. Esta señora tiene una niña de corta edad, para la que está buscando institutriz, pues la que tiene actualmente va a casarse en breve. Yo puedo recomendarla a usted; sé lo que usted es y lo que usted vale, y sé también que mi recomendación será tenida en cuenta. No crea usted, no es cosa de poca monta hallar la persona adecuada en cuyas manos poner la pequeña Alba Grey. Es una niña preciosa, en todos sentidos. Única heredera de los Velletri y de los Grey, se fusionan en ella un gran nombre europeo y una gran fortuna americana. ¿Qué le parece? ¿Se decide a venir a Florencia para ser presentada a los Velletri? Ahora bien: si la aceptan, tendrá que residir en América. ¿Le importaría esto?" Ella negó enérgicamente con la cabeza. Estaba tan emocionada que no podía hablar. La previsión de lady Bradley la salvaba, si tenía suerte, de las tan temidas excelentes relaciones. Miró a la señora con gratitud, como nunca la había mirado, y le pareció menos dura y caprichosa, olvidando sus extravagancias. Lady Bradley le devolvió la mirada con cierta irónica piedad. Era una mujer de sesenta años, que había visto todo cuanto hay que ver en la vida y casi todo la había divertido bastante. Tenía unos penetrantes ojos de pájaro, las mejillas firmes, pese a sus años; la piel tostada, la boca sardónica y el pelo teñido de color zanahoria. Aficionada a la controversia, hablaba con agudeza, diciendo cosas originales y, muy a menudo, hirientes. Se vestía de una manera muy personal, y no llevaba otras joyas que sortijas, una en cada mano. Tenía sortijas de todas épocas y estilos, artísticas o, sencillamente, magníficas.

Mary, cuando recuperó la voz, le dijo que la idea de ir a América le encantaba. En realidad, su fantasía se había echado ya a volar. Se veía heroína de un romántico destino: la linda joven europea, sin fortuna, pero inteligente, culta, con exquisitos modales, despertando la avasalladora pasión de un potentado neoyorquino. Todo un mundo brillante, facinante, fresco, coloreado, puesto rendidamente a sus pies. Y el amor también, naturalmente: ella, con un potentado neoyorquino, sólo se casaría por amor. Su galán sería joven, guapo y, a la manera americana, elegante. Sería mixto de rubio y de moreno, con el pelo castaño, más oscuro que el de ella, y los ojos de un azul de hielo, anchos, rientes. Tendría un alma bondadosa, un poco infantil, es cierto, un poco cómicamente ingenua para una europea del tipo de ella y escasas nociones sobre el *Quattrocento*[19] y el Museo de Pérgamo;[20] pero, precisamente, la maravillosa misión de ella consistiría en ir moldeándole, formándole... Sería un niño grande para ella,

19. *Quattrocento:* es la denominación italiana del siglo xv, "el cuatrocientos". Es el primer siglo de la estética plenamente renacentista y como tal está aludido en este contexto.

20. *Museo de Pérgamo:* este museo está en Berlín y en él se conservan las ruinas de Pérgamo, antigua ciudad de la Misia (Asia Menor), encontradas en el siglo xix por el arqueólogo Humann. Entre dichas ruinas destacan los restos de un gimnasio de la época romana, los cimientos de un templo de Dioniso, de un teatro, de un templo jónico griego, y del altar de Zeus, del que se conserva el basamento de albañilería en torno del cual corría el friso donde estaba esculpida una representación del combate de los gigantes contra los dioses.

¡y tan rendido, tan enamorado, tan... tan espléndido! Sería..., sí, sería... "Entonces, estamos de acuerdo — le dijo lady Bradley, sonriendo de través y pasándose por el manojo de zanahorias rizadas que era su cabellera una mano larga y artística, abrumada por una descomunal esmeralda—. Y puesto que estamos de acuerdo, no se quede usted ahí parada sin atreverse a mirar atrás como la mujer de Lot,[21] y vaya y prepare sus cosas para marchar a Florencia."

En Florencia tuvo suerte, ¡oh tanta suerte! Los Grey y los Velletri, tras de interrogarla, observarla, informarse respecto a su vida privada y sus condiciones pedagógicas, la aceptaron como institutriz de la niña. Pasó en Florencia casi ocho meses en el suntuoso Palazzo Velletri y luego partió a América con los Grey, en el *Normandie*. El viaje fue un sueño, más aún: una película. Sí; a cada momento le parecía estar en el "cine"... La casa de los Grey, en Nueva York, fue la segunda parte de la película y la continuación de aquella vida maravillosa del transatlántico. Sí; pero lo cierto era que ella y la pequeña Alba estaban completamente al margen de aquella existencia. Eran meras espectadoras emboscadas. Y para ella no resultaba demasiado atractivo limitarse, como personaje de importancia, a presidir meriendas infantiles, cuando las fiestas más suntuosas, más divertidas, más elegantes, se sucedían continuamente en los salones de la casa, que estaban cerrados para ella y para la pequeña durante las recepciones.

Una aprensión melancólica empezó a apoderarse de su corazón. Los hombres de aquel país, atractivos, dinámicos hombres, no parecían poseer demasiado interés por

---

21. *la mujer de Lot:* se refiere al personaje bíblico que fue convertido en estatua de sal por desafiar el mandato de Dios y mirar hacia atrás cuando huía de la destrucción de Sodoma.

una muchacha europea culta y distinguida. Y ¿dónde estaba su héroe? El tiempo pasaba y el joven potentado no comparecía a la cita que ella le había dado en sus sueños.

Ella, mentalmente, había barajado los nombres más brillantes del país, preguntándose cuál de esos hombres habría de ser el suyo, y cuando alguno de ellos era anunciado en la casa se ponía pálida..., sí, positivamente pálida. Pero ninguno de aquellos magnates de la industria, de la banca, del comercio; ninguno de aquellos grandes señores de Boston o de Filadelfia, se fijó en ella jamás..., lo que se dice *fijarse*. La trataban con amabilidad y extrema cortesía, eso sí, y no hubieran soñado en permitir que ella abriese una puerta o se bajase a recoger su pañuelo caído, más de lo que hubieran soñado en permitírselo a la misma mistress Grey. Pero ninguno la invitó a un baile de gala en alguna mansión, ninguno la propuso llevarla a la Ópera, ninguno le dijo jamás: "Tiene usted que venir un día a casa, miss Burnett, y conocer a mi madre. Le he hablado mucho de usted y está deseando saludarla." No, ninguno. La trataban con deferencia, es cierto, pero así eran tratadas todas las mujeres en aquel país; la deferencia y la consideración de los hombres eran patrimonio de toda mujer en tierra americana y lo mismo daba que hablase en inglés de Oxford que en *slang*[22] de Chicago. Su corazón se contrajo más y más, atenazado por aquella aprensión, por aquella melancolía.

Poco a poco fue renunciando a su sueño del joven potentado..., sí, y de los viejos también ¡Qué remedio! Hizo algunas amistades, modestas, y no le faltó un pequeño círculo de amigos en el que a veces se divertía en sus días de salida. Conoció restaurantes baratos, teatros de segundo orden, espectáculos amenizados con un poco de baile a

22. *slang:* denominación anglosajona de los lenguajes de jerga.

ALBA GREY

la salida y regreso a casa, si no en Crysler Imperial, en "taxi". No estaba mal tampoco. No todo había de ser cena con caviar y Pommery 1905, ni Strawinsky[23] con Stokowsky[24] en el Metropolitan.[25] Después de todo, ¿qué era todo aquello? Lujo, vanidad..., nada absolutamente. Y en su pequeño círculo de flamantes amistades, donde todo el mundo era tan encantadoramente natural y sincero, ella podía brillar, a su manera, vencer a ratos su timidez y cautivar con sus relatos acerca de la extravagancia de lady Bradley y las sádicas ocurrencias de la horrible niña inválida, su primera experiencia de trabajo. Y podía deslumbrarlos con los Grey y los Velletri. Pero ¡Señor, Señor!, que tampoco ninguno de sus amigos se *fijaba* verdaderamente en ella. ¿Por qué? Era una fatalidad, por lo visto.

---

23. *Strawinsky* (la transcripción más habitual de este nombre ruso es "Stravinski"): Igor Stravinski, compositor ruso que nació en San Petersburgo en 1882 y murió en Nueva York en 1971. Estudió instrumentación con Rimski-Korsakov. Compuso entre otras obras tres famosos ballets encargados por el gran empresario Serge Diaguilev que fueron estrenados en París: *El pájaro de fuego* (1910), *Petruchska* (1911), y *La consagración de la Primavera* (1913), obra ésta que supuso un gran escándalo por su carácter innovador. Otras composiciones suyas son: *Historia de un soldado*, sobre un texto del poeta Ramuz, *Fuegos artificiales* y *Edipus Rex*.

24. *Stokowsky:* Leopold Stokowsky, músico inglés de origen polaco, nacido en Londres (1882) y muerto en New Hampshire (1977). Fue director de la Filarmónica de Filadelfia desde 1912 a 1934, demostrando un estilo realmente personal en la interpretación de los clásicos. Realizó varias transcripciones para orquesta de obras de órgano de Bach. Fue el autor de la selección y orquestación musical de *Fantasía*, película de animación absolutamente revolucionaria de Walt Disney, estrenada en 1941 y cuya banda sonora fue la primera que se grabó en sonido stereo.

25. *Metropolitan:* se trata del Metropolitan Opera House, popularmente conocido como el "Met". Es el teatro templo de la ópera de Nueva York, semejante al Covent Garden londinense, a la Scala de Milán o al Liceo de Barcelona. Construido en 1883, ocupa la manzana comprendida entre Broadway, la 7.ª Avenida y la calle 39 y 40. Tiene capacidad para 3.200 personas siendo el mayor teatro de conciertos de la ciudad.

Todos tenían novia, o no querían tenerla, o estaban ya casados.

Uno solo, el hermano de su mejor amiga, dio inequívocas muestras de interesarse por ella *en aquel sentido*. Podía decirse que la cortejaba, con flores y bombones, y perfumes, y todo. Era un hombre que no estaba mal, joven aún, con la mirada dura, la nariz prominente y una bella boca de animal carnicero. Una noche la invitó a cenar y durante la cena la estuvo mirando mucho, diciéndole cosas bonitas e instándola a que bebiera más de lo que a ella le parecía que debía beber una señorita. "Pero —se dijo— sin duda estamos celebrando algo. Seguramente nuestro compromiso. Sí, estoy completamente segura que hoy me pide en matrimonio." Y la emoción, no el vino, que casi siempre rechazaba, le hacía brillar los ojos, convertía sus cálidas mejillas en dos manzanitas de Navidad.

Pero él no dijo nada concreto, a pesar de sus zalemas.[26] Y luego, en el "taxi" cuando ella creía que la llevaba a casa y estaba un poco desilusionada porque aún no se le había declarado, dio una dirección que no era la de los Grey, y al preguntarle ella con asombro que adónde iban, le contestó, tratando de pasarle un brazo por la cintura, si no podía figurárselo: a un lugar donde los dejaran solos y en paz. Quiso besarla entonces, y al protestar ella, indignada de aquel proceder, se echó a reír y le dijo que no fuera una majadera hipócrita y que aunque estaba muy mona de mosquita muerta ya era hora de que cambiase el disco. Así, pues, el único hombre que evidentemente se había fijado en ella no era en *aquel sentido,* sino *en el otro.* Y se sintió de pronto tan vejada, tan ofendida, tan aver-

---

26. *zalemas:* el significado de esta palabra es "reverencia o cortesía humilde en muestra de sumisión", pero creo que aquí está usada por "zalamerías".

gonzada, que se echó a llorar, y cuando el hombre le preguntó si se había vuelto loca, sintió asco hasta de su misma voz, y, abriendo la portezuela del coche, se lanzó a la calle, siendo un milagro que no se matase. Esta había sido su aventura americana. Triste aventura, humillante aventura, que le dejaría para siempre un gusto amargo en el corazón.

Desde entonces había renunciado a todas sus amistades y a todos sus sueños, dedicando íntegramente su tiempo y sus energías a la pequeña Alba, a la que amaba con ternura. Dedicaba a la niña incluso sus horas libres y todos sus días de salida, al extremo de que su devoción fue notada por toda la familia y le valió admiración y reconocimiento. Mary encontraba un gran consuelo en esto, y pensaba que por lo menos ahora tenía aquel prestigio, aquella especie de aureola, que antes no tenía nada. Pero cuando pensaba en su aventura del "taxi" sentía siempre ganas de llorar, y le parecía que su virtud, su buena fe, su decoro, sus exquisitos modales de señorita culta y distinguida sufrían nuevamente aquel inmerecido ultraje del hombre brutal que no la había comprendido.

Y ahora, cuando a fuerza de renunciamientos el alma se le había quedado fría; cuando le constaba ya que, como mujer, había olvidado lo que es oír una frase galante, descubrir una mirada de admiración, ahora precisamente, aquel muchacho alto, fuerte, parecido a un atleta, le había preguntado a la niña si ella, su institutriz, continuaba siendo tan bonita. ¡Y era nada menos que un De Brixia quien lo había preguntado, un De Brixia "de la rama española", un Guzmán de Sotomayor, con un abuelo mayorazgo y una abuela que ostentaba dos grandezas de España! Y se había interesado por ella y le había preguntado a la niña... Claro está que no tenía importancia lo que dijese un chiquillo... Pero ¿por qué llamar chiquillo a un hombre de diecinueve años y de raza latina, además?

Se ruborizó y sintió nuevamente que aquel grato calorcillo le esponjaba el corazón. Un tumulto de olvidadas ilusiones, de sueños, de esperanzas, entró en actividad dentro de su espíritu, y aquella frialdad que la había entumecido y atontado durante tanto tiempo comenzó a fundirse en ella y se sintió de pronto flexible, tierna, como si acabase de nacer.

Mientras tanto, Lorenzo, en el salón de música, debajo, precisamente, del pequeño gabinete azul, continuaba mirando, lleno de aburrimiento, hacia el parque. Había cesado de llover y una rajita de azul se abría en el cortinón plomizo del cielo. Por la rajita azul se escapaba, danzando en las hojas temblorosas de lluvia, en el césped brillante, un rayo de sol. La bella estatua parecía recién pulimentada. Lorenzo volvió a preguntarse cómo sería su rostro oculto por los cabellos que sólo dejaban al descubierto aquella delicada línea de la mandíbula y aquel lóbulo breve, exquisito. Y pensó en todos los rostros de mujer que conocía, imaginándolos aplicados a la estatua, y ninguno hubiera podido ser el suyo.

La puerta del salón tornó a abrirse y se volvió para ver quién entraba. Era Berta.

—Buenos días, Berta —le dijo, sonriendo con aviesa dulzura—. Estás muy pálida. ¿Acaso no has descansado bien?

—Lo del coñac fue una broma muy pesada, señorito Lorenzo —repuso la doncella con la voz opaca, brillándole peligrosamente sus hermosas pupilas negras, húmedas.

—De acuerdo. Salgamos un poco al parque. Necesitas aire fresco.

* * *

Todas estas cosas que te cuento, tú ya las debes saber por mamá, que te ha escrito una carta larga, me parece que la carta más larga que yo he visto en mi vida. Pero no importa; las sabrás también por mí. He tenido que contártelas porque todo lo interesante que hemos visto o que nos ha ocurrido en este viaje yo lo observaba con los ojos muy abiertos para poder contártelo a ti, y pensaba siempre: "Esto le gustaría a papá", o "esto no le gustaría a papá", o "esto le sorprenderá a papá", o "¡cómo se reirá papá cuando lea esto!" Y, claro, si no te lo puedo contar, yo pienso: "¿Para qué me ha servido tener los ojos tan abiertos, mirándolo todo para poder contárselo?" De modo que te lo he contado.

Esta mañana he visto a Lorenzo, que es un hombre. Estaba en el salón de música y me quedé muy sorprendida al encontrarle allí, y me dio bastante rabia, porque yo había ido a curiosear sola entre las cosas que tanto recuerdo porque estaba con ellas durante horas cuando estudiaba música con el pobre maestro Lorioni, que era tan simpático, ¿te acuerdas?, y se murió de ponerse amarillo, que es una cosa del hígado muy mala. Y Lorenzo estaba allí mirando muy fijo hacia el parque, como si pasara algo en la avenida, pero no pasaba nada, y yo me quedé sin saber qué hacer y me puse a picar con los dedos en los cristales y a desear que Lorenzo se marchara, pero no se marchó. Y luego me dije: "Me gustaría ver si todavía está aquel arañazo en el piano", y lo miré, y estaba. Es un arañazo que yo había hecho en el piano con el pasador que me sujetaba el lazo que llevaba entonces en la coronilla, ¿te acuerdas?, y lo hice de rabia porque el número cinco de la Grande Velocité[27] no

---

27. *el número cinco de la Grande Velocité:* se trata de una de las piezas de un álbum de estudios para aprendizaje de piano. Tiene que pertenecer a Karl Czerny que es el único compositor que escribió ejercicios de velocidad. Este pianista y compositor austríaco (1791-1857), fue discípulo de Beethoven y maestro de Listz. Lo que no puedo precisar es de qué álbum se trata ya que los títulos cambian con la traducción. No existe ninguno denominado

me salía ni a las buenas ni a las malas, y el maestro Lorioni estaba furioso y yo también, de modo que lo hice. Han barnizado el piano otra vez, pero el arañazo se conoce un poco todavía, y si se pasa el dedo apretando un poquito se nota como una pequeña herida o una cicatriz o algo así y da pena. Me da vergüenza haberlo hecho, porque es una vergüenza maltratar así un piano tan bonito y que no tenía ninguna culpa del número cinco, pero yo era pequeña entonces y no sabía lo que hacía, ¿verdad, papá? Si Lorenzo no hubiera estado allí diciendo tonterías y mirando cómo en el parque no pasaba nada, me hubiera gustado tocar un poco; pero claro, tampoco me hubiera atrevido a hacerlo, porque no hubiera estado propio, con el abuelo tan malito, a menos, tal vez, que hubiera sido el grave de la Patética,[28] *¿no crees?*

Y, papá querido, todavía no te he dicho cuánto y cuánto pienso en ti y cuánto te echo de menos, y que te quiero más que nunca, lo cual es una cosa extraña, porque me parecía que era completamente imposible quererte más de lo que te quería cuando nos despedimos en el barco y me dijiste: "Recuerda, Alba, que, pase lo que pase, debes conservar el dominio de ti misma, y portarte como quien eres y, sobre todo, no causarle pena ni preocupación a mamá". ¿Ves cómo me acuerdo? Pero me parecía que era imposible quererte más de lo que te quería entonces y ahora te quiero

---

como tal *Gran velocidad*, pero Czerny tiene álbumes titulados: *Escuela de velocidad*, 40 estudios, op. 337, *El arte de dar soltura a los dedos*, op. 740 y *Escuela de virtuosos*, op. 365. (Agradezco a Carmelo García Pérez y a "Real Musical" su colaboración en la redacción de esta nota).

28. *el grave de la Patética:* se refiere a la "Sonata n.º 8", opus n.º 13 de Beethoven, denominada *Patética.* Denominación que en este caso sí procede de Beethoven y no de las casas editoriales que publicaban las partituras, que eran las que solían poner los títulos a las piezas. "Grave" es el encabezamiento que marca el tono o matiz de sus primeros compases. (Nuevamente agradezco su colaboración a Carmelo García Pérez).

más, porque aunque nos hemos separado muchas veces y yo no he estado a tu lado todo lo que me hubiera gustado estar, ninguna vez ha sido como ahora, no sé por qué, y cuando pienso dónde estás tú y dónde estoy yo, me parece que no voy a volver a verte nunca más y no puedo pensarlo ni casi escribirlo, y suerte que me acuerdo de tus palabras de que debo dominarme siempre...

Bueno, aquí está mamá, que dice que va a enviarte su carta ahora mismo para que salga en el correo de la tarde, y que le dé la mía si quiero que salga a la vez, y claro que quiero. Adiós, papá querido; perdona que te escriba solamente estas breves líneas, pero ya te escribiré mañana más largo y tendido, como dice tía Margaret cuando me manda mi regalo de Navidad con una tarjeta. Addio, caro. Ti voglio tanto bene.[29] *Tu pequeña Alba no te olvida nunca. No te olvides tú de tu pequeña*

ALBA.

—Bueno, ¿me das esa carta o no me la das, querida?

—Sí, mamá; un instante, por favor. Sólo me falta el sobre.

—Dámela. La incluiré en el mío.

—No, mamá, perdona. Prefiero que vaya aparte.

—¿Sí? ¿Por qué?

—Porque así papá recibirá dos cartas.

—Recibiría dos cartas de la misma manera, aunque sea en un solo sobre.

—Sí, pero no lo verá en seguida. Recibirá tu sobre y sólo pensará en tu carta. Cogerá el sobre y dirá: "¡Qué bien! Carta de Laura Cristina". Y no podrá decir también: "Y carta de Alba"

---

29. *Addio, caro. Ti voglio tanto bene:* "Adiós querido, te quiero mucho".

—Lo dirá cuando abra el sobre y la vea.

—Pero si llegan en dos sobres pensará: "Carta de Laura Cristina y carta de Alba", y no sabrá cuál abrir primero.

—¡Ah! ¿Tú crees? —inquirió Laura Cristina, y el tono de sorpresa, de regocijo, sí, tal vez de burla que había en su voz, hizo que la niña levantara los ojos y la mirase prolongadamente.

—No sé... —murmuró—. De todas formas voy a mandarla en sobre aparte.

—Bien; como quieras. Pero date prisa. Vamos a perder el correo.

Y mientras Alba escribía el sobre sonrió pensando en la ingenuidad de la niña, y en el absurdo de que su padre pudiera dudar ni un solo instante qué carta abrir primero. Y también se vio a sí misma recibiendo al mismo tiempo una carta de su marido y otra de su hija, y vio, como si se estuviese contemplando en un espejo, cómo su mano se tendía hacia la carta de Conrad, cómo sus dedos, en la nerviosidad de la prisa, rasgaban el sobre con torpeza. Y veía, al desplegar la carta, su rostro tenso y un poco empalidecido, aquel pliegue de su frente, aquella ligera dilatación de sus pupilas, aquel movimiento de sus labios, que no era temblor precisamente, pero que le estremecía la boca, hinchándosela un poco. Era toda la emoción, todo el amor con que recibía una carta de su marido ausente. ¿E iba a abrir antes otra carta, siquiera fuese la de su hija? Pero ella, la niña, no sabía, pobrecita. Tal vez jamás conociese un amor como había sido, y era, el que sus padres se tenían, porque un amor así no es patrimonio de todos los mortales.

—Toma, mamá.

Laura Cristina cogió la carta, tocó el timbre y la entregó, junto con la suya, al criado que acudió a su llamada.

—Que las lleven al correo en el acto —ordenó, y al retirarse el criado le dijo a Alba—: He visto a tu abuelo.

Alba se levantó, acercóse a su madre y le puso una mano en el brazo.

—¿Le has visto, mamá? ¿Y es cierto que está tan enfermo? Y ¿cuándo querrá verme a mí?

—Muy pronto.

—¿Ha llegado ya Michelotto?

—No; pero no tardará en llegar.

Alba deseaba hacer más preguntas, pero al ver el semblante preocupado y ausente de su madre prefirió abstenerse de ello, temiendo molestarla. Cogió un libro ilustrado y fingió entretenerse con él, pero de cuando en cuando miraba disimuladamente a su madre, que tenía un aire tan distraído.

Laura Cristina se sentó en una de las butaquitas azules, cruzó una pierna sobre la otra y apoyó las manos en las rodillas. Era una mujer de belleza morena y delicada, alta, con un rostro ovalado y sensitivo de Madonna. Todo en ella era de una gran suavidad: la tez, los ojos, el cabello, sus parcos movimientos. Se parecía considerablemente a su padre en algunos aspectos, y tenía de su madre, además de la belleza, el frenado apasionamiento, la reserva y la susceptibilidad. En sus ideas, sin embargo, difería por completo de sus progenitores. Era muy otro que el de aquéllos su concepto del individuo y su interpretación de la vida. Ella era íntegramente "hija de su época", y sus padres también de la de ellos..

El carácter de Laura Cristina se había formado en aquel momento coincidente con la guerra del catorce,[30] en que el

30. *la guerra del catorce:* es la denominación popular que recibió la Primera guerra mundial durante el período de entreguerras, porque naturalmente no se tenía conciencia de que iba a haber una segunda. También se la denominó "guerra europea", y es curiosa la tendencia que existe entre mucha gente que vivió esa época de continuar denominando así a dicho acontecimiento.

mundo sufrió en pocos años transformaciones que en circunstancias normales hubieran requerido un tiempo mucho más amplio para su evolución. Laura Cristina dio, pues, con su generación, tal salto hacia el futuro, que quedó situada ante sus padres en el lugar que tal vez hubiera correspondido a sus bisnietos. Recién casada, perteneció a aquella juventud ambiciosa, dura y valiente que se formó a sí misma entre el estruendo de los cañones, el derrumbamiento de un mundo que parecía indestructible y el nacimiento de otro que se impuso con el primer vagido. Una juventud que era romántica detestando la palabra romanticismo, desengañada mientras aseguraba sinceramente que jamás volvería a haber guerras ni injusticias; sometida con fanatismo a las normas por ella misma creadas, a la vez que sostenía que la vida del hombre, como sus ideas, debe ser flexible, fluctuante, abierta y porosa. Una juventud que creía en la juventud, en la nueva civilización, en el individuo, en la vida, en la salvación de la Humanidad, y se llamaba a sí misma escéptica y decía estar de vuelta de todo. Una juventud, en fin, simpática como tal vez ninguna lo haya sido tanto, audaz, nerviosa, curiosa, cínica en sus manifestaciones, ingenua en sus procedimientos, humorista, antiteatral. Pero chocante e incongruente en un grado máximo.

La brecha de tiempo que la guerra abrió entre Laura Cristina y sus mayores, aquella brecha que hizo a la juventud de entonces saltar generaciones y generaciones, fue en ella, como en tantas otras, fenómeno natural y sencillo, que se produjo sin grandes choques psicológicos. Un buen día, regresando del hospital donde prestaba sus servicios de enfermera, le pareció que el Palazzo Velletri, su hogar, era una simple realidad arqueológica, y que cuanto él representaba como historia, cultura, civilización, cuanto había significado para ella durante su adolescencia y significaba todavía para sus mayores, estaba agotado y exprimido y no tenía otro valor que el de reliquia y el estético de su pétrea belleza. Pero, como sustancia viva, como guía y enseñanza, no había ya nada que buscar en él para quienes, como ella, veían diariamente sucumbir la martirizada juventud en los hospitales de guerra.

Y al pensar esto se sintió súbitamente desligada del pasado. En todo en cuanto le habían enseñado a buscarse a sí misma le pareció encontrar tan sólo un gran vacío, donde ella no estaba en forma alguna, y se dijo que para hallarse debería emplear sus propios medios, y que aquellos medios saldrían de aquella guerra, la última de la Humanidad. Ocurrió esto al día siguiente de haberse prometido al teniente Conrad Grey, herido de guerra. Aquel compromiso fue su primer gesto de independencia, la primera vez en su vida en que lo que ella era, es decir, sus sentimientos y sus inclinaciones, pasaron por encima de cualquier otra consideración; pasaron fríamente, naturalmente, es decir, sin que ella recurriese a la súplica y la aparatosidad de la desesperación para conseguir lo que constituía el más indiscutible de todos sus derechos: el de escoger por sí misma al que había de ser su compañero en la vida. Sus padres lo tenían ya elegido para ella desde su infancia, y hasta entonces se había sometido dócilmente a aquella voluntad familiar que le determinaba el paso más trascendental de su vida. El marido que le tenían destinado era un pariente lejano de ella, Vittorio Ferretti, que vivía con su madre, una De Brixia, en Roma, pero que residiría, después de su matrimonio con Laura Cristina, en Florencia y en el Palazzo Velletri, cuya noble tradición y mundano esplendor habría de continuar el joven matrimonio.

Así, pues, cuando Laura Cristina anunció que su boda con su pariente Ferretti no se realizaría, y que, en cambio, acababa de prometerse a un extranjero, al teniente Grey, halló en su padre una oposición a sus deseos categórica e incluso violenta. Pero le escuchó con calma y después de escucharle se limitó a sonreír, con aquella sonrisa helada que había adquirido en el hospital y que asomaba a sus labios en los momentos de mayor horror, cuando la única forma de no gritar era sonreír. Resultaba natural que sonriese ahora. Pertenecía a una juventud que se había entregado al tonificante juego de hacerle buena cara al mal tiempo y que se había acostumbrado al peligro peligrosamente. Una juventud que sonreía en la trinchera, en el quirófano, en la desesperación; que sonreía bajo las bombas, entre los gases, en los aviones que se estrellaban, en los submarinos que no volvían a salir a la superficie, en el fuego, en la sangre. Aquel horror: la guerra, era el último horror al que iba a ser lanzada la juventud en la Historia de la Humanidad, y sonreía. Era un juego, un apasionante juego; el más espantoso que había conocido el mundo, y el último. *Aquello* no volvería a ocurrir.

Luego, las cosas resultaron bastante distintas de lo que se había esperado, y los hombres bastante semejantes a lo que siempre habían sido. La Humanidad no cambió fundamentalmente en 1914, pero Laura Cristina, como tantas gentes de su tiempo, continuó aferrada en su fe, viviendo aquella fe en todos los actos de su vida, y siendo a un tiempo idealista, estoica y cínica, sin estar nunca plenamente consciente de lo que era. Su entusiasmo por el ser humano tenía un tono admirable y un poco delirante.

Casada al fin con el teniente Grey, hubo de fijar su residencia en América. Volvió a Florencia para que su primer hijo naciera en el Palazzo Velletri. Pero no fue hijo, sino hija, con lo cual el marqués se sintió amargamente defraudado, víctima de su hija, que le hería con aquellas terribles decepciones: primero, casándose con un extranjero, y luego, dándole una nieta en vez de un nieto. Pero su orgullo le impidió quejarse, como se lo impidió años antes al nacer su propia hija en lugar del hijo que tan ardientemente había deseado para continuar su estirpe. Sólo su mujer, Giovanna, supo de aquella amargura, de aquel irritado y rencoroso desencanto; y lo supo, no por él, que jamás le hizo una confidencia, sino porque tenía un profundo y disimulado conocimiento de su marido, conocimiento que él mismo ignoraba, y del cual no le hubiera sido nada grato ser puesto al corriente. Frente a Giovanna había vivido siempre en guardia, a la defensiva, con un verdadero terror de verse absorbido por ella y de naufragar en su belleza, en su oscuro apasionamiento, en su intensidad. Se había tenido que vencer a sí mismo infinitas veces para poder vencerla a ella, y la había vencido. La conciencia de esto quemaba en el alma de Giovanna, aun ahora, al cabo de los años, como queman las brasas enterradas en ceniza, y cuando quemaba más que de costumbre experimentaba un rencor sombrío hacia Gaetano, que la había humillado defendiéndose de ella.

Una vez casada, Laura Cristina y su marido diéronse a viajar con una gran frecuencia. A veces, en sus viajes por Oriente, los acompañaba la hermana de Conrad, Margaret, que tenía un gran conocimiento de las civilizaciones asiáticas y era una egiptóloga notable. Durante aquellos viajes Alba quedaba a veces confiada a sus abuelos americanos, en Nueva York, a veces a los Velletri, en Florencia. Iba del mundo americano al europeo, paseando por ellos una mirada sin curiosidad, habituada a ambos. A veces no sabía en qué idioma hablaba, pasaba del inglés al italiano sin el menor esfuerzo de adaptación, y nunca, a menos que lo hiciera voluntariamente, mezclaba uno con otro.

En los primeros recuerdos de su niñez, el marqués de Velletri aparecía a los ojos de Alba como un personaje silencioso, que la miraba ceñudamente y jamás le reía gracia alguna. Luego, no sabía cómo, el imponente personaje se había ido haciendo más afable y expansivo, cada vez más interesado en su nieta, hasta hacer de ella su compañera durante sus temporadas en Florencia. Cuando estas temporadas llegaban a su fin, el marqués se quedaba muy triste y sombrío, y andaba por el palacio como cuerpo sin alma, comido de nostalgia. De aquel abatimiento salía para caer en un prolongado acceso de mal humor, durante el cual tornábase intratable para todo el mundo.

Entonces, el desagrado que siempre había experimentado por Conrad Grey convertíase en verdadera aversión, porque el americano se le había llevado a su única hija y a su única nieta, y a él no le había dejado nada en qué contemplar la continuación de su raza y consolarse en ella. Alba oyó decir con frecuencia: "Esta niña tiene a su abuelo completamente dominado, hace de él lo que quiere", y cada vez que lo oía temblaba, pensando que si tales palabras llegaban a oídos de su abuelo provocarían en él un terrible acceso de ira. Ella, por su parte, hacía todo lo posible por no dominarle, pero parecía que la cosa no tenía remedio, y que le dominaba a pesar de todo, si por dominio se entendía que el marqués de Velletri la amaba a ella más que a nadie en el mundo y le hablaba como no le hablaba a nadie: de igual a igual. Las cosas llegaron incluso a tal extremo, que una vez que Laura Cristina le dijo temerariamente a su padre: "Tú, papá, podrás haber tenido a todo el mundo en un puño, pero me parece que tu nieta te tiene a ti en esa misma forma", el marqués, en lugar de indignarse y enfurecerse, como Alba había temido, se echó a reír y exclamó en tono de chanza: "Pues entonces está bien que así sea. Las deudas hay que saldarlas, hija mía".

* * *

Al divisar a la institutriz, Berta, que estaba sentada junto a Lorenzo en un banco del parque, se puso rápidamente en pie. Lorenzo quiso retenerla por un brazo, pero ella logró desasirse de un tirón. El joven se quedó sentado en el banco, viendo alejarse a Berta y acercarse a miss Burnett, que avanzaba por el senderillo, entre un enrejado de pálida sombra y pálido sol. Andaba con los ojos bajos, el paso firme, pero lento, la cabeza ligeramente ladeada. Lorenzo la miraba con curiosidad y aprensión: la encontraba demasiado gruesa. Sí, en dos años Mary Burnett había engordado considerablemente. Y ¿por qué no miraba recto ante sí, en lugar de agachar la cabeza de aquella forma poco natural? Era evidente que le había visto y, sin duda, había visto también huir a Berta. ¿Por qué aquel disimulo? ¿O no era disimulo? Recordó la antigua timidez de miss Burnett y sonrió con fanfarronería. Antes, aquella timidez, aquella reticencia de la institutriz tenía el don de helarle a él todo impulso expansivo. Ahora, en cambio... Volvió a sonreír. Se sentía como Don Juan con la novicia: terriblemente estimulado por su pureza. Salió al encuentro de miss Burnett sin esperar a que ella llegase hasta el banco, y gozando de antemano con la confusión de la muchacha, que, o no le había visto, o le había visto y lo disimulaba por timidez.

—Buenos días, miss Burnett.

—¡Oh Lorenzo, no me llame miss Burnett, llámeme Mary! —exclamó ella alzando el rostro hacia el joven y mirándole con sus ojos azules, anchísimos, abiertos como si le hubiesen dado un susto horrible.

Lorenzo se quedó desconcertado. Contra todo lo previsto, fue él quien enrojeció.

—Bien, pues... Mary —dijo—. ¿Cómo está usted? Tengo mucho gusto en volverla a ver.

Mary contestó con una sonrisa tan inconfundiblemente provocativa, que Lorenzo abrió los ojos casi tanto como los de ella y se quedó sin saber qué más decir. Estaba confuso, asombrado. Y ¡qué poco apetecible le parecía ahora la institutriz! ¿Dónde había visto él que tuviera cabellos de arcángel? Y ¿de dónde había sacado que sus movimientos fueran rítmicos y su tez de rosada porcelana? Tenía las mejillas redondas, amplias y coloradas, francamente ordinarias; la barbilla semejante a medio huevo enrojecido, la garganta henchida como el buche de una paloma que arrulla... Y había en ella un aire de cosa mustia, en decadencia. Parecía una manzana a punto de pasarse. Pero lo peor de todo era aquella nueva audacia que tenía, su manera de mirar, de sonreír, el timbre afectado y sensual que daba a su voz. Era horrible. Se sentó en el banco donde momentos antes se hallaba Lorenzo y le invitó a sentarse a su lado. Él obedeció como en trance.

—¿Era Berta, verdad, la chica que se ha marchado corriendo? —le preguntó miss Burnett torciendo la boca de una manera que quería ser maliciosa.

—Sí; era Berta.

—Siempre ha sido muy casquivana. Y muy tonta. Cuando los hombres se ríen de ella no se entera. Es una pobre chica desde luego, y digna de lástima —se rió con una risita desdeñosa y tolerante, llena de experiencia mundana.

Lorenzo permaneció callado. No estaba dispuesto a discutir con miss Burnett la liviandad y la tontería de Berta, ni si era o no una pobre chica digna de lástima. A él le parecía lo único fresco, vivo y picante que había en el palacio. Le estaba agradecido. Se puso a hablar de otras cosas: del viaje de Mary, de Alba, que había crecido tanto y estaba tan cambiada, del marqués moribundo; hasta del tiempo.

—¿No le ponen a usted un poco nerviosa estos días indecisos, en que no hay sol ni está nublado? —le preguntó a Mary—. Uno se siente el alma incierta...

Se detuvo, pensando que sus palabras eran una auténtica estupidez; pero Mary, por lo visto, las consideró acertadísimas, pues cogió el tema por los pelos y estuvo exprimiéndolo y torturándolo hasta sacarle todo el jugo. Hizo con él un verdadero alarde de cultura, de poesía, de sensibilidad, todo ello aderezado con miradas y sonrisas, con gestos y comentarios insinuantes, a veces atrevidos. Lorenzo se sentía desconcertado. ¿Qué le había ocurrido a la tímida miss Burnett, a quien él ahora debía llamar Mary? ¿Qué se había hecho de su adorable timidez, de su reserva? Estaba portándose de una manera tan descocada como ridícula. Parecía lanzada a la conquista de él con la despreocupación de la mujer habituada a estas audacias, pero a la vez con la torpeza y la inoportunidad de quien actúa improvisadamente y sin tener una idea exacta de lo que hace.

Lorenzo pensó en Berta, borracha de coñac la noche anterior, y se preguntó si alguien le habría jugado también una broma pesada a miss Burnett y le habría hecho beber más de lo debido. Pero buscó la respuesta en su rostro y no halló en su rojez trasunto alguno de congestión alcohólica, sino una natural exuberancia sanguínea que le pareció más repugnante. Mary, sin duda, interpretó erróneamente su mirada, pues la contestó con otra demasiado expresiva. Sus ojos eran como los de un mochuelo al borde del desvanecimiento.

—Bien... —dijo Lorenzo poniéndose en pie— me parece que voy a entrar a ver a mi tío. Si me deja verle esa horrible enfermera. Hasta otro rato... Mary.

Pero ella le retuvo apoyando una mano sobre su brazo y presionando ligeramente en él con sus dedos gordezuelos, muy blancos y fofos. Alzó los ojos y los clavó en los de Lorenzo, con una avidez desagradable. No vio la mirada del mozo, llena de asombro e irritación. Aquel contacto le desagradaba de una manera intensa. Era, en general, muy escrupuloso en materia de contactos humanos y raramente hallaba uno que le fuese verdaderamente grato. Le molestaba especialmente que le fuera impuesto cualquier rozamiento, por leve que fuese, que él no desease y provocara, de suerte que procuraba siempre evitar toda fricción, aun casual, como por ejemplo, en la calle, o en grupos compactos y aglomeraciones, que, por lo común, esquivaba.

Tenía verdadera aversión a toda muchedumbre promiscua que pudiera imponerle su inmediata vecindad y, por la misma causa, huía de las personas demasiado tácitamente expansivas, o en exceso cariñosas. La epidermis ajena le producía casi siempre una invencible repulsión que al no existir, en determinados y raros casos, llevaba su sensibilidad a un extremo opuesto de deleite y exasperación voluptuosa. Tal le ocurría, por ejemplo, con Berta, en cuya carne morena hallaba gusto y en cuyas miradas fulminantes se extasiaba sensualmente. En cambio, Mary le resultaba ahora repelente. Su piel encendida tenía zonas descoloridas, como grandes lunares blancos; y sus mejillas mofletudas propendían a la flaccidez, y sus ojos demasiado abiertos tenían una mirada inquietantemente hambrienta.

—¡Lorenzo! —susurró Mary cuando el joven, con forzado disimulo, se libertó de la presión de su brazo e inició una discreta retirada—. Lorenzo, ¿no sería mejor que retrasase usted un poco la visita a su tío y... hablásemos unos momentos usted y yo...? Quiero decir... —se detuvo no sabiendo cómo continuar, y dio en torno de ella una mirada de náufraga—. Quiero decir... Estaba usted sentado en este banco cuando yo llegué y... ¿No quiere usted quedarse un poco más en el parque?

Él se excusó, sin acertar con una disculpa categórica.

—Lo siento. He de regresar a la casa.

—¿No quiere quedarse... ni siquiera en mi compañía? —y con gran asombro de Lorenzo añadió—: Alba me ha dicho que usted le ha hablado de mí. Le ha preguntado usted a la niña si todavía sigo siendo tan bonita. Bien, aquí me tiene, contéstese usted mismo. ¿Sigo siendo tan bonita?

Acompañó estas palabras de una sonrisa insinuante y una larga, prometedora mirada, destinada a ser provocativa, pero que, no se sabía por qué causa, resultaba solamente patética.

Lorenzo mintió debidamente:

—Tan bonita, desde luego.

Y dio a miss Burnett una mirada furtiva, con el alma llena de aprensión y disgusto. Estaba también furioso con Alba. ¡Entremetida[31] chiquilla! ¡Irle a contar a la institutriz que él se había interesado por su belleza! Pero ni aun esto justificaba el comportamiento de Mary, en el que a una deliberada procacidad se unía la más estúpida inconsciencia.

—Tan bonita, ¿de veras? ¿De veras, Lorenzo?

Esta vez, Lorenzo no contestó. Preguntóse si se hallaría ante una atacada de súbita demencia. Hubiera sentido lástima de ella de no sentir aquel asco, más fuerte que la piedad.

Pero Mary ni siquiera pareció notar su silencio. Estaba atenazada por sus propios pensamientos, por sus sensa-

---

31. *Entremetida:* "entrometida", aunque se usa menos, esta forma es perfectamente correcta; aún más en el *DRAE*, se define el verbo "entremeter»", remitiendo a esta definición la del verbo "entrometer".

ciones, por la ofuscadora emoción de aquel momento. Había decidido conquistar a Lorenzo, al que estáticamente había cautivado ya, de la única forma en que su experiencia de fracasada le decía que era posible a una mujer la conquista de un hombre. Los hombres, bien lo había visto ella, no apreciaban ni el recato ni la cultura; la espiritualidad ni la distinción. Era una cualidad de muchos menos quilates lo que definitivamente los vencía: la primitiva condición de una entrega fácil, de una accesibilidad sabiamente, es decir, francamente sugerida. Bien, pues...

El corazón de Mary palpita rápidamente. Jadea un poco miss Burnett y la respiración se le entrecorta y siente en todo su cuerpo una extraña fatiga y, a la vez, cierta impaciente exultación, un poco embriagante. Las ideas cruzan su cerebro febril como los trallazos del rayo cruzan una noche de tormenta. Está dispuesta a todo. No le importa parecer... lo que pueda parecer. Es igual. No más renunciamientos en aras de un decoro que no le ha aportado jamás beneficio alguno. Su imaginación se precipita vertiginosamente por el cauce de sus posibilidades. Sabe cuáles son sus cartas a jugar y las jugará hábilmente. Recuerda, en un minuto, y sin que le produzcan ahora la repugnancia que siempre le habían inspirado, historias oídas, leídas o adivinadas acerca de institutrices y educadoras empeñadas en la seducción de imberbes adolescentes o de inexperimentados jóvenes. Turbias, abominables historias que siempre habían horrorizado a su espíritu de señorita decente y distinguida. Pero, ante la incomprensión de los hombres, ¿de qué le sirven a una mujer las armas del recato y del orgullo? No son armas, realmente: son venenos con los que poco a poco se autointoxica.

Sin embargo, ante cualquiera no se hubiera ella despojado de aquellas vestiduras de corrección espiritual y social que la cubrían, y sin las cuales sentíase tan impúdica y desnuda como si de pronto se le desprendiesen del cuerpo las ropas materiales que la hacían presentable en público. Ante cualquiera, no. Pero ante Lorenzo de Brixia, sí. Para conseguirle a él, todo. Ser la esposa de Lorenzo de Brixia era una meta que bien merecía se hiciese el camino que a ella llevaba como fuese, a salto de mata si preciso fuera. Si Lorenzo se interesaba por ella, ella le diría sin ambages cuánto, cuánto se interesaba por él; si Lorenzo la amaba, ella le amaría a él por encima de todas las cosas de la tierra en cuanto se lo pidiese. Y conseguiría que se lo pidiese.

Un automóvil ascendió por la avenida central del parque y se detuvo ante el palacio.

—Ahí viene el doctor Bargioni —dijo Lorenzo—. Adiós, Mary.

Ella se sintió perdida. ¿Iba a marcharse Lorenzo... así? ¡Imposible! Aquel momento era precioso. No sabía exactamente por qué, pero lo era. Antes de salir al parque en busca de Lorenzo y desde que le hallara, en la sospechosa compañía de Berta, había estado pensando y pensando, y todas las agitadas ideas de su mente la habían llevado a una sola conclusión: que no tenía tiempo que perder. Era necesario que Lorenzo se *supiera* enamorado de ella lo antes posible y que tuviera innegables pruebas de que ella lo estaba de él. Ahora se encontraban los dos solos en el parque. Era una oportunidad que en modo alguno se debía desperdiciar. No abundarían los instantes así de no estar ya ambos de acuerdo para procurárselos. En aquel palacio lleno de sirvientes, con el acumulado visiteo de familiares y amigos producido por la inminente defunción del marqués, no sería fácil que Lorenzo y la institutriz de Alba se encontrasen casualmente solos.

Los pasos de Lorenzo, que se alejaba ya, la sacudieron súbitamente, y, presa de una especie de pánico, echó a correr tras él. Lorenzo se detuvo al sentirla próxima, pre-guntándose qué cosa rara le ocurría ahora a miss Burnett. Era, ya no le cabía duda, una chiflada.

—Lorenzo... Lorenzo...

No podía hablar. Tenía los labios fríos, las manos frías, todo el cuerpo helado, menos las sienes, que le ardían, palpitándole con tal violencia que Lorenzo percibió, lleno de alarma, aquel pulso desbocado.

—Mary, ¿le ocurre a usted algo? —preguntó procuran-do que la solicitud de sus palabras velase la irritada impa-ciencia que sentía.

Ella se le acercó hasta casi tocarle y Lorenzo retrocedió un paso, tan atónito como asqueado por aquel rostro súbi-tamente transido en el que la brillante soflama de las meji-llas se había convertido en un lívido malva.

—¿Le ocurre a usted algo? —repitió—. ¿Está usted en-ferma?

—No... Lorenzo, yo... Lorenzo.

De pronto él sintió aquellos labios helados sobre su ros-tro, aquellas amoratadas mejillas contra las suyas. Se se-paró de un brinco, como impelido por un resorte.

—¡Está usted loca! —exclamó.

El tono de su voz era inconfundible. Mary parpadeó dolorosamente, como cuando se acaba de ser abofeteado. La realidad asaltó de pronto su ofuscado cerebro con cru-delísimo verismo. Aquellas esperanzas desaforadas a las que su imaginación la había precipitado, aquel ilusionado sentir de su corazón, aquel deseo, aquel sueño... Todo había desaparecido. Algo, dentro de ella, sufrió un verti-cal desplome, un atroz derrumbamiento, y se quedó como rota y despedazada, sin más sensación viva que la de aquella vergüenza intolerable, aquella vergüenza enlo-quecedora, que iba envolviéndola y abrasándola como una inmensa llama.

—Perdone —se oyó murmurar, abyectamente.

Lorenzo sintió lástima de ella.

—Está usted alterada —dijo tratando de paliar el efecto de sus anteriores palabras—. Debe de ser... debe de ser la presencia del moribundo en la casa. A algunas mujeres las afecta terriblemente. A Berta, por ejemplo. Le ha sucedido a usted lo mismo que a Berta. Sí, estoy seguro: es el moribundo...

Mary echó a correr hacia el palacio como si diez mil demonios juntos la persiguieran. No tenía más que un solo deseo: hallarse en el lugar del moribundo. Morir, sí, morir. ¡La había comparado a Berta!

* * *

Fue el mismo doctor Bargioni quien acudió a buscarla, cuando ella se encontraba hablando con Assunta, y, cogiéndola de la mano, la condujo a la habitación de su abuelo, Assunta, porque era el doctor Bargioni quien se llevaba a la niña, siguió tras ellos, con aquel aire de desconfianza y de escándalo que el médico conocía tan bien, que le hería tan profundamente y que desde hacía tantos años debía padecer, para castigo de sus pecados. Assunta ya no era para él un ser humano: era un can malicioso y agresivo que le vigilaba celosamente, dispuesto a acometerle a dentelladas al primer movimiento que se permitiera. Cuando Bargioni se encontraba en el palacio, Assunta estaba siempre cerca de él en servicio de vigilancia, y aun cuando su presencia fuera invisible, el doctor la presentía próxima, acechándole con ensañamiento, cautelosa, implacable. Y aquella silenciosa acusación le hacía sufrir vivamente, y más aún porque sabía que la había merecido, aunque sólo en una ocasión, y hacía ya muchos años. Pero Assunta era un ser que no olvidaba, y su desconfianza, renovada perpetuamente, hacía que, ante ella, Bargioni se sintiera siempre culpable. Dolorosa sensación, que le mantenía viva una amargura mezclada de vergüenza. Ante Assunta era como una persona que ha robado una vez y de la que se espera que robe nuevamente a la primera oportunidad.

Al conducir a la niña hasta su abuelo, Assunta, pues, los siguió a cierta distancia, a través de corredores y salones, y cuando penetraron en el gabinete de la marquesa, donde ésta se encontraba con Laura Cristina y los parientes más allegados, quedóse próxima a la puerta, paseando por los contornos del gabinete en ronda vigilante, como si ni aun allá adentro considerase a la niña completamente a salvo del doctor Bargioni.

Éste llevó a Alba hasta el moribundo, que, transitoriamente reanimado por el estimulante que el médico acababa de administrarle, se hallaba incorporado en el lecho, esperando a su nieta. Al verle, desde el umbral de la puerta que comunicaba con la antecámara, Alba apretó con fuerza la mano del doctor.

—Michelotto… —murmuró. Estaba muy pálida.

—*Non abbi paura, cara*[32] —la animó Bargioni, y la niña, soltándose de su mano, llegó hasta el lecho y besó a su abuelo en las consumidas mejillas, y luego en la frente húmeda y lacia, de un amarillo alucinante, bajo la cual se entreabrían los ojos antaño tan agudos y ardientes, como dos negras grutas.

El médico la contempló un instante, mientras la niña, siguiendo una indicación del anciano, se sentaba a su lado, en el borde de la cama. Luego cerró la puerta sin ruido y pasó junto al saloncito de la marquesa, donde ésta le retuvo, haciéndole sentarse junto a ella y Laura Cristi-

---

32. *Non abbi paura cara:* "No tengas miedo querida". (Forma arcaizante medieval del imperativo, actualmente sería *non abbere*, que se siguió usando en lenguaje poético hasta el XIX. Así aparece, por ejemplo, en los libretos de ópera). (Agradezco a la Dra. Elisa Martínez Garrido esta información).

na, entre un grupo de miembros de la familia, a buen número de los cuales él había visto nacer. Bargioni buscó los ojos de Laura Cristina y los halló fijos en él. Comprendía lo que estaba pensando. ¡La conocía tan bien! Desde niña, desde que tenía menos años de los que contaba ahora su hija Alba. Y siempre había seguido, con aguda lucidez, la línea fluctuante de sus pensamientos, penetrando en ellos con una seguridad que a nadie más le había sido dada. No, ni siquiera a Conrad Grey. Ahora, también, sabía lo que Laura Cristina estaba pensando, y sonrió interiormente al ver que, pese al tiempo y a las ausencias, ella continuaba siendo a sus ojos tan transparente.

Lo que estaba pensando Laura Cristina era que aquella postrera entrevista a solas de su padre y su hija constituía la cosa más absurda y teatral del mundo, y que, aunque bien es cierto que no se le podía negar aquel deseo a un moribundo, éste no debía en ningún caso haberlo manifestado, menos aún exigido. ¿Qué tenía que decirle un anciano como él a una niña como Alba que no pudiera ser oído por la madre y la abuela de la pequeña? ¿Qué confianza podía depositar en ella que no mereciesen sus mayores? ¿Qué secreto había de transmitirle que hubiera de permanecer cerrado a ellas dos, la madre y la abuela? Ninguno, desde luego. Por tanto, la entrevista en aquellas condiciones era una escena de puro melodrama. Su padre había sido siempre un personaje melodramático, y lo estaba siendo ahora, a las puertas de la muerte. Y lo peor de todo no era eso; lo peor de todo era que quien debía sufrir ahora las consecuencias de aquel afectado dramatismo era Alba.

A nadie se le había ocurrido pensar (ciertamente no se le había ocurrido al abuelo) que la niña sufriría una violenta conmoción psíquica al hallarse completamente sola en aquella estancia, ya de por sí imponente, donde se extinguía la vida del anciano, quien, en su agonía, sabe Dios qué delirantes cosas podría decirle a la pequeña, cosas capaces de impresionarla y conmoverla y probablemente de aterrorizarla. Y todo el mundo sabía, o debía saber, los catastróficos resultados que puede producir en una criatura una crisis de terror. Alba podía quedar tarada para siempre más; podía sufrir de ahora en adelante miedos y alucinaciones que jamás había conocido, que mermarían su vitalidad mental y le restarían confianza en sí misma. Esto era atroz. ¿Y los derechos del niño? ¿Cómo podía su padre, para satisfacer su gusto romántico, no pensar en los derechos del niño, más sagrados aún que los del individuo adulto?

Esto pensaba Laura Cristina, y el doctor Bargioni veía correr sus pensamientos como si fueran imágenes tangibles deslizándose ante él.

El marqués de Velletri cogió una mano de su nieta y la apretó débilmente entre las suyas.

—¿Tienes miedo, niña? —preguntó.

—¿Miedo? —inquirió ella, dominando el temblor de sus labios—. ¿De qué, abuelo?

—Voy a morir.

—¡Oh, no, abuelo! ¡Tú no morirás jamás!

Un simulacro de sonrisa estremeció los labios del anciano, pero era una sonrisa tan difícil, que Alba se le quedó mirando fascinada, como si fuera un juego de acrobacia.

—¿Jamás? —dijo el anciano—. ¡Tu sangre americana te hace ser muy optimista, hija mía! Pero en todo caso, no me habré muerto hasta estar dispuesto a morirme, y no como creían ellos: de un momento a otro y sin intervención de mi voluntad. Un momento después de haberte visto, si quieres, pero no antes. Te estaba esperando. ¿No te lo han dicho?

—Sí, me lo han dicho.

—¿Sabes para qué te esperaba?

—No, abuelo.

—Para que cumplas mi voluntad. Para que mi voluntad sea cumplida.

—Todos la cumpliríamos, abuelo.

—¡Oh, no lo creas! Pero tú sí la cumplirás, ¿verdad, niña?

—Claro que sí —y añadió, temerosa de prometer algo que no estuviera a su alcance cumplir—: ¿Pero podré?

—Lo he dejado todo dispuesto para que puedas. ¿Te ha hablado a ti alguien de tu tía Claudia?

—¿Quién es?

—Era mi hermana. Murió. Abandonada por mí. Toda la familia me obligó a abandonarla, en particular tu abuela. Espero que Dios me perdone, pero yo a tu abuela no se lo he perdonado nunca. Mi pobre hermana abandonada…, una De Brixia… Jamás había ocurrido una cosa semejante en nuestra familia. Alba, hija mía, ¡que no vuelva a ocurrir nunca más!

—No, abuelo —repuso la niña, afanosa de calmar la creciente excitación del anciano—. No volverá a ocurrir nunca más.

El marqués asintió con la cabeza, dando silenciosamente las gracias, reposó unos instantes y continuó diciendo:

—Cuando me enteré de que mi hermana había muerto en la pobreza, pues su marido había dilapidado todo su patrimonio, como temíamos, quise reparar mi falta de generosidad hacia ella en su hija Rosina, y comencé a buscar a ésta como un loco. Lo único que pude averiguar acerca de ella fue que se había casado con un artista, escultor o algo así, según me dieron a entender, y se había marchado con su marido a Sudamérica. Parecía insensato buscarla allí, sin datos precisos para localizarla; la aguja en el pajar, como quien dice. Pero la busqué, y al cabo de varios años supe que se encontraba en Buenos Aires, aunque no sabía dónde. Nueva búsqueda y averiguaciones, y el transcurso de un largo tiempo más. Por fin mis agentes dieron con sus últimas señas en Buenos Aires, sólo para ser informados en ellas de que Rosina se había quedado viuda hacía un par de años y en compañía de su único hijo había regresado a Europa. De su paradero aquí no se sabía nada absolutamente. Yo sigo sin saberlo, Alba, y continúo buscando a mi sobrina y, después de mí, que estoy próximo a morir, habrás de buscarla tú. Pasará tiempo, años tal vez... Pero mis agentes tienen órdenes y dinero para largo plazo. Cuando Rosina aparezca, te informarán a ti.

—Y ¿qué haré yo entonces? —inquirió Alba llena de confusión.

—Te dejo escrito y bajo sobre y en manos de mi ejecutor testamentario todo lo que debes hacer. No es mucho, pero nadie más que tú lo haría.

—¡Oh abuelo! —exclamó la niña, asustada de aquella responsabilidad—. Mamá lo haría, estoy segura. Y abuela también. ¿Por qué dispones que lo haga yo, que no sé nada de estas cosas?

—Porque creo en ti. Y no creo en ellas... o muy poco..., muy poco. Y uno, a la hora de la muerte, se acerca a aquellos en quienes cree. Niña, yo creo en ti. Y en esta hora, hija mía, te hablo ya desde el otro lado más que desde éste. Te veo dentro de muchos años, te veo en el futuro: Alba Giovanna Elisabetta de Brixia, marquesa de Velletri...

—Pero, abuelo —le interrumpió la niña—, ¿y Grey? Me llamo Grey primero.

—Yo hablo a mi sangre ahora, no a la de tu padre —repuso el anciano.

El desagrado que siempre había sentido por su yerno,

Elisabeth Mulder en los años veinte.

Retrato de Elisabeth Mulder, realizado por su amiga la pintora Rosario de Velasco, a principios de los años cuarenta.

que se había llevado su raza al extranjero, amenazaba ahora con hacer aflorar a la superficie del recuerdo aquel antiguo resentimiento. Trató de apartarlo de sí. No quería acordarse de él; no quería evocar al teniente Grey, que había enamorado a su hija en un hospital de guerra y se la había llevado consigo a su país. Tenía otras cosas en qué pensar ahora, muy poco tiempo para pensarlas y menos aún para decirlas. No interesaba el teniente Grey. Le interesaba Alba, que era su nieta y su propia sangre, en la que su raza habría de continuarse.

Para reforzar esta raza había soñado en la alianza de Alba con un De Brixia; pero Lorenzo, el elegido, había rechazado de plano la proposición. Bien; quedaba otro De Brixia propio para Alba por la distancia conveniente del parentesco y por la edad: aquel muchacho desconocido, hijo de su sobrina Rosina. Además, realizando el matrimonio de su nieta con el nieto de su hermana Claudia, quedaba saldada aquella deuda familiar que tanto le había atormentado durante los últimos años. Ahora bien: puesto que desconocía el paradero de aquel muchacho, le era imposible expresarle su deseo, de suerte que se veía obligado a comunicárselo solamente a Alba. Fijó en ella los ojos con un esfuerzo de penetración que dio a sus pupilas hundidas y extenuadas un fugaz brillo de energía. La niña le estaba mirando, muy quieta.

—Quería pedirte otra cosa, hija mía. Que algún día, cuando seas mayor, cuando pienses en casarte, tengas en cuenta mi deseo de que lo hagas con ese pariente tuyo que no sabemos dónde está: el hijo de Rosina. Hubiera deseado a Lorenzo para ti, porque a Lorenzo le quiero; pero él se ha negado. Tal vez sea mejor así. El hijo de Rosina tiene más derecho sobre nosotros. ¿No lo crees tú también?

Los ojos de Alba comenzaron a brillar de lágrimas contenidas. ¿De qué le hablaba su abuelo? ¿Qué quería decir todo aquello? ¿Por qué debía ella casarse con un desconocido? ¿Casarse? Jamás se le había ocurrido pensar en tal cosa. Tenía catorce años… Se sintió de pronto como perdida en aquella enorme y sombría estancia del abuelo, junto al transfigurado anciano, que decía cosas tan raras. Un aire de misterio y de terror pasó entre ella y el lecho monumental donde su abuelo yacía como una enjuta figura de cera, refugiada cuanta vida le restaba en los ojos inmóviles y en los exangües y murmurantes labios de donde la voz surgía como un soplo. Alba deseó súbitamente, con una fuerza máxima, hallarse junto a su padre, refugiarse en sus brazos. En todas sus dificultades acudía a él. Siempre lo había hecho, y deseaba especialmente poder hacerlo ahora.

—Niña, ¿cumplirás mi deseo? —inquirió la opaca voz del marqués.

Alba agitó violentamente la cabeza, con un gesto, más que de rebeldía, de desesperación.

—¿Cómo puedo prometerlo, abuelo? ¿Qué sé yo?

Y se quedó mirándole ansiosamente, y él la miró a su vez, y tras un largo silencio, repuso:

—Es cierto. ¿Qué sabes tú? —y volvió a callarse durante algún tiempo más—. Supongo —dijo al fin— que no tengo derecho a arrancarte una promesa semejante…

—No —contestó Alba con decisión.

—Bien, pues no te la exijo; pero quiero que sepas, por si puedes cumplirlo, cuál es mi deseo.

—No me importaría —dijo Alba— casarme con Lorenzo, si él quisiera. A Lorenzo le conozco, y hace dos años todavía jugábamos juntos a correr en el parque… y yo corría más que él, y él se enfadaba, pero era en broma… A Lorenzo no le tengo miedo ni respeto. Podría casarme con él.

162

Aquella difícil sonrisa de antes volvió a estremecer los labios del anciano, que repuso:

—Pero él no quiere casarse contigo, hija mía. Y si no le tienes miedo ni respeto, acaso valga más así. Yo soy poco afortunado en la elección de esposo para mi nieta: Lorenzo no te quiere a ti y tú no quieres al hijo de Rosina. Sea como Dios lo disponga. Pero no olvides cuanto debes hacer por él y por su madre, mi sobrina. Hazlo en mi nombre y en el nombre de los De Brixias, que los hemos abandonado, para que así nos limpiemos de nuestra culpa. Que Rosina y los suyos vuelvan a nosotros y a la sombra del Palazzo Velletri, del que tú serás algún día dueña y señora. Ésta es mi voluntad. Sé que la cumplirás si puedes, hija mía. Que Dios te bendiga, porque en la hora de mi muerte puedo creer en ti... Vuelve con los demás ahora. Estoy muy cansado..., muy cansado...

Y cuando Alba se puso en pie, y tras de volver a besarle en la frente, se disponía a salir, le hizo un signo de que se acercase a él nuevamente, y añadió, con la voz tan débil que era casi un susurro:

—Esta conversación que hemos tenido es privada. No tienes que dar cuenta de ella a nadie.

Cuando Alba pasó al saloncito de su abuelo, todos cuantos se hallaban allí reunidos la miraron interrogadoramente. Ella sólo detuvo la mirada en su madre, por si ésta le ordenaba permanecer allí con la familia; pero no recibiendo indicación alguna de que así lo hiciese, abandonó el gabinete, seguida por la lenta y afectuosa sonrisa del doctor Bargioni, quien, junto con la marquesa y Laura Cristina, entró en seguida en la habitación del anciano. Assunta salió al encuentro de la niña:

—¿Y el médico? —preguntó.

—Se ha quedado adentro.

—¡Ah! Está bien.

Y pensando inmediatamente en las mil cosas que tenía que hacer, el ama de llaves se alejó rápidamente hacia sus ocupaciones.

Alba dirigióse al salón de música, y allí se encontró con Lorenzo y con la sorpresa de que éste se hallaba furioso con ella y la recibía de pésimo talante.

—¿Qué le has dicho a esa loca? —le preguntó a boca de jarro apenas la vio llegar.

—¿Qué loca? —inquirió Alba, sorprendida.

—Tu institutriz.

—No sé a qué te refieres. Pero no está loca.

—De remate. Loca peligrosa. ¿Le has dicho tú que yo la encontraba bonita?

—No.

—¿No?

—Espera…

Se concentró con fuerza, tratando de recordar. Había una gran confusión en su mente y se sentía toda ella agitada y en desorden. Y estaba triste, tan triste como jamás lo hubiera estado. No solamente porque el abuelo iba a morir, sino además por otros motivos que no adivinaba. Una tristeza sin causa, sí, oscura e insidiosa, que la atormentaba a la vez que aquella otra cuya razón le era conocida. Sentía dentro de ella un inmenso desconsuelo, y miedo también, no sabía a qué. No podía pensar. La cabeza le daba vueltas y vueltas. ¿Le había dicho a miss Burnett que Lorenzo la encontraba bonita? Creía recordar algo…

—Bueno, ¿te has vuelto muda? ¿Se lo has dicho o no se lo has dicho?

—Espera, Lorenzo… Déjame pensar… Sí, creo que se lo he dicho.

—Claro. ¡Qué desmemoriada te has vuelto! Y ¿por qué diablos tuviste que irle con el cuento?

—¿Con el cuento…? No fue así. Yo estaba mirando a

164

miss Burnett porque tú me habías preguntado si todavía era tan bonita como antes, ¿te acuerdas?, y yo no supe qué contestarte, ¿te acuerdas?...

—¡Sí, sí, sí! —replicó Lorenzo con impaciencia—. Me acuerdo. ¡No soy yo quien ha perdido la memoria!

—Bueno, pues yo la miraba para fijarme y saber qué contestarte si me preguntabas otra vez. Y miss Burnett se dio cuenta de que la miraba tanto, y me preguntó por qué lo hacía. Y se lo dije.

—Pues no debías haberlo hecho. Estas cosas se callan.

—¿Por qué? No es nada malo, ¿verdad? No quisiera haber ofendido a miss Burnett...

—¡Ofenderla! La has enloquecido. Otra vez procura ser más prudente, querida.

De pronto Lorenzo sintió unas irrefrenables ganas de reírse, y se rió, en efecto, pero con una risa agria.

—Yo también —exclamó, cortando en seco su regocijo— voy a volverme loco si sigo mucho tiempo así. Todo el mundo se volverá loco en esta casa.

Alba le miró con inquietud. ¿Tendría razón Lorenzo? Él parecía estar loco ya; y aseguraba que miss Burnett lo estaba; y el abuelo había dicho cosas tan extrañas; y a ella misma la cabeza le daba vueltas y se le nublaba...

Aquella aprensión de locura colectiva que amenazaba a la casa le duró todo el día.

Almorzó sola con miss Burnett, cuya actitud no contribuyó en nada a tranquilizarla. Estaba la institutriz, cosa rara en ella, nerviosa y malhumorada, y tenía los ojos enrojecidos, con trazas inequívocas de haber llorado, y no poco. Cuando Alba preguntó si le sucedía algo, repuso que absolutamente nada, y al decir "nada", los ojos se le llenaron repentinamente de lágrimas y tuvo que levantarse y fingir que iba a buscar algo, para disimular que lloraba. Ni ella ni Alba comieron casi nada. La tarde fue lenta y triste. Continuamente entraban y salían gentes del palacio y la atmósfera depresiva que reinaba en él se acentuaba por momentos. Alba fue una vez, al atardecer, a ver a su abuelo, y recibió de él una mirada y un intento de sonrisa que la desconsolaron aún más. Amaba a su abuelo. No quería que se muriese. Al pasar por el saloncito de Giovanna vio que también Lorenzo estaba allí silencioso y sombrío, con la cabeza baja. Y también estaba Michelotto, ante quien ella se detuvo, sin saber qué decirle, pero ofreciéndole toda aquella muda congoja que llevaba dentro. Y él le cogió una mano y se la palmeó con unos golpecitos suaves, leves; y bien sabía ella que cada golpecito era una palabra de cariño y de consuelo que Michelotto le decía. Su madre se le acercó entonces, y poniéndole una mano sobre el hombro, la empujó suavemente hacia la puerta.

—Vete, querida —le dijo—. No te quedes aquí— y volviéndose hacia otras personas, añadió—: No es justo que los niños compartan estas tristezas. Les hace mucho daño.

Alba volvió a reunirse con miss Burnett. La institutriz no parecía hallarse más serena, sino al contrario. Su rostro estaba contraído de irritación, y su boca tenía un gesto agrio. No dijo nada en el tiempo que transcurrió hasta la cena, pero al probar el *consommé,* éste no pareció ser de su gusto, y como si hallase al fin algo desagradable que poder decir para aliviar la carga de aquella exasperación que sentía, rechazó el caldo y dijo con desproporcionado enojo al criado que las servía:

—Está salado. Retírelo y dígaselo al cocinero.

Y Alba, que estaba lejos de sentir apetito alguno, rechazó también el *consommé,* sin ni tan sólo probarlo. Pero bien fuese por sugestión, bien porque existía motivo para ello, le pareció que había un exceso de sal en el siguiente plato, y así lo dijo, sin darle importancia y contenta de hallar una excusa para no esforzarse en comerlo. Pero apenas hubo oído sus palabras condenatorias del manjar, miss Burnett estalló como una tormenta y, encarándose de nuevo con el criado, exclamó airadamente:

—¿Qué significa esto, quiere usted decirme? ¿Es que debo permanecer sentada aquí viendo cómo la señorita Alba se queda sin comer? ¿Por qué no le ha dicho usted al cocinero que el caldo estaba salado?

El doméstico le dirigió una mirada perdida. Estaba desconcertado y lleno de asombro, lo mismo que Alba.

—Se lo he dicho, señorita —contestó.

—¡Ah, se lo ha dicho! —repuso miss Burnett con un gran sarcasmo en la entonación, como si acabase de oír la cosa más ridícula del mundo.

—Sí, señorita —afirmó el criado—. Y me ha dicho que lo sentía mucho.

—Conque lo sentía mucho, ¿verdad? Lo sentía mucho, y ha salado también esto de forma que no se puede comer...

—Pero, señorita, este plato estaba ya condimentado cuando yo le dije a monsieur Paul que el *consommé* tenía demasiada sal...

El rostro de Mary se crispó violentamente.

—¡Ahora verá él si estaba condimentado o no! —gritó—. ¡Y va a oír mi opinión sobre sus condimentos!

Levantóse de la mesa como una ráfaga de huracán y se precipitó fuera de la estancia en dirección de la escalera de servicio, donde, habiéndose encontrado con Berta, la atropelló de paso, dándole un empellón tan vigoroso que la lanzó contra la pared.

Alba y el criado se quedaron solos, mirándose con consternada estupefacción. Lo que acababa de ocurrir era inconcebible. Miss Burnett no tenía motivo ni derecho para actuar de aquella forma. Además, su actuación era

ELISABETH MULDER

contraria al protocolo de la casa, pues una intervención en la cocina como la que ella se disponía a efectuar sólo le correspondía a Assunta.

—¡Dios mío, señorita Alba! —exclamó el criado—. Yo no sé cómo va a tomarlo monsieur Paul...

Alba no contestó. Estaba muy blanca, muy fría y temblaba ligeramente. Aquella niebla en la que se había sentido envuelta durante todo el día parecía que la iba a ahogar. Ya no veía nada con claridad. Apoyó la cabeza sobre los manteles y comenzó a llorar quedamente.

El criado, cohibido, sin atreverse a hacer ni decir nada, se quedó mirando como fascinado la agitación de aquellos hombros caídos sobre la mesa, y la confusión que experimentaba le hacía abrir la boca como un pájaro hambriento. Todo era bien conturbador y lamentable: allí estaba la señorita Alba, llorando, y abajo su institutriz armándole un escándalo a monsieur Paul, y en el corazón del palacio, el pobre señor marqués agonizando lenta, lentamente.

* * *

Monsieur Paul no habitaba en el Palazzo Velletri. Llegaba a éste cada mañana a las diez —los desayunos no eran incumbencia suya, sino asunto del *office*—[33] y se marchaba por la noche, después de servir la cena y confeccionada la minuta del día siguiente. Él tenía su domicilio particular, donde vivía solo: un pisito simpático y bien cuidado, en una de esas antiguas callejuelas de Florencia, tan llenas de poesía. También monsieur Paul estaba lleno de poesía. Él era un artista. Su arte se manifestaba, no tan sólo en los platos que elaboraba según antiguos y moder-

---

33. *office:* "antecocina", también se puede referir en este contexto al servicio menor o de cocina rápida.

nos recetarios, sino en los de su propia invención y, sobre todo, en la nomenclatura que les asignaba. Sus creaciones tenían nombres exquisitos, más aún que aquella exquisitez que representaban, y sobre todo más líricos.

Él era un poeta lírico. Sólo un poeta podía llamarle a una ensalada de remolachas *Cœur de rose*,[34] y a un puré de zanahorias, *Tendre soleil*,[35] y a una *poularde* al vino de Tokay, *Viens, chérie*.[36] Era todo ello un poco absurdo, pero era lírico; y monsieur Paul, cuando se sentía inspirado, componía sus minutas como quien compone un poema, y luego llevaba toda aquella poesía a la prosa de las realizaciones culinarias.

Precisamente se hallaba en aquel instante dándole forma mental a una de sus próximas creaciones, cuya denominación debía ostentar, como un penacho de espuma, la palabra *fragilité*, cuando, semejante a una diosa ultrajada o a una Ménade furiosa,[37] miss Burnett irrumpió en la cocina con la vertiginosidad de una bala, y encarándose con el cocinero, le soltó de mala manera, casi ahogándose en su propia violencia:

—*Chef*, ¿es que pretende usted matar de hambre a la señorita Alba?

Cuantas personas se hallaban en la cocina y sus dependencias inmediatas presintieron, ante aquella explosión, que algún insospechado cataclismo le seguiría a no tardar, y decidieron fundirse como manteca en sartén y desaparecer de allí sanamente. Monsieur Paul, pues, y miss Bur-

---

34. *Cœur de rose:* "corazón de rosa" (estos denominativos culinarios aluden al carácter poético del personaje).
35. *Tendre soleil:* "sol tierno".
36. *Viens, chérie:* "vienes, querida".
37. *Ménade:* bacante (ver nota 16). Es famoso el estado de furia enloquecida en el que caían las Ménades durante las bacanales, por ello asesinaron a Penteo y a Orfeo entre otros.

nett, se encontraron de pronto frente a frente y completamente solos. El cocinero estaba tan estupefacto como indignado. Pese a la violenta irrupción de miss Burnett en la cocina, él la había recibido sonriéndole, porque era un hombre que tenía la sonrisa fácil y creía poderla prodigar sin menoscabo de su seriedad fundamental. Pero la institutriz había arremetido contra él y le había hecho aquella afrenta. Su orgullo profesional y su dignidad de hombre habían sido alcanzados de lleno.

—*Moi, faire crever de faim mademoiselle?*[38]

No recordaba el cocinero haber experimentado en toda su vida una cólera más viva. Nadie, jamás, le había ofendido en aquella forma. En modo alguno pensaba tolerarlo. Si no se le presentaban las debidas excusas, abandonaría inmediatamente su servicio en el palacio. Y si continuaba en él, exigiría la seguridad de que aquella valquiria furiosa no volvería a poner los pies en sus dominios. Reclamaría con la máxima energía. ¿Dónde estaba Assunta? ¿Cómo permitía esto Assunta? ¿Es que había perdido el timón de la casa? ¿Es que espectáculos como aquél iban ahora a ser posibles en el Palazzo Velletri?

Estaba monsieur Paul tan agitado, que el gorro se le había inclinado hacia delante y lo llevaba caído sobre las grisáceas e hirsutas cejas, bajo las cuales sus ojos lanzaban chispazos de ira, fulminando a la ofensora.

—*Mais vous êtes folle!* — espetó a miss Burnett, que se había quedado allí, plantada ante él, rígida y muda como si se hubiera convertido en piedra.

Pero entonces ocurrió una cosa con la que ciertamente no contaba monsieur Paul: la institutriz escondió el rostro entre las manos y, como si su corazón estallase de un do-

---

38. *Moi, faire crever de faim mademoiselle?:* "Yo, ¿hacer morir de hambre a la señorita?"

lor incontenible, comenzó a sollozar. Monsieur Paul se quedó mudo de pasmo. ¿Qué había ocurrido? ¿Por qué gemía de aquel modo la institutriz, tras de haber irrumpido en su cocina a insultarle? Y ¿qué le había dicho él, después de todo, para que se desconsolase de aquella forma?

Monsieur Paul había tenido siempre una debilidad predominante: no podía ver sufrir a nadie. No, ni siquiera a las bestezuelas que se veía obligado a sacrificar. Sus pinches y ayudantes tenían órdenes severas respecto a esto: no se debía hacer sufrir a los pobres animales que servían de alimento a los hombres; había que matarlos rápidamente y ahorrándoles todo evitable dolor. Para monsieur Paul el sufrimiento ajeno había sido siempre una cosa terrible.

Por eso, ahora, sentíase tan impresionado: allí, ante él, en su propia cocina, donde cualquier langosta era tratada con consideración, una mujer sufría. Porque era indudable que sufría. Había una profunda, desgarrada desesperación en aquellos sollozos. No se trataba de una simple exasperación histérica; había en ellos un dolor real, súbitamente desbordado. Monsieur Paul sintió su iracundia desvanecerse como por encanto, a la vez que una familiar contracción de la garganta le anunciaba que se encontraba franca e inconfundiblemente conmovido. Sus ojos dejaron de fulminar a miss Burnett para posarse sobre ella con una mirada piadosa, y se le oyó murmurar blandamente:

—*Voyons, voyons... Mais qu'est-ce que c'est?*[39]

Sus palabras no tuvieron más efecto que el de redoblar aquel llanto convulsivo de miss Burnett y hacerla bajar más la cabeza y hundir el rostro entre las manos con mayor ensañamiento, como si quisiera enterrarlo definiti-

---

39. *Voyons, voyons... Mais qu'est-ce que c'est?:* "Vamos, vamos... ¿Pero qué es esto?"

vamente en ellas, ocultarlo para siempre más a las miradas de los hombres.

¡Qué horror de sí misma experimentaba miss Burnett! De pronto, la conciencia de su indignidad la había sobrecogido con una fuerza de espanto. *Mais vous êtes folle!,*[40] había exclamado el cocinero. Naturalmente que estaba loca. Loca y degradada, con pérdida absoluta de la propia estimación. ¿Qué había hecho? ¿Hasta qué sima de indignidad había descendido? ¡Loca, loca! Durante todo el día había estado loca. Por dos veces se lo habían dicho, y era la primera vez la que la había enloquecido. ¡La vergüenza de aquellas palabras pronunciadas por Lorenzo de Brixia! ¡La afrenta de sentirse rechazada por él, "puesta en su sitio"! ¡La humillación de su propio, claudicante ruego! "Perdone", había dicho, abyectamente. ¿Cómo no perder el juicio después de una cosa así? Pero, por si perder el juicio fuera poco, ella había ido más lejos: había perdido la dignidad. ¿Qué manera de comportarse había sido aquélla, gritándole al criado, atropellando a Berta, lanzándose a la cocina a increpar a monsieur Paul? ¿Cómo podía ella perder así toda disciplina, todo orden moral, toda su compostura, todo dominio de sí, ella, una educadora profesional y la institutriz de Alba Grey? ¿Dónde estaban sus bellos modales, sus finas maneras, la distinción y la mesura que siempre habían sido suyas? ¡Loca, loca! Lo había perdido todo, se había perdido a sí misma.

Y sollozaba convulsivamente, y a través de sus manos apretadas contra el rostro las lágrimas resbalaban en aluvión, de suerte que monsieur Paul, viéndolo, sentía su corazón partirse en pedazos como si lo picasen con una cuchilla. *La pauvre petite!*[41] Era verdaderamente intolerable

---

40. *Mais vous êtes folle!:* "¡Pero, usted está loca!".
41. *La pauvre petite:* "La pobre pequeña".

dejarla sufrir de aquella manera, era cruel. Comenzó a dirigirle palabras de consuelo como a un niño; leves, susurrantes, tiernas palabras de consuelo, y luego trató de apartarle las manos del rostro, y al no poder, porque ella se resistía obstinadamente, la cogió por las muñecas y, acercándola a él con dulzura, le apoyó la cabeza sobre su pecho. Y allí, sobre aquel pecho, lloró las lágrimas más amargas de su vida de novia imaginaria de tanto potentado ilustre, la presunta esposa de Lorenzo de Brixia, la culta, exquisita, refinada miss Burnett. Y no era un mal pecho sobre el que llorar, después de todo. Tenía un olor suave a mantequilla y almidón, y despedía un noble calor de hombre bueno. Su congoja fue calmándose poco a poco sobre él, mecida por aquellas susurrantes palabras musitadas a su oído como una ingenua canción de cuna.

*　*　*

Nunca, ni él ni ella, supieron con absoluta exactitud cómo se había acordado aquella cita. Pero debió de brotar al calor de aquel murmullo, nacida de la ternura de él, de la desesperación de ella, tal vez de la soledad de ambos. Ella recordaba, como se recuerdan las cosas que se han dicho en sueños, que en algún momento se había negado débilmente a salir del palacio. ¿Por dónde iba a salir sin que nadie se enterase? "Es muy fácil —había respondido él—: por donde yo salgo todas las noches y entro todas las mañanas: por la puertecita del parque que da al callejón de Santa Orsola. Es una salida que la servidumbre del palacio utiliza con frecuencia, porque queda cercana a esta ala del edificio y se evita uno un rodeo. Le diré a Fabio que tengo trabajo esta noche y que saldré más tarde, y le pediré la llave para que nadie me acompañe a abrirme la puerta. Lo he hecho otras veces y no le extrañará. Y usted puede estar en el parque, cerca de la puertecita del callejón, y saldremos juntos... Mañana, temprano, volverá usted a entrar por el mismo sitio."

Todavía se había resistido ella. "No es posible. El señor marqués puede morir esta misma noche, y entonces toda la casa estará en pie y notarán mi ausencia." "Me parece improbable. Tendrán otras cosas en qué pensar." "La señorita Alba me necesitará, y al no encontrarme..."

Pero era hablar por hablar. En el fondo había aceptado ya la cita, había aceptado ya aquel amor fulminante, había aceptado ya a monsieur Paul. ¡Un cocinero! En un mismo día había ascendido a lo más alto de la fantasía y caído en lo más bajo de la realidad. De Lorenzo de Brixia a monsieur Paul, del salón a la cocina. Estaba loca, en efecto. Pero ya no estaba avergonzada. No; ya no sentía en su espíritu aquella espantosa sensación de desprestigio y de indignidad que tanto la había desesperado. Estaba loca, consciente de su locura, atónita, temerosa, cohibida; pero avergonzada, no. Sobre el pecho de monsieur Paul, acunada por sus palabras llenas de ternura, en las que gradualmente se había ido infiltrando un matiz amoroso, le parecía que poco a poco había recuperado algo de su antigua dignidad y de su propia estimación. Y aunque sabía que estaba loca, sentía que esta locura de ahora tenía una cierta categoría romántica, pese al lugar y al héroe; una inconfundible traza de predestinación misteriosa y de aventura. Tal vez, siguiendo aquella aventura, obedecía a un signo que le hacía su destino y aceptaba el don de su felicidad. Y tal vez, no. Tal vez labraba nuevamente su infortunio. ¿Quién era monsieur Paul? Bien poco sabía de él, excepto que siempre le había visto en el Palazzo Velletri. Tal vez fuese para ella como un verdugo. Imaginaba con un escalofrío de terror las torturas morales y... sí, acaso también físicas, a las que aquel hombre podría someterla. Caída en manos de un ser brutal, o simplemente de un desaprensivo, la escala de los sufrimientos podía ser extensa para una mujer delicada como ella. Sin embargo, sabía que se reuniría con aquel hombre en el lugar y a la hora que le había indicado, aquella misma noche; sabía que iría a él con la ciega, fatal obstinación de su locura.

Él llegó antes. Cuando le vio, a la luz de la luna, cerca de la puertecita del callejón, le pareció al pronto un hombre diferente, pero en seguida cayó en la cuenta de que sólo se lo parecía, porque nunca le había visto así, en traje de calle, sino vestido de blanco, con su mandil y su alto gorro. Él sonrió al tenerla cerca y abrió la puerta, deteniéndose junto a la misma para dejarle paso. Pero ella vaciló. Entonces monsieur Paul la cogió por un brazo y, suavemente, la obligó a pasar.

—*Voyons, tu n'as pas peur maintenant?*[42] —le murmuró, inclinándose un poco sobre ella.

Era un hombre corpulento, de mediana edad, de un moreno cobrizo. No mal parecido, le juzgó miss Burnett. Y se vestía bien. Llevaba un buen traje y un buen abrigo de entretiempo, sobrios, pulcros. Miss Burnett se acordó de pronto de que ella no se había cambiado. Tal como estaba había venido, echándose un abrigo sobre los hombros. Lo sentía, ahora. Tal vez hubiera debido...

Iban en silencio por el callejón de Santa Orsola. A lado y lado se elevaban viejos muros de piedra, por encima de los cuales los cipreses empinaban sus negras agujas, y algún antiguo palacio, alguna casona, abría al callejón una cancela oscura, un portillo, una puerta de escape. La noche tenía una claridad de cristal. Las sombras se recortaban con dureza; la atmósfera transparente permitía ver

---

42. *Voyons, tu n'as pas peur maintenant?*: "Vamos, ya no tienes miedo, ¿verdad?"

brillar las estrellas como pequeños faros azulados, de luz aguda. Por encima de los muros, del seno de parques y jardines, ascendía un mareante perfume a flores, a tierra cálida, a brote tierno.

Era una noche muy bella. Miss Burnett se sentía conmovida, como borracha. Y se sentía triste. ¡Si monsieur Paul pudiera al menos compartir con ella aquella belleza! Pero no cabía esperar esto del cocinero; difícilmente se podía esperar de él que su sensibilidad recogiese la pura embriaguez de una noche así, como podía captarla la sensibilidad cultivada de ella. Y dio un suspiro, y tembló un poco, y se preguntó hacia qué suerte de calvario la llevaba tal vez su locura. Pero monsieur Paul, al sentirla estremecerse, pensó que tenía frío, y tomándola nuevamente por el brazo, la apretó contra él para transmitirle su buen calor de hombre robusto, y le dijo, con aquella voz cariciosa[43] que parecía dirigida a una criatura, que ya no tardarían en salir a una calle de cierta importancia, y que allí seguramente encontrarían un "taxi" y lo tomarían.

Horas más tarde, cerca de la madrugada, miss Burnett abrió los ojos en el diván donde se había quedado dormida, y miró en torno y se encontró sola en la habitación. Era una habitación alegre, con muebles modestos, pero de buen gusto, y escrupulosamente limpia. Cerca de miss Burnett había una mesita, y en la mesita una pequeña lámpara de luz dulce y tamizada, y dos tazas, en las que

---

43. *cariciosa:* cariñosa, acariciadora. Elisabeth Mulder utiliza mucho en los adjetivos esta terminación, por ejemplo también usa "despaciosa" por lenta, y no es raro incluso que construya los adverbios sobre ellas, así usa "cariciosamente" o "despaciosamente" (p. ej. "Y de sus labios se escapó, despaciosamente, como si paladease su sonido con lenta delectación, una risa vibrante y honda de una extraña suavidad", en *El hombre que acabó en las islas,* Barcelona, Apolo, 1944, p. 310), adverbios estos académicos, si bien de escaso uso.

ella y monsieur Paul habían tomado café. Recordaba ahora que al entrar en aquella habitación había experimentado un miedo terrible y se había sentido presa de la agitación más violenta. En aquel momento, para empeorar las cosas, monsieur Paul se había acercado a ella y le había puesto las manos sobre los hombros. Ella, entonces, se había quedado rígida y tensa, recogiendo en sí todas sus energías y dispuesta a salir huyendo, a pedir socorro, a hacer cualquier barbaridad. Si monsieur Paul se movía un centímetro más, si hablaba siquiera, lo haría. Pero el cocinero habló, y sus palabras sólo tuvieron la virtud de calmarla. Eran, ciertamente, unas palabras imprevistas, pero suavizaron de manera milagrosa aquel instante difícil, quitándole tirantez y prestándole una naturalidad que aflojó la tensión alarmada de Mary. "Voy a hacer café —había dicho el cocinero—. Hago el café más delicioso del mundo."

Miss Burnett se incorpora un poco en el diván y trata de librarse de un pesado ropaje que la cubre cálidamente y le aprisiona los pies. Es, descubre con sorpresa, el abrigo de monsieur Paul. Ha debido de taparla con él al verla dormida. Vuelve miss Burnett a pasear los ojos por la habitación. Hay flores en ella: en un búcaro, los primeros narcisos que ha visto aquel año. Se percibe tenuemente su fragancia cuando alguna ráfaga de aire penetra por el balcón entreabierto y esparce su perfume. Y también hay en la habitación algunos libros; no solamente de cocina: de literatura también, y en especial, de poesía. Pero ¿dónde está monsieur Paul? El balcón entreabierto le hace una indicación a miss Burnett, que se pone en pie, alisa sus cabellos revueltos, estira cuidadosamente los pliegues de su vestido...

En el balcón, monsieur Paul fuma con placidez un cigarrillo. ¡Qué noche más bella! La contempla emocionado. Siempre le ha parecido que hay una gran emoción en la belleza de la noche, y que es una emoción inconfundible: algo intenso, penetrante, exquisitamente doloroso... Todavía las sombras tienen un denso volumen y las estrellas brillan nítidamente, pero la luz es ya un poco indecisa, un poco entre nocturna y matutina, y la dulzura del aire, espeso de perfume, ha adquirido una ligereza acidulada.

Monsieur Paul ha sido siempre un hombre propenso a la felicidad. Pero ahora la felicidad tiene para él una calidad nueva. No es ya una esperanza y una tendencia invencible: es una realidad concreta. Monsieur Paul ha soñado mucho y ahora sus sueños se han hecho realidad. Allá dentro duerme una mujer, una mujer a quien él ha tenido en sus brazos amorosamente, y que le quiere. No es una mujer como todas las mujeres; ni siquiera se parece a ninguna de las que ha conocido hasta entonces. Es una mujer exquisita. ¡Qué cosas más refinadas y más cultas le ha dicho durante aquellas horas! Siempre había soñado él con una mujer así para compañera de su vida. Y es hermosa. Casi rubia, con la piel muy blanca y las mejillas avivadas por los más bellos colores. Y es tierna y asustadiza como una paloma.

Monsieur Paul siente el corazón de la noche latir al unísono del suyo. La felicidad pesa blandamente sobre su alma, causándole una opresión deliciosa. ¡Qué noche más bella! Y, por si fuera poco, de pronto, salido no se sabía de dónde, el pequeño cantor nocturno, el eterno enamorado de las estrellas, comienza su serenata. Monsieur Paul se queda extasiado, escuchándole con reverencia.

No se mueve siquiera cuando Mary aparece en el balcón y se apoya sobre su hombro. Le dice solamente, llevándose el dedo a los labios en ruego de silencio:

—*Ecoute, chérie: le rossignol!*[44]

* * *

44. *Ecoute, chérie, le rossignol:* "Escucha, querida, el ruiseñor".

La marquesa de Velletri se inclina sobre su marido y le contempla. Está sola con él. La estancia se halla tenuemente iluminada por una pequeña luz que arde no lejos del lecho. Giovanna no puede apartar los ojos del rostro del anciano. En las últimas horas se ha desfigurado mucho. Está más amarillo, más chupado, los cercos violáceos que rodean sus ojos se han hecho más densos y profundos; y tiene la nariz afilada y los labios apretados en una línea pétrea. ¿Cuánto tiempo más vivirá? Acaso diez o doce horas, acaso no llegue siquiera a una. "Es, pues, el fin —reconoce la marquesa—. Es el fin." Le ha costado trabajo creerlo: ¡un hombre tan sano y tan fuerte, que no había tenido una enfermedad en su vida! Y un hombre invencible, de una arrogancia, de una obstinación... Pero ahora está allí como un pajarito. Su respiración es apenas perceptible, sus ojos están cerrados. ¿Se halla consciente, inconsciente? ¿Duerme? Parece que duerme, pero Giovanna no se fía mucho. A lo mejor la está observando sin que ella se dé cuenta. Siempre ha sido así para ella: imprevisto, escurridizo, incierto. No ha sabido nunca nada de él claramente; no ha podido llegar jamás a las reconditeces de su pensamiento ni de su sentir. Y ahora está allí, hermético a la hora de la muerte, como siempre.

—¿Duermes, amor mío?

Él no contesta. Sin embargo, la marquesa no se fía. No le extrañaría que la hubiera oído. Espía su rostro con avidez. Aquella sombra que cae a través de las comisuras de los labios podría ser una emboscada ironía, aquella ligera contracción de los párpados una mirada fraudulenta. No sabe qué pensar. No lo ha sabido nunca. Gaetano se le ha escapado siempre.

La marquesa le contempla ahora con doloroso estupor. Han vivido cuarenta y siete años juntos, no se han separado nunca, han tenido una hija, y todavía no sabe si le quiere o no le quiere. Ahora, en aquel trance, se acerca a él por si la evidencia de la pérdida inminente le descubre el secreto de su propio corazón, pero éste permanece mudo y cerrado como el mismo moribundo. ¿Qué le inspira este hombre? ¿Amor, rencor? No lo sabe. Y han vivido cuarenta y siete años juntos... Vuelve a inclinarse sobre él y a preguntarle, porque aquel silencio la asusta:

—¿Duermes, querido?

Él abre penosamente los ojos. Apenas hay luz en ellos. "Es el fin", se repite Giovanna, y él toma una mano entre las suyas. ¡Qué fría está! Recuerda aquella mano en su juventud, su calor, su tacto, su fuerza. Recuerda su caricia. Es ella, ahora, quien cierra los ojos.

—Vannozza...

¡Qué voz tan pequeña y lejana! Recuerda aquella voz: su timbre grave, su llena resonancia.

—Vannozza... Quisiera preguntarte una cosa...

Ella se inclina aún más, acerca su oído a los labios duros, por donde se escapa el hilillo de voz extenuada, pero clara.

—Sí, amor mío. Dime.

—Es esto. Toda la vida... —se detiene; parece que la voz, que la existencia misma va a apagársele; pero continúa tras un momento—, toda la vida me has llamado "bien mío", "amor mío", o cosas así... y nunca me has querido. ¿Por qué lo has hecho, Vannozza?

La marquesa le dirige una mirada de asombro en el que hay a un tiempo despecho y vencimiento. La observaba, pues. Estaba despierto. Ha querido burlarla una vez más.

—¿No te he querido nunca? —inquiere a su vez—. Me lo estaba preguntando yo misma hace un instante, porque lo ignoro. Pero tal vez tengas razón. Tal vez no te haya querido nunca.

—Nunca.

—¿Y soy yo responsable de eso?

—Nadie lo es.

—Quiero decir... Tú nunca has querido permitir que te amase.

—Eso puede ser verdad, Vannozza.

—Me amabas tú, pero no querías permitir que te amase yo. Creo..., sí, creo que mi amor te daba miedo. Como si fuese un derecho que yo pudiese adquirir sobre tu alma. Como si comprase tu alma con mi amor.

—Sí, puede ser.

—Has hecho todo lo posible para que te odiase.

—No. Hubiera podido hacer mucho más, mi Vannozza.

Era cierto, y la marquesa se calla, resentida, pero llena de admiración por aquel hombre cuyo vigor mental subsiste aún ahora, cuando se halla en la agonía. ¿Va a conservar esa lucidez hasta el instante mismo de la muerte?

—Pero parte de mi alma te ha pertenecido, de todas maneras, Vannozza, a pesar de mi voluntad. Parte de mi alma era tu tirano, y parte tu siervo. Con la parte que era tu siervo me has dominado y... y me has hecho hacer cosas que no quería hacer y... que me han atormentado... y por las que te guardo rencor, Dios me perdone...

—¿Qué, por ejemplo?

—Hiciste... Claudia... Me obligaste a que abandonase a Claudia.

—Claudia era mala.

—¿Mala? Era una De Brixia.

—¡Sí, y no creas que lo he olvidado! Se escudó en ese argumento demasiado tiempo para imponerme su crueldad y su capricho. Pero cuando realmente debió recordar

que era una De Brixia, lo olvidó, y el primer aventurero..., el primer...

El anciano movió los dedos, crispándolos en un furor
impotente, y Giovanna se detuvo amedrentada.

—Vannozza, no traigas ese veneno a mis labios en esta
hora... —murmuró el moribundo, y tras aquel esfuerzo
quedó exhausto y hubo de cerrar los ojos. Giovanna se
precipitó a tomarle el pulso. Latía aún.

—Gaetano, Gaetano... —le llamó.

Él volvió a abrir los ojos. No parecía ver ya. Era una
mirada blanca, de ciego. Dijo algo, pero apenas se le entendía. Sus palabras eran confusas, barbotantes, y la lengua se le trababa. Giovanna las escuchaba palpitante de
atención, y, no comprendiendo su significado, creyó que
eran fruto de un delirio final. Tuvo miedo.

—Gaetano, Gaetano... —casi gimió, rogándole al cielo
que él no muriese en aquel instante, después de haberle
ella llevado a los labios "aquel veneno".

Y como si el Cielo, y Gaetano, la escuchasen, la voz de
éste se hizo por un instante más clara, sus palabras más
inteligibles, y por ellas pudo comprender Giovanna que
había paz en el alma del moribundo.

—Pero ahora todo está bien —le oyó murmurar—. Todo está bien —Giovanna volvió a cogerle la mano y se la
besó—. Gracias, Dios mío —y luego—: Niña, yo creo en
ti.

Y ya no volvió a decir palabra alguna. Ladeó la cabeza,
como apartándose de Vannozza y de todo cuanto ella significaba: la vida misma, la fuerza de todas las pasiones del
hombre, buenas y malas. Y así permaneció hasta morir.

En la antecámara, mientras tanto, un pequeño corro de
sirvientes rodeaba a Berta, que les daba, entre guiños y
sonrisas picarescas, una noticia de escándalo. Algunos la
creían y otros la ponían en duda, pero todos se miraban

con regocijo, se hacían señas expresivas y se propinaban significativos codazos. Por la puerta que daba a la cocina se veía a veces a monsieur Paul, que los miraba como si constituyesen un espectáculo muy divertido y les sonreía. Una vez se detuvo en la puerta y preguntó con sorna:

—*C'est une conspiration?*[45] —y sin esperar la respuesta volvió a su trabajo tarareando una cancioncilla.

Berta se fue tras él hasta los fogones y el animado conciliábulo la siguió.

—*Mais qu'est-ce qu'il y a?*[46] —preguntó el cocinero, probando y aprobando una *sauce nocturne*[47] que se acababa de inventar.

Era verdaderamente deliciosa: trufas y *beurre noir,*[48] jerez, jugo de carne y una chispa, un *soupçon*[49] de pimienta, justo lo preciso para darle una insinuación picante...

—Miss Burnett no ha dormido en casa esta noche —declaró Berta, y todos sofocaron un estallido de risa maliciosa.

—*Quelle blague!*[50] —repuso el cocinero impasible.

Y siguió saboreando la salsa. Le ofreció un poco a Berta. ¿Quería probarla? Era exquisita.

• Berta la rechazó con energía. No quería la salsa. Quería que monsieur Paul creyese lo que le decía. Porque era cierto: miss Burnett no había dormido en casa aquella noche. Monsieur Paul, ante su insistencia, acabó por mirarla con interés.

45. *C'est une conspiration?:* "¿Es una conspiración?"
46. *Mais qu'est-ce qu'il y a?:* "Pero ¿qué es lo que pasa?"
47. *Sauce nocturne:* "salsa nocturna" (recuérdese que este personaje bautiza de modo poético sus platos).
48. *Beurre noir:* "mantequilla derretida y ennegrecida".
49. *soupçon:* "pizca", "pellizco".
50. *Quelle blague:* "¡Qué gracia!"

—*Pas possible!*[51] —exclamó con una mezcla de incredulidad y de escandalizado asombro.

Berta reforzó su afirmación. ¡Sí, sí! ¡Tenía pruebas de la escapada de miss Burnett! ¿Qué pruebas? Bien; pues ésta: por la mañana, cuando ella, Berta, había entrado en el cuarto de la institutriz, había encontrado la cama intacta. ¿Y eso?

—Eso, después de todo, no demuestra nada —opuso de pronto una doncella—. La cama se la puede haber hecho ella misma.

—¿Por qué?

—Por capricho. Por distraerse.

—¿Y por capricho, también, ha vuelto a abrir el embozo y a colocar el pijama desdoblado sobre la cama?

—Eso ya es más raro.

—Pues así lo he encontrado yo.

—Todo esto es muy raro, no hay que darle vueltas —terció un criado—. Si una señorita tan listísima y tan sabia como dicen que es ella no encuentra otra forma de distraerse que haciendo camas, entonces yo, para pasar el rato, voy a tragarme a los filósofos de la biblioteca.

—¡Naturalmente! —exclamó Berta con énfasis.

—Claro está —dijo la doncella que había hablado antes y que estaba deseando chafarle a Berta la gloria de su noticia porque Berta era una chismosa y además mucho más bonita que ella—. Claro está que miss Burnett puede no haber dormido en su cama sin necesidad de haber salido de la casa, ni siquiera de su habitación. Puede haber acompañado a la señorita Alba, que está muy nerviosa, o puede haber salido a pasear por el parque...

—¿Toda la noche? —inquirió Berta, sarcástica—. Porque había luna, claro. ¡Qué romántico!

Y todos rieron nuevamente; pero poco a poco comen-

---

51. *pas possible:* "¡imposible!"

zaron a discutir entre ellos sobre si era posible o no era posible que la institutriz hubiera pasado la noche fuera del palacio, y aducían en pro y en contra de la aserción de Berta toda suerte de argumentos y razones. Monsieur Paul los miraba con un grave interés y se mantenía al margen de la discusión, que iba subiendo de tono en forma alarmante. De cuando en cuando decía: *Tiens, tiens!*[52] Su actitud era curiosa y reservada. Parecía esperar pacientemente que de aquel debate saliese la luz de la verdad. Al fin, con un aire aburrido, le dio la espalda al acalorado grupo y exclamó, encogiéndose de hombros:

—*Au fait, je n'en crois rien.*[53]

Y volvió a la *sauce nocturne*.

Muy subida de punto se hallaba la discusión cuando, en la antecocina, sonó el timbre del teléfono interior. Lo dejaron sonar algún tiempo porque estaban todos enzarzados frenéticamente en aquella disputa y no prestaban atención a nada más. Berta había acabado por indignarse con todo el mundo, estaba furiosa y le había preguntado a la otra doncella si es que creía que ella se había inventado una historia para calumniar a miss Burnett, afirmando que ella no era una infame, y que eso lo serían los que lo creen de los demás, que el que mal piensa mal hace.

—*Le téléphone, sapristi, le téléphone!*[54] —les gritó monsieur Paul.

Un miembro del agitado conciliábulo se destaca al fin, renuente, y acude al aparato. Regresa en seguida.

—Es Assunta —dice. Y cuando todos se han callado anuncia solemnemente—: El señor marqués ha muerto.

---

52. *Tiens, tiens!:* "¡calma, calma!".
53. *Au fait, je ne'en crois rien:* "A propósito, yo no me lo creo nada".
54. *Le téléphone, sapristi, le téléphone!:* "¡El teléfono, caramba, el teléfono!"

SEGUNDA PARTE

Ocho años más tarde hallábase Lorenzo de Brixia en El Cairo, al término de un viaje de estudios por África. De El Cairo debía trasladarse a Alejandría, donde embarcaría para Europa. Pero su barco no zarpaba hasta dentro de diez días, y de éstos había preferido pasar ocho en El Cairo, aunque era una ciudad que, vista superficialmente, no le había interesado gran cosa. Sin embargo, Daphne Graham le había rogado que se quedase allí mientras le fuera posible, y él lo había hecho porque, después de todo, si en El Cairo se aburría bastante, era probable que en Alejandría, donde no conocía a nadie, se aburriese aún más. Estaba ya cansado de paisajes exóticos y de gentes extrañas.

El hotel donde Lorenzo se hospedaba, situado en la zona más moderna del barrio europeo, hallábase atestado de viajeros, ingleses y americanos en su mayoría. Lorenzo, en las horas de tedio pasadas en el *hall*, miraba desfilar todas aquellas gentes, y todas le parecían igualmente triviales y desprovistas de interés. Turistas típicos en su gran mayoría, de la clase pudiente y errabunda. Hombres que habían adquirido en los colegios más exclusivos someras nociones de egiptología y mujeres que se habían hecho confeccionar por los mejores modistos de París o Nueva York los trajes que destinaban al desierto de Libia y la visita a las pirámides. Algunas de aquellas mujeres, las americanas sobre todo, eran bellísimas, de una belleza milagrosa, que no parecía natural producto humano. Eran perfectas. Ninguna egipcia, ninguna oriental podía competir con ellas. Lorenzo no comprendía a los rubicundos, musculados y aturdidos señores que, en compañía de un guía mercenario, partían de trapisonda nocturna en pos de aventuras con sirenas ojinegras y atezadas, ninguna de las cuales podía equipararse en hermosura con aquellas diosas que dejaban en el hotel dormidas bajo mosquitero, entregadas a las nueve horas de sueño desintoxicante, tras el último vaso de jugo de naranja y el último *cracker*[55] de dietético trigo integral. Y sumidas, positivamente sumidas, como frutas en almíbar pastoso, en más óleos y cremas, ungüentos y vinagrillos, tónicos y estimulantes que jamás poseyera el mejor surtido tocador de harén. Lorenzo las imaginaba con agrado a aquellas bellezas en aceite, brillantes y tersas, semejantes a grandes flores de raso. Y mientras ellas, fieles a una rígida disciplina estética, se abandonaban a su reparador "sueño de belleza", ellos, los cándidos maridos, los pueriles amantes, corrían en pos de acontecimientos, tal vez con una oculta, morbosa y ambiciosa esperanza de que se convirtiese alguna vez en puñalada pasional o en rapto amoroso la ya monótona pequeña estafa y el ya aburrido pequeño chantaje.

Lorenzo, que había amado a las mujeres demasiado pronto, y que llevaba camino de aspirar a la aventura demasiado tarde, sonreía interiormente viendo a aquellos

55. *cracker:* galleta salada.

190

hombres partir, viendo a aquellas mujeres meterse en la caja del ascensor y elevarse ilusionadamente hacia el apasionante ritual nocturno de la limpieza a fondo de la piel. Pero tal vez sus observaciones y su sonrisa eran tan sólo consecuencia de su aburrimiento. Se aburría, en efecto, en aquella ciudad, sin nada que hacer después de un año largo de activísimas jornadas. El viaje había sido fecundo en enseñanza, y su profesión de ingeniero había salido de él extraordinariamente enriquecida de conocimientos; pero el Nilo, El Cairo, Egipto todo, no era ahora para él otra cosa que un compendio de canales, obras hidráulicas, riegos y puentes, y tanto el vampirismo moderno de la ciudad como su vampirismo antiguo, tanto su realidad como su leyenda, le dejaban, separado de su trabajo, completamente frío. No le importaba ni Cleopatra. Lo que quería era marcharse ya de África. Un ansia de Europa quemaba en su sangre con la violencia con que todo lo que en su sangre ardía en ella.

Principiaba mayo y hacía ya mucho calor. Después de almorzar, Lorenzo se pasaba media tarde en el *hall* del hotel, fumando cigarrillos y tomando sorbetes de café. Luego, antes de la cena, salía a dar una vuelta o subía a su cuarto y trabajaba en sus notas o leía cualquier novela distraída. Después de cenar y antes de ir a un "cine" o cualquier espectáculo, volvía al *hall* y pasaba allí una hora más tomando café —esta vez caliente— y entregándose a la menguada distracción de observar el ir y venir de los viajeros.

Una misión arqueológica anglonorteamericana que se disponía a partir a Siria, y de la que hablaban todos los periódicos con grandes elogios, se hallaba hospedada en el hotel. Lorenzo, a falta de mayor diversión, solía entretenerse observando a algunos de sus miembros. Eran unos hombres de edad madura, con un aire recogido y cuidadoso, como si siempre anduviesen entre reliquias. Su aspecto exterior no ofrecía interés alguno, eran más bien adocenados, sin otra particularidad que la de haber en sus ojos esa inconfundible acuidad que da a la mirada el hábito del pensamiento y que delata al pensador tanto si se oculta bajo un aspecto ingenuo y apocado, o aturdido y frívolo, o bajo cualquier otra apariencia.

En aquel mismo hotel hallábanse también hospedados los Graham, familia a la que Lorenzo conocía por haber hecho el viaje con ella desde el sur del país hasta El Cairo. Un viaje de tres días y vecindad de compartimiento dan margen más que suficiente para una amistad ocasional. Los Graham: el padre, la madre, la hija y un hermano del padre, menor que éste, eran norteamericanos. Poseían todos una inteligencia alerta, una curiosidad inagotable, un corazón hospitalario y uno de esos optimismos americanos a prueba de toda vicisitud, un optimismo desconcertante y deslumbrante. Eran muy simpáticos y Lorenzo les estaba agradecido por lo que habían contribuido a hacerle soportable el largo y pesado viaje. La hija, Daphne, era muy bonita, con igual belleza, en distinto grado de madurez, que su madre. Y ambas tenían, como la mayoría de las mujeres de su raza, el maravilloso don de aparecer siempre frescas, reposadas, con la ropa impecable, como recién puesta, y el maquillaje límpido, como recién aplicado. Para Lorenzo, abrumado de calor, de polvo y de tedio en aquel viaje interminable, las Graham, con su aspecto terso de fruta acabada de sacar de la nevera, y su charla ligera y aguda, eran un espectáculo refrescante, como la aparición de un manantial alpino en el seno del desierto africano. Y durante todo el viaje, se sintió lánguida y abandonadamente dependiente de ellas, como los enfermos de sus enfermeras.

Luego, en El Cairo, aunque residían en el mismo hotel,

192

ALBA GREY

se veían menos. Los Graham se habían lanzado a un tor-
bellino de visitas, excursiones y placeres comprendidos en
un detallado programa, mientras Lorenzo se sentía cansado y deseaba que le dejaran en paz. Tenía calor. No le
importaban todos aquellos museos, todas aquellas cami-
natas por los lugares pintorescos de la ciudad, todas aquellas picardías de los cafés orientales, con sus hebreas oleo-
sas de mirada febril y sus egipcias enjutas de mirada
soñadora. No. Él se había quedado en El Cairo para hacer tiempo, y, esperando el momento de trasladarse a
Alejandría y embarcar, se limitaba a tomar café helado en
el hotel y a pasar algún rato en el cine.

Cuando Daphne Graham, al ir o venir de alguna de sus
correrías turísticas, le encontraba en el *hall,* se sentaba un
rato a su lado, a charlar. Esto le gustaba a Lorenzo. La
muchacha era encantadora. Si hablaba mucho, hablaba,
en cambio, bien, graciosamente. Y tenía unas piernas
magníficas, esbeltas, mórbidas, que cruzaba una sobre
otra con abandono y elegancia. La gente que se hallaba en
el *hall* o pasaba por él no dejaba de notar aquellas piernas
con satisfacción, incluso los graves señores de la misión
arqueológica.

Lorenzo, sí, le estaba agradecido a Daphne Graham, y
se lo estaba por más razones que la de su compañía y su
refrescante presencia; se lo estaba porque no le había
obligado a enamorarse de ella, y porque no le guardaba
rencor. ¿Aventura, *flirt,* noviazgo? ¿Qué es lo que había
sucedido? Alguna de las tres cosas, indudablemente, pensaba Lorenzo, y sin ningún género de dudas la que él hubiera escogido. La muchacha era así: comprensiva y des-
interesada. Tanto que, cuando él optó por no escoger
ninguna de las tres posibilidades, ella no se sintió ofendida, a pesar de haber sido ella quien había hecho los primeros avances, y retrocedió simplemente a la más llana

camaradería con una naturalidad admirable. Lorenzo le estaba muy agradecido. Detestaba que las mujeres le guardasen rencor, que le odiasen; temía esa gran facilidad que tienen las mujeres para odiar a los hombres cuando han estado a punto de amarles demasiado. Él hubiera amado a Daphne, seguramente, en otras circunstancias, en otro clima tal vez. Pero hacía calor y él estaba cansado y aburrido y sin más ansia en la sangre que una nostalgia de Europa verdaderamente rabiosa. Que la muchacha hubiera comprendido todo esto y le hubiera dejado en paz, sin rencor, era una gentileza que le enternecía, de suerte que cuando la veía llegar y sentarse a su lado todo él se hacía admiración afectuosa para sus piernas estatuarias, para su cutis perfecto, para su sonrisa deslumbrante. Y hablaban animadamente de mil cosas y no se decían absolutamente nada, lo cual era delicioso.

Con los Graham, Lorenzo había visto cierta noche una mujer de unos cuarenta y ocho o cincuenta años, que le llamó la atención por su silueta enjuta y vigorosa a la vez, sus gestos precisos y sus ojos bellísimos, de mirada aguda. Se hallaba sentada a la mesa de los Graham, cenando con ellos, y todos parecían concederle gran atención y deferencia. De las demás mesas también notó Lorenzo que se dirigían frecuentes miradas a la invitada de los Graham, cosa que no le extrañaba, pues él mismo sentíase atraído por aquella desconocida de personalidad acusada y original. Pensó que, cuando tuviera ocasión de hacerlo, sin parecer demasiado indiscreto, le preguntaría a Daphne quién era.

Al día siguiente los Graham, invitados por un matrimonio inglés, los Derrick, a pasar tres días en una finca que poseían, partieron temprano y Lorenzo no los vio. Por la tarde, hallándose solo en el *hall,* tomando café, descubrió en la mesa vecina a la mujer que había despertado su curiosidad. Estaba sola, leyendo un periódico árabe y bebiendo una copa de coñac. Parecía muy abstraída en la lectura, ajena a todo; de cuando en cuando se tragaba una bocanada de humo de su grueso cigarrillo turco. Lorenzo aprovechó su cercanía y su abstracción para observarla detalladamente. Tenía el pelo oscuro, casi negro, entreverado de mechones blancos, sobre todo junto a las sienes, y su cabeza era pequeña, redonda, de cráneo fino y perfectamente modelado. El rostro, muy tostado por el sol, poseía, sin embargo, una piel lisa y delicada, de tal delgadez en la frente y en las sienes, que parecía de papel de seda tras el cual se transparentaba el enrejado azul de unas venillas superficiales. La boca era generosa; una amplia herida pálida, con los labios en curva sensual y la expresión irónica. Y el cuerpo era esbelto, de anchos y delgados hombros, líneas largas y articulaciones firmes, flexibles y menudas, como pudo observar Lorenzo al fijarse detenidamente en las muñecas y en los tobillos. Pero lo que más le atraía de la desconocida eran sus ojos, que tenían tanta fuerza en la mirada, tan infrecuente color verdeazul, y que le recordaban los de alguien, no sabía quién.

La mujer, de pronto, se puso en pie, dobló el periódico, lo dejó sobre la mesa y apuró la copa de coñac. Lorenzo, mirándola de reojo, creyó que se marchaba, pero no fue así. Dos señores de la misión arqueológica la vieron desde la puerta, cuando se disponían a salir, y la saludaron con efusión respetuosa. Ella sonrió. Al sonreír, sus dientes brillaron. Tenía unos dientes magníficos, grandes y un poco cuadrados, de deslumbrante blancura. Y, si sus labios eran pálidos, sus encías, en cambio, que la amplia sonrisa dejó en su extremo un poco al descubierto, eran de un jugoso tono coralino, brillantes y húmedas como las de un cachorro.

Con enorme sorpresa, Lorenzo vio que la mujer, en lugar de marcharse, como él había creído, se le acercaba, apoyaba las manos ligeramente sobre su mesa y le dirigía la palabra. Prestamente, se puso en pie.

—Unos amigos que nos son comunes, los Graham —decía la mujer—, me han dicho que se llama usted Lorenzo de Brixia y es español, de Madrid —Lorenzo asintió con la cabeza—. ¿Sí? Entonces somos parientes; parientes de parientes en todo caso. ¿Puedo sentarme? —Lorenzo se apresuró a ofrecerle una silla—. Yo soy Margaret Grey.

—¿Margaret Grey? ¿La hermana de Conrad Grey? ¿La tía de Alba?

—Esa misma.

—¡Qué casualidad! No nos habíamos visto nunca y encontrarnos aquí, en El Cairo...

—No tan casualidad. Egipto es, precisamente, uno de los lugares donde no es raro encontrarme. ¿Va usted a estar mucho tiempo aquí?

—Muy poco.

—Yo también. Me alegro mucho de haberle encontrado. Tengo mil preguntas que hacerle. Hace años que no veo a Alba.

—Yo también.

—¿De veras? ¿Cuánto tiempo?

—Pues desde que Alba tenía... vamos a ver si me acuerdo... Sí. Desde que Alba tenía catorce años menos tres meses.

—¿Entonces, en Florencia, cuando su abuelo y su padre...?

—Sí.

—Pues yo la vi por última vez el día que cumplió doce años, en Nueva York. Por cierto que en aquella época tenía de institutriz a una espeluznante criatura: miss Burnett. ¿La conoció usted?

—Sí.

—Era espantosamente culta y distinguida, ¿no es cierto?

—Espantosamente.

—Y era tan tersa y crujiente, dulce y brillante, que parecía una figurita de azúcar cristalizado.

—Dos años más tarde parecía un cerdito de mazapán con exceso de colorante. ¡Señor! ¡Qué susto me dio en aquel jardín, después de lo de aquella horrible enfermera!

—¿Sí? Cuénteme. Pero quisiera otra copa de coñac...

Lorenzo llamó a un criado y pidió el coñac, y para él, otra taza de café. Se había establecido una rápida corriente de simpatía entre él y Margaret Grey, de forma que, aunque acababa de conocerla e incluso podía decirse que apenas habían pasado de la presentación, sentía ya que su conversación con ella tenía una madurez amistosa e íntima. Le contó el incidente con miss Burnett, aquella noche en el jardín del Palazzo Velletri, y su encuentro, también nocturno, con la enfermera a la que su juvenil fantasía y la desesperación de su aburrimiento había vestido con todas las galas de la belleza y el encanto, y que había resultado, en la realidad, una pobre mujer cansada, fea, malhumorada, de una chatez abrumadora, con las gruesas piernas extendidas hacia delante y los pies descalzos, girando primero en una dirección, luego en otra, con aquel pirueteo repelente. Y había luna, a todo esto, y el parque olía maravillosamente a primavera. El Palazzo Velletri...

Mientras habla, Lorenzo lo recuerda todo con una gran claridad. Lo ve todo vivo, real; huele y toca aquel retazo de pasado.

—Es extraño —le dice a Margaret—. Lo tenía todo olvidado, y, de pronto, todo vuelve a mí con una fuerza sorprendente. Hasta los abominables pies de la enfermera y la más exquisita luna que jamás...

—¡Qué contraste! —exclamó Margaret—. ¡Qué delicioso contraste! ¡La luna y los pies!

Y se echó a reír. Tenía una risa estupenda: la risa de una persona acostumbrada a reírse. Risa inconfundible, sin un fallo en el registro, sin una estridencia ni una sacudida, recorriendo toda la escala con soltura, flexible, ágil, disciplinada. Como un instrumento perfecto pulsado por un virtuoso.

—Quisiera que me hablase usted de mi sobrina Alba. ¿También la recuerda usted con tanta claridad?

—Naturalmente, ahora que pienso en ella.

—Tengo entendido que es muy desgraciada.

—¿Desgraciada? Yo tengo entendido que es muy feliz.

—No es posible que los dos poseamos una versión tan distinta del mismo hecho. Debe de haber algún error.

—En la vida de Alba hay bastantes errores, de modo que no me extrañaría que en esto también lo hubiera.

—¿Y ese matrimonio suyo con el duque de Paliano-Vasi...?

—Una idea de mi tía Giovanna. Cuando Alba salió del colegio, donde pasó dos años después de la muerte de su padre, no sabía qué hacer con ella y no quería tampoco que su madre se la llevara. ¿Por qué no casarla con una persona de toda confianza, como el duque? El duque era el amigo más íntimo de los Velletri, buena persona, influyente, millonario, de noble cuna, como se dice, y florentino. Y, después de todo, solamente le llevaba a la niña medio siglo escasito.

—Pero Alba le quería.

—Es muy posible. A esa edad se tiene del amor una idea tan elevada que a la persona que lo encarna apenas se la ve. Cyrano[56] no hubiera tenido que esconder su nariz si Roxana[57] hubiera contado dieciséis años y no hubiera oído otras palabras de amor que las suyas, dichas, por cierto, maravillosamente. Y otras gracias no tendría el señor duque, pero lo que es labia, sí. Hablaba mucho y hablaba bien. Con oportunidad, con inteligencia, con *esprit*.[58] Después de todo era natural: se trataba de un diplomático. Había sido embajador en Viena y en Madrid, no sé si cerca de Carlos Quinto o de Felipe Segundo.

—¿No exagera usted un poco en cuanto a la época?

—Pero muy poco.

—¿Y le ha conocido usted personalmente?

—No. Pero tengo amplios informes de él por mi hermana Leticia, que asistió a la boda y lo pasó muy bien, lo cual ya me dio mala espina, porque mi hermana Leticia es de esas encantadoras criaturas que, normalmente, lloran en las bodas y ríen en los funerales.

—¿Despegada de las cosas terrestres?

—Debe de ser eso. De algo está despegada, desde luego. Despegada de la razón, me parece. Bien: pues según me escribió, Leticia regresó a Madrid encantadísima, diciendo que la boda había sido un cuento de príncipes y princesas y poniendo al príncipe, alias duque de

56. *Cyrano:* se refiere a Cyrano de Bergerac, poeta francés (1619-1655), que inspiró la obra de Rostand estrenada en 1897. En dicha obra Cyrano está enamorado de su prima Roxana, pero acomplejado por el tamaño descomunal de su nariz no se atreve a confesarle su amor; mientras que ella se enamora de Christian por sus cartas sin saber que es Cyrano quien las redacta ya que su joven enamorado carece de talento literario.

57. *Roxana:* ver nota anterior.

58. *esprit:* ingenio, agudeza.

Paliano-Vasi, *vicino al sole*.[59] Entonces yo pensé: "¡Pobre Alba!"

—Y tres años después se quedaba viuda y todo el mundo pensaba: "¡Pobre Alba!"

—Yo, no, dicho sea con todo respeto. Pero comprendo que Alba se casara en cuanto lo deseó su abuela. Era lo más rápido.

—¿Rápido para qué?

—Para salir del Palazzo Velletri, ocasionalmente al menos. Ya sabe usted lo que es aquello: una cueva.

—No, no lo sé. No he estado nunca allí.

—¿Es posible? ¿Ni en Florencia?

—No. Pero tengo que ir alguna vez, por los etruscos.

—¿Qué etruscos? —Lorenzo la miró asombrado. ¿Qué tenían que ver los etruscos con el Palazzo Velletri y Florencia?

—Los etruscos de Tarquinia.[60]

—¡Ah! —comprendía ahora—. ¿Toda esa quincalla de los sepulcros y las estatuas y...?

Margaret soltó una carcajada ascendente, rápida, fresca, perfectamente afinada.

—¡Quincalla! Bueno, me asombra usted. ¡Pobres etruscos de Tarquinia! Los he oído considerar de muchas maneras; pero, realmente, de quincalla... Creo que acaba usted de proferir una escalofriante herejía...

—Piedra muerta. Me inspira horror.

---

59. *vicino al sole:* expresión que se puede traducir por nuestro "por las nubes".

60. *Los etruscos de Tarquinia:* Tarquinia era una antigua población italiana de la Italia Central o Etruria, famosa por los restos arqueológicos de la civilización etrusca que allí se encuentran, entre los que destaca una necrópolis. Los etruscos procedentes de Asia Menor se establecieron en Italia en el siglo VIII a.C y su cultura se desarrolló hasta el siglo III a.C en el que fueron absorbidos por Roma.

—Los etruscos, amigo mío, constituyen una de las cosas más vivas que contiene el mundo. Los etruscos tenían tanta vida que la han guardado intacta a través de la muerte. El Apolo de Veyes[61] es tal vez...

—Pero ¡no hablemos de los etruscos, por favor! Por muy vivos que se conserven están mucho menos vivos que la vida.

—Que a veces puede ser una cosa tan muerta.

—Sobre todo en el Palazzo Velletri. Me prometí a mí mismo no volver a él. Es una especie de tumba mal cerrada, con unos cuantos cadáveres que circulan por ella tranquilamente. Fantasmas vivos. La peor especie imaginable...

—Sólo faltaba el duque, pues.

—¡Oh, el duque sí era un vivo! Lo digo sin ironía, conste. *Estaba vivo*. Era un hombre de una vitalidad... Como el más espléndido rústico toscano..., pero con la elegancia de un duque y el charme[62] de un embajador. ¡Pobre Alba! Claro está que vio el cielo abierto; ancha, espléndidamente abierto sobre su tumba mal cerrada. Una ventana por la que echar a volar a toda prisa. Alguien ha dicho que la verdadera libertad, la libertad de la que tenemos conciencia y que da a la vida un sabor de aurora, es siempre el precio de una evasión. Ya tenemos a nuestra Alba evadida. ¿El duque? Un pretexto. ¡Dios mío, en aquella casa,

---

61. *El Apolo de Veyes:* esta estatua encontrada en Veies, ciudad de Italia en Etruria situada a unos 20 Kms de Roma, es una de las principales muestras de la escultura etrusca. Se descubrió en unas excavaciones realizadas en 1916 y actualmente se encuentra en el Museo Nacional de Antigüedades Extraurbanas y del Lacio de Roma. Es una estatua de barro cocido que formaba parte de un grupo votivo en el que se representaba la lucha de Apolo y Hércules por un ciervo en presencia de Diana. Presenta influencias jónicas y es una excelente representación de la escultura etrusca del siglo VI o V a.C. Se le atribuye a Vulca, célebre escultor de Veies.

62. *charme:* encanto.

cualquier pretexto es bueno para huir! En los días que pasé en ella, cuando murió mi tío, iba yo mismo buscando pretextos como un desesperado. El duque fue la enfermera y la Berta y la Mary Burnett de Alba, sólo que ella, la pobrecita, no vio la chatez de la primera, ni la picardía de la segunda, ni la espantosa distinción envuelta en carne rubescente y expansiva de la tercera. Mientras que yo, ya en mi adolescencia, veía más que una mosca.

—Todo lo que usted me cuenta es muy desconcertante. Pero si Alba se casó por huir del Palazzo Velletri, ¿por qué ahora que es viuda continúa viviendo en él?

—Ya le he dicho que en la vida de Alba hay muchos errores. Lo tengo comprobado: cuando una persona no hace locuras, hace tonterías.

—Lo cual quita más y deja menos.

—Evidentemente.

—Pero aún a las tonterías hay que buscarles una razón.

—¿Por qué?

—Porque es inevitable que la tengan. Si Alba se casó por huir del Palazzo Velletri y sigue, sin embargo, residiendo en él, sin necesidad de hacerlo, el hecho es, en efecto, una cosa muy tonta, pero debe de estar fundamentada en algo, debe de existir para ella algún motivo. Además, ahora, Alba está allí completamente sola.

—Sí. Mi pobre tía Giovanna murió el año pasado. Todos los De Brixias acudieron al óbito puntualmente, menos yo, que me encontraba en un sanatorio de Kenya, con una de esas voraces fiebres africanas que se lo comen a uno vivo. Y pude entonces darme cuenta de lo que significa para un De Brixia que un De Brixia se muera y no poder acudir a su lado. Es una desazón, una angustia, un malestar indecible. No lo podemos remediar: es, más que una tradición de familia, una especie de morbo que llevamos en la sangre. Creo que si no hubiera sido por la energía de mi médico indostano, hubiera ido a Florencia a pesar de todo, aun en aquel estado de chatarra humana en que me encontraba.

—¿Le cuidaba a usted un médico indostano? Yo conozco bastante bien la India, he vivido en ella en diversas ocasiones. ¿De qué raza indostánica era ese médico?

—No lo sé; si me lo dijo, ya no lo recuerdo. Pero era un gran médico y una gran persona. Fantásticamente atractivo para las mujeres, además, una de esas bellezas misteriosas que las trastornan. Tres por lo menos de las enfermas de su sanatorio estaban completamente sanas. Es decir... excepto de la cabeza. Yo no sé qué sacaban quedándose allí. Él no era tonto, se daba perfecta cuenta de que todos sus males eran fingidos y no les demostraba el menor interés profesional ni les hacía el menor caso particular. Pero ellas aguantaban, firmes. Supongo que ninguna de las tres quería abandonar el campo a las otras dos. ¿No es acaso un principio femenino no ser nunca la primera en retirarse cuando quedan otras detrás?

—No sé si es un principio. Me parece, en todo caso, un sistema recomendable. ¿Su médico era casado?

—Sí. Pero su mujer residía en Bombay. La iba a ver de tarde en tarde. Era un hombre que vivía entregado por completo a la ciencia, al bien de la Humanidad. Y era muy religioso. En mis peores momentos, tanto de salud como de estado de ánimo, se pasaba horas y horas a mi lado, hablándome de la transmigración del alma y tratando de alegrarme diciéndome que percibía en mí un espíritu bastante depurado, y que seguramente yo reencarnaría en algún ser dulce, soñador y bondadoso, probablemente en una vaca. Me describía la vaca: serena, afectuosa, con unos ojazos húmedos y brillantes como dos trozos de terciopelo dorado; con un hocico blanco, suave, semejante al plumón del cisne, y una piel sana y lustrosa... Yo le escuchaba en silencio porque estaba demasiado abatido para decir palabra; pero, para demostrarle mi escaso interés en convertirme ni siquiera en la más lustrosa de todas las vacas, comencé a mejorar con relativa rapidez y me puse bueno mucho antes de lo que nadie esperaba.

Margaret volvió a reírse.

—Pero ¿cómo podía usted ser una vaca después de haber sido un ser humano? —preguntó.

—No lo sé. Tal vez porque lo depurado de mi espíritu me permitía la esperanza de ese ascenso. O tal vez el médico me lo decía sólo para animarme... ¡Ah, por fin!

—¿Qué?

—Por fin sé qué ojos me recuerdan sus ojos. Desde que la vi me lo estoy preguntando y hasta ahora no he caído en la cuenta. Los ojos de Alba. Sí, tiene usted los ojos de Alba, en forma y color, al menos, pues la mirada es ciertamente otra.

—Si no recuerdo mal, Alba tiene una mirada muy bonita.

—No pretendo decir que la de usted no lo sea, naturalmente. Pero hay en su mirada una fuerza extraordinaria, una intensidad fría, que conturba y desconcierta, algo que...

—Me gustaría mucho más que me hablase de Alba. Apenas sé nada de ella, apenas la conozco, y... acabo de hacer testamento y de nombrarla mi heredera universal.

—¿Usted también?

—También.

—No está mal. Heredera única de los Velletry y de los Grey, de su esposo el duque y de su tía Margaret.

—Sí. La criatura parece tener sobre sí la maldición de Midas. Todo cuanto toca se le convierte en oro.

—¡Diablo! Espero que no se tropiece nunca con uno de esos hermosos camelleros de El Cairo o uno de esos escultores y *románticos* guías de las tumbas de los califas... La encontrarían extraordinariamente atractiva.

—No lo dudo. Aunque no olvide usted que tales camelleros y guías se encuentran también, bajo otro aspecto, en otros ambientes. Yo espero que Alba no se halle influida en ese sentido. Y dígame: ¿es, en general, una mujer impresionable, apasionada? Si ha heredado el temperamento de sus padres...

—Mire, yo estaba plenamente convencido de que no había heredado el temperamento de nadie, ni de los Grey ni de los De Brixias. Al volverla a ver, la última vez, me hizo el efecto de una criatura insensible. Un pequeño rostro cerrado, impávido, una boquita fría... Y unos movimientos tan mesurados y contenidos que me parecían monstruosos en criatura de tan corta edad. A veces podía repetir un movimiento con persistencia maniática, monótonamente, como hacen los idiotas.

—O las personas dominadas por una idea obsesionante.

—Sí, también. Pero a mí me crispaba los nervios. Bien es verdad que mis nervios estaban muy destemplados en aquellos días y cualquier cosa me sacaba de quicio. Recuerdo que, al día siguiente de su llegada, cuando la vi por vez primera, estuvo tamborileando con los dedos no sé durante cuánto tiempo en las cristaleras del salón de música. No parecía darse cuenta de lo que hacía, todo en ella producía una atroz sensación de vacío, de ausencia, casi de indiferencia... Pero me habló de su abuelo, quiso saber si era cierto que estaba tan grave... No me preguntó si yo creía que tío Gaetano iba a morir, pero se adivinaba la pregunta rondándole por los labios. No sé si en sus palabras, o en su silencio, había alguna emoción, pero yo no acerté a descubrirla. En todo caso era una de esas emociones maduras, una de esas penas adultas que, en los niños, pasan inadvertidas porque uno suele creer, erróneamente, que el niño tiene una naturaleza espectacular. Luego, no recuerdo ya a santo de qué, se habló del apellido De Brixia, y yo saqué la conclusión de que a Alba le daba lo mismo ser una De Brixia que ser Perico de los Palotes, cosa que, en nuestra familia, es una anomalía monstruosa, y me ratifiqué en la creencia de que la niña era completamente insensible.

—¿Y lo es?

—¿Insensible? ¡Oh Dios mío, no! ¡No! Todo lo contrario. Es..., es respetuosa. Tiene esa clase de sensibilidad, de muchos quilates, que abomina de lo teatral, que detesta hacer ruido. Pero no es inhumana, quiero decir: sobrehumana. No. Posee también sus límites, que pueden ser desbordados. Yo los he visto desbordados. Y precisamente pocos días después de haberla juzgado desprovista de sensibilidad. Fue cuando llegó la noticia de la muerte de su padre e hicieron con ella aquella atrocidad.

—¿Hicieron con ella una atrocidad? ¿Quién? ¿Qué atrocidad?

—La pobre Laura Cristina, al recibir la noticia de la muerte de su marido, perdió el juicio completamente. Durante dos días enteros estuvo en un estado de demencia absoluta, casi inconsciente, sin ver, sin oír, sin hablar. De cuando en cuando daba un alarido sobrecogedor que estremecía todo el palacio. Tuvo dos colapsos cardíacos y el pobre doctor Bargioni no se apartó un instante de su lado. Yo creo que llegó a temer que Laura Cristina se muriera. Imagínese usted, a todo esto, el estado de mi tía Giovanna, acabando de enterrar a su marido y viendo a su hija en aquel trance...

—¿Y Alba?

—¿Alba? Se intentó ocultarle lo sucedido, pero ella lo supo, no sé cómo. Ignoro cuál fue su reacción en las pri-

206

meras horas, pero cuando yo la vi lloraba quietamente y en silencio. Yo no sabía qué decirle ni cómo consolarla, y me quedé mirándola durante un rato, preguntándome si debía hablarle como a una niña o como a una persona mayor, pues había algo en ella, en su misma quietud, que me imponía. Y de pronto levantó la cabeza, que tenía caída sobre el pecho, con el cabello cubriéndole la cara, y me miró a través de sus lágrimas, mostrándome un rostro donde la expresión del sufrimiento alcanzaba toda esa enorme fuerza trágica del dolor silencioso. Pero vi aún más en aquel rostro que se alzó angustiadamente hacia mí: vi que era el rostro de la estatua.

—¿Qué estatua?

—Es verdad, usted no sabe... Hay en la terraza central del Palazzo Velletri una estatua muy bella. Pero no se le ve el rostro, lo tiene casi totalmente cubierto por el cabello que cae, en corta cascada, sobre él. Es, como le digo, una estatua bellísima y, para mí al menos, de una belleza impresionante, misteriosa. Muchas veces traté de imaginar el rostro que le correspondía y no lo conseguí nunca. Recuerdo que incluso le aplicaba mentalmente el de todas las mujeres que yo conocía, pero ninguno *encajó* jamás. Y de pronto aquella revelación: el rostro que pertenecía a la estatua era el de Alba. La impresión que recibí fue tan... Pero no quiero abrumarla con detalles. El caso es que eché a correr y salí a la terraza y estuve no sé cuánto tiempo contemplando la estatua que, al fin, tenía un rostro, unos ojos, una frente, una boca... y, sobre todo, una expresión.

—Muy extraño. Pero no me ha dicho qué atrocidad cometieron con la niña.

—¡Ah, sí! Fue que, cuando al fin Laura Cristina estuvo en condiciones de poder partir a América... Bueno, déjeme empezar de otra forma, a ver si lo pongo todo en claro. Escuche: desde el instante en que Laura Cristina recibió la noticia de la muerte de su marido, pareció que todo, su hija también, hubiera muerto para ella. Primero, durante dos días, estuvo completamente loca, y luego, cuando aquella insania transitoria fue vencida, no pensó en otra cosa que en trasladarse a América para asistir al sepelio de su marido, que había sido embalsamado. A su hija no la nombró ni una sola vez... Sí, una sola vez. Poco antes de partir, mi tía Giovanna le dijo: "¿No quieres ver a la niña?" Y ella movió la cabeza negativamente y dijo: "No podría. Se parece demasiado a..."

—En efecto. Se parece extraordinariamente a Conrad.

—Sí. Y por ese parecido fue condenada a la exclusión, al alejamiento. Pero ella no lo sabía. Ella tenía la certeza de que regresaría a América con su madre y de que podría darle el último adiós a su padre en la ceremonia fúnebre que se preparaba. Sabía también que ése era su derecho. Pero se la privó de él, se la dejó en Florencia y Laura Cristina ni siquiera se despidió de ella al marcharse. Nadie tampoco se atrevió a aconsejarle que lo hiciera. Su estado era tal que hacía temer, con razón, que al menor choque la hiciera caer nuevamente en otra crisis como la que acababa de pasar. Pero a la pequeña nadie le dio explicación alguna que la pudiera ayudar a comprender. Se la tuvo en la ignorancia de la marcha de su madre hasta el día de la partida, y ese mismo día se le notificó que ella permanecería en Florencia con su abuela. ¡Qué día aquél! Todo el contenido dolor de Alba se convirtió de pronto en un estallido de desesperación. Ella había aceptado la fatalidad de su desgracia con firmeza, había aceptado su destino, pero no aceptaba la arbitrariedad de una disposición que la privaba del último consuelo, del consuelo que no era denegado a Laura Cristina: el de decir adiós por última vez a aquel ser adorado. Y armó, en consecuencia, un alboroto espantoso, llorando y gimiendo y gritando que no quería quedarse. Ni miss Burnett, ni mi tía, ni nadie conseguían calmarla. Yo la oía desde abajo, desde el vestíbulo, por donde me paseaba nerviosísimo, deseando encontrarme a cien mil kilómetros de allí. Mis padres y mi hermana Irene se hallaban en las habitaciones de Laura Cristina, acompañándola. Se había determinado que mi padre iría con ella a América, pues teniendo en cuenta su estado de salud no era posible que hiciese sola la travesía. Cuando llegó el momento de la partida, miss Burnett, temiendo que la niña, que reclamaba sin cesar, entre grandes sollozos, la presencia de su madre, se escapase para salirle al encuentro, creyó oportuno dejarla encerrada en su habitación hasta que la marcha se hubiera efectuado. También mi tía y mi madre opinaron que esto sería lo mejor para evitar una escena final que incluso podría impedir el viaje. Naturalmente, se hizo todo con la mejor intención, pero no por eso dejó de ser una atrocidad menos abominable.

—¿Protestó Alba al verse encerrada?

—¿Que si protestó? Bueno, no sé si se puede llamar protesta a aquella conmoción, a aquel cataclismo. Volaban los objetos y los muebles contra la puerta de su cuarto, crujía ésta bajo el más estrepitoso vapuleo de patadas que jamás se ha oído, se estremecía toda la casa al estallar de unos gritos desgarrados y amenazadores, de fiera herida... ¡Que si protestó! Yo, en el vestíbulo, llegué a taparme los oídos con las manos para no oírla, y mi tía Giovanna lloraba desconsoladamente, y mi madre y mi hermana huyeron a refugiarse a sus habitaciones. ¡Qué tumulto, Dios mío! Miss Burnett consiguió hasta ponerse pálida, y la servidumbre, aquella disciplinada servidumbre del Palazo Velletri, comenzó a hacer espontáneas apariciones por todos los lugares próximos al suceso, con el rostro descompuesto por el asustado asombro de que aquel escándalo pudiera producirse en aquella casa. Y a todo esto, a pesar de que Laura Cristina había partido ya, nadie se atrevía a abrirle la puerta a la niña, ahora por miedo a su salida. Creo que en el ánimo de todos estaba el convencimiento de que, aun sin proponérselo, aun con la mejor intención del mundo, se había cometido con ella un atropello, y la violenta reacción de Alba, completamente insospechada, los llenaba de espanto.

Margaret encendió un cigarrillo y murmuró pensativamente:

—Dócil en la razón, rebelde en la injusticia... Buena sangre. Sangre americana.

—Sí —contestó Lorenzo—. Con un cincuenta por ciento exacto de pura sangre latina.

—Y por fin, ¿quién le abrió la puerta?

—Yo. Me fue imposible resistir más tiempo aquello. Era una cosa horrible, indignante, como asistir al acosamiento de un ser indefenso, pero valiente, por unos verdugos numerosos, pero cobardes —Lorenzo hizo una pausa y se echó a reír—. Pero recuerdo —continuó diciendo— que para libertar a Alba tuve que mostrarme un poco brusco con miss Burnett, que trataba de impedirme el paso hacia ella, y como se atravesaba en medio hablándome de pedagogía, de psicología y de no sé cuántas cosas más que demostraban que a la niña no había que dejarla salir hasta que hubiera recobrado el dominio de sí misma, hube de apartarla de un empujón que debió de ser bastante vigoroso, pues la lanzó a un par de metros de distancia y la hizo dar una especie de maullido penetrante. Entonces abrí la puerta.

—Y ¿qué hizo Alba?

—Había llegado al límite de sus fuerzas físicas y morales. Estaba agotada. Dio unos pasos hacia mí, tambaleándose, me tendió los brazos y se desmayó.

—¡Qué lástima! —exclamó Margaret. Hizo una pausa, apagó el cigarrillo y añadió—: Bueno, y a todo esto, ¿sabe usted qué hora es? Son cerca de las siete. ¿Puede usted resistir más tiempo encerrado en un salón de hotel? Yo, no. Si no tiene nada más que hacer, ¿quiere que salgamos a dar una vuelta primero y a tomar un aperitivo después?

—Me parece una idea admirable.

—Y aún amplío mi proposición: ¿quiere que cenemos juntos en algún lugar agradable y vayamos luego a curiosear un poco por ahí?

—Lo quiero con entusiasmo, pero tengo que hacerle una advertencia: yo no conozco esta ciudad en absoluto y no tengo la menor idea de los lugares a los que una dama puede asistir.

—No se preocupe. Yo me sé El Cairo de memoria y conozco perfectamente los sitios a que puede ir una dama y, lo que es mucho más divertido, aquellos a los que una dama no puede ir. Le llevaré a ésos, en vista de que usted no es una dama.

—Supongo que debería escandalizarme —replicó Lorenzo con gravedad.

—Bueno, ¿y no lo está usted?

Él soltó una carcajada. Aquella mujer le encantaba. Y era la primera vez que le sucedía algo divertido desde que el médico indostano le había augurado un futuro de vaca.

* * *

—¿De manera —preguntó Lorenzo— que uno puede cenar a orillas del Nilo exactamente lo mismo que a orillas del Sena o del Danubio azul.., quiero decir: con la misma atmósfera y el mismo decorado y la misma gente?

—Pues claro —contestó Margaret, mirándole por enci-

211

ma de la cartulina de la minuta que tenía en la mano—. ¿Qué temía usted: que le llevara a algún horrible lugar típico, como habría hecho nuestra querida Daphne Graham?

—No sé si lo temía o lo deseaba. Usted se olvida de que yo apenas he salido del hotel, como no sea para ir a algún "cine" a ver películas americanas. Y de pronto se me ha desarrollado el morbo del tipismo. Supongo que era de esperar. Después de todo, no se encuentra uno en El Cairo porque sí... —hizo una pausa y exclamó—: Me gustaría que Daphne no se hubiera ido de visiteo campestre y estuviera ahora aquí con nosotros.

—Bueno, pues no está. Tendrá usted que conformarse. ¿Le gusta el borgoña? Aquí tienen un borgoña maravilloso.

—¡Como *chez* Larue!

—No: mucho mejor. En todo París no lo encontraría. En cuanto a Daphne, no le importa a usted absolutamente nada, no trate de despistar. ¿Borgoña, pues?

—Encantado, si a usted le gusta.

—Sí, pero yo no vengo aquí por el borgoña. Hay algo mejor, que no le recomiendo porque no creo que le gustase. Es un vino napolitano, de cepa vesubiana, cultivada entre la misma lava. Un vino delgado, amarillo, agrio como ciertos vinos verdes del Rin, pero con una pizca de soleado sabor a marsala. Es un caldo lleno de sorpresas, de doblez, y sin cuerpo, sin sustancia, sin alma. Es exquisito y yo lo adoro.

—Usted es un monstruo.

—Lo soy. Y para comer, ¿qué pediremos? ¿Tiene usted alguna predilección?

—Lo dejo en sus manos.

—No se arrepentirá. Por otra parte, la comida es aquí excelente. ¿A usted le gusta comer bien?

—No lo he analizado nunca, pero supongo que sí.

—Yo creo que el mundo debería preocuparse más de la comida.

—Pero ¿se preocupa de alguna otra cosa?

—No me refiero a los mercados, naturalmente. Ésa es una preocupación muy peligrosa, que suele acabar en conflictos sangrientos. ¿Es usted poeta?

—¿Quién, yo? —inquirió Lorenzo alarmado. Y miró a Margaret con estupefacción, no comprendiendo el porqué de la pregunta y mucho menos a raíz del tema gastronómico que discutían. Ella, divertida por su expresión, se echó a reír.

—Es que me recuerda usted a lord Byron[63] —explicó—. Se le parece bastante.

—¿Yo?

—Sí. Con un poco menos de belleza y un poco más de mandíbula. Tiene usted la mandíbula avanzada y ancha del hombre tenaz, más tenaz que voluntarioso; es decir, que siendo indolente por naturaleza, puede, en determinados momentos, poner en juego una obstinación ciega, feroz. Esta línea rectangular de la barbilla...

—¡Basta! Parece que me está haciendo mi ficha antropológica.

—¿Lo parece? Se la estoy haciendo. Déjeme continuar...

—De ninguna manera. Además, es perfectamente inútil. Si la forma de la nariz de Cleopatra[64] pudo haber cam-

---

63. *lord Byron:* poeta romántico inglés, cuyo auténtico nombre era George Gordon, nació en Londres en 1788. Entre sus obras destacan *La peregrinación de Childe Harold*, *Don Juan* y *El corsario*. Influido por la mentalidad nacionalista romántica luchó a favor de la independencia griega en contra de los turcos y encontró la muerte en Misolonghi en 1824.

64. *Si la forma de la nariz de Cleopatra...:* está aludiendo a la frase del filósofo Pascal "Si la nariz de Cleopatra hubiese sido algunas líneas más

biado el curso de la Historia, mi anatomía facial no puede cambiar absolutamente nada. ¡Ah, aquí está, muy oportunamente, nuestra cena! Usted tiene razón: la gente debería darle más importancia a la comida...

Al llegar al restaurante habían presenciado el crepúsculo sobre el Nilo. Despaciosas,[65] opulentas, transcurrían sus aguas legendarias, sobre las que agonizaba la tarde con gran riqueza de reflejos cárdenos. Las velas latinas, sobre el campo movedizo del río, se deslizaban como grandes pétalos de nenúfares ardientes, encendidos de ocaso. Ahora, a la salida, hallaron una noche muy azul, una luna muy grande, muy clara, que transformaba el río en un caudal lechoso, de brillantes y plateadas escamas. Se detuvieron a contemplarla y su belleza les pareció tan evidente que una especie de pudor artístico les impidió disminuirla con cualquier comentario.

—¿Adónde vamos ahora? —preguntó Lorenzo.

—Vamos a la ciudad musulmana. Allí... no sé. Vagaremos un poco, si le parece. Le enseñaré algunos rincones interesantes. ¿No sufre usted un ataque de tipismo? Si quiere, le presentaré a Nitra.

—¿Quién es? ¿Alguna de esas horribles contorsionistas de la danza del vientre?

—No. Una muchacha muy tímida, que canta cancioncillas sentimentales con una voz deliciosa. Su padre era un hombre muy inteligente.

—¿En qué?

—Era un magnífico guía.

—¿Quiere usted decir... uno de esos camelleros?

---

corta, toda la faz de la tierra sin duda hubiera cambiado" (La cito a través de Josep A. Albaigés y M. Dolors Hipólito, *Gran diccionario múltiple de citas*, Barcelona, Círculo de Lectores, 1991, p. 234).

65. *Despaciosas:* ver nota 43.

—También se le hubiera podido llamar así. Y era muy bueno con los camellos, lo cual no es una originalidad desdeñable. En las últimas excavaciones de la tumba de Tutankamen... Pero ¿sabe usted quién es?

—¿Quién?

—Tutankamen.[66]

—Claro. Y Auletes,[67] el rey flautista. Aquí donde usted me ve, soy hombre de una gran cultura.

—¡Qué horror! Y yo que le había escogido a usted como compañero de diversión en la creencia de que no sabía nada de nada...

—Lo siento. Sé una o dos cosas.

—Es lástima. Pero procure olvidarlas y vamos a divertirnos.

—Óigame: creo que es usted la mujer inteligente más frívola y más superficial que he conocido jamás.

—No exagere. Sólo aspiro a serlo. Sólo una simple aficionada.

—Y ¿por qué?

—Por necesidad de equilibrio.

—Explíqueme eso.

—Más tarde. Procurémonos un coche.

El coche que hallaron los dejó, un poco más tarde, frente a la ciudad musulmana. Margaret se había empeñado en recorrer a pie algunos de sus barrios y, como conocía muy bien aquella zona, condujo a Lorenzo por los lugares más característicos, evitando las escasas avenidas

---

66. *Tutankamen:* faraón de la XVIIIª Dinastía (1354-1346 a.C?). Yerno y sucesor de Amenofis IV, restableció en su esplendor el culto a Ammon y lo trasladó nuevamente a Tebas, ya que su suegro lo había abandonado para fundar la capital en El-Amarna.

67. *Auletes:* es el sobrenombre del faraón Tolomeo XI (95-52 a.C.), que fue el padre de Cleopatra, por su afición a tocar la flauta. Dicha palabra significa en griego precisamente eso, "tañedor de flauta".

anchas que los cruzaban. Hacía una noche suave y tibia. La luna disfrazaba hábilmente sórdidos rincones y turbias callejuelas, prestándoles una apariencia sugestiva de ilustración de *Las mil y una noches*. El Cairo árabe aparecía ahora a los ojos de Lorenzo, que sólo había pasado por él distraídamente y a pleno día, con un interés nuevo, con un fuerte y misterioso relieve. Intensamente estimulada, su imaginación le hacía descubrir tras cada celosía el brillo de unos ojos asaeteadores o la palidez de una mano insinuante. Las callejas por donde pasaban ahora eran angostas, retorcidas, abrumadas por saledizos, miradores y balconcillos de característica arquitectura.

De cuando en cuando, una plazoleta de irregular trazado las cortaba o desviaba, mientras los huecos de los portalones en cuyo fondo se abrían claros y espaciosos patios les prestaban una apariencia de ensanchamiento. Numerosos puentes de piedra tendíanse sobre las calles, y bajo sus arcos transitaba indolentemente una abigarrada población compuesta de egipcios, europeos, árabes, sirios, judíos, berberiscos, negros. Gentes de todas razas, de todas clases, de toda catadura; gentes que tenían una apariencia fantástica, y no poco inquietante, a aquella hora, bajo aquella luna, en la oriental escenografía de aquel dédalo de callejas intrincadas, con perfiles de alminares, siluetas de lejanas cúpulas, aire espeso batido en los apartados jardines por palmeras y sicómoros, granadas y limoneros; con sombras de viejos muros, de silenciosas mezquitas, de oscuras residencias, y profusamente pobladas de cafés, tiendecillas y toda suerte de bazares.

Por dos veces de detuvieron Margaret y Lorenzo en un café. Eran ambos establecimientos muy distintos uno del otro. En el primero halló Lorenzo un ambiente muy semejante al de cualquier café de puerto de cualquier país europeo: en el segundo, un orientalismo un tanto convencional y brillante, con inequívocas muestras de haber sido aderezado por un espíritu no demasiado escrupuloso en materia de autenticidad. Sin embargo, era aquí, precisamente, donde abundaban más los tipos indígenas, pertenecientes, por su aspecto, a una clase pudiente y ostentosa. El local, si no elegante, pretendía ser lujoso, con broncíneas lámparas y una colección de tapices persas de deslumbrante falsía.

Al fondo del café, enmarcado por grandes cortinones de tela carmesí, levantábase un tabladillo en el que sucesivamente actuaron varias de "esas horribles contorsionistas de la danza del vientre". Sin embargo, a pesar de la evidente vulgaridad de aquellos dos establecimientos, Lorenzo comprendía por qué Margaret le había conducido a ellos y no a otros. Se reunían allí no pocos tipos extravagantes y llenos de interés, de los que Margaret parecía conocer minuciosamente la historia, que contaba a Lorenzo con todo detalle. Era una narradora espléndida, de observación aguda, de frase ajustada, con un sentido humorístico incisivo y una perfecta valoración de los elementos trágicos. Escuchándola, y con el protagonista de la historia a la vista, Lorenzo tenía la sensación de estar viviendo lo que oía. Según pasaban las horas, la compañía de Margaret se le hacía más agradable. Y se sentía unido a ella por amistosos lazos entrañables, de suerte que le parecía conocerla de antiguo y, si se detenía a pensar que hasta aquel mismo día no la había visto, el prodigio de aproximación efectuado le dejaba lleno de asombro. "Pero —se dijo una vez— Margaret debe de ser así: o se llega a ella en el acto o no se llega nunca." Y al pensar esto la miró a los ojos y, sin saber por qué, el recuerdo de Alba se fijó en su mente con tal intensidad y persistencia, que la vació de todo lo demás, incluso de la conciencia del lugar y la compañía en que se hallaba. Tenía pensado regresar a España directamente. Ahora, de pronto, decidió ir antes a Florencia y ver a Alba. La determinación era tan súbita y carente de causa, había llegado a él por tan inesperado camino, que se quedó asombrado, hundido en un súbito ensimismamiento en el que Alba flotaba lo mismo que un haz de niebla. La voz de Margaret le sacó de su abstracción.

—Está usted pensando en Alba, ¿verdad? —preguntó.

—¿Es usted bruja? —dijo.

—No. ¿Pensaba en ella de veras? Simple transmisión del pensamiento. Yo también estaba pensando en Alba.

—¿Puedo saber por qué?

—Me preguntaba de qué manera podría mandarle el escarabajo.

—¿Qué escarabajo?

—Una joya en forma de escarabajo. El cuerpo está formado por una gran esmeralda purísima, la cabeza y las patas son de oro. Es un broche de remota antigüedad, tal vez tebaico. Es muy bello, muy raro. Me lo vendió un armenio en Alejandría, pero no pude saber jamás de dónde lo había sacado. ¿Cree usted que a Alba le gustaría?

—Naturalmente. Yo se lo llevaré, si usted quiere. Pienso estar muy pronto en Florencia.

—¿Cuándo lo ha decidido?

—Ahora mismo.

—Es extraño, ¿verdad?

—Muy extraño.

—Tal vez sentía usted un oscuro deseo de Italia, un deseo que de pronto ha tomado cuerpo.

—Tal vez. Uno lleva los deseos dormidos dentro de sí, como un morbo en incubación hasta que inesperadamente entran en actividad y determinan una lucidez que los descubre.

Margaret no contestó. Durante algún tiempo su rostro

se mantuvo cerrado y pensativo. Sus dedos tamborileaban sin cesar sobre el velador, produciendo un ruidillo seco. Lorenzo se acordó de aquel mismo movimiento efectuado por Alba en las cristaleras del salón de música. Luego, recogiendo súbitamente el hilo de la conversación, Margaret dijo:

—Me alegro por mi escarabajo. Entréngueselo a Alba en cuanto la vea.

—Perfectamente. ¿Y quiere usted algo para los etruscos?

—Sí quiero —contestó ella tras una pausa—. Pero ése es un mensaje que he de llevar yo personalmente.

—Bebe usted como un diablo —comentó Lorenzo viéndola hacer seña al criado pidiendo otra bebida—. ¿Bebe para olvidar?

Ella se rió brevemente, con aquella risa flexible, ondulante.

—¿Para olvidar? —inquirió—. ¿Para olvidar qué? Casi todo lo que me ha sucedido en esta vida es delicioso, muy bueno de recordar... No. Bebo para estimular el recuerdo, aunque no lo necesito. Bebo por placer. Además, estoy despidiéndome.

—¿De qué?

—De todo esto. De no hacer nada, de vagabundear, de meterme donde no me llaman, de seguir mi capricho, de divertirme, de sentirme ligera e irresponsable. De vivir, en una palabra.

—¿Va usted a entrar en un claustro?

—No. Pero voy a trabajar.

—¿Usted? —Lorenzo se rió como si hubiera oído la cosa más graciosa y más absurda del mundo—. ¿Usted trabajar? ¿En qué?

—Pues... podríamos decir que en piedras.

—¿Orfebre o picapedrero?

—Más bien picapedrero.

—Seriamente, Margaret. No puedo imaginarla trabajando; pero, en fin, ya que usted lo dice, he de creerla. ¿A qué se dedica?

—A excavaciones y otros trabajos arqueológicos. Principalmente, a egiptología.

—¿Lo dice en serio?

—Dios mío, ¿es tan monstruoso?

—No, pero...

—Soy arqueólogo por predestinación, vocación y profesión. Es una actividad apasionante, aunque no digo que no tenga también su parte fea. Y su parte indiscreta e irreverente. Desvelar secretos, abrir sarcófagos, destapar vasijas de enterramiento y forzar tumbas, no es tal vez una cosa muy correcta...

—¿Lo ha hecho usted con frecuencia?

—Con mucha frecuencia. Me encanta. Y la sola palabra *excavación* me emociona. Egipto y Asia han sido para mí verdaderas fuentes de deleite. He trasteado entre momias y piedras con la misma fiebre de búsqueda y hallazgo con que la mayoría de las señoras trastean entre los géneros de ocasión en las ventas de fin de temporada. Y con el mismo placer, si bien no siempre con el mismo resultado. Una momia decentita presentable, científica e históricamente interesante, es objeto mucho más raro de hallar que un modelo de la temporada anterior con *todo* el aire de ser una creación recién lanzada.

Lorenzo frunció el ceño e hizo un mohín de disgusto.

—Quisiera —dijo— que hablase usted en serio.

—Entonces hablemos de algo que no lo sea. He descubierto hace tiempo que, para las cosas triviales, tengo inmensas posibilidades de gravedad.

Y se rió de Lorenzo porque su rostro denotaba un malhumorado desconcierto y porque la ironía de su mirada iba envuelta en inocente asombro. De pronto, Lorenzo exclamó:

—¡Se me ocurre una cosa horrible! ¿No formará usted parte de esa misión arqueológica que se halla en el hotel, Margaret? ¿No irá usted a Siria en impresionante cometido oficial con esos sabios caballeros un poco calvos?

—No —contestó Margaret encendiendo otro cigarrillo—. No voy con ellos. Ellos vienen conmigo —y viendo a Lorenzo mirarla atónito e interrogativamente, añadió, como excusándose—: Soy el jefe de esa expedición. El nombramiento, hecho en Londres por una delegación especial de arqueólogos anglo-americanos, es un honor que no admitía declinación posible. Además, me gusta. Siento decepcionarle así, Lorenzo.

—¡Oh, no se excuse! —replicó él con viveza—. Antes ya me confesó usted que era un monstruo. Y ¿cuándo sale su expedición?

—Mañana a primera hora.

—¡Mañana! ¿Y se pasa usted la noche así, en vela, bebiendo, fumando, vagabundeando? Estará usted extenuada.

—Nada de eso. Soy bastante refractaria a la fatiga y... no diré que tan resistente como un monolito, pero casi. Además, ya le dije que me estoy despidiendo. Durante dos años enteros estaré desconectada de todo cuanto no sea mi trabajo y mis responsabilidades: un trabajo durísimo y unas responsabilidades inmensas. Y yo no sé hacer nada a medias, de manera que hasta mi última partícula de energía será vertida en la obra que me han encomendado. ¿No le parece bien, pues, considerando las circunstancias, que esta noche me divierta? Después de todo, ni siquiera sé si regresaré de mi destino. El lugar a donde vamos no es excesivamente salubre ni abundante en él los recursos de la civilización. Puedo no volver. No se sabe nunca.

—Lo que no comprendo —contestó Lorenzo—, es el extraordinario dualismo que existe en usted y esa especie de fiebre que pone en las cosas que más ligeramente la distraen y en las que con mayor profundidad la interesan, como su trabajo. Según acabo de descubrir, su trabajo la apasiona.

—¿Dualismo? ¿Por qué no? Y más que dualismo. Después de todo, la vida es múltiple y diversa. ¿Por qué limitarla a unos cuantos pedruscos, a unos cuantos etruscos, a unas cuantas momias?

Lorenzo asintió con la cabeza, pensativamente.

—De acuerdo —dijo—. Yo ni siquiera podría limitarla a una sola mujer.

—Limitarse a una sola mujer —repuso Margaret— es un esfuerzo como otro cualquiera. Y a veces un arte. El dominio de su técnica se llama amor. Espere a estar enamorado.

Una nueva danzarina apareció en el tabladillo. Era gruesa, cetrina, robusta, con la carne repartida en masas compactas, pero separadas de los huesos, danzantes también. Tenía los ojos inmensos, anchos y bajos, de un negro muy brillante. La mandíbula espesa, la boca abultada y lacia, con las comisuras caídas, prestaban a su rostro, que era hermoso, una expresión brutal de bestia triste. Lorenzo la contempló con desagrado.

—¿Árabe, judía, egipcia? —le preguntó a Margaret.

Ella le dio una rápida mirada.

—Probablemente de Marsella —repuso—. Zona portuaria.

Al cabo de un momento se levantaron y se fueron. Salieron por otra puerta a una calle larga y estrecha, muy poblada de tiendecillas apretadas una junto a la otra, con el párpado de sus cierres caídos sobre el ojo único de una entrada mezquina. Al fondo, la calle se ensanchaba considerablemente, desaparecían tapiales y muros de jardines que se adivinaban en abundante floración a juzgar por el intenso perfume que de ellos ascendía. Ante uno de aquellos muros, alta y negra pared sobre la que se desbordaba una catarata de jazmines, Margaret se detuvo aspirando el aire con fruición.

—Fíjese —le dijo a Lorenzo—. ¿Qué nota?

—Olor a jazmines, naturalmente.

—Fíjese mejor. Respire profundamente.

Las narices de Lorenzo se dilataron lentamente, luego las aletas se fueron apretando una contra otra, hasta quedar como pegadas. Sus pulmones se llenaron de un aire blando, tibio, dulce.

—¿Qué nota? —repitió Margaret.

—Pasado el primer momento, se abre paso, a través del penetrante aroma de los jazmines, otro mucho más débil, pero más delicado, más insinuante. Un aroma que me es conocido, pero que no puedo identificar porque no se le percibe aislado, sino en composición con otros, el de los jazmines principalmente y, con toda probabilidad, el de otras muchas flores que habrá detrás del muro. Me gustaría saber qué perfume es.

—Se lo diré yo. En ese jardín existe el más maravilloso plantío de rosas de Jericó[68] que puede hallarse en El Cai-

---

68. *rosas de Jericó:* la rosa de Jericó es una planta crucífera de tallo largo delgado y muy ramoso, hojas blanquecinas, flores muy pequeñas y blancas de espigas terminales. Se cría en los desiertos de Siria, y al secarse sus hojas se contraen formando una pelota apretada que se deshace y extiende cuando se pone en agua y vuelve a secarse si se saca de ella. También recibe el nombre de "planta de la resurrección". Existe una leyenda que relaciona esta planta con las mujeres que dan a luz (agradezco esta información de la Dra. Isabel Colón Calderón), y en efecto dentro de este contexto aparece en la novela de Mercè Rodoreda *La Plaza del Diamante*: "...un domingo la madre del Quimet me enseñó una cosa muy rara, como una raíz seca toda apelotonada y me dijo que era una rosa de Jericó que tenía guar-

ro, y tal vez en todo Egipto. Lo cultivan jardineros especializados, y su dueño, un noble egipcio con inteligencia de artista, habilidad de mercader y alma de esteta, lo mima como a una sultana.

—¿Ha visto usted el plantío?

—Lo he visto muchas veces. He pasado tardes enteras junto a él, hasta salir borracha de belleza, de perfume. Es una cosa de maravilla.

—Y a ese hombre, su propietario, ¿le conoce también?

—Es muy amigo mío. Si yo no partiese mañana, se lo presentaría, para que le enseñase su palacio. Porque detrás de ese muro desconchado y ennegrecido, al fondo de un jardín delicioso, existe un palacio, un verdadero palacio. Mejor debiera decir un museo, a tal extremo todo cuanto encierra es raro y precioso.

Lorenzo hizo un gesto de prevención.

—No sé por qué —dijo— me imagino una especie de pirámide Velletri, pero con pebeteros, otomanas y taburetitos de ébano con incrustaciones de nácar y marfil. Atroz.

—Nada de eso. Es una residencia encantadora. La preside una suntuosidad orientada en el mejor gusto; pero es, a pesar de su riqueza, clara y alegre. Su dueño no toleraría otra cosa. Cuando asesinó a su mujer, siendo muy joven, casi un muchacho, demostró cumplidamente cuál era su concepto de la vida y de la estética.

---

dada desde cuando había tenido al Quimet; cuando llegase el momento, la pondría en agua y cuando la rosa de Jericó se abriese dentro del agua también me abriría yo" (*La Plaza del Diamante*, Barcelona, Edhasa, 1982, pp. 63-64).

En esta novela también está usada dentro de ese contexto, pues como se relata en la p. 227, el personaje comienza a cultivar las rosas precisamente cuando su hija nace muerta, y entonces empieza a despreciar más aún a su mujer.

—¡Ah! Pero ¿asesinó a su mujer? ¡Precioso ejemplar de esteta! ¿Y le dejan suelto, cultivando sus rosas?

—Sí, porque el asesinato no se demostró jamás, ya que fue realizado por medio del suicidio.

—¿Simuló un suicidio?

—No. *Fue* un suicidio. Con carta y todo.

—¿Entonces...?

—Es un caso algo complicado. La mujer se suicidó, pero fue por instigación del marido, obligada moralmente por él, forzada a morir por la desesperación y el sentimiento de frustración que él hacía instalar dentro de su alma.

—Un crimen, en efecto. Y ¿por qué causa la mató?

—Por fea.

—¿Por fea? El móvil, en todo caso, no deja de ser original. De lucimiento para un abogado defensor.

—Si se hubiera planteado el juicio, ningún abogado del mundo hubiera podido ganarlo. Pero no se planteó. De hecho, la mujer se suicidó, dejando incluso una declaración escrita de su puño y letra.

—Muy hábil sistema de eliminación... si se tiene la fortuna de utilizarlo con seres de una constitución psíquica completamente especial. Bueno, y si el individuo odiaba a su mujer, por fea, hasta el extremo de asesinarla, ¿por qué se casó con ella?

—No se casó él. Le casaron. Fue uno de esos matrimonios de conveniencia en los que interviene exclusivamente la voluntad de los familiares. Él era un mozalbete, tres años menos que la chica, también extremadamente joven. Y noble y riquísima, como él, y locamente enamorada del gallardo esposo. Él no la desdeñó nunca abiertamente, ni infligió a su orgullo, que era mucho, que era terrible, injurias evidentes. Pero la destrozaba en secreto. Su pasión por la belleza, por la perfección, por la exquisitez, destrozaba a la esposa, que era fea y lo sabía. No hubiera podido ignorarlo en ese palacio, donde todo comenzó a tender, desde el mismo día en que el joven matrimonio se instaló en él a la armonía, al esplendor y a la gracia. Todo, hasta la servidumbre, porque el señor, como decían maliciosamente las camaristas más bellas de la señora, elegidas para él, "no podía resistir la presencia de un rostro feo en la casa". Ciertamente que no podía. Poco a poco este convencimiento se fue clavando en la mente de la esposa, convirtiéndose en una obsesión, en una idea fija que la torturaba y de la que no se podía aliviar comunicándola a alguien en confidencia, porque le parecía que había en su mal algo vergonzoso e inconfesable que su orgullo le obligaba a mantener secreto. Y así veía transcurrir el tiempo, cada día más enamorada de su marido y cada día más triste y desesperada y, por eso mismo, cada día más fea. En los primeros años de su matrimonio, no tuvieron hijos. Y un día en que comentaron este hecho, el marido dijo: "Mucho mejor que así sea. A los niños se les debe garantizar una herencia de belleza para que parezcan niños y no unos animalitos repugnantes. Y a los nuestros, si los tuviéramos, no podríamos darles esa garantía..." Ahora bien: él era, y es, un hombre de gran belleza, con un cuerpo escultórico. No podía, pues, haberse referido a sí mismo. La esposa enrojeció hasta la raíz del cabello, miró a un lado y a otro, perdida, como si buscase por dónde huir, y luego bajó la cabeza y se quedó muy quieta. Él siguió hablando de otras cosas, con toda naturalidad. Durante la noche tuvo que hacer un gran esfuerzo para no estallar en ira contra su esposa y poder fingir que no la oía, pues la mujer se pasó la noche llorando quedamente, ahogando los sollozos entre sábanas y temblando y agitándose en convulsos espasmos, de suerte que él sólo pudo obtener un sueño intermitente, lo cual le irritó sobre manera y le hizo pasar varios días nervioso y malhumorado. Y transcurrió otro año. Al cabo de ese tiempo tuvieron una niña, nacida prematuramente y muerta. Claro está que, en esas condiciones, no podía ser una belleza; ninguna criatura en esas circunstancias lo hubiera sido. Pero la normal fealdad de aquella niña malograda acabó de desesperar a su madre, que si bien debido a las continuas alusiones que le hiciera su marido, había temido un monstruo, no había, sin embargo, cesado de esperar una beldad, y una beldad viva. El marido, por su parte, pareció aceptar la desgracia como dándola por descontado, como si no fuera posible esperar otra cosa con una mujer como la que él tenía. Dio a la criatura una mirada de horror, hizo un gesto de asco y no volvió a hablar del asunto. A partir de entonces comenzó a ocuparse del cultivo de las rosas. El jardín se llenó pronto de esos globos cárneos, lujuriantes, con tacto aterciopelado de exquisita piel femenina. Y oleadas de fragancia comenzaron a escapar sobre estos muros, venciendo incluso la pertinaz resistencia de los jazmines en flor...

—¿Y la mujer?

—Era como una sombra en el palacio, una sombra aterrorizada.

—¿Aterrorizada? ¿De qué?

—De los espejos. Su marido había insistido en colocar espejos en todas las estancias. Dondequiera que se hallase, la mujer captaba su reflejo, el reflejo de una sombra escuálida, atormentada, amarillenta, con los ojos eternamente febriles tratando de evadir su propia imagen, pero sin conseguirlo porque, aunque la horrorizaba, la cautivaba también. Yo creo que fue en un momento en que se halló así, frente a frente consigo misma, que decidió su destrucción. Su pasiva locura tuvo un súbito momento de acción activa, de energía determinante; el primero y últi-

mo momento. Tal vez se vio en uno de esos espejos ente-
rizos que abundan en el palacio, sostenidos por dos drago-
nes alados, a manera de plinto. Tal vez le pareció que
todo en torno a ella, cada mueble, cada objeto, el ambiente, la misma luz, tenía una belleza más emocionante, más
cruel que nunca. Tal vez por una ventana abierta penetró
de pronto una gran ráfaga de perfume de rosas, de las
rosas que amaba su marido porque eran bellas. Y tal vez,
ante el espejo, se hizo desesperadamente insostenible su
mirada de hambrienta, su mirada de náufraga, aquellos
ojos comidos de fiebre y del terror de sí mismos, que la
buscaban, la buscaban... Tal vez fue así o tal vez no fue
así. Pero debió de llegar el momento en que aquel lento
rodar hacia el abismo se precipitó fulminantemente, y no
parece ilógico que se debiera a una conciencia extraordinaria y penetrantemente lúcida de la belleza circundante y
de la propia fealdad. El veneno hizo el resto. Fue una
muerte rápida. Muerta, dicen que estaba menos fea.

—¿Y él, el asesino?

—Sacrificó gran parte de sus rosas para cubrir el fére-
tro.

—Pero, ¿qué dijo, qué hizo?

—No dijo nada. En cuanto a hacer, se limitó a entregar
la carta hallada junto a su mujer a las autoridades compe-
tentes. No surgieron complicaciones de ninguna clase.
Era un asunto claro.

—¡Clarísimo! —la voz de Lorenzo tuvo un breve trémulo de indignación. Luego añadió, bajando de tono—:
Vámonos de aquí Margaret, y aprisa. Cuanto estos muros
encierran me repugna..., las rosas de Jericó inclusive.

Margaret dio una última mirada al negruzco paredón, a
los jazmines desbordados por encima de su lomo. La luna
brillaba sobre las flores, temblando en cada uno de los
diminutos pétalos como una gota de agua cristalina. La

imaginó penetrando también en el palacio, a través de los ajimeces y entre los finos parteluces, avanzando con un cabrilleo reptante por sus pavimentos de mármoles pálidos, de mosaicos formados por preciosos ónices, ágatas y jades, ascendiendo sobre las antiguas tapicerías asiáticas en busca de los espejos, de los terribles espejos donde reflejarse...

—Vámonos —replicó a Lorenzo bruscamente.

* * *

El local tiene una forma semicircular y un piso sobrepuesto al que se asciende por una escalerilla de caracol. abajo, es sólo café; arriba, también espectáculo. El piso superior es una especie de anfiteatro en cuyo fondo se levanta, como en el establecimiento anterior, un tabladillo de madera. El decorado es feo y sórdido, el ambiente vulgar, con clientela heterogénea. La única particularidad del establecimiento es que sus precios son muy elevados debido a la calidad de los artistas que en él trabajan. Pero Lorenzo, por su parte, no le presta atención alguna. Sentado con Margaret ante una de las mesas del anfiteatro, sigue interesándose por la historia del cultivador de rosas.. Margaret puede proporcionarle muchos detalles de su vida después de la muerte de su mujer. Ha sido consultada por él muchas veces en la adquisición de antigüedades orientales y requerida con frecuencia para dar su opinión en obras efectuadas en el palacio. Lorenzo, oyéndola, se asombra.

—No sé cómo puede usted tratar a un individuo semejante —le dice.

Ella sonríe, mientras inclina sobre el vaso de *whisky* su cabeza pequeña, compacta. Sus delgadas sienes, muy apretadas al cráneo, brillan como un marfil tostado.

—Es un tipo curioso —dice—, y por lo demás, inofensivo. Y está sobradamente castigado.

—¿Cómo? —inquiere Lorenzo—. ¿Se ha vuelto a casar y las está pagando todas juntas? ¿Le conducen a él ahora a mirarse en los espejos, con un ojo hinchado, tal vez, y las narices tumefactas?

—Peor que eso. No se puede volver a casar. La única mujer con quien lo haría, la única mujer a quien ama, le odia a él. Pero le odia con una fuerza, con una pasión sólo comparable a la del amor que él siente por ella. Es un odio vibrante. Y sin causa, gratuito, puramente instintivo. Se vieron y, fulminantemente, él la amó y ella le odió.

—Me alegro. Debe de ser una mujer muy fina. ¿Quién es?

—Nitra.

—¿La tímida cantante, la hija del camellero inteligente?

—Sí.

—Pues resulta asombroso. ¿Y él se casaría con ella?

—¿Que si se casaría? Se lo ha pedido mil veces de rodillas, como los antiguos caballeros. Le ha ofrecido todo cuanto un hombre como él puede dar, y es mucho. Le ha ofrecido incluso la anulación de su propia personalidad, ser una sombra, un esclavo, su eco, seguirla como la seguiría un perro.

—¿Y ella?

—Le odia, simplemente. Y cada vez que le escucha o le ve, le odia un poco más.

—Me gustaría conocerla.

Margaret volvió el rostro hacia el tabladillo. Una mujer acababa de aparecer en él. Los tres músicos que componían la orquesta dieron comienzo a una música monótona, lánguida.

—Mírela —dijo Margaret, señalándole a Lorenzo la cantante.

Lorenzo la miró.

—Pero es feúcha —fue su comentario.

—¿Usted cree?

—Sí. Por tanto, no comprendo...

—Con un espíritu simple podríamos decir que forma parte del castigo: el amor del esteta exacerbado por una mujer feúcha. Sin embargo, no es así. Nitra no es feúcha. Lo que ocurre es que es más que bella. Mujeres bellas, bellísimas, las tiene su infeliz enamorado al alcance de su deseo cuando y cuantas quiera. Sólo Nitra es superior a la belleza. Sólo ella es capaz de dar la sensación de la armonía plena, de la gracia perfecta.

—Habré de fijarme más detenidamente —contestó Lorenzo con escepticismo.

—Sí, fíjese. Abra bien los ojos, abra bien el espíritu. Déjese llevar. Olvide normas, principios, preceptos, sistemas. Mire a través de la evidencia, como los verdaderos artistas. Haga como antes, junto al muro, cuando trataba de captar a través del fuerte aroma de los jazmines otra fragancia más sutil y más...

Se interrumpió de pronto, pues Nitra comenzaba a cantar y se había hecho entre el auditorio un silencio brusco, tenso y un poco jadeante, como si aquella gente asistiese a la realización de un milagro. Estaba, sin duda, habituada a la voz de Nitra y era sensible a su poder aun antes que éste hubiera llegado a la plenitud de expresión, como los sujetos sometidos con frecuencia a los experimentos de un hipnotizador son inmediatamente dóciles al magnetismo de su mirada. Al cabo de unos momentos, Lorenzo había entrado también en aquella especie de hipnosis colectiva.

El canto de Nitra le empapaba, le saturaba, penetraba en él como en un movimiento recíproco de extraña ósmosis, derramándose la voz en él y él en la voz. La sensación era maravillosa y terrible. Aunque aquella corriente vibratoria le enriquecía opulentamente, aunque se sentía invadido en la totalidad de su ser, como si la voz se abrazase a su espíritu abriéndose paso a través de todos los intersticios de sus moléculas físicas, tenía, sin embargo, la sensación de ser él quien se vertía y se extravenaba, la extenuante sensación de estarse desangrando. Le hubiera sido imposible, en aquel estado de receptividad y de entrega, analizar la calidad artística de la voz. Sólo sabía que era pequeña, intensa, con unas notas graves, inesperadas, en el fondo del registro, como un ¡ah! trágico.

Cuando Nitra terminó la canción nadie se movió, nadie aplaudió. Inmediatamente dio comienzo a otra melodía, luego a dos más, siempre en medio de aquel silencio tendido como un arco sobre la sala. Al finalizar la cuarta y última canción, se quedó muy quieta, como si también ella fuese víctima de su propio encantamiento y estuviese sujeta al mismo trance que provocaba. De pronto, estalló un aplauso general ensordecedor. En medio de los aplausos se oían gritos, resuellos, imprecaciones. Y el nombre de Nitra pronunciado como un lamento. Lorenzo sintió que la sangre, que había descendido de su rostro, dejándole lívido, afluía con violencia a él, arrebolándole y produciéndole un vivo hormigueo en las sienes. Le pareció que debían vérsele latir las venas.

—Bien, ¿qué le ha parecido? —le preguntó Margaret.

Lorenzo apuró el *whisky* que tenía en el vaso y encendió un cigarrillo.

—Me ha parecido... —no terminó la frase; no sabía qué decir. Hizo un gesto vago.

—¿La cree usted todavía feúcha?

—Es la criatura más bella que he visto jamás —respondió Lorenzo—. La belleza trasciende de ella, mana de ella. Se transparenta a través de su voz, de su piel, de sus huesos, transfigurándose en ella misma. Al principio no se percibe; luego, de pronto, se descubre como algo irradiante, esplendoroso. No he visto nunca cosa semejante. Es enloquecedor.

—Sí.

—Y ¿qué hace aquí esta mujer en esta especie de antro?

—Canta.

—Pero...

Se calló. Recordaba el rostro de Nitra, algo inasequible que había en él, un distanciamiento infranqueable. Sonrió con una sonrisa un poco triste. Aquella mujer le había comunicado su soledad perfecta, su lejanía. Y experimentó una inexplicable sensación de pérdida, y se dijo, sin saber por qué, que estaba abominablemente solo.

Margaret le puso una mano sobre el brazo, presionando un poco, y él se quedó mirando los dedos largos, cónicos, con las falanges bien marcadas y las uñas almendradas, ligeramente protuberantes, formando una curva suave. Eran bellos y resistentes, nerviosos, pálidos. Y volvió a pensar en los dedos de Alba y en cómo se tendieron trémulamente hacia sus brazos cuando se desmayó ante él.

—¿Nos vamos ya? —le preguntó Margaret—. Tiene usted aspecto de estar cansado.

—No es cansancio. Pero vámonos, de todos modos. Es una excelente idea. Conoce usted a Nitra, ¿verdad?

—¡Dios mío! Mucho.

—Y ¿podría usted presentarme a ella?

—Desde luego.

—Perfectamente. Pues voy a demostrarle que soy un hombre de voluntad, y que no tengo la mandíbula como tengo la mandíbula porque sí. No quiero conocer a Nitra.

—Esa sí es una excelente idea.

—¿Verdad? ¿Le parece un buen dato para mi ficha antropológica?

—Me parece que hubiera usted debido prescindir del último *whisky*.

—Pero, afortunadamente, no he prescindido de él. A mí nunca me ha sido posible tener voluntad y estar sereno a un mismo tiempo.

—¡Buen detalle también para la ficha!

Se rieron los dos, pagaron y se fueron. Otras personas salían también al tiempo que ellos. El local se iba vaciando, sumido en humo y en indiferencia. Después de Nitra, la exaltación y el entusiasmo quedaban con la espina dorsal rota.

Lorenzo se fijó en una extraña pareja. Ella tenía el pelo rojo, la piel de un blanco malsano, la boca ávida y laxa, los ojos amarillos, oblicuos, crueles, con la mirada chispeante y agresiva como la de una fiera. Él era alto, huesudo, estrecho de hombros, un poco encorvado. Sus manos tenían un brillo de humedad pegajosa, como si estuvieran empapadas en sudor. Su boca, apenas dibujada, rizaba la comisura derecha en un mohín sardónico, y el rostro se le crispaba de vez en vez con un tic de degenerado nervioso o de habituado a las drogas.

—¡Qué tipos más siniestros! —le murmuró Lorenzo a Margaret, indicándoselos. Pero cuando pasaron junto a Margaret, cerca de la puerta, vio que la saludaban con una ceremoniosa inclinación de cabeza. Lorenzo se quedó asombrado.

—Son griegos —le explicó Margaret—. Investigadores y helenistas. Saben más que nadie sobre la esplendente Atenas.

—Me parece que saben también algunas cosas sobre otras materias menos esplendentes —replicó Lorenzo.

—Sí. Desde luego.

—¡Qué gentes conoce usted!

—Hemos quedado en que la vida es múltiple y diversa. ¿Se fijó en los ojos de ella?

—Sí. Los he visto igual en un tigre de Bengala enloquecido.

—Proserpina vuelta de los infiernos.

—¿Vuelta? Ésta no volverá del suyo. Y compadezco a los pobres demonios.

Al salir a la calle respiraron con alivio el aire fresco. Se encontraban en una plazoleta sombría, de quebrado contorno, con viviendas míseras que se hacinaban sobre ella como una gran masa deforme. Junto al portalillo vecino al café, Lorenzo vio a un hombre de elevada estatura, vestido con elegancia refinada. Era un espléndido ejemplar humano, y su cabeza, de extraordinaria hermosura viril, poseía una noble y fría altivez. Pero sus ojos eran trágicos como los de un ser en el tormento. Trágicos y patéticos, con una mirada suplicante, un poco abyecta. Aquellos ojos se posaban ansiosamente en las personas que salían del café, como buscando a alguien entre ellas, o se fijaban con desesperación en la entrada, atisbando hacia dentro.

Era evidente que ardía en deseos de entrar y no se atrevía a hacerlo, temeroso tal vez de contravenir una prohibición determinada. El hombre parecía un perro maltratado y fiel, esperando a su amo. Sin haberle visto jamás, Lorenzo le reconoció. Volvió los ojos hacia Margaret y pudo percatarse de que ella también le había descubierto, pero que, deliberadamente, apartaba la mirada de él fingiendo no verle. Y tuvo la intuición de que Margaret hacía esto por piedad. Una sombra de compasiva tristeza había pasado por su rostro al ver a aquel hombre. Sus ojos, evadiéndole, quisieron evitarle la vergüenza de saber que ella le había visto, en aquella traza, aguardando a la entrada de un sórdido café, como un mendigo que espera una limosna a la puerta de una casa señorial.

—Múltiple y diversa —repitió Margaret en voz baja, como para sí misma.

Y aceleró el paso, alejándose rápidamente de allí con Lorenzo a su lado.

Anduvieron en silencio hasta salir de la ciudad árabe. Luego tomaron un coche para regresar al hotel. Margaret le suplicó a Lorenzo que subiera a sus habitaciones para hacerle entrega del escarabajo destinado a Alba, y él le pidió que, al mismo tiempo, si tenía una aspirina, se la diese. Le dolía la cabeza y se sentía todo él lleno de humo y de alcohol.

—Supongo —dijo— que es debido a que llevo demasiado tiempo habituado al aire libre, a las limonadas y a acostarme temprano. Es una vida terrible. Estoy echado a perder.

Entraron en el saloncito particular de Margaret, que comunicaba con su dormitorio. Le extrañó a Lorenzo el orden escrupuloso que reinaba en aquellas habitaciones. Había imaginado a Margaret en una atmósfera un poco bohemia, de desorden y confusión, con todas las cosas en el lugar más inesperado y nada en su sitio. Y era todo lo contrario. Al entrar allí se tenía la sensación de hallarse en la morada de algún maniático burócrata, con el hábito de los ficheros y las casillas. En la mesa-escritorio, gran cantidad de papeles y facturas aparecían escrupulosamente ordenados en cúmulos simétricos. Un estuche de viaje, en piel, decía: "Cartas", y una cartera grande y, a juzgar por su abultamiento, bien repleta, decía: "Documentos personales". Dos estilográficas y tres lápices aparecían alineados junto a un cuaderno de notas, en el que se destacaban, escritas con tinta y en tipos de imprenta, las iniciales M. G. Un baúl-armario, entreabierto, permitía ver su contenido. Era una biblioteca portátil, llena de libros y legajos.

Todo el equipaje de Margaret estaba ya preparado para la partida. Baúles y maletas aparecían dispuestos en línea contra una de las paredes. En el dormitorio, sobre una butaca y una silla, aparecía un traje de viaje y sus accesorios. Margaret lo tenía todo preparado, todo en orden. No tenía más que cambiarse y podía partir.

Lorenzo no se había sentado. Estaba en pie en el centro del saloncito, observando estos detalles. Margaret se acercó a él y le tendió un vaso de agua y una pequeña tableta blanca.

—Tome esto —le dijo— y vaya a acostarse. ¿Tiene sueño?

—Nada en absoluto; eso es lo peor. Y ¡cómo detesto una noche de insomnio!

—Bueno, queda muy poco de la noche, de todas maneras. Voy a darle el escarabajo.

Abrió uno de los baúles y sacó de él un paquetito envuelto en papel plateado, ceñido con una cinta roja que componía un lazo de varios cabos, en forma de estrella.

—Parece un regalo de Navidad —dijo Lorenzo. Y al ver que Margaret soltaba el lazo, exclamó—: ¡No lo desate: está tan bonito!

—No sea malévolo y burlón —replicó ella sonriendo.

Retiró el papel plateado y dejó al descubierto una breve y delicada arquilla metálica.

—Preciosa —comentó Lorenzo con un movimiento de admiración.

—Sí. Es moderna, desde luego. Se la encargué a un orfebre judío, en Londres, pero está inspirada en ciertas arquillas antiguas. Tenía que buscar algo a propósito para contener el escarabajo, un estuche digno de él, y se me ocurrió mandar hacer esto. Ha quedado bien, ¿verdad?

—Es preciosa —replicó Lorenzo.

Tomó la arquilla de manos de Margaret y la contempló. Parecía de estilo árabe o arabigopersa, y era de oro ornamentado, con tapa a dos vertientes, tiradores de esmalte y unos diminutos y primorosos relieves entre los alicatados.

—Si el estuche es una joya semejante, ¿cómo será la joya que encierra? —preguntó Lorenzo.

—Mírela.

Él abrió la tapa. La esmeralda opulenta que formaba el cuerpo del escarabajo le envió un haz de fulgores acuosos, como el brillo verde de una hoja sumergida en el fondo de un manantial clarísimo. Durante un tiempo, Lorenzo contempló el broche como si su antigüedad remota y su fastuosa belleza ejerciesen sobre él un poder de encantamiento. Al devolvérsela a Margaret, le dijo:

—Es digno de un museo.

Y ella contestó, rápida:

—Es digno de Alba Grey.

Y comenzó a envolver nuevamente la arquilla en el papel plateado, ciñéndola luego con la cinta roja, que ató, volviendo a formar el lazo estrellado. El paquetito quedó tal y como estaba antes, con su aire festivo y trivial; parecía contener un perfume o cualquier chuchería destinada, en efecto, a colgar alegremente del árbol navideño. Lorenzo pensó que era característico de Margaret dar a tan grave joya una apariencia así de frívola. Y al mismo tiempo, por la delicadeza y el despacioso esmero que le había visto poner en la confección de aquel paquetito, por su modo de mirarlo y de tocarlo, comprendió que en aquella amorosa manipulación se exteriorizaba su ternura, de naturaleza tan secreta, y tan vigilada, y que Margaret había hecho aquel paquetito como otras personas podrían abrazar o besar o escribir cartas pletóricas de cariño; comprendió que pensaba en Alba con atención y que amaba a aquella criatura de su propia sangre, su única sobrina, a la que apenas conocía y de la que tan poco se ocupaba.

—Bueno —dijo Margaret, entregándole el envoltorio—, aquí tiene usted. Déselo a Alba con mis saludos. Pero creo que, honradamente, debo advertirle a usted una cosa. Según me contó el pintoresco armenio de quien lo adquirí, ese broche es una ofrenda nupcial. El esposo lo prendía en el pecho de la esposa el día de la boda. Y tiene la siguiente leyenda: "Todo hombre que lo entregue a una mujer, prendiéndoselo él mismo en el pecho, la amará y se casará con ella".

—¿De veras? —Lorenzo se rió—. No soy supersticioso, pero toda protección de mi soltería me parece poca. Por si acaso, me guardaré bien de ser yo quien le prenda el broche a Alba... aunque no creo que tuviera yo tal ocurrencia, y menos Alba la de solicitarla. Pero estaré sobre aviso.

—Me pareció que tenía el deber de advertirle, eso es todo. Y no le retengo más. Buenas noches, buena suerte y gracias por la compañía.

—Soy yo quien las da, a toneladas. Me ha gustado conocer a una mujer como usted, Margaret.

—¿Sí? ¿Por qué?

—No sé. Es bueno. Es confortador. Irradia usted una vitalidad espléndida. Creo que... ¿Me deja decírselo?

—Dígalo.

—Creo que es usted una persona extraordinaria, porque es usted una persona de unidad completa; un ser que se sabe y se tiene, y puede, por ello, sentirse tan seguro de sí mismo como de los demás. Buenas noches. Gracias de nuevo.

—Espero que pueda usted dormir.

—Y yo que tenga usted un buen viaje y mucho éxito. El éxito sienta maravillosamente a una mujer de su tipo. No me imagino qué haría usted sin él.

—Buscarlo —replicó Margaret simplemente.

Le acompañó hasta la puerta y se separaron con un fuerte, largo apretón de manos.

Lorenzo se dirigió a su cuarto, dejó el precioso paqueti-to sobre la mesilla de noche, se puso el pijama y la bata y salió al balcón. El calmante que le diera Margaret había surtido efecto; pero si bien la cabeza no le dolía ya, la sentía vaporosa e hinchada, como un globo lleno de gas.

Permaneció algún tiempo apoyado en el balcón. El aire de la madrugada le hacía bien y la inmobilidad y el silencio iban poco a poco inclinándole al sueño. Contempló la calle (una ancha arteria a lado y lado de la cual frondosas acacias *lebek* mecían ligeramente sus anchas copas), los grandes edificios modernos que le daban la apariencia de cualquier importante ciudad europea y las lejanas siluetas de cúpulas, alminares y minaretes que entre las palmeras y los sicómoros la hacían tan distintamente exótica. Miró la ciudad, despidiéndose de ella y de toda la tierra misteriosa donde había pasado más de un año, sin apenas acordarse de Europa. Ahora Europa le tenía preso en una repentina malla de nostalgia llena de vagas ilusiones y de confusas apetencias, y era, tras el África ardiente y roja, dulcemente deseable, fría, mesurada, serena.

Volvió a entrar en la habitación y se dispuso a acostarse. Tenía la impresión de que, después de todo, podría dormir, y, como lo deseaba profundamente, esta idea le llenaba de alegría. Antes de acostarse, fue a la mesa, donde había una botella de agua mineral y se sirvió un vaso. Entonces se dio cuenta de que, sobre la bandeja, había un sobre cerrado dirigido a él. Lo abrió con extrañeza, leyendo la carta que contenía. Era una breve nota de Daphne Graham y decía así: "He vuelto. Habitación 192, en tu mismo piso. Ven a verme cuando regreses. No llames al entrar".

La leyó dos veces, atónito. Lo único que se le ocurrió pensar fue que, después de todo, no podría dormir. Y su contrariedad fue tal que durante varios minutos hubo de

Cubierta de la primera edición de *Alba Grey*, en José Janés, 1947.

Portada y primera página de *Alba Grey*, manuscritos de Elisabeth Mulder.

quedarse muy quieto, con toda la voluntad en tensión, venciéndola.

Antes de salir buscó un lugar a propósito para dejar con seguridad el paquetito de Alba. Al fin le pareció que lo más seguro sería dejarlo sencillamente debajo de la almohada, y así lo hizo.

Se anudó al cuello un amplio pañuelo de seda, cerró la puerta de su cuarto, guardándose la llave en el bolsillo de la bata, y acudió a la invitación de Daphne buscando el número 192 a lo largo de un pasillo tenuemente alumbrado. Sobre la gruesa alfombra sus zapatillas de ante se hundían silenciosamente.

Entró sin llamar, como le había sido indicado. Al abrir la puerta se encontró entre una avalancha de humo y una corriente de aire. Se detuvo un momento, con la mano apoyada en la puerta, reteniéndola.

—¡Entra y cierra en seguida! —le conminó la voz de Daphne—. ¡Si te quedas ahí vas a coger una pulmonía, bobo! —y cuando él obedeció dijo—: Está todo abierto porque de pronto me di cuenta de que me estaba ahogando en humo. He fumado encendiendo un cigarrillo en otro durante cuatro horas y media. Tengo la garganta como la chimenea de una fábrica. Estaba muy nerviosa. Temí que no quisieras venir. Es horrible sentirse humillada, es verdaderamente una cosa horrible. Yo no comprendo los crímenes pasionales, pero comprendo perfectamente que uno mate por humillación. Lo comprendo ahora.

—Bueno, ¡qué parrafada! —exclamó Lorenzo riéndose.

Daphne también se rió y le obligó a sentarse, pero ella permaneció en pie, paseando arriba y abajo ante él. Lorenzo la seguía con la mirada, admirándola. Era una mujer verdaderamente espléndida, con un cuerpo cimbreño,

241

largo, suavemente musculado, y aquella arrogante cabeza de un rubio caliente. El rostro tenía una receptividad nerviosa y sensitiva y todo en él armonizaba maravillosamente: la piel de tono ambarino rosado, los ojos castaño pálido, la nariz fina, muy ligeramente respingona, que daba a su distinción un aire travieso; los labios sinuosos, carnosos, un poco incurvados en sentido descendente, traicionando cierta tendencia melancólica, a pesar del optimismo de la boca; la voz rica, dulce, neutra; el perfil elegante, casi clásico. Y percibíase en todo aquel tenso y voluptuoso acorde femenino un dinamismo vibrante, una vitalidad desbordada, una fuerza impetuosa, alegre y sana, de animalito joven.

De pronto, Daphne se detuvo ante Lorenzo.

—Tú te preguntarás —exclamó— qué es lo que hago yo aquí y por qué he regresado inesperadamente.

—Me lo pregunto, en efecto —contestó él—. ¿Resultó aburrida la estancia en la finca?

—Sólo estuve unas horas en ella, pero me resultó aburridísima para mí.

—¿Gente desagradable?

—Gente deliciosa. Sin embargo, yo no la pude resistir. De pronto no la pude resistir. Me sentía perdida; me sentía hueca como una flauta. Yo también debía de resultar muy aburrida. Sólo tenía un pensamiento: tú. De pronto necesitaba verte. ¡Qué absurdo! ¡Qué cosa más ridícula! Pero no lo podía remediar: necesitaba verte. ¡Verte! ¿Me perdonas? Acudí a mi imaginación, dije unas cuantas mentiras, las creyeron y vine. Tú no estabas en el hotel y le di una nota a la doncella para que la dejase en tu cuarto. Bueno... Eso es todo.

—Eso es todo, pues —replicó Lorenzo. No se le ocurría qué otra cosa podía decir.

Daphne le señaló un cubo de metal sobre la mesa.

—¿Quieres champaña?

—¿Champaña... ahora?

—Ha estado ahí no sé cuánto tiempo. Horas. El hielo se ha fundido, pero supongo que la botella estará fría aún. ¿Quieres?

—No, gracias. He bebido durante toda la noche. Justamente ahora se me empieza a refrescar la cabeza.

—¡Qué lástima! Justamente ahora.

—Daphne querida: a un hombre le emborrachan más cosas que el alcohol algo trasnochado.

—¿Qué?

—Por ejemplo: tu manera de decir "¡Verte!", con la voz un poco áspera, como si te estuvieran degollando. Tu inocente procacidad al enfundarte en ese fastuoso ropón de sátrapa perverso, color de rubí, como tu boca, y un poco transparente, como tus pensamientos.

—Inocente... ¡qué gracia!

—Inocente.

—¿Es una advertencia?

—¿Por qué no?

—Inútil.

Se sirvió una copa de champaña, la probó y la dejó en el acto, haciendo una mueca de asco.

—Está casi tibio —dijo—. Parece mentira cuánto tiempo te he esperado, Lorenzo. Te he esperado un tiempo increíble —se sentó en el brazo de la butaca de él, cruzando una pierna sobre otra y balanceando el pie, calzado con una sandalia granate semejante a un coturno—. En casa de los Derrick —comenzó a explicar lentamente, arrastrando la voz, que tomó unas inflexiones lánguidas, pastosas— se hallaba también el embajador de Italia. Habló de una cierta duquesa de Paliano-Vasi, que es pariente tuya, según entendí. ¿Quién es?

—Alba Grey.

243

—¿Tiene algo que ver con Margaret Grey?

—Sí. Es su sobrina.

—¡Ah! Ya comprendo... —meditó un instante—. ¿Es por eso que habéis pasado toda la tarde abajo charlando y luego habéis salido juntos?

—¿Cómo lo sabes?

—Me he informado.

—Muy bonito.

—No; mucho, no. Pero...

—No me confieses que me persigues, querida. No podría resistirlo, a estas horas.

—Parece que te persiga, en efecto. Lo parece mucho. Te debo producir el efecto de una corista lanzada ferozmente a *conquistar*. Un efecto espantoso.

—Ninguna corista del mundo tiene tu aplomo, hija mía. Se requiere una gran dama para recibirle a uno en una corriente de aire y anunciándole con toda consideración que va a coger una pulmonía por bobo.

—No trates de hacerme reír, Lorenzo. No tengo ningún deseo de reírme. Oye... Esa duquesa de Paliano-Vasi, esa Alba Grey, ¿es realmente tan hermosa como dicen?

—¿Hermosa? Si lo es, ha cambiado. Si se ha convertido en un cisne, cuando yo la dejé era todavía el patito feo.

Con la imaginación vio a Alba; vio sus ojos, su boca, su expresión. Vio la estatua. Sintió vértigo, un mareo súbito. Y se dijo que estaba cansado, que tenía sueño, que volvía a dolerle la cabeza, que el último *whisky* no le había sentado bien. Se sirvió una copa de champaña y la apuró de una vez, con una gran sed repentina.

—Pero ¡está tibio! —protestó Daphne—. ¿Cómo lo encuentras?

—Perfectamente horrible.

—Es viuda, ¿verdad?

—¿Alba? Sí.

—Debe de ser viejísima.

—Según. ¿Qué entiendes tú por viejísima?

—Treinta años, por ejemplo.

—Entonces es sólo vieja. Tiene veintidós.

—Dos menos que yo.

—Sí. ¿Tienes un cigarrillo?

—Llevas un pañuelo precioso —contestó Daphne mientras le encendía el cigarrillo—. Me gusta tu buen gusto. Eres un hombre elegante, Lorenzo, quiero decir... por fuera también. Y ¿qué clase de temperamento tiene?

—¿Quién?

—Alba Grey. ¿Es apasionada?

—¡Señor! ¿No se podría dejar a Alba en paz? ¿Cómo puedo saber yo cómo es? Hace años que no la veo y entonces era una niña. Durante todo ese tiempo apenas me he acordado de ella, y las dos únicas personas con quienes he hablado hoy me preguntan si es apasionada. Lo ignoro, naturalmente.

—Me alegro de que lo ignores, Lorenzo.

—¿Por qué?

—No sé, pero me alegro. Y no hablemos más de ella.

—Me parece lo mejor. ¿Cuándo piensas regresar a casa de los Derrick?

—Depende de ti.

—Mañana, entonces.

—Bien. Mañana, pues. Prometido.

—Pero lo cumplirás, ¿verdad?

—Yo siempre cumplo lo que prometo. Es más cómodo.

Afectaba aquel tono cínico y cierta actitud de desafío, pero era para esconder tras ella una incertidumbre dolorosa, un resquemor de orgullo herido. En su jugueteo, en su arrogancia, en su misma audacia, se percibía una inseguridad trémula y sorprendida, experimentada por primera vez. Se inclinó sobre Lorenzo, buscando en sus ojos el verdadero ser que él era y buscando, sobre todo, lo que ella significaba para él. Y Lorenzo, al percibir su proximidad, tan inmediata que a cada palpitación del pecho de Daphne recibía una diminuta ráfaga del perfume de su piel, la atrajo hacia sí con suavidad, haciéndola perder el equilibrio, resbalar del brazo de la butaca y caer deslizada en los suyos. La retuvo contra él, ciñéndola apenas, y contempló su rostro, el agua metálica de sus pupilas, dorada como un estanque lleno de hojas otoñales, su boca.

Y cuando vio que ésta se estremecía, que sus labios palpitantes se agitaban y en ellos comenzaba a formarse la inquietante, eterna, inevitable pregunta femenina: "¿Me quieres?", para impedir que la formulase la besó largamente, ahogando la pregunta. Los brazos de Daphne se ciñeron con pasión a su cuello, y la suave resistencia de sus pestañas se aplastó contra sus pómulos. Lorenzo sintió que una agradable eternidad transcurría. La sangre galopaba en sus venas y su mente se llenaba de un confusionismo embriagante, poblándose de las imágenes más dispares, más absurdas. Veía cosas verdaderamente ridículas. Veía que Alba era su mujer y que la estaba engañando con Daphne; veía que esto estaba mal hecho y que a él no le era posible evitarlo y que le gustaba no poderlo evitar, aunque su conciencia le daba alfilerazos terribles. Veía retazos de su vida, escenas de su pasado, figuras y frases y anécdotas recientes. Veía a Daphne en el tren que los condujo a El Cairo, a Margaret bebiendo coñac, al cultivador de rosas, a la mujer de ojos de tigre. De pronto, sin poder evitarlo, se echó a reír. Sintió a Daphne quedarse rígida en sus brazos, separarse un poco, y la vio alzar la cabeza y mirarle con una dura interrogación en la mirada.

—¿De qué te ríes? —le preguntó. Su voz era opaca, lenta, peligrosamente paciente.

—De nada, querida.

—Dímelo.

—Es una estupidez, Daphne.

—Bueno. Dímelo.

—Me he acordado, de pronto, de un médico indostano, hombre de mucha ciencia, que me predijo que yo reencarnaría en una vaca.

Creyó que Daphne se reiría con él, pero no fue así. Quedó muy seria, un poco triste, y dijo tras un silencio largo:

—Es porque no me quieres. Cuando a un hombre se le ocurren cosas tontas y cómicas mientras besa a una mujer, no hay duda de que no la quiere. El verdadero amor excluye la idea del ridículo.

Él no supo qué contestar. Temía ahora a las palabras, que poseían tal capacidad de herirla, tal fuerza sobre ella porque amaba y, sin embargo, estaba lúcida y no había perdido la facultad de razonar. La ciñó más contra él, compasivamente, como si quisiera defenderla de su propia capacidad de atormentarla, y sintiéndose atormentado él mismo, con esa confusa tortura del hombre que no ama a una mujer y, sin embargo, la tiene con placer en sus brazos, y no quiere ni ofenderla mintiéndole, y no sabe qué hacer, consciente tan sólo de su propia capacidad destructiva, sin remedio ya, haga lo que haga.

Los músculos de sus brazos, de su tórax, se tensaron bruscamente, desarrollando toda la potencia de su fuerza, y se levantó de la butaca con Daphne en los brazos, apretada contra él. Y con ella así cruzó la estancia, llevando el cuerpo ambarino de la muchacha como una gran brazada de trigo perfumado.

* * *

El sol brillaba ya muy alto cuando regresó a su cuarto. Había dejado a Daphne dormida y, al marcharse, temero-

247

so de despertarla, había besado apenas la palma de su mano, abierta sobre la almohada. Un mechón de cabellos, caído sobre su frente, le llegaba hasta los ojos y pesaba sobre la espesa franja de pestañas. Con sumo cuidado lo apartó echándolo hacia atrás y alisándolo con la punta de los dedos. Fue tal vez su único gesto de ternura. Ella estaba dormida y no se enteró.

Al llegar a su cuarto corrió las cortinas sobre los cristales del balcón, por donde penetraba el sol hirientemente y se acostó. Medio dormido ya, palpó bajo la almohada el paquete conteniendo la arquilla.

Durmió ininterrumpidamente hasta el mediodía. Poco después de despertar llegó un botones trayéndole una carta. La abrió con cierta aprensión, reconociendo la letra de Daphne.

Querido Lorenzo —decía la carta—: *A mí me gusta alcanzar todo cuanto deseo y prescindir de todo cuanto me desagrada, y lo hago así con determinación y sin escrúpulo. Pero acepto gallardamente que a los demás les ocurra lo mismo. Vuelvo, pues, a casa de los Derrick, como te prometí. Estarán allí papá y mamá, mi tío, los demás invitados, el embajador de Italia, que tal vez vuelve a hablar de cierta duquesa de Paliano-Vasi, que es* cosi bella.[69] *Bien. Yo también estaré allí, entre todos, alegre, charlatana, como siempre. Nadie sospechará cuánta vida he quemado, y cuánto amor, en unas pocas horas de ausencia, y a mí misma me parecerá mentira, una mentira más de las muchas que habré de decir a mi llegada. Adiós, querido Lorenzo. Fuiste, antes, un alegre capricho; y eres, ahora, ya, una amarga nostalgia. Mala suerte. Pero si tenía que ser así, es que tenía que ser así y no hay más que hablar. Que*

69. *cosi bella:* tan bella.

seas feliz. Que te diviertas. No te pido que no me olvides porque seguramente me habrás olvidado ya. Pero, si aún no me hubieras olvidado, no te preocupes por mí. Y, como yo, no te arrepientas.

DAPHNE

Lorenzo encendió un cigarrillo y, a la llama de la misma cerilla, prendió fuego a la carta reduciéndola a cenizas, que recogió en el cenicero.

Con él en la mano salió al balcón y las sopló con fuerza, dispersándolas en el aire.

—Es una gran muchacha —murmuró.

Tomó una ducha, se vistió y bajó a almorzar. Después del almuerzo fue a hablar con el conserje para que le obtuviese un billete para Alejandría. Había cambiado de parecer. No permanecería algunos días más en El Cairo, sino partiría al día siguiente, si era posible obtener el billete. Como lo era quedó así acordado. Luego escribió una carta a los Derrick, despidiéndose de ellos, y hecho esto se fue a sentarse al *hall* y pasó allí una hora tomando café y hojeando distraídamente unos periódicos. De pronto levantó los ojos y miró en torno con extrañeza, pareciéndole que no estaba en el día presente, sino en el anterior, y que Margaret iba a aparecer de pronto sentada frente a él bebiendo coñac y diciéndole: "Entonces somos parientes; parientes de parientes, en todo caso…" Las últimas veinticuatro horas habían transcurrido para él con tal vertiginosidad que había perdido la noción del tiempo.

Una semana más tarde llegó a Florencia.

Cuando se encontraban en esta ciudad, todos los De Brixias se instalaban siempre en el Palazzo Velletri y allí se dirigió Lorenzo también ahora, siguiendo la tradicional costumbre familiar. Había anunciado su llegada por teléfono desde Génova, había hablado con Alba y ésta le había comunicado que le preparaba una sorpresa. La voz de Alba pareció a Lorenzo completamente distinta de la que recordaba y se preguntó si era el teléfono lo que la alteraba así o si realmente habría sufrido con el tiempo una transformación tan absoluta.

Al llegar al Palazzo Velletri le abrió la puerta Fabio, sonriente pero rígido, como siempre. Los ocho años transcurridos no habían afectado excesivamente su apariencia exterior, aparte de que estaba más delgado y de que su espalda se curvaba un poco.

—La señora duquesa vendrá en seguida —le dijo Fabio, y se retiró dejándole libre de instalarse a esperar donde le pareciese, como persona de la casa, autorizada a hacer en ella según su voluntad.

Lorenzo se fue derechamente al salón de música. Había advertido en el palacio considerables reformas y modificaciones, pero en el salón de música todo estaba igual. Y por el aire de "estancia vívida" que había en él, por pequeños detalles reveladores, comprendió que era un lugar favorito de Alba, en el que sin duda pasaba muchas horas. Se acercó a las cristaleras, mirando hacia la terraza, y contempló la estatua hasta que oyó que la puerta se abría. Entonces se dio vuelta y se encontró con Alba, que avanzó hacia él tendiéndole ambas manos.

—Bueno, hija mía —le dijo Lorenzo contemplándola—, eres un verdadero camaleón para mí, eternamente cambiante...

—¿Por qué? —preguntó Alba.

—Porque nunca te encuentro como te dejo. Cambias de tal manera que no se te reconoce.

—¿No me hubieras reconocido ahora, Lorenzo?

—Me habría costado trabajo, en todo caso. Cuando, ocho años atrás, te volví a ver, después de dos años de ausencia, me asombraste enormemente porque yo recordaba una niña preciosa y encontré...

—Una mujer de trapo. Me lo dijiste.

—Sí. Y ahora te has transformado nuevamente, pero a la inversa.

—¿Soy ahora una niña preciosa?

—No. Eres... Iba a decir "una mujer preciosa", pero sería una definición tonta y falsa. He visto muchas mujeres preciosas, pero no he visto ninguna como tú. Eres distinta, con una belleza distinta, con una sugestión diferente. Eres Alba Grey. Eres tú.

Ella se rió. Su risa era grave, vibrante, un poco gutural, de ricas sonoridades matizadas.

—¡Pues claro que soy yo! —exclamó—. ¿A quién, pues, creías encontrar? Pero ¿no me preguntas por mi sorpresa?

—Antes quiero darte la mía.

—¿Una sorpresa?

—Sí. Tengo un regalo para ti, un maravilloso regalo. ¿Sabes quién te lo envía?

—No tengo la menor idea.

—Me lo entregaron en El Cairo. Una mujer.

—¡Ah!, entonces podría ser... ¿Tía Margaret?

Lorenzo asintió con la cabeza y le entregó el paquetito conteniendo la arquilla. Mientras Alba la desenvolvía, extraía de ella el precioso escarabajo, lo contemplaba y hacía comentarios entusiásticos, Lorenzo la observaba. Era alta, aunque apenas más alta que cuando tenía catorce años, y poseía esa gracia especial de los seres que han crecido demasiado aprisa y en el comienzo de la adolescencia: una gracia un poco lánguida y desmadejada, perezosa, que daba a sus movimientos un ritmo largo y bruscas inmovilidades inesperadas. Y era hermosa. Tenía el rostro pequeño, de óvalo suavemente redondeado, pero sus facciones no eran aniñadas ni parecidas en nada a las de una muñeca. El arco de su boca era audaz, bien definido, carnoso en el centro y levantado ligeramente en las comisuras, con inclinación a la curva risueña; su nariz regular, firme, de trazo enérgico, tenía las aletas finas y vibrátiles, propensas a dilatarse con voluptuosidad. Los ojos eran grandes, alargados, de un verde azul muy brillante, con los párpados anchos y lisos bordeados de pestañas abundosas y negras. Eran unos ojos muy bellos, expresivos, dulces, con una mirada vaga y brumosa capaz, sin embargo, de fijarse a veces con penetrante persistencia. La frente, de expresión a un tiempo serena y arrogante, era alta, delimitada en la parte superior por una comba de amplio radio y trazo unido, que en sus extremos parecía subrayar por arriba lo delicado y sensitivo de las sienes. Una frente magnífica, de persona inteligente y equilibrada, que formaba un fascinante conjunto con los ojos soñadores y la boca optimista y voluptuosa.

Lorenzo, que jamás había mirado a Alba detallándola, lo hacía ahora con tanta sorpresa como deleite, hallando una especie de placer sensorial en el descubrimiento de su belleza hecha de cosas tan opuestas y contradictorias y formando, empero, un todo tan armónico. Su piel blanca, aterciopelada, rosada en los lugares de mayor transparencia, no correspondía a sus cabellos negros y a sus movimientos de ritmo retardado, ni siquiera a sus ojos de color impreciso, pero hacía de ella un delicioso tipo de rubia mixta.

Alba comenzó a prenderse el broche en el vestido, pero en aquel instante se oyeron pasos precipitados en la terraza, se abrió la cristalera que daba salida a ella e irrumpió en el salón de música la hermana menor de Lorenzo, Leticia.

—¡Ésta es mi sorpresa! —exclamó Alba—. Leticia está aquí desde hace una semana.

Leticia venía del parque trayendo una enorme brazada de rosas recién cortadas. Al ver a Lorenzo las arrojó a Alba para abrazar a su hermano, y Alba, con las manos ocupadas por el inmenso haz florido, dejó a medio afianzar el broche y al sentir que resbalaba de su pecho dio un breve grito. Lorenzo llegó a tiempo de tender la mano y coger el escarabajo en el aire. Maquinalmente, sin darse cuenta de lo que hacía, pues sólo pensó en ello mucho más tarde, al ver que Alba tenía las manos ocupadas en sostener las rosas que Leticia le había arrojado, él mismo le prendió el broche en el pecho.

Lorenzo encontró que la atmósfera del palacio era otra que la que él había conocido siempre: más ligera, más alegre. Sin duda se notaba la ausencia de dos seres de personalidad innegable, pero imponente una y melancólico el otro: su tío Gaetano y su tía Giovanna. Del duque de Paliano-Vasi no se notaba influencia en el palacio, y del tiempo que en él pasara, que no fue mucho, no se percibían huellas, como no lo fueran aquellas reformas y obras de restauración efectuadas con tan buen acierto artístico como prodigalidad económica. Sí se notaba, en cambio, la existencia en el palacio de una mujer joven, generosa e independiente, que se rodeaba, era lo más probable, de amistades de su misma edad y condición. Y, además, ahora estaba allí Leticia. Leticia, que era la inquietud, la curiosidad y el capricho hecho mujer, especie de elfo[70] endiablado, muy sugestivo con sus ojos verdes, su cabello rojizo, su piel lechosa y su cuerpo enjuto, lleno de ángulos y depresiones. Era una muchacha muy vibrante, de una

---

70. *elfo:* en la mitología escandinava, eran cada una de las divinidades subalternas de las cuales unas eran positivas y tenían un bello rostro, y las otras negativas eran tan negras como la noche. Estos personajes mitológicos han alcanzado gran fama gracias a las obras de Tolkien.

juventud —tenía un año menos que Alba— atolondrada, pero llena de insólitas madureces fugitivas, de conocimientos intuitivos, de presentidas experiencias. Era nerviosa en alto grado, propensa a anemias y fiebres fulminantes, a cambios de humor y depresiones de espíritu. Pero era, sin ser bella, extraordinariamente atractiva y, a pesar de ser débil y enfermiza, lograba imponerse a personas dotadas de vigor y de carácter por la sola fuerza de su originalidad, de su fragilidad —física y moral— y de su portentoso egoísmo. Tenía la fuerza de los débiles, que es una fuerza terrible y a menudo devastadora.

Alba, al parecer, se entendía muy bien con ella. Pero Alba era totalmente amable por naturaleza, cedía con facilidad en pequeñas cosas, y aun en otras de más importancia si se lo exigía un ser amado, y no podía sufrir junto a ella la presencia de una persona contrariada o entristecida sin hacer inmediatamente todo cuanto estuviera a su alcance para satisfacer su deseo o borrar su tristeza. Leticia, Lorenzo lo vio en seguida, la tiranizaba.

En los primeros días pasados con las dos en el Palazzo Velletri, pudo comprobar que Leticia era con Alba como con todos aquellos que le cedían terreno por bondad o pereza y no se defendían de ella desesperadamente: un pequeño déspota cariñoso, gracioso, que se trocaba en un gato enfurecido en cuanto no lograba lo que quería, pero hábil, sin embargo, en medir la amenaza del zarpazo de suerte que resultase estimulante sin llegar a producir ofensa, lo cual hubiera tenido un efecto contraproducente. Alba, pues, cedía siempre, sin saber que cedía o sabiéndolo, pero sin conceder importancia a los caprichos de niña mimada de Leticia. Ésta había ido a Florencia con la finalidad *oficial* de estudiar arte —en realidad, estudiaba poquísimo y se divertía desmesuradamente— y su destino había sido, en un principio, una Residencia de Estudiantes. Pero Alba, al saberlo, no quiso oír hablar de tal cosa; insistió en que Leticia pasara en el Palazzo Velletri los dos años que debía durar su estancia en Florencia, y así quedó finalmente acordado. A Lorenzo le pareció un acuerdo pésimo. Conocía a su hermana y sabía que a veces estaba poseída por un espíritu maléfico, que la llevaba a actuar cruelmente. Temía por Alba, aunque ignoraba qué era lo que temía, pues analizándolo bien, ningún daño le podía hacer Leticia, con la que, por otro lado, parecía hallarse muy contenta, feliz de contar con su compañía en aquel inmenso palacio, encantada con su efervescente alegría, con sus mismas crisis nerviosas y sus caprichos, que mantenían la casa en un alerta constante y le daban una tensión que neutralizaba sus silencios.

Lorenzo pasaba largas horas charlando con Alba. Supo, por ella misma, cosas de su vida, y aun de su alma, que hasta entonces él había ignorado. No había sido desgraciada en su matrimonio, como creían algunas personas, ni feliz tampoco, como creían otras. No había sido nada. Es lo único que podía ser no odiando ni amando a su marido, sintiendo por él una gran amistad, una gran admiración y ningún sentimiento que pudiera confundirse con el pasional. Pero se alegraba de haberse casado y le estaba agradecida. Había vivido junto a él, a la sombra de su comprensión y de su ternura, una época difícil de su vida, de enorme desconcierto, confusión y soledad. Sí; se había encontrado muy sola en los años que siguieron a la muerte de su padre y hasta su matrimonio. Su abuela Giovanna la amaba, pero su espíritu estaba lejos de su nieta, lejos de todos, en realidad, como si se encontrase ya en otro mundo. Sí; desde que el abuelo había muerto ella no estaba en este mundo; parecía que, en vida ya, se hubiera reunido con él en una existencia donde la verdad y la paz les era al fin común, donde se comprendían y se amaban, con un amor sin tormento, sin reservas, sin alternativas de odio y de deseo; con un amor que era armonioso y lúcido y completo. Y logrado esto, todo lo demás tenía muy poco interés para su abuela Giovanna. En cuanto a su madre, existía aquel muro entre ellas, aquel infranqueable muro que se había alzado entre las dos el día en que Laura Cristina abandonó el Palazzo Velletri, dejando a su hija tras de sí como quien deja un animalillo molesto, sin tener en cuenta, no ya su doloroso deseo, sino simplemente sus derechos. Claro está que Alba, ahora, comprendía…, sí, comprendía. Sin embargo, allí estaba el muro, indestructible. Madre e hija se veían regularmente dos o tres veces al año, se escribían con gran frecuencia, se admiraban mutuamente, se amaban… Sí; pero existía el muro, desde aquel día; el muro indestructible. Naturalmente, jamás habían hablado de él, pero ambas sabían que se hallaba entre las dos y que todo lo que significase contacto directo y acercamiento total, todo lo que no fuese hablarse a distancia, por encima del muro, sería en ambas una actitud convencional, teatral, una situación insincera y falsa, que a las dos les repugnaría si llegasen a ser capaces de tal ficción, que no lo eran.

Laura Cristina vivía en Nueva York con los padres de su marido, a los que amaba tiernamente y para los que era como una hija, tanto que ellos apenas notaban la ausencia de la verdadera hija, aquella Margaret un poco rara y eternamente ausente en pos de piedras y momias. En cuanto a la nieta, sí deseaban su presencia, pero consideraban natural que se estuviera educando en un colegio italiano, bajo la vigilancia de la marquesa viuda de Velletri. Cuando terminase sus estudios en el colegio, Laura Cristina la reclamaría y la traería con ellos. Laura Cristina, en efecto, intentó hacerlo así, pero su madre respondió casando a la niña con un duque muy decorativo y prestigioso, pero casi viejo. Los abuelos americanos y la madre trataron de impedir este matrimonio absurdo; pero su oposición resultó inútil, porque quien insistía en él era precisamente la misma niña, que se decía enamorada. Al final cedieron. No era muy agradable aquella tirantez familiar, a la que no estaban acostumbrados, y después de todo sus derechos sobre la niña no eran moralmente superiores a los de la marquesa viuda de Velletri, que era quien había cuidado de ella desde la muerte de su padre. Alba, pues, según su propio deseo y el de su abuela materna, se casó, y no fue ni feliz ni desgraciada, pero se halló por fin en posesión de sí misma y de su independencia, pues el duque de Paliano-Vasi la dejó desde el primer instante en libertad de dar a su vida la forma que quisiera, y en correspondencia al respeto que esperaba de ella, y que siempre tuvo, le hizo la carga de su amor lo más leve, amable e inoportuna posible.

Aunque Alba viajaba mucho y era tan fácil hallarla en una fiesta elegante de Roma como de París o Nueva York, el Palazzo Velletri constituía para ella su residencia habitual y el lugar más amado de todos. Y, a veces, temía por esta residencia, que no era propiamente de ella, sino de su madre, quien podía disponer del Palazzo Velletri como bien le pareciese. Y su madre no amaba especialmente este viejo palacio florentino de sus mayores, ni parecía que encerrase para ella recuerdos muy queridos. Para Alba, en cambio, sí. A veces, con toda el alma vuelta atrás, recorría sus estancias buscando su niñez, las silenciosas avenidas del parque, las fuentes y las estatuas, buscándose. Y salía de aquellas excursiones de afán retrospectivo con el espíritu enriquecido de sí misma, amando las cosas, que conservaban la esencia de los seres y se la devolvían al cabo de los años. Evocaciones, recuerdos, remembranza... Ráfagas de perfume, conte-

nido en las cosas. Sí: Alba amaba el viejo palacio florentino.

Muchas tardes, ausente Leticia en su Escuela de Arte o
en alguna fiesta o compromiso social, Alba y Lorenzo paseaban por el parque, charlando, o se sentaban a tomar té
junto a algún núcleo de cipreses ensortijados de rosales.
Tenían muchas cosas en común, gustos e ideas, una manera especial de valorar a la gente, de amarla y de igno-
rarla. Eran ambos capaces de altas tensiones del espíritu
y de los sentidos, y también de grandes indiferencias,
de escepticismos absolutos. Estaban despiertos, alerta,
oteando la vida, esperando algo *que valiera la pena,* pero
no pensaban en ello demasiado, ni con excesiva fuerza, ni
tampoco pensaban en ellos mismos de forma que su *ego*
pudiera convertirse en una tiranía.

Se dejaban vivir, llevar, entregándose con una indolen-
cia un poco fría y un poco soñadora al ritmo de la vida.
Alba tenía, en efecto —Lorenzo no tardó en descubrirlo—, un temperamento apasionado. Él también. Pero
eran dos temperamentos distintos. Había en Alba una capacidad de volcarse en las cosas con una fiebre y una integridad peligrosas. Su apasionamiento tenía cierta avidez
de sediento, en la que se traslucía la gran soledad de su
infancia y de su juventud. Lorenzo iba más despacio, dejándose captar con un abandono renuente. Luego, él era
un hombre, había vivido no poco para sus veintiocho años
escasos; sentía que su vida dependía de él, y le gustaba la
carga de su destino sobre sus hombros. Era fuerte, fuerte
en todos conceptos, y sanamente egoísta, bien centrado
en sí mismo. No era hombre que sufriera de confusionis-
mos, y menos aún de espejismos; sabía exactamente lo
que era real y lo que no lo era, y sabía lo que quería y lo
que no quería. No ignoraba, pues, que hasta entonces no
había amado a ninguna mujer, aunque había estado ena-

morado muchas veces, y que ahora amaba a Alba. Y que éste sería un amor aislado en su vida, solitario, sin posible continuidad futura en otro ser. Feliz o desafortunado, aceptado o no, este amor suyo era de una categoría afincada en la predestinación, en lo misterioso, en lo maravilloso, y jamás, jamás, volvería a producirse. Esto lo sabía. Sabiéndolo, miraba a Alba con una especie de asombro reverente, porque había en ella aquella fuerza, aquel poder capaz de encender en su oscilante corazón de hombre un amor así de recluido y así de impar. La miraba, la escuchaba, y creía ver en ella una sacerdotisa alimentando con rituales gestos una llama sagrada, atenta, empero, no a la llama, sino al ritual, ignorante de la trascendencia de su cometido, entregada a su misión, pero inconsciente de ella. Y porque contemplarla así era para su espíritu deleite y disciplina tan apasionante, no se atrevía a interrumpirla para mostrarle la llama que flameaba en él y que ella había encendido y alimentaba con sólo existir, con sólo ser. Y, amándola, la buscaba no sólo en su presencia, sino también en su pasado, evocando por ella a todos aquellos seres que él había conocido a su lado.

—¿Qué ha sido de miss Burnett? —le preguntó en cierta ocasión.

—Se casó con monsieur Paul, el que fue nuestro cocinero —respondió Alba.

—¿Sabes de ellos alguna vez?

—Sí. Viven en París, donde tienen un restaurante muy bien concurrido. Tienen también dos niños. Son muy felices. Él escribe, además, en revistas literarias unos versos que la crítica encuentra muy recomendables. Cuando yo estoy en París, almuerzo siempre una vez por semana en Le Rossignol. Y mi antigua institutriz me viene a saludar, un poco emocionada, y monsieur Paul me enseña sus últimos versos y me confecciona los platos favoritos de mi niñez.

—¿Y Berta, aquella doncellita?

—La despidió Assunta, al fin.

—¿Sí? ¿Por qué?

—Uno de los chóferes, creo...

—¡Ah! Comprendido. Era muy bonita. La recuerdo bien.

—No me extraña.

—¿No te extraña?

—Claro que no. Supongo que debes tener buena memoria para recordar caras bonitas. Y también supongo que debes tener mucho éxito con las mujeres.

—¡Qué más quisiera yo! Nada de eso.

Alba no insistió, y cambiaron de conversación.

El doctor Bargioni acudía con frecuencia al Palazzo Velletri para visitar a Alba, que le amaba con ternura y decía de él que era su mejor amigo. Assunta no le seguía ya, recelosa, con una mirada de sospecha en los ojos súbitamente endurecidos por su presencia; pero le mostraba un gran desprecio; y el médico, cuando se encontraba con ella, no podía ocultar un desasosiego y una turbación incomprensibles. Un día, en el parque, mientras merendaban bajo una alegre sombrilla de jardín, Lorenzo comenzó a hablar del doctor Bargioni y de la especie de angustia o de vergüenza, o de lo que fuese, que se retrataba en su rostro cada vez que se hallaba frente a Assunta.

—De vergüenza —murmuró Alba, inclinándose sobre su vaso de naranjada y dando una larga chupada a la paja. Tardó en levantar la cabeza, como si ella también experimentase una súbita vergüenza.

—¿Qué es? —inquirió Lorenzo—. ¿Sabes tú algo?

Ella le miró.

—Sí sé —dijo—. Es por mi madre. Parece ser que Michelotto estuvo enamorado de mi madre... cuando ella tenía trece años.

Lorenzo se echó a reír. Fue a decir algo, entre risas, pero Alba le detuvo con un gesto.

—No te rías —dijo—. Ha sido una tragedia para el pobre Michelotto. Nadie lo ha sabido, excepto Assunta. Y no puedes figurarte cómo lo ha interpretado...

—Me lo figuro perfectamente. Ahora lo comprendo todo, como dicen en los dramones. Comprendo por qué le ha seguido con los ojos, como un perro de guardia a un desconocido sospechoso, durante toda su niñez, y por qué le desprecia ahora, pasado el peligro. Ha temido siempre que el nefasto amor que despertó la madre lo despertase también la hija.

—¡Pobre Michelotto!

—Y ¿cómo has conocido tú esa historia?

—Por él mismo. Es un hombre muy desgraciado, Lorenzo, y muy solo, a pesar de su mujer, que es una pobre mujer, y de sus dos hijos, que son unos buenos hijos. La soledad no depende de estar o no acompañado, ni siquiera de estar bien acompañado. ¿No has notado tú esto?

—Tú lo has notado por toda la familia, querida —respondió Lorenzo evasivamente—. Y ¿por qué te ha contado el miserable Bargioni su negra anécdota?

—Ha sido una necesidad de confesión.

—¡Ah, ya! El criminal espoleado, no por el remordimiento de su conciencia, sino por el secreto del crimen. Necesidad de abrir una ventana y que el aire purifique la atmósfera y oree las miasmas. ¿O solamente exhibicionismo moral?

—¡Lorenzo!

—Perdona. Pero los seres confidenciales me repugnan. ¿A ti, no? Suelen tener una desnudez muy fea. Cada vez que una persona se lanza a contarnos algo... confidencialmente, haría bien en taparse un poco. Después de todo, lo único que hace perdonable al cuerpo humano sus deformidades y miserias, es que la inteligencia humana le impone la conveniencia de cubrirse. Y también de enderezarse, aunque sea artificialmente; de mejorar su línea disimulando sus quiebras, ¿comprendes? Todo cuerpo humano tolera perfectamente tirantes correctores y fajas ortopédicas, si tiene necesidad de usarlas. Y si la tiene..., pues, pues la tiene, y nada más. Muy digno de respeto. Pero cuando el deforme se siente confidencial y empieza a lanzarle a uno fajas y tirantes a la cabeza y a mostrar sus taras, se convierte en un indecente molesto. Es como esos operados sugestionados por su operación, la cual relatan incansablemente y sin hacer gracia de un solo detalle, con todas sus peripecias, minuciosamente, extasiadamente, sin darse cuenta de que la han repetido hasta la saciedad, de que ya no le importa ni interesa a nadie si le cosieron por aquí, le sajaron por allá, le trataron de este modo o del otro... De que, en el fondo, toda la historia de la operación es un poco aburrida, un poco de mal gusto, un poco sucia y considerablemente impúdica. La gente debería aprender a callarse, a estarse quieta, a no dejar huella. Pero es inútil: todo el mundo habla y habla... y gesticula hasta hacer del mundo una caja de resonancias verbales y una jaula de micos expansivos. Y lo peor es que todo ese verbo y toda esa mímica no quieren decir nada. Pero nada absolutamente. Oye: te ruego que no creas que estoy cantando las alabanzas de la hipocresía, pero...

—No sé lo que estás cantando, Lorenzo —le interrumpió Alba con impaciencia. Sus ojos suaves centellearon fugazmente, su frente fue cruzada por una estrecha sombra vertical, que Lorenzo observó con atención, pensando que, años más tarde, esa afilada sombra sería una arruga expresiva—. No sé lo que estás cantando, pero lo estás cantando contra el pobre Michelotto.

—¡Explicarte que estaba enamorado de tu madre cuando ésta tenía trece años! Pero es una cosa feísima. Es la historia de la operación con los resultados de la anestesia.

—¡Oh! Está bien. No voy a decirte nada. No comprendes.

—Pero estoy deseando comprender, te lo aseguro. No me importa comprender, por una vez, aunque lo que comprenda sea ligeramente nauseabundo. Las cosas nauseabundas, por una sola vez, también tienen su atractivo. Y, después de todo, yo no le he oído contar nunca esa hermosa intervención quirúrgica del pícaro Bargioni. Cuéntamela, anda, tal como a ti te la contaron. No me hagas gracia de nada, ni siquiera de algún bonito lavado de estómago, si lo hubiera.

Alba se puso bruscamente en pie y se marchó. Lorenzo la llamó dos veces; luego, viendo que no le hacía caso, la siguió. La cogió por un brazo, deteniéndola, y se miraron.

—No seas tonta, Alba. ¿Por qué enfadarte? Todas mis excusas para tu ope..., para tu amigo Michelotto. Ya sé que es un buen hombre. Ya sé que es desgraciado. No me extraña que lo sea: es una especie de artista, de bohemio, en un medio burgués, frío, positivista y limitado por realidades de concreción inconmovible. Él, en cambio, es un trepador de nubes, por las que anda con más frecuencia de la que le conviene, soñando desesperadamente, haciéndose ilusiones disparatadas, edificando, cuando encuentra el fundamento de una nube especialmente rosada y espumosa, grandes castillos de fantasía. ¿Ves cómo le conozco un poco al menos? Ahora puedes contarme lo de tu madre. Fue un castillo de ilusión más, querida, en la más frágil de todas las nubes.

—Dices eso —replicó Alba, con una voz pequeña, turbada—. Pero sé perfectamente lo que estás pensando. Piensas que Michelotto es un monstruo.

—Nunca he encontrado un monstruo en toda mi vida,

ni creo que lo encuentre. Los modernos cazadores de monstruos, que creo son los psicólogos y los psicoanalistas, han acabado con la especie. Ya no hay monstruos, Alba, para todo aquel que haya vivido un poco. Vivir es comprender.

—¿Comprender qué?

Lorenzo le pasó el brazo por el suyo, la acercó un poco a él, y comenzaron a andar por una de las avenidas, a la sombra de viejos árboles reverdecidos de primavera.

—¿Comprender qué? No lo sé. Comprender algo. La vida, supongo. He oído hablar mucho de comprender la vida.

—Sí. Es fácil, ¿verdad?, comprender la vida. Es muy fácil...

—Bueno, hay quien lo ha logrado, en todo caso. Y cuéntame lo del amor de Bargioni. Me interesa mucho.

—No sé si te burlas o no te burlas.

—No me burlo. ¿Cómo se enteró Assunta?

—No lo sé. Michelotto cree que se dio cuenta antes que él mismo. Ya sabes cómo es Assunta con todos nosotros y de qué manera fanática vela por el prestigio de la familia.

—Ya lo creo que lo sé. Los De Brixias son su propiedad particular, una propiedad que ella vigila ferozmente. ¡Qué cancerbero, Señor! Cuando yo era niño, y aun después, temía más un reproche de sus ojos que una filípica paterna.

—Bueno, pues, no sé cómo, descubrió que mi madre ejercía sobre Michelotto una especie de fascinación apasionada; observó que la seguía con los ojos, que, al hablarle, su voz cambiaba de tono, que una vez, en el vestíbulo, al encontrarse inesperadamente con mi madre, que venía de paseo con su institutriz más pronto que de costumbre, se puso pálido y la saludó cortado y balbuciente, como si la sorpresa hubiera sido tan fuerte que le hubiera trastornado un poco. Y sin duda entonces comenzó a sospechar de él y a desconfiar. Pero él, Michelotto, no se había dado cuenta aún de nada, ni del carácter de la emoción que mi madre despertaba en él ni de que esta emoción había sido ya descubierta por Assunta. Pero más tarde sí se dio cuenta de ambas cosas. Mi madre se convirtió para él en una idea fija, que le atormentaba por ella misma y por el horror que su propia pasión despertaba en él. Pero no la podía vencer. Por más que luchaba, no podía. Y llegó a temer que un día mi propia madre descubriese...

—¿Llegó a descubrirlo alguna vez?

—No, nunca. No sabe nada. Sin embargo... —se detuvo, vaciló, y luego, como si impusiese a sí misma el esfuerzo de continuar, siguió diciendo, con rapidez, en una voz igual—: Un día, estando mi madre convaleciente de una congestión pulmonar, Michelotto perdió la cabeza. Mi madre se levantaba ya y hacía vida casi normal, pero se retiraba a su habitación a la caída de la tarde y poco después se acostaba. El doctor Bargioni, que la había asistido durante toda la enfermedad, se despedía aquel día. Se despidió, en efecto, y se marchó. Iba a su casa a pie, y dijo que saldría por la verja del parque, aunque tuviera que dar un gran rodeo, pues deseaba andar. Mi abuelo salió con él a la terraza y le dio cariñosamente la mano y las gracias por haber cuidado tan bien a su hija. Él bajó la cabeza, turbado. Siempre que oía el nombre de mi madre se turbaba. Descendió la escalinata de la terraza y se fue por la avenida central del parque hasta la verja. Pero no llamó al portero para que le abriese, sino que se apoyó contra los barrotes de hierro, cogido a ellos con ambas manos, y se quedó así mucho tiempo, como un preso que sueña con la libertad. Pero como en la casa habían tocado el timbre de la portería, anunciando que alguien iba a salir, el portero había abierto ya el portalón de hierro, y era una cosa extraña ver a un hombre cogido a la verja, con aquella expresión de pensar en la fuga, estando al lado mismo de una salida franca. Al fin el portero se le acercó y le preguntó respetuosamente si no era él quien iba a salir. Entonces, Michelotto, oyendo sus propias palabras como si no fueran suyas, sino de una persona extraña, de un desconocido que hablaba desde dentro de él, contestó que sí, pero que había olvidado algo muy importante y que regresaba a la casa. No sabía, añadió, cuánto tardaría en salir, de forma que tal vez sería conveniente volver a cerrar la verja. Y desanduvo el camino, y lo mismo que un ladrón, procurando no ser visto, entró en la casa y subió al piso superior. ¿Recuerdas, Lorenzo, esos enormes jarrones chinos que hay en el vestíbulo de arriba, frente a la habitación de mi madre? Pues detrás de uno de esos jarrones se escondió Michelotto y estuvo así algún tiempo, porque oía voces en la habitación a la que se dirigía. Después vio salir a mi abuela, y más tarde a la institutriz. Ambas descendieron la escalera, y oyó, con el corazón latiéndole desesperadamente, cómo sus pasos se alejaban, peldaño a peldaño. Entonces entró en el cuarto de mi madre, sigilosamente. Mi madre estaba acostada, leyendo, muy empinada sobre una montaña de almohadas. La luz del crepúsculo entraba por las ventanas abiertas, llenándolo todo de un polvillo dorado. Era verano. Un perfume a magnolias calientes subía del parque, un perfume enloquecedor. El cielo conservaba, a través del ocaso, un azul unido, duro, brillante. A aquella hora las golondrinas volaban muy bajas. Pasaban incansablemente ante las ventanas, rasgando el aire con su vuelo fulminante. Mi madre dejó el libro y se puso a contemplarlas, sonriendo para sí misma, como hacen los niños un poco débiles cuando empiezan a divertirse de nuevo. Sus manos se movían sobre el embozo, increíblemente pálidas y delicadas. Manos pequeñas, manos de niña. Un rayo de sol, casi imperceptible ya... No...

Lorenzo cerró la mano sobre su brazo.

—Continúa, querida.

—Casi imperceptible, le partía la frente..., dice Miche-lotto que como un hachazo.

—¡Qué horror! ¡Qué imagen!

—Y aunque él no le veía los ojos, los imaginaba empa-pados de sol, como lo hubieran estado de sangre si aquel hachazo... Comenzó a andar, despacito, avanzando hacia ella. Avanzando hacia ella. Dice Michelotto que en la misma forma en que hubiera podido avanzar hacia la muerte, de una manera voluntaria, pero de una manera irremediable, final. Dice que temblaba de pies a cabeza. Llegó hasta mi madre, que sólo entonces, al tenerle al lado, se dio cuenta de su presencia y se sobresaltó por lo inesperado de su aparición. Pero en seguida se recuperó, se echó a reír y le preguntó a qué se debía su regreso. Él no contestó. Se acercó más y le tomó una mano y se la besó. Mi madre volvió a reírse, creyendo que se trataba de una broma, de un juego de Michelotto para divertirla. Pero él no se reía. Temblaba sin cesar y tenía los ojos llenos de lágrimas. Dice que sufría como si se hallase en el infierno. Dice que todo su cuerpo estaba empapado en el sudor de la agonía. Y de pronto sintió que algo se quebra-ba en su cerebro, que se rompía, que hacía ¡crac! como cuando uno aplasta una nuez con una piedra. Y sintió que algo, también, una fibra, un resorte, algo estallaba en su corazón. Se quedó sin aire, se sintió muerto. Y cuando volvió a respirar, aquella locura que había hecho presa en él, aquella pasión de los últimos tiempos, había desapare-cido, y soltó la mano de mi madre como si le abrasase y retrocedió, horrorizado, mientras mi madre, inocente-mente, se reía. Pero cuando Michelotto alcanzaba ya la puerta y creía poder huir, la puerta se abrió de repente y él se encontró ante Assunta, que se le quedó mirando, mirando, mirando... Y él estaba allí, sin saber qué hacer ni qué decir, descompuesto, aterrado, como un ladrón sorprendido que no sabe por dónde escapar. Desde entonces, Assunta ha sido su conciencia. Le persigue, le acosa. No le deja olvidar. Representa para él la imagen de la condenación. Y no es que jamás haya temido que Assunta hablase, no, no es eso. Bien sabe que Assunta se dejaría matar antes que mezclar nuestro nombre en un escándalo; pero ha sido angustioso para él sentirse vigilado por ella de aquel modo insultante durante años, primero con mi madre, luego conmigo. Y ahora ya no le vigila, naturalmente; pero le desprecia y le odia y le cree un ser dañino. Y esto hace sufrir al pobre Michelotto, que es un infeliz y el ser más noble y leal de la tierra, como tú sabes bien, Lorenzo, y sabemos todos nosotros...

—Sí, Alba. Tú ¿qué piensas hacer?

—¿Acerca de Michelotto?

—¡No, por Dios! No me acordaba ya de él. Estaba pensando en ti. ¿Qué piensas hacer?

—Pero hacer... ¿Cómo? ¿Qué?

—Quiero decir... tu vida, tu... Eso, tu vida. ¿Qué piensas hacer con tu vida?

—¿Qué puedo hacer con ella? Vivirla, me parece. No se me ocurre nada más. ¿Sabes tú algo mejor?

Él negó con la cabeza. "Soy un imbécil —pensó—. Un perfecto imbécil. No sé cómo abordarla ni cómo hablarle de ella... y de mí. Tengo miedo, claro. Miedo de romper esto que existe entre ella y yo: esta capacidad de entendernos, de estimarnos; este goce de estar juntos y de charlar, este gusto por las mismas cosas, este jugueteo, esta ansiedad, este placer sin nombre. Tengo miedo de destruir esto, que es precioso, ¡y tan frágil! Si el amor lo destruyese, yo no me lo perdonaría jamás, porque sería, también, destruirla a ella, que es tan fácil de herir, tan receptiva, tan sensibilizada por sus grandes soledades de alma. Ahora está en paz y es feliz. Me da miedo desviarla. Es una responsabilidad terrible. Pero soy un imbécil."

—¿Qué piensas? —le preguntó Alba.

—Que soy un imbécil.

—¿Sí? Tú sabrás por qué.

—Lo sé.

Alba se echó a reír. Su risa se contagió a Lorenzo, que se rió también. El lazo que los unía, el de su juventud, el de su inclinación a tenderse mutuamente los brazos, se estrechó un poco más. Sintieron la realidad de hallarse uno junto al otro como una fuerza más, como un bien más de que el Destino les había hecho don. Y Lorenzo sintió su corazón henchirse de optimismo, de fe en sí y en el futuro, y se dijo que podía esperar un poco más a Alba en silencio y sin peligro, y que no importaba, después de todo, que él fuera un imbécil y no supiera cómo hablarle de ellos dos. Algún día, muy pronto, lo sabría. Había de saberlo antes que regresase a España. ¿Y si regresase con Alba?

* * *

Le hizo llamar a la biblioteca, acudió él en el acto y la encontró agitadísima.

—¿Ocurre algo, Alba?

—Lorenzo, ocurre una cosa maravillosa: he cumplido mi palabra.

—¿Qué palabra?

—La que di a mi abuelo. He encontrado a los descendientes de su hermana Claudia. Años y años buscándolos, él primero, yo después. Y al fin han aparecido. Me voy a Nápoles, Lorenzo. ¿Vienes conmigo?

—¿Yo? Mira, déjame pensar. Cuéntamelo todo. Y no estés tan nerviosa. Me pasa con tus nervios como con tu risa: se me pegan. Toma un cigarrillo. Siéntate. Y ¿por qué a Nápoles?

—Porque están allí. No hace mucho tiempo, sin embargo; no llega a tres años. Antes estaban en Buenos Aires. Y antes en Venezuela. Y antes en una islita de las Antillas. No es raro que haya sido tan difícil dar con ellos. Es una gente muy inquieta. Años y años buscándolos. Si mi abuelo viviera, ¡qué día tan alegre!

—Sí. Y si tu abuela viviera, ¡qué día tan terrible!

—¿Por qué? Tal vez hubiera ya olvidado…

—¿Quién? ¿Mi tía Giovanna? Nunca.

—Bueno. Pero ninguno de los dos vive y yo tengo que hacer todo, como le prometí al abuelo. No he olvidado sus palabras: "Niña, yo creo en ti…".

—Y ¿qué clase de gente es? ¿Cómo son?

—¿Cómo, qué clase de gente? Como nosotros: De Brixia.

—Sí; eso además. Pero ¿cómo *son*? ¿Qué sabes de ellos?

—¡Ah! Nada. O muy poco. Y sólo sé de uno, el que me ha escrito. Su carta acompaña a la del agente de mi abuelo, que me notifica haberle localizado y puesto al corriente de que hace años su familia le busca, que esa familia está ahora representada exclusivamente por mí y que debe, por tanto, venir a verme a Florencia.

—Y ¿qué te escribe él? Por cierto, ¿cómo se llama?

—Gian-Carlo.

—¿Gian-Carlo qué más? Bueno, no importa. ¿Qué te escribe?

—Que él no tiene nada que decirme a mí, y que si yo tengo algo que decirle a él, que vaya a Nápoles a decírselo.

—Exquisitos modales. La islita de las Antillas debió de ser una especie de Versalles tropical. Y ¿qué has contestado a esa impertinencia?

—No he contestado nada. Pienso ir.

—¿Cuándo?

—Mañana.

—Entonces, voy a dar orden de que preparen mi equipaje. Ese abate dieciochesco[71] es capaz de ser un antropófago. No te devorará si yo puedo evitarlo, querida. ¿Qué más sabes de él?

—Nada. No dice una palabra de su madre, Rosina, la hija de mi tía-abuela Claudia.

—Bueno, ya lo sabremos todo pronto.

En aquel momento Leticia entró en la biblioteca, y se dirigió a Alba. Tenía un aire contrariado. Fruncía el ceño con expresión de terquedad.

—Alba, dame tu escarabajo —dijo.

—¿Mi escarabajo? ¿Para qué, Leticia?

---

71. *abate dieciochesco:* es difícil precisar el sentido exacto de esta referencia, al menos el por qué emplea los dos vocablos juntos. Probablemente alude a Rousseau (1712-1778), filósofo cuyas teorías influyeron en la Revolución francesa y marcaron el tránsito de la Ilustración dieciochesca a la sensibilidad prerromántica. Me refiero a sus teorías acerca de la relación ídilica del hombre y la naturaleza que se concretan en el mito del "buen salvaje", es decir del hombre bueno por naturaleza y en contacto con la naturaleza, libre, al margen de cualquier organización social, teoría que parece retomar otro mito, el de la "edad de oro" o el del paraíso perdido. Tales ideas se expresan en sus libros *La nueva Heloísa* y *El Emilio o el tratado de la educación.* Creo que el calificarlo de "abate" pudiera venir del hecho de que Rousseau que era protestante abjuró de dicha religión y se convirtió al catolicismo tras pasar una temporada en el convento del Espíritu Santo de Turín. Pero esto no pasa de ser una hipótesis. Desde luego al personaje de Gian Carlo le va muy bien esta comparación, pues es en buena parte un "buen salvaje", que se ha criado en un paisaje paradisíaco, las Antillas, "esa especie de Versalles Tropical", como comenta aquí irónicamente Lorenzo.

271

—Voy a una fiesta esta noche; necesito llevar una joya extraña, algo que llame la atención. Bianca Giordano podrá ser más bonita que yo, o por lo menos parecérselo así a Ernesto; pero yo atraeré la atención como ninguna, yo llevaré mi escarabajo...

—Pero, Leticia, se trata de *mi* escarabajo.

—Es una esmeralda deslumbrante; no he visto otra esmeralda igual. Irá muy bien con mi traje verde pálido, y con mis ojos. Me pintaré los labios de un escarlata violento y no disimularé que soy muy pálida. Ernesto podrá pensar, si quiere, que hay mujeres más bonitas que yo, pero tendrá que reconocer que no hay ninguna más extraña. Sí, con el escarabajo y el traje verde y los ojos verdes y pálida...

—Te daré mis otras esmeraldas —dijo Alba—. El collar.

Leticia hizo un gesto de desprecio.

—Cualquiera tiene un collar de esmeraldas —replicó—. Pero no un escarabajo faraónico. ¿Se lo pido a tu doncella?

—Tengo miedo de que lo pierdas, Leticia. Pierdes cosas con frecuencia, eres muy descuidada. Y ese escarabajo es un regalo de tía Margaret, un regalo muy especial, y...

Leticia dio un grito de exasperación.

—Bueno, bueno, pídeselo a Amelia —concedió Alba en el acto.

Y aunque Lorenzo, furioso contra su hermana, trató de disuadirla de su capricho, ni ella se volvió atrás ni Alba tampoco, y Leticia abandonó la biblioteca, triunfadora, y subió a las habitaciones de Alba en busca de la ansiada joya. Pero antes cambió de humor, trocando su acritud en dulzura, con aquella naturalidad que le era peculiar. Y se interesó por lo que Alba y Lorenzo pensaban hacer aquel día, e incluso llegó a fijarse en que Alba tenía una expresión exaltada que le iba muy bien.

—Por cierto —la interrumpió Lorenzo—, mañana nos vamos a Nápoles.

—¡Ah! ¿Sí? Pues ¿qué ocurre?

—Los preciosos De Brixias han aparecido.

—¡Ah! ¿Sí? ¡Espléndido!

Y se fue.

TERCERA PARTE

Se detuvo ante la puerta y esperó a calmarse. Había subido corriendo los cuatro pisos de aquella casa, casi sin ver en la lóbrega y miserable escalera; y ahora, al detenerse ante la puerta, estaba jadeante y sentía su corazón darle saltos en el pecho. Antes de llamar miró en torno. Se hallaba en el último piso. Algunos peldaños más arriba se veía la puerta del terrado, desconchada, con la pintura formando unos chafarrinones oscuros. Al descansillo en que se encontraba se abría otra puerta más. Ascendía por el hueco de la escalera, de todos los pisos, un olor intolerable a aceite frito, comida basta y humanidad mal lavada. Era una vivienda misérrima, en uno de los barrios más pobres y superpoblados de Nápoles. Alba no había imaginado nada así. En un momento, cuando subía la escalera corriendo, tanto por el afán de llegar como por el de salir de aquel empinado tubo maloliente, tuvo, si no miedo, cierta aprensión del sórdido lugar en que se hallaba y se arrepintió de haber insistido en ir sola, negándose a que Lorenzo la acompañase.

Llamó a la puerta, oyó dentro unos pasos tardos y arrastrados y la puerta se abrió. Una mujer astrosa asomó el cuerpo hacia fuera.

—Pasa, *piccina*[72] —le dijo al verla. Y gritó hacia el interior del piso—: ¡Gian-Carlo! Aquí está la modelo. Ven, hermosa.

Alba la siguió. Pasado un corto corredor, entraron en una habitación que daba a la calle y tenía un balconcillo de hierro, con unas cuantas macetas de flores y una persiana verde.

—¡Gian-Carlo! —volvió a gritar la mujer—. ¡Aquí está tu chica! *Bella, non è vero?*[73]

Silencio. Alba dio un vistazo a la habitación, que estaba llena de cuadros y era, indudablemente, un taller de pintor. A un lado había un caballete y un bastidor grande. Por encima del bastidor aparecía una cabellera negra, rizada y revuelta y por debajo unas piernas y unos pies mal calzados.

—Gian-Carlo, *amore,* hará una Madonna espléndida...

—*Corpo di Baco!*[74]

Una paleta, unos pinceles y un trapo fueron arrojados al suelo con violencia. Gian-Carlo se puso en pie y se dirigió a la mujer, amenazándola furiosamente.

—¡Bruja, entremetida, te voy a retorcer el pescuezo! ¿No te sabes callar? ¡Me has estropeado la mejor pincelada del día!

La mujer huyó, muerta de risa. Sin duda estaba habituada a estas explosiones y le hacían gracia. Pero Alba se había puesto un poco pálida.

—Yo... —comenzó a decir.

Gian-Carlo la miró e hizo un gesto de sorpresa.

—Usted, naturalmente, no es la modelo que estoy esperando.

---

72. *piccina:* pequeñita.
73. *Bella, non è vero?:* Bella, ¿no es verdad?
74. *Corpo di Baco:* exclamación. Sería literalmente "Cuerpo de Baco" o quizá más bien "¡Por Baco!", como un juramento o expresión de sorpresa.

—No. Yo...

—Esa imbécil de Filippa en cuanto ve una mujer bien vestida se cree que es una modelo o una... ¿Quién es usted?

—Soy Alba Grey.

—¡Ah, sí!... ¿La duquesa de Paliano-Vasi?

—Sí.

—Ese cretino de agente suyo quería facturarme a Florencia, como si fuese un paquete. Le mandé al diablo. ¿No se lo ha dicho?

—Sí. Pero no importa.

—No me figuré que viniera usted a verme.

—¿Por qué no? Me escribió usted que no tenía nada que decirme y que si yo tenía algo que decirle a usted viniera aquí a decírselo. Es muy razonable, después de todo.

—¡Una duquesa en este cuartucho! ¡Resulta de lo más divertido! —se echó a reír y se estuvo riendo algún tiempo, como si, en efecto, la situación le causase un regocijo extremo. Luego dijo, haciendo una reverencia burlesca—: Bueno, pues, siéntese, excelencia.

Y acercó a Alba un taburete. Ella se sentó. Gian-Carlo sacó un paquete de cigarrillos.

—¿Fuman las duquesas —preguntó— tabaco negro, malo, apestoso? No tengo otra cosa que ofrecerle.

—Sí —contestó Alba—, pero creo que yo debo llevar... —abrió el bolso, sacó de él una pitillera de oro y la ofreció a Gian-Carlo—. ¿Quiere uno de éstos?

Él cogió un cigarrillo y lo encendió después de haber encendido el de Alba.

—¡Qué delicia! ¡Qué ensueño! —exclamó paladeando el humo—. ¡Pensar que hay gente que fuma esto siempre, como si tal cosa!

Alba no contestó. Estaba un poco cohibida. No sabía

cómo empezar a hablar a Gian-Carlo de lo que la había llevado allí. Notaba que se estaba burlando de ella.

—Estos cuadros, ¿los ha pintado usted? —preguntó señalándolos.

—Sí, excelencia.

—Llámeme Alba, ¿quiere? Y creo que deberíamos tutearnos. Somos primos en segundo grado.

—Muy bien. Si la señora duquesa me concede ese honor... —se echó a reír de nuevo—. No puedo remediarlo: me da risa tener una duquesa en casa...

—Los cuadros son muy buenos —mintió Alba.

—¿Sí? Entonces, hija mía, o te estás riendo de mí o no entiendes una palabra de pintura. Son execrables.

—¿Por qué pintas, entonces?

—Porque me gusta. ¿No es una razón? Es más razón que la de ser un Rembrandt. Me gusta la pintura y pinto. ¿Lo hago muy mal? No importa. ¿Me gusta a mí? Pues basta.

—Claro —repuso Alba.

—Podría tener un buen empleo y ganar un sueldo decente que me permitiera vivir con decoro. ¡Qué digo podría tenerlo! Lo tenía. Lo soportaba por mi madre. Pero cuando ella murió, hace dos años...

—¿Ha muerto mi tía Rosina?

—Sí, ha muerto tu tía Rosina. ¡Tu tía Rosina! Es graciosísimo lo que está pasando, parece una cosa de comedia... Bueno, pues cuando murió mi madre, que es por quien yo hacía, a gusto, el sacrificio de acudir diariamente a una oficina, me dije: "Bueno, ¿y para qué voy a hacer ahora ese sacrificio solamente por mí? A mí, ¿qué me importa un empleo?" Y lo dejé. Me vine a este tugurio, que tiene este cuarto con buena luz y me dediqué exclusivamente a pintar. Cuando vendo algún cuadro, que es muy raramente, vivo bien durante unos días, y el resto del tiempo vivo mal. Y estoy encantado. Sin comer no me quedo nunca. Cuando no tengo comida, Filippa me da la mitad de la suya.

—Parece una buena mujer —murmuró Alba por decir algo.

—¿Quién, Filippa? Es un ángel. Me adora. Y parece que me haya adorado toda la vida, aunque sólo hace dos años que me conoce. Es vecina mía. Vive en el piso de enfrente. Ella me hace la limpieza de la casa, o por lo menos eso dice, aunque he de reconocer que yo la he visto a veces llegar a tanto como a cambiar el polvo de sitio. Filippa es tal vez la única persona de todas las que me conocen que dice que hago bien viviendo así, y pintando, aunque gane tan poco con mis cuadros. Ella no me ha dicho jamás que debo recuperar mi buen empleo y dejarme de tonterías. No. Lo que sí me dice es que debo casarme con Marianna. ¿Sabes quién es Marianna? Es su sobrina. Vive con ella. Es muy guapa. La utilizo como modelo muchas veces, tiene mucha paciencia y sabe estarse quieta. Pero para Madonna no me sirve, le falta espiritualidad; por eso he buscado otra chica. Pero Marianna está muy bien. Mira, voy a enseñarte lo bien que está.

Fue a un rincón, cogió del suelo una carpeta grande muy abultada, la colocó sobre una mesa de pino y comenzó a extraer de ella dibujos y apuntes, mostrándoselos a Alba. En su mayoría eran desnudos.

—¿Qué te parece? ¿Es guapa?

—Sí.

—¿Tiene un cuerpo espléndido?

—Sí.

—¡Ya lo creo que sí! ¡Fíjate en esta línea, y en ésta, y en ésta... El vientre sumido, ¿ves?, y estas anquitas de potranca. Bueno, pues Marianna, ¡figúrate!, es una empleada.

—¿Sí?

—No sé cómo puede resistirlo. Cuatro horas por la mañana, cuatro horas por la tarde, metida en un almacén. Tanto si llueve como si hace sol. ¡No sé cómo puede! Pero gana bastante. Y Filippa no me deja en paz aconsejándome que me case con ella. "No seas idiota, tesoro —me dice— y cásate con la chica. Alguien tiene que tener un empleo y ganar el dinero de la casa, y puesto que lo gana ella ya no lo tendrás que ganar tú y podrás trabajar en tus cuadros y esperar a ser célebre. Y si vivimos todos juntos se ahorra el alquiler de un piso y eso no es poco..." ¡Cree que algún día seré célebre Filippa! Pero yo le digo que no.

—¿Que no serás célebre?

—Que no quiero casarme con Marianna. No es por nada. Es que no me gusta el color de sus ojos. Uno no se puede casar con una mujer que tiene los ojos de un color que a uno no le gusta, ¿verdad?

—¿De qué color los tiene?

—De ninguno. No se sabe.

—¿Ni verdes ni azules?

—¿Como tú? No. Ni negros ni castaños. Sucios. Como un barro de invierno, ennegrecido. Como un agua encharcada y terrosa.

—¡Dios mío! No he oído jamás describir unos ojos en esa forma.

—¿No? Pues es extraño.

Alba no supo qué contestar. Apagó su cigarrillo y dio a Gian-Carlo una mirada perdida. Él estaba absorto en la contemplación de los dibujos y parecía haberla olvidado. Alba se dijo que tenía que sacarle de su indiferencia e interesarle por lo que ella había ido a comunicarle.

—He venido —dijo al fin, bruscamente— porque mi abuelo...

—No me hables de tu abuelo —la interrumpió él con

acritud—. Mi abuela fue una desgraciada por su culpa, y mi madre también, y si yo no lo he sido es porque se necesita algo más que tu abuelo para hacerme desgraciado a mí.

Un rubor de indignación tiñó las mejillas de Alba.

—¡Mi abuelo no tuvo la culpa de nada! Tu abuela se enamoró de un hombre que no la merecía, se escapó con él, se casó y fue reducida por su marido a la miseria, tal como mi abuelo le había pronosticado.

—Detesto a la gente que pronostica cosas. ¡La detesto!

—Sin embargo, es necesario aconsejar...

—Es mejor ayudar. Pero, claro, para eso es menester ser más generoso. Los consejos no cuestan nada. ¡No me hables de tu abuelo! Si estaba tan lleno de rencor hacia mi abuela por el crimen de haberse casado a gusto, podía, por lo menos, haberse ocupado un poco de mi madre, que no tenía culpa de nada. Mi madre ha sufrido privaciones y miserias al quedarse viuda, en Buenos Aires, siendo yo un niño. Y el ilustre marqués de Velletri, que le había cerrado su casa a su hermana y a toda la casta de su hermana, no se dignó jamás mover un dedo en nuestra ayuda.

—¿Le escribisteis alguna vez vosotros diciéndole lo que ocurría?

—¿Nosotros? ¡Antes morir en medio del arroyo que solicitar su limosna!

—Pero no es eso...

—Mi abuela se lo decía a mi madre y mi madre me lo decía a mí: "¡Antes morir que suplicar la ayuda del marqués de Velletri!"

—Pues si lo hubiérais hecho os habríais encontrado con la sorpresa de que él os estaba buscando, de que era él quien os hubiera rogado que le dejáseis llegar a vosotros con todo su corazón y con todos sus medios.

Gian-Carlo soltó una carcajada estridente.

—¡Cuando yo digo que todo esto es como una comedia! —exclamó.

—Mis palabras son ciertas —contestó Alba fríamente.

—Sí, sí. Ciertas, no lo dudo. Pero, como en las comedias la verdad llega tarde. ¿Qué me importa a mí ahora todo esto? Mi abuela ha muerto, mi madre ha muerto y a mí me tiene perfectamente sin cuidado la solicitud trasnochada del marqués de Velletri. ¡Al diablo su solicitud, que se la guarde! No la necesito para maldita la cosa.

—¿Sabes que mi abuelo murió hace ya unos años?

—Me lo dijo tu agente. No lo sabía ni me importa.

—Lo que no sabes es que ha dejado una fortuna nada despreciable para su sobrina Rosina y, en su defecto, para los descendientes de ésta.

—No lo sabía y tampoco me importa. Perdóname, voy a abrir. Han llamado dos veces y Filippa se debe de haber marchado ya.

Salió del taller y regresó al cabo de un momento acompañado por una muchacha pálida y delgada, con los ojos melancólicos y aspecto de tuberculosa. Era bonita, con una belleza de cromo sentimental, y tenía una sonrisa permanente que crispaba los nervios.

—¡Aquí está por fin la modelo! —exclamó Gian-Carlo al entrar—. Vamos a ver si sirve. A ti ¿qué te parece? Yo creo que sí servirá. Le voy a poner un manto, a ver cómo resulta. Esto será el manto.

Envolvió la cabeza y el busto de la modelo en una sábana rota y formó unos pliegues sobre su pecho. Luego cogió a la muchacha por los hombros, volviéndola en dirección a la luz, y comenzó a hacerla adoptar diversas actitudes y expresiones, le borró la sonrisa de un grito y le paralizó la mirada de otro.

—¡Así! ¡Quieta! ¡Como te muevas te asesino!

Recogió del suelo paleta y pinceles. Al incorporarse

nuevamente su mirada tropezó con Alba, a la que sin duda había olvidado ya, y no pudo disimular un gesto de contrariedad y de impaciencia.

—¡Ah! Es cierto... —dijo—. Estábamos discutiendo asuntos de familia. Bueno, pero no corre prisa, ¿verdad? En cambio, este cuadro, sí. Es un encargo. Y me lo pagan regiamente: mil quinientas liras. Me disculpas, ¿verdad?

Cambió el bastidor por otro, que ceñía una tela blanca, y colocó junto a él todos los bártulos que le eran necesarios. Su rostro tenía una gran intensidad de expresión. Estaba todo él concentrado en lo que hacía.

Alba se sentía excluida, rechazada. Sin embargo, no podía marcharse así. No habían quedado en nada, y lo más importante estaba por decir. Si se marchaba ahora, era como si no hubiese venido.

—Pero la fortuna que te ha destinado mi abuelo... —murmuró, tratando de captar su atención.

—¡Ah, sí! —repuso él—. La limosna del viejo Velletri. ¿Cuánto és?

—Asciende ahora, con los intereses acumulados de tantos años, a unos dos millones de liras.

—¡Ah! Muy bien.

—¿Cómo quieres..., cúando? Tendríamos que hablar.

—Sí, sí. Ya hablaremos —cogió un carboncillo y comenzó a esbozar la figura con trazo rápido. Dibujaba mucho mejor de lo que pintaba. No tenía idea del color, no lo veía; pero el dibujo sí.

—Pero ¿cuándo hablaremos? —inquirió Alba con una nota de desesperación en la voz.

—¡Ah! Cualquier día. Ven cualquier día. Me perdonas que no te acompañe hasta la puerta, ¿verdad? Ya ves lo ocupado que estoy. Es un encargo. ¡Mil quinientas liras!

—Creo que no me será difícil encontrar yo sola la salida —replicó Alba secamente—. Buenos días.

Y abandonó el taller. Al salir del piso cerró la puerta tras sí con más energía de la que era necesaria y se quedó un instante inmóvil, oyendo la resonancia del conato de portazo. Luego empezó a bajar la escalera. Iba despacio, muy contrariamente a como había subido, y paladeando la mortificante novedad de haber sido invitada a marcharse. Una cólera fría, paciente, le agitaba el espíritu y tesaba[75] los músculos de su rostro, que estaba rígido. Se sentía presa de una irritación resignada, como uno lo está a veces ante un niño caprichoso y mal criado. Pero se sentía, también, decepcionada y entristecida. Durante años y años había esperado ilusionadamente aquel instante y el resultado había sido... esto. Descendía la oscura y maloliente escalera todo lo más despacio que podía, dominándose a fuerza de voluntad, diciéndose que al llegar al portal habría vencido ya aquella humillante sensación de fracaso.

—*Corpo di Baco!* —exclamó Gian-Carlo de pronto viendo brillar sobre el taburete el cierre de zafiros de la pitillera de Alba—. ¡Sólo faltaba esto! Hay días nefastos. Descansa un minuto, *cara* —le dijo a la modelo—; pero sólo un minuto. Vuelvo en seguida.

Cogió la pitillera, salió del piso y se lanzó escaleras abajo.

Alba había llegado a la calle, una calle estrecha, sucia, por la que entraba el fuerte sol napolitano formando enormes contrastes de sombra y luz. En todos los balcones colgaban ropas lavadas que no parecían estarlo mucho. Se oían por doquier ruidos y canciones, risas y reniegos pintorescos. En torno al automóvil de Alba —un potente coche de turismo americano en el que ella y Lorenzo habían venido desde Florencia— zumbaba una colmena de chiquillos desharrapados. Cuando Alba apareció

75. *tesaba:* ver nota 6.

en el portal, cayeron sobre ella, rodeándola, tocándola, diciéndole requiebros y groserías. Una niña de unos siete años le tendió una rosa.

—*Come sei bella, signora!*[76] —exclamó al dársela.

—*Bella, bella!* —corearon los chiquillos.

Alba cogió la rosa y le dio a la niña unas monedas. El chófer acudió para abrirle paso hasta el coche, a través de la turba infantil. En aquel momento llegó Gian-Carlo al portal. Los niños giraron en redondo, lanzándose hacia él. Le trepaban encima, le tiraban de los brazos, se le cogían a las piernas. Un júbilo frenético los poseía. La niña que le entregó la rosa a Alba se le había abrazado al cuello.

—¡Gian-Carlo! ¡Gian-Carlo! —gritaban, tratando cada uno de ellos de atraer especialmente su atención. Todos le proponían un juego, un paseo, ir a la pesca, a nadar, a una excursión. Alba huyó hacia el coche, y Gian-Carlo, sacudiéndose los chiquillos a manotazos, como si fueran moscas, la alcanzó junto a la portezuela.

—Toma, excelencia —le dijo riéndose, porque ya volvía a tener los chiquillos sobre él—, toma esta bagatela que te dejaste en mi palacio. *A rivederci!*[77]

Y antes que Alba tuviera tiempo de darle las gracias había desaparecido nuevamente en el negro portal seguido de una gritería infantil que protestaba contra su huida.

El coche se puso en marcha. Alba tenía la pitillera en la mano. El sol arrancaba duros destellos al oro, pálidas reverberaciones al cierre de zafiros. La contempló pensativamente. También los dientes de Gian-Carlo habían centelleado al sol cuando le entregó la pitillera, riéndose estrepitosamente, riéndose, riéndose...

* * *

76. *Come sei bella:* ¡Qué bella eres, señora!
77. *A rivederci:* Hasta la vista.

Vio a Lorenzo a la hora del almuerzo. Le costaba darle cuenta de su visita, no sabía por dónde empezar. ¡Todo había sido tan distinto de como lo había imaginado!... Y aquella pobreza, aquella miseria en que vivía Gian-Carlo... No podía olvidar aquello. Y Gian-Carlo era hijo de una De Brixia, y su abuela había nacido en el Palazzo Velletri... Comprendía que debía hablar, que si Lorenzo no hacía pregunta alguna era porque, viéndola preocupada, no quería forzar su relato, pero que esperaba que hablase. Era natural. Y ella no sabía cómo empezar. Sentía su ánimo en desorden, como sus pensamientos. El almuerzo, pues, transcurría sin que se hiciese mención a la visita de Alba. Desde el comedor del hotel, situado en un paseo frente al mar, veíase parte de la bahía. La sirena de un buque sonó con estridencia y Alba se sobresaltó.

—Estás muy nerviosa, querida —le dijo Lorenzo, cubriéndole una mano con la suya sobre la mesa—. ¿Te ocurre algo?

—No, nada. Pero estoy nerviosa, es cierto. Me he puesto muy nerviosa esta mañana —y como Lorenzo no contestara, añadió—: He visto a Gian-Carlo, he hablado con él.

—Y ¿qué? ¿Habéis quedado de acuerdo?

—¡De acuerdo, Dios mío! No hemos quedado en nada. No me ha hecho ningún caso.

—¿Sabe que tío Gaetano dejó una suma muy importante para su madre?

—Su madre ha muerto. El dinero es para él.

—¿Le has dicho que se trata de dos millones de liras?

—Sí, pero le tiene sin cuidado.

—¡Caramba! ¿Es millonario?

—Es muy pobre. Vive en una casa miserable.

—Entonces, no le importa el dinero.

—Le importa. En todo caso le importa terriblemente ganar mil quinientas liras con la venta de un cuadro que ha empezado hoy. Eso sí es dinero para él; el de mi abuelo, no.

—¿Se trata de un pintor, entonces?

—Sí.

—¿Bueno?

—Malo por lo que yo he podido juzgar.

—Pero seguramente se creerá un genio. Por eso no le importa el dinero que no gana con su arte.

—No. Sabe que no es un genio; sabe que sus cuadros son execrables. Lo dijo él mismo. Pero no le importa. Dice que le gusta pintar y pinta, y que si le gusta a él, basta.

—Es una razón. Pero ¿de qué vive?

—De cuando en cuando vende un cuadro. Cuando carece totalmente de recursos Filippa le da la mitad de su comida.

—¿Filippa? ¿Quién es Filippa?

—Una vecina comprensiva que se ocupa de él.

—¿El hada buena?

—Más bien una bruja. Pero no mala, no. Solamente… estúpida. Quiere casar a Gian-Carlo, que no tiene un céntimo, con una sobrina de ella, que cuenta con un buen empleo. Es un plan para evitarle preocupaciones a Gian-Carlo y para ahorrarle el alquiler del piso. La sobrina, que se llama Marianna, y es guapa, le sirve de modelo a Gian-Carlo. Me ha enseñado una serie de desnudos de ella. Filippa no le deja en paz, aconsejándole que se case y que se case…

—Pero qué ho…

—Sí, qué horror —le interrumpió Alba—. Pero solamente aquí, Lorenzo, solamente entre tú y yo y en nuestro ambiente. Pero allí, no; allí todo es muy simple, muy natural. No te puedes imaginar lo natural que es todo.

¿Cómo es posible llegar a conocer jamás a la gente si cada mundo tiene su propia naturalidad? Se comprende, ¿verdad?, que nadie se entienda fuera de su círculo y que unos a otros nos miremos como habitantes de distintos planetas. Se comprende muy bien.

—Pero, en resumidas cuentas, ¿de qué habéis hablado?

—¿Gian-Carlo y yo? De varias cosas; pero no del verdadero objeto de mi visita. Está lleno de rencor hacia mi abuelo, hacia todos nosotros me parece, los De Brixias afortunados. Pero no creo que le inspiremos la menor envidia. Me parece que más bien nos desprecia, o le producimos risa. A mí no me hizo ningún caso. Me llamaba excelencia, burlándose. Estoy segura de que le parezco un ser ridículo, no sé por qué razón. Le estorbaba allí, en todo caso. Estaba deseando ponerse a pintar, ganar las mil quinientas liras, y yo, con los millones que venía a ofrecerle, le estorbaba, no tenía tiempo para mí. Me invitó a marcharme.

—¿Cómo?

—Sí. Dijo que...

—Voy a ir ahora mismo a verle, Alba. Voy a enseñarle un poco de civilidad en dos lecciones: una en el estómago y otra en la mandíbula.

—¡No, no, no! ¡Por favor, Lorenzo! ¿No comprendes?

—No, hija mía. Lo reconozco.

—Gian-Carlo es..., es distinto.

—¿Distinto de qué? No es distinto de un grosero vulgar.

—Pues sí, lo es. A pesar de todo. Pero no quiero volver más allí.

—Me parece que harás muy bien.

—Le escribiré. Le mandaré todos los documentos que necesita para disponer del dinero. Le diré que, según el deseo de mi abuelo, si alguna vez va a Florencia, él y los suyos serán bien recibidos en el Palazzo Velletri.

—Eso me parece excesivo, considerando la clase de sujeto que es. Imagínate que "los suyos" fueran Marianna y la tía Filippa...

—¡Oh, no creo que lo sean jamás!

—Pero ¿por qué?

—No sé. No lo creo. Además, los ojos de Marianna no le gustan. Dice que son de color de charca.

—¿De charca?

—Algo así dijo.

—Y él ¿cómo es físicamente? Y ¿qué edad tiene?

—Debe de tener la tuya, aproximadamente, o tal vez más joven. Un par de años más joven, calculo yo. Es... eso que llaman bien parecido. Muy bien parecido. Tiene la piel de un color tostado, no sé si natural o debido al sol, aunque debe de ser natural, porque sus ojos y su cabello son muy negros. El cabello lo tiene rizado y se le ensortija, dándole cierto aspecto de Medusa. Es alto, aunque menos que tú.

—Y muy amable con las damas, ¿no es eso?

—Ciertamente, no.

—En fin, ¿nos volvemos a Florencia?

—Aún no. Hablaré con el agente, que supongo estará aquí todavía y dejaré en sus manos algunos detalles de los que pensaba ocuparme yo misma. Y le entregaré un cheque para Gian-Carlo a cuenta del dinero depositado. Él podrá devolvérmelo cuando identifique su personalidad ante el Banco de Florencia. Para eso tendrá que ir allí, no le quedará más remedio. Y tal vez no tenga dinero para el viaje. Seguramente no lo tendrá.

—Muy bien. Y tú, ¿qué piensas hacer esta tarde?

—Después de almorzar voy a descansar un rato. Luego..., nada especial.

—He visto unos corales preciosos esta mañana, en un anticuario. ¿Te gustarían?

—Me gustarían mucho. ¿Qué es?

—Una diadema ochocentista. Un trabajo muy bonito. Los corales, sobre tu pelo oscuro, estarían bien, para un capricho de un día. ¿Iremos a buscarla?

—¡Ya lo creo que iremos! Si a las cinco no he bajado, haz que me llamen.

Habían terminado el café. Se levantaron y Lorenzo acompañó a Alba al ascensor. Luego se fue al salón de lectura a leer periódicos hasta la hora de salir.

Alba trató de dormir un poco, pero le fue imposible conseguirlo. La escena de la mañana en casa de Gian-Carlo había dejado en ella un extraño desconcierto que la mantenía inquieta y agitada. Por fin cogió un libro y con la lectura se fue calmando.

A las cinco encontró a Lorenzo en el vestíbulo, esperándola. Decidieron ir al anticuario a pie. La tarde era agradable, con una fresca brisa de mar. Andaban gozando esa especie de placer aventurero que ocasiona el hallarse en una ciudad forastera, con el ánimo curioso y libre. Lorenzo cogió a Alba por el brazo, ciñendo su paso al ritmo del de ella. Ante los escaparates atractivos se detenían y contemplaban los objetos expuestos, haciendo comentarios pueriles o irónicos, y burlándose de algunas cosas, admirando otras, como dos colegiales. Se reían con facilidad, sin saber exactamente por qué. Ante las vitrinas de las librerías se demoraban más, buscando con los ojos los libros que conocían ya y observando las novedades recién aparecidas. En una librería Lorenzo entró a comprar un volumen que atrajo su atención. Era un libro de un cierto profesor Kurz, y trataba de los embalsamamientos en la antigüedad.

—Pero eso, ¿para qué sirve? —preguntó Alba, dando un vistazo al libro.

—Cultura, querida. La próxima vez que vea a tu tía

Margaret quiero poderle hablar seriamente de sus momias. Se reirá mucho.

—Debe de tener un extraño sentido del humor.

—Lo tiene.

Con el libro en una mano y la otra ciñendo el brazo de Alba, sosteniéndola ligeramente, continuó el camino hacia el anticuario. En una esquina una florista les salió al paso, asaltándolos con su mercancía. Era una chiquilla de unos quince años, ojinegra, carirredonda, descarada, con toda la picardía del Nápoles suburbano y marinero en la boca y la mirada. Casi agredía a Alba con un inmenso mazo de espléndidas rosas rojas. Lorenzo se detuvo a comprarlas para Alba, mientras ella protestaba y trataba de disuadirle.

—Pero Lorenzo, ¡por favor! Dile a esa chica que nos deje en paz —le instó en inglés—. ¿Cómo voy a ir yo por el mundo con ese jardín? Pareceré una estatua alegórica: Flora[78] o Ceres,[79] o algo así... Dile que se vaya.

—Tienes razón. Pero le compraré las rosas, de todas maneras. Que las lleve al hotel.

—Mira la cara de pilluelo que tiene. Se quedará el dinero y las rosas.

—¡Quién sabe! —contestó Lorenzo—. Hay pilluelos honrados. Si te compro las flores —le preguntó a la florista—, ¿se las llevarás a esta señorita a donde yo te indique?

La chica disparó media docena de frases afirmativas.

—Muy bien. ¿Te escribo las señas o tienes buena memoria?

78. *Flora:* ver nota 7.

79. *Ceres:* diosa de la mitología romana, hija de Saturno y Cibeles, que enseñó la agricultura a los hombres. Se la identifica con la diosa griega Deméter.

—Tengo una memoria que no se me olvida nunca nada. Nunca, nunca se me olvida nada.

—Perfectamente —le dio el nombre de Alba, el nombre del hotel y el número de la habitación—. Repítelo —ordenó.

—Duquesa de Paliano-Vasi, hotel Metropole, habitación veintinueve.

—Toma, pues.

Le entregó el precio de las rosas y una propina por el trabajo de llevarlas.

—¡Gracias, señor duque! —exclamó la rapaza. Sonrió, hizo una mueca y echó a correr.

—No veré jamás las rosas, pero por lo menos nos la hemos quitado de encima —dijo Alba. Y añadió—: Te ha tomado por mi marido.

—Sí.

—Es gracioso.

Lorenzo no contestó. Estaba pensando en aquella sensación que había experimentado en El Cairo, de estar engañando a Alba con Daphne Graham. La escena volvió ahora a su mente con gran fuerza. Recordaba el deleite y la sensación de obrar mal que experimentó entonces, el vértigo sentido al pensar en Alba y la mirada de Daphne, inclinada sobre él, buscando, con ese instinto infalible del corazón enamorado, "el enemigo", el fantasma que se levanta misteriosamente entre el que ama y el objeto de su amor, reduciendo al primero a un aislamiento acorazado. Sí, Daphne, como gran amorosa que era, sabía percibir estos fantasmas, sabía auscultarlos en el pecho amado, conocía su poder, el poder de su impalpable materia indestructible.

Llegaron a casa del anticuario. A Alba le pareció encantadora la diadema de corales y la compraron. Curiosearon un rato por la tienda, oyendo las pintorescas explicaciones del anticuario, y se fueron. De regreso, se detuvieron en un salón de té a tomar un helado.

—Me siento como en vacaciones —exclamó Alba ante su alta copa de *tutti frutti*—; me siento como una niña. ¿Qué te parece, Lorenzo, después de todas las experiencias que habrás tenido, ésta de andar por Nápoles con una mujer de trapo?

—Me parece la mejor de todas las experiencias posibles.

—Gian-Carlo no me conoció de niña.

—¿Qué es lo que te hace pensar en él ahora?

—Nada. Se me ha ocurrido de pronto.

—¿Me dejas hacerte una pregunta que tal vez sea una pregunta tonta?

—Naturalmente.

—¿Eres feliz?

—Soy muy feliz.

—Quiero decir… ahora, en este instante, conmigo.

—Sí. Contigo. Nos entendemos bien, ¿verdad?

—Sí.

—Me parece que con nadie me entiendo tan bien como contigo.

—Eso es muy agradable para mí.

—¿Eres tú feliz… ahora?

Lorenzo le cogió la mano y se la apretó suavemente, la retuvo un instante y se la soltó. Fue su respuesta.

—¿Qué haremos esta noche? —le preguntó Alba al cabo de un instante.

—¿Qué te gustaría hacer?

—Me gustaría bailar.

—Vámonos a cenar a Marechiare. Creo que han abierto allí un restaurante que está bien y donde se baila.

—¿Está lejos Marechiare?

—No mucho, en coche. Será agradable. Veremos desde allí el mar, toda la bahía, con las riberas encendidas, y Capri, al fondo, y la columna de humo rojizo del Vesubio, y la luna en el mar, porque hay luna esta noche, querida. Luna y Marechiare. Perfecto. ¿Vamos?

—Si, vamos.

Al llegar al hotel, Alba subió en seguida a su habitación, a cambiarse, mientras Lorenzo permaneció un momento abajo hablando con el conserje y dándole las órdenes que debía transmitir al chófer cuando llegase a recogerlas.

Al entrar en su cuarto, un intenso perfume a rosas rojas envolvió a Alba. Las buscó con la mirada y las vio sobre una de las mesillas. El gran mazo de rosas rojas de la florista callejera. "Bueno, pues la he calumniado —pensó—. Que la pobre chiquilla me lo perdone." Y fue a acercarse a las rosas, pensando en el deleite de hundir el rostro en la frescura de sus pétalos. Pero, al ir a hacerlo, vio en la otra mesilla, en el vaso donde ella misma la había colocado, la otra rosa, la que le entregara la amiga de Gian-Carlo. Y fue a esta rosa a la que se acercó, inclinándose sobre ella y aspirándola. Estaba maltratada, ajada, y le pareció que olía a polvo, a sol y a manos de niño, no muy limpias.

—Por cierto —le preguntó Lorenzo al conserje, una vez dadas las órdenes para el chófer—: ¿han traído unas rosas?

—¿Para la señora duquesa? Sí, señor.

—¿Las trajo una florista, una muchachita..?

—¡Un demonio de chica, señor!

—¿Sí? Pues ¿qué ha hecho?

—Dejó las rosas aquí, sobre este mismo tablero, y de un vistazo de esos ojos de diablo que tiene, debió de hacerse cargo de todo lo que estaba a su alcance y se llevó lo mejor: mi estilográfica, mi magnífica estilográfica casi nueva.

—¿Es posible? ¿Está seguro de que fue ella?

—Estoy completamente seguro, señor. La estilográfica estaba aquí cuando ella dejó las rosas sobre el tablero y me di cuenta de que había desaparecido antes que ella se marchase, cuando alcanzaba la puerta. La llamé y echó a correr. Salí a la calle, corriendo yo también tras ella, pero... ¿quién alcanza a un rayo? En seguida desapareció.

—Cargue la estilográfica a mi cuenta —repuso Lorenzo.

Y se dijo mientras entraba en el ascensor: "La demostración de que existen pilluelos honrados bien vale una estilográfica casi nueva. Alba tendrá que convenir con ello."

Cuando Alba descendió al vestíbulo ya estaba Lorenzo nuevamente allí, esperándola. Subieron al coche, que iba descubierto, y partieron en seguida hacia Marechiare. Lorenzo contó el hurto de la estilográfica por la chicuela que había llevado las rosas, cumpliendo honradamente su palabra, y ambos se rieron de lo acaecido, que quedaba como una anécdota chispeante de su estancia napolitana.

Cenaron ante el maravilloso esplendor de la bahía llena de luna y bailaron bajo una pérgola florida que desbordaba aromas penetrantes. La brisa era tibia, suave, y dejaba sobre la piel una sensación de caricia húmeda, como un beso salado. Ambos bailaban bien, tan bien que eran un poco espectáculo de los demás concurrentes. Y la belleza de Alba, sus movimientos de ritmo retardado, la pureza elegante de sus gestos, la hacían entre todos destacante y de todos admirada. Las mujeres envidiaban su distinción y su juventud y los hombres envidiaban a Lorenzo.

—Mírame —le dijo éste una vez, mientras bailaban. Ella le miró—. ¿Qué color es?

—¿Qué color es qué?

—El de tus ojos. ¿Azul de mar, verde de mar? Tienen también un poco de gris, alrededor de la pupila.

—¿Gris de mar?

—Lo parece. Hay, indiscutiblemente, algo de mar en tus ojos, algo profundo y cambiante como el mar.

—Es mi alma.

—Eres tú.

Habían bebido un poco. Sus ideas fluían levemente trastornadas por el alcohol, por la noche, por la música, por el perfume que se desparramaba de la pérgola. Y por ellos mismos. Se sentían arrastrados a un círculo de emoción fácil y de intensa conciencia de la vida. Y el lúcido conocimiento que tenían de ser y de vivir se les subía a la cabeza tanto como la belleza de la noche y más que el *lacryma christi* y el champaña que habían bebido.

Al regreso, Alba, sumida en una esquina del coche, estaba quieta y callada, con un abandono dulce de todo su cuerpo y tal vez de su espíritu. Delante, a lo lejos, brillaban las luces de Nápoles, y detrás, con la luna colgando sobre él, espectacularmente, quedaba Marechiare.

—¿Sabes de qué me acuerdo, Lorenzo? —preguntó Alba de pronto—. Me acuerdo de una vieja canción.

—¿De qué canción?

Se detuvo, mirando hacia el mar. Lorenzo se acercó más a ella, se inclinó un poco sobre su rostro vuelto hacia la bahía, sobre su mejilla tan brillante de luna que parecía cristal.

—¿De qué canción, Alba?

—De ésta.

Comenzó a cantarla, muy bajito:

> *Quando sorge la luna a Marechiare*[80]
> perfino i pesci tremano d'amore:
> si sconvolgono l'onde in grembo al mare
> e per la gioia cangiano colore!
> Quando sorge la luna a Marechiare...

—Bien; continúa —la animó Lorenzo, pues ahora Alba se había callado.

—Es que no recuerdo el resto. Se me ha olvidado.

Volvió la cabeza hacia Lorenzo y se le quedó mirando. Tenía una expresión dolida y contrariada, como si las palabras perdidas la hubieran ensombrecido. Él se sintió locamente impulsado hacia ella, sintió que todo su ser se hundía en sus ojos. Pero se contuvo, por respeto al abandono de Alba en aquel instante.

—Es así, querida:

> *Chi dice che le stelle son lucenti*[81]
> *de li occhi tuoi non vide lo splendore!*

80. *Quando sorge la luna a Marechiare. (...)*
    Quando sorge la luna a Marechiare....
    (...)
    Cuando sale la luna en Marechiare
    hasta los peces tiemblan de amor,
    se remueven las olas en el regazo del océano
    y por la alegría cambian de color.
    Cuando sale la luna en Marechiare.

81. *Chi dice che le stelle son lucenti*
    (...)
    Chi dice che le stelle son lucenti?
    Quien dice que las estrellas son luminosas,
    no vio el esplendor de tus ojos.
    Ah, los conozco bien, estos rayos ardientes
    clavan sus flechas en mi corazón.
    ¿Quién dice que las estrellas son luminosas?

Esta estrofa presenta muchas formas arcaizantes medievales, lo cual no es extraño ya que según el contexto parece tratarse de una canción popular. (Agradezco a la Dra. Elisa Martínez Garrido y Beatriz Martínez Calle su colaboración en la redacción de esta nota).

Ah, li conosco io bien quei raggi ardenti!
Ne scendono le punte in questo core!
Chi dice que le stelle son lucenti?...

—Sí —dijo Alba—. Es eso. *Marechiare...* Me recuerda mi infancia. Petruccio, el hijo del portero, la cantaba, y yo a veces me escapaba al parque para oírsela cantar. Pero no sabía que tuvieras voz, Lorenzo.

—¿Yo? ¿Tengo voz yo? ¡Qué ocurrencia!

—Sí, una bonita voz de barítono, muy bien impostada. Es gracioso. De veras, no sabía que tuvieras voz. No recuerdo haberte oído cantar nunca.

—Bueno, hija mía, me asombras; pero me convences. Si algún día me quedo sin dinero y sin trabajo, ya sé cómo me voy a ganar la vida. No me veo muy bien de *chansonnier*,[82] pero en fin...

—Yo, como no te veo, es pobre.

—¿No? ¿Por qué?

—Pobre como Gian-Carlo, por ejemplo, no.

—¡Ah! Gian-Carlo... ¿Pensabas en él?

—No... Sí, tal vez, indirectamente. Pensaba en el extraño modo en que vive, trabajando en esos cuadros malos y con esas horribles mujeres a su alrededor: Filippa y esa Marianna, y esas modelos. Y todo tan sórdido, tan sucio, tan... desagradable. No sé cómo Gian-Carlo puede vivir así. No tiene necesidad de vivir así. Es un hombre educado...

—¿Educado?

—Bueno, no me refiero a esa clase de educación, de sociedad, sino a la otra. Educación intelectual. Es evidente que la ha recibido.

—¿En qué se le conoce?

—Ya sabes que eso se conoce siempre, no sé cómo. Trasciende.

82. *Chansonnier:* cantante melódico.

300

—Sí.

—Y tenía un empleo, un buen empleo, pero lo dejó al morir su madre. Le gusta vivir como vive.

—Bueno, pues si le gusta, déjale.

—Quisiera saber qué es lo que hará con los dos millones de liras...

—Marianna.

—¿Tú crees?

—Parece probable, en todo caso.

—Si, lo parece. ¿Sabes que mi abuelo deseaba que me casara con él? Me lo dijo al morir. Lo deseaba porque era un De Brixia y... y porque le debíamos una indemnización.

"¡Y porque yo te rechacé, cretino, imbécil de mí!", se dijo Lorenzo. Pero estaba indignado y exclamó con ira:

—¡Ah! ¿Y tú debías de ser la indemnización?

—No es exactamente eso; es que...

—Bueno —la interrumpió Lorenzo—; lo que excusa a tu abuelo, si es que tiene excusa alguna, es que no conocía a Gian-Carlo. Pero tú, ¿que le contestaste?

—Le dije que no quería casarme con él.

—¡Claro!

—Que no le conocía. Y que, en cambio...

Se detuvo bruscamente. Lorenzo la vio turbada, confusa, y creyó que la evocación de aquella escena con su abuelo moribundo la apesadumbraba.

—Bueno, déjalo, no pienses más en esas cosas. Está todo pasado y concluido. Vivamos hoy. Vivamos esta noche. Vivamos este precioso y preciso instante —le recorrió los labios con los dedos, presionando en las comisuras, hacia arriba—. Sonríe. Canta. Canta *Marechiare*.

Comenzó a cantarlo él, con énfasis y apasionamiento, imitando a los pintorescos cantores de Santa Lucía. Alba se echó a reír y acabó cantando ella también. De pronto se calló y señaló al chófer.

—¡Dios mío! ¿Qué dirá ese hombre? Creerá que nos hemos vuelto locos.

—¿Por qué? ¿No es napolitano él mismo? Comprenderá.

—Tienes razón.

Y continuaron cantando hasta entrar en Nápoles.

Al llegar al hotel estaban los dos muertos de sed. Pidieron limonada muy fría y la tomaron en el *hall*, donde charlaron algún tiempo más. Al despedirse de Lorenzo, para retirarse a su cuarto, Alba le dijo:

—Lorenzo, la diadema…, ¿por qué ha sido?

—*Ricordo di Napoli*, querida. Para que no te olvides —contestó Lorenzo, besándole la mano.

—No olvidaré. Buenas noches, Lorenzo.

* * *

Una vez en su cuarto, Alba se desnudó rápidamente, abrió el balcón y se acostó. Permaneció largo tiempo despierta, con los ojos abiertos en la oscuridad, mirando a través del balcón el cielo estrellado. Y pensando. El día pasado desfilaba por su mente quebrado en imágenes sucesivas y a veces coincidentes, pues se entremezclaban y fusionaban de extraño modo. De pronto vio a Gian-Carlo apareciendo en el portal con la pitillera en la mano y llegar hasta el coche, riéndose. Y pensó: "Los niños le quieren. Debe de ser bueno." Gian-Carlo tendía ahora la mano hacia ella. Sus dientes, descubiertos por la risa, brillaron al sol. Y de pronto, al ir ella a tomar la pitillera, no era Gian-Carlo quien estaba allí, sino Lorenzo, con una diadema de corales. "*Ricordo di Napoli*, querida".

Sí, su mente estaba aturdida por imágenes que cruzaban por ella como pisándose las unas a las otras. "Tal vez —pensó— hago mal en dejar en manos del agente el asunto de Gian-Carlo. Tal vez deba ser yo quien le entregue el cheque a cuenta de su depósito y quien le explique que podrá devolvérmelo cuando retire el dinero del Banco. Sí, debo ser yo, personalmente. Está mejor así. Me dijo que volviera cualquier día, sin embargo... ¡Cualquier día! Eso es muy vago. Iré mañana mismo. ¿Qué dirá Lorenzo? No tiene por qué decir nada. Yo puedo perfectamente alterar mis planes. Pero no me gustaría que creyese que no tengo dignidad. Me horrorizaría que pensase eso de mí. Y ¿por qué ha de pensarlo? Iré mañana, decididamente."

De madrugada se alzó una brisa insistente que agitó los visillos del balcón y los cabellos de Alba. Le hizo bien sentirla sobre su frente, como una mano fresca, y poco a poco se fue quedando dormida.

A la mañana siguiente se despertó tarde, pero en cuanto abrió los ojos recordó su determinación de la noche anterior y se dispuso a llevarla a cabo.

Algún tiempo después, Lorenzo, que quería proponerle que fuesen a pasar el día a Capri, la llamó por teléfono.

—El número veintinueve no contesta, señor —le dijo la telefonista.

Lorenzo entonces llamó al conserje y le pidió que se informara de si Alba estaba abajo. Era posible que se encontrase en el salón de lectura.

—Ha salido del hotel hace un momento, señor —le replicó el conserje.

—Está bien. Gracias.

Sintió de pronto, sin saber ni remotamente por qué, una inquietud ascendente que trepaba por todas las fibras de su espíritu, que le llenaba de aprensión, de incomprensibles recelos, de angustia. Y reconoció la presencia del fantasma. Una niebla fina, inmaterial, se alzaba ante él, acercándose y envolviéndole. Ya no veía a Alba si no era a través de aquella niebla.

Alba, ahora, subía la escalera diciéndose que no tenía miedo, pero teniéndolo. Sí, tenía un miedo terrible. Iba como una intrusa y sabiendo que lo era. ¿Qué pasaría si Gian-Carlo no la quería recibir? Le había demostrado claramente que ella, sus gestiones para localizarle, su viaje a Nápoles, el tardío remordimiento del marqués de Velletri y el dinero que éste le había dejado, le eran por completo indiferentes. Estaba encastillado en una especie de desprecio hacia los De Brixias, un desprecio irónico y sonriente. ¿Qué pasaría si volvía a invitarla a que se fuera? Ya le había advertido el día anterior que tenía mucho trabajo; ya le había demostrado que su presencia le era más bien molesta. "Vuelva cualquier otro día", le había dicho, como si ella fuese un corredor de algo, llegado en un momento inoportuno y que, por su propio interés, procuraría volver.

Bueno, pues había vuelto. Al día siguiente. Su reincidencia era, desde luego, un poco humillante para ella, un poco vergonzosa. ¿Qué diría Lorenzo cuando se lo contase? ¡Oh! Y ¿por qué, al menos, no había venido con él? Con Lorenzo tal vez Gian-Carlo no se atreviera... ¡Pero claro que se atrevería! Gian-Carlo era un hombre que se atrevía a todo, y bien a las claras se le conocía. Bueno, en todo caso, si le recibía groseramente, siempre podría ella arrojarle el cheque y ver de salir de allí con la mayor dignidad posible.

Al tocar el timbre se sintió tan tímida que enrojeció.

Le abrió la puerta una moza zahareña que, sin contestar a su saludo, la hizo pasar al taller. Era Marianna. Tenía, en efecto, tanta belleza como en los dibujos de Gian-Carlo, aunque considerablemente menos dulzura. Él la había embellecido espiritualmente. ¿Por qué? ¿La veía así de veras o era un modo de pagarle sus atenciones halagándola servilmente? La moza era, en realidad, montaraz, arisca, con un gesto obstinado y un poco brutal. Y miraba de reojo, con aire desconfiado.

En el taller había más gente. Filippa, la modelo asténica[83] y otras cuantas personas. En el centro del grupo se hallaba Gian-Carlo, con una botella en la mano, sirviendo vino. Filippa fue la primera en ver a Alba.

—*Eccola, questa bella duchessina!*[84]

Todos se volvieron a mirarla. Gian-Carlo, al verla, se echó a reír.

—¡Excelencia! —exclamó.

Filippa se acercó a Alba con un vaso.

—Dale vino a la señora, Gian-Carlo. Que celebre ella también.

Alba cogió el vaso maquinalmente.

—Mi prima, la duquesa de Paliano-Vasi —dijo Gian-Carlo presentándola en general y haciendo una reverencia que arrancó a todos, menos a Marianna, gritos de regocijo.

—¿Es ésta la de los millones, Gian-Carlo? —preguntó un hombre—. ¡A la salud! —y apuró de un trago su vaso de vino tinto.

"Lo ha contado todo a todo el mundo" pensó Alba. Ella se sentía en ascuas, más irritada y confusa por aquel recibimiento que si Gian-Carlo la hubiera acogido impertinentemente. Y aquella Marianna no cesaba de mirarla de un modo insolente, y los demás la miraban también y se reían, se hacían señas y se daban codazos. Era atroz.

---

83. *asténica:* término médico para designar a una persona mermada de fuerzas. Obsérvese una cierta influencia naturalista en esta definición.

84. *Eccola, questa bella duchesina:* ¡He aquí esta bella duquesita!

Gian-Carlo le llenó de vino el vaso que tenía en la mano.

—Es de la taberna de abajo —le explicó mientras la servía—, pero es bueno. Para mí no lo bautizan...

Alba mojó los labios en el vino y dejó el vaso sobre la mesa.

—¿No quieres beber? —le preguntó Gian-Carlo.

—Más no, gracias. He venido porque tenía que hablarte. ¿Puedo hacerlo?

—Habla.

—¿Puedo hacerlo en privado? Tengo que entregarte un documento y que explicarte...

—Yo no tengo secretos para estos amigos —replicó Gian-Carlo—. Puedes hablar delante de ellos. Están al corriente de todo.

—Lo siento, entonces. A mí no me gusta tratar en público cuestiones de la familia. Tendré que enviarte la explicación por escrito. Yo no podré volver. Regreso mañana a Florencia —vio que Marianna le enviaba entre los párpados medio cerrados una mirada insultante, una mirada que quería decir: "Mientes" y repitió con lentitud—: Regreso mañana a Florencia. Adiós.

Al salir tuvo que pasar ante Marianna. La chica la seguía con los ojos, agresiva. "Me gustaría haber oído su voz —pensó Alba—, saber cómo suena su alma en su voz. Podría juzgarla mejor, entonces." Pero Marianna no había abierto los labios ni siquiera para contestar a su saludo. "Y es cierto que tiene los ojos color de agua cenagosa...", pensó.

En la puerta ya, la alcanzó Gian-Carlo.

—Escucha —le dijo, reteniéndola por un brazo—: ¿tienes el trasto abajo?

—¿El trasto? ¿Qué trasto?

—Ese autobús en que te paseas.

—¿Mi coche? Sí, está abajo.

—¿Me llevas a tomar el aire un poco?

—Sí. ¿Y esa gente?...

—Hay más vino. Se entretendrán.

Bajaron juntos la escalera. Por fortuna había pocos chiquillos en la calle y pudieron subir al coche sin dificultades.

—¿Adónde vamos? —preguntó Alba.

—Lo mismo me da. ¿No querías hablar conmigo en privado? Pues sólo se trata de eso.

—Está bien. Daremos vueltas por la ciudad.

En cuanto el coche se puso en marcha, Gian-Carlo la abordó.

—¿De qué documento se trata? Y ¿qué explicación tenías que darme?

—No es un documento, es un cheque. Te lo he traído.

—¿Un cheque? ¿De quién?

—Mío.

—Y ¿para qué me das tú un cheque?

—Ahora viene la explicación. Para retirar tu dinero tendrás que presentarte con toda la documentación requerida en el Banco de Florencia donde se halla depositado.

—Eso ya me lo figuraba.

—Y para trasladarte a Florencia, adecuadamente, he pensado..., me dije que tal vez necesitarías una suma un poco importante y te he hecho un adelanto. Tú podrás reembolsármelo cuando entres en posesión del dinero.

—Muchas gracias. Pero también me figuraba eso y he tomado mis medidas. Ya tengo la suma importante que necesito. He conseguido que me pagasen el cuadro por adelantado. ¡Figúrate! ¡Mil quinientas liras!

—Pero...

Alba se detuvo, no atreviéndose a decir lo que pensaba.

¿Cómo podía él creer que mil quinientas liras fuese una suma importante para un viaje? ¿Qué podía hacer con mil quinientas liras? El cheque que ella le había extendido era de cincuenta mil.

—Pero el cuadro lo he de terminar lo antes posible. En Florencia, si es necesario, con otra modelo. Un compromiso es un compromiso.

—Sí, claro —no sabía cómo entregarle el cheque. Imaginaba los más sutiles rodeos para hacerlo llegar a él, pero ninguno le parecía apropiado. Al final acabó por dárselo bruscamente—. Toma esto. Ya me lo devolverás.

—¿No te he dicho que no lo necesito?

—Ah, está bien —se lo guardó en el bolso—. Ahora, si quieres, podemos regresar.

—Sí, regresemos.

—Alba dio orden al chófer y el automóvil volvió a tomar el camino de la casa de Gian-Carlo.

—¿Estás sola aquí? —preguntó éste.

—No. Con un pariente nuestro: Lorenzo de Brixia.

—¡Y ya somos tres en Nápoles! Digo, que yo sepa... ¿Y hay muchos en Florencia?

—Parece que hables de casos de tifus o de una plaga así.

—Detesto a los De Brixias.

—Tu madre lo era.

—Pero no lo merecía, pobrecilla. Yo tampoco lo merezco.

—Eso veo.

Él le dio una mirada llena de sorpresa y regocijo.

—¡Ah excelencia! ¡Veo que también sabes envenenar tus dardos! —exclamó. Alba guardó silencio. Al cabo de algún tiempo Gian-Carlo añadió—: Me parece que te ves muy mal recompensada de todos tus desvelos. No soy un sujeto agradable, por lo menos para ti. Supongo que debes de estar arrepentida de tus esfuerzos y pesarosa de haberme encontrado.

—Lo que tú seas —repuso Alba con frígida tranquilidad— me es por completo indiferente. Tú, como sujeto, careces para mí de todo interés. No me interesa ni tu agradecimiento, que hubiera sido lógico esperar. Y estoy muy contenta de haberte encontrado y muy satisfecha de mis esfuerzos. Porque no los he hecho por ti, trata de comprender bien esto. Los he hecho porque prometí a mi abuelo que haría cuanto pudiese por vosotros. Lo he cumplido y esto me basta. Lo que tú seas, ¿qué importancia tiene?

—Ya veo. Un compromiso es un compromiso, ¿no es así? Para ti también.

—Sí; eso es.

Él soltó una carcajada tan brusca que Alba se sobresaltó.

—¡Pero encuentro que todo esto es graciosísimo, excelencia!

Alba no contestó. Poco antes de llegar a la casa, Gian-Carlo dijo:

—¿Es cierto que te vas mañana?

—¿Por qué había de decir una cosa por otra? —replicó ella con irritación.

—No te sulfures. Pero, de momento, no lo creí.

—Bueno. Por lo visto Marianna y tú tenéis intuiciones en común.

—¿Por qué?

—Ella tampoco lo ha creído.

—¡Ah! Marianna... Marianna es terriblemente celosa.

—¿Qué tienen que ver sus celos conmigo?

—Marianna tiene celos de todas las mujeres, y no le falta razón para tenerlos. Todas las mujeres me adoran.

—¿De veras? ¡Qué interesante! Pero creí que era una cosa odiosa que un hombre hiciera esas declaraciones...

—Si son ciertas, no.

—Creí que, especialmente si son ciertas, resultan repugnantes.

—Pues no.

—Lo ignoraba entonces.

—¡Bah! ¡Debes de ignorar tantas cosas, tú! Si te vas mañana, ¿cuándo te volveré a ver?

—No me volverás a ver.

—Eso no es posible. Deseo verte… antes de verte en Florencia, quiero decir. Allí te avisaré en cuanto llegue. Tu abuelo ha querido que se me acogiese como a los demás en el Palazzo Velletri; pero, tranquilízate, no pienso instalarme en él. Me sería muy desagradable vivir en la casa de tu abuelo. Pero iré a verte. No soy tan desagradecido ni tan imbécil como te figuras. Sé decir "Muchas gracias", muy gentilmente, y presentar mis respetos a una dama. Pero es una lástima que esa dama seas tú.

—¿Por qué?

—Eres una De Brixia. Me gustaría que fueses Marianna, por ejemplo, y, ella, tú. ¡Con qué placer la odiaría, entonces! Pero, que seas tú, me estropea más de la mitad del placer.

—¿He de presentarte excusas?

—No tengo inconveniente. Pero prefiero otra cosa.

—Supongo que no será que renuncie a mi sangre abriéndome las venas.

—No; tanto, no. Solamente verte otra vez antes que te marches mañana.

—Me marcho temprano.

—Esta noche, entonces. O esta tarde.

—Estoy ocupada esta tarde. Y esta noche ceno con Lorenzo.

—Invitadme a cenar, pues, y procuraré soportar a Lorenzo con paciencia. ¿Es gordo, fofo y calvo, o enteco, paliducho y bilioso? ¿Crees que me tratará como al hijo pródigo o simplemente como a un gusano? Preferiría que me tratase como a un gusano, lo confieso. El papel de hijo pródigo es muy irritante. No me gustaría que me hiciese mucho caso.

—Y ¿qué es lo que te hace creer que te hará caso alguno? —preguntó Alba.

—No lo sé. Tal vez me haga tan poco como yo a él —habían llegado ante la casa—. ¿Hasta la noche, pues? ¿A qué hora?

—A las ocho y media.

—Muy bien. ¿Hotel?

—Metropole.

—Hasta la noche, excelencia.

Saltó del coche y desapareció en el portal.

Lorenzo no pareció sorprendido cuando Alba le relató su nuevo encuentro con Gian-Carlo. Y no le dijo una sola palabra de reproche. Parecía, sí, un poco ausente, como si, cuando Alba le hablaba de Gian-Carlo, él estuviera pensando en otra cosa. Cuando le notificó que cenaría con ellos aquella noche se limitó a levantar los ojos y fijarlos largamente en ella con una muda interrogación.

—Es que tengo gran interés en que le conozcas —se apresuró a decir Alba, y enrojeció vivamente porque estaba dando a entender lo que no era: que la invitación a cenar había sido una idea de ella y debida a un motivo particular. Pero reconocer que le había sido impuesta y que ella no había sabido rechazarla le era más duro todavía.

—Quiero saber qué opinas de él —añadió.

—Creo que podría decírtelo sin conocerlo —fue la rápida respuesta de Lorenzo.

—No; no lo creas. Si alguien me hubiera contado de Gian-Carlo todas las cosas que yo te he contado a ti, tendría de él una opinión muy distinta de la que tengo. Hay algo en él, algo extraño, que hace en cierto modo perdonables sus impertinencias. Las dice y, naturalmente, molestan, pero se percibe en su voz que la intención no era ofensiva. Es, en él, como una especie de jugueteo..., de provocación algo infantil. Y también de defensa.

—Ya comprendo.

Hubo una larga pausa entre los dos. Alba fue la primera en romperla.

—¿No te importa, verdad, que regresemos a Florencia mañana mismo?

—Claro que no. Pero ¿por qué mañana mismo?

—Lo anuncié así en casa de Gian-Carlo... y ni él ni esa mujer, Marianna, lo creyeron.

—Bueno, y que lo creyeran o no ¿tiene alguna importancia?

—No debería tenerla, Lorenzo, pero la tiene. Que Marianna se permita dudar de mis palabras, me resulta insultante.

—Bueno, querida, pues regresemos mañana.

Por la noche, Gian-Carlo apareció puntualmente. Cenaron juntos y, cuando se marchó, los dos hombres se odiaban y los dos sabían por qué.

—¿Qué te ha parecido? —le preguntó Alba a Lorenzo cuando se quedaron solos en el salón. Su voz tenía una nota de ansiedad, de avidez, que a Lorenzo le pareció patética.

—Es el hombre más orgulloso que he conocido jamás. Peligrosamente orgulloso —respondió él.

—Sí. Lo es. Tiene el orgullo de su raza agudizado y pervertido por las circunstancias de su vida. Hay que tener cuidado con él.

—Mucho, Alba.

Ella no contestó. A poco se despidió de Lorenzo y subió a su cuarto. Hizo las maletas, se acostó y casi en el acto se quedó dormida, con un sueño denso y profundo, de persona exhausta.

Al día siguiente regresaron a Florencia.

* * *

En el Palazzo Velletri Alba encontró una carta de su madre. La leyó y se puso roja y luego pálida. Lorenzo y Leticia, que estaban con ella, se dieron cuenta y cruzaron una mirada de sorpresa, pero no dijeron nada, esperando a que Alba diera una explicación, si es que deseaba hacerlo.

—Voy a dar una vuelta por el parque —dijo Alba.

Y salió sin añadir nada más. En el parque se encontró con el doctor Bargioni, que entraba en aquel momento, y se cogió de su brazo y se lo llevó con ella.

—Estoy muerta de curiosidad —exclamó Leticia—. ¿Por qué se ha afectado Alba en esa forma? Y ¿por qué no nos lo cuenta? La carta era de su madre. ¿Pasará algo? ¿Tú crees?

Lorenzo se encogió de hombros.

—¿Cómo quieres que yo lo sepa? No soy adivino.

—Y ¿por qué has regresado de Nápoles de tan mal humor?

—¿Estoy de mal humor yo?

—Estás insoportable.

—No me doy cuenta.

—Eso es otra particularidad que te has traído del viaje: no te das cuenta de nada. Estás en las nubes o dondequiera que se esté cuando se pone esa cara de idiota.

—Creo que es en las nubes, sí —contestó Lorenzo, y se marchó a la biblioteca.

El doctor Bargioni se quedó a almorzar en el Palazzo Velletri. Después del almuerzo se trasladaron todos al salón de música, donde Alba hizo servir el café. Y cuando lo estaban tomando dio la noticia, que había comunicado ya al doctor Bargioni mientras paseaban por el parque:

—Mi madre se ha vuelto a casar.

—¿Cómo dices? —inquirió Lorenzo, atónito.

—Que se ha vuelto a casar. Me lo comunica en su carta de hoy.

Leticia comenzó a reírse, bajito, pero la risa se fue apoderando de ella y acabó agitada por grandes carcajadas nerviosas.

—¡La viuda inconsolable! —exclamó—. ¡Julieta viuda, soñando en reunirse con Romeo en el otro mundo! ¡Qué cosa más... chusca! ¿Lo sabrán ya en casa, Lorenzo? Por si acaso voy a escribirles hoy mismo. ¡Qué formidable!

Alba tenía los ojos brillantes de lágrimas contenidas.

—La cosa no tiene nada de graciosa... ni nada de censurable —añadió lealmente—. Que mi madre se haya vuelto a casar es perfectamente natural. Cualquier otra mujer lo habría hecho mucho antes. Sólo que... —su voz tembló, a punto de quebrarse, osciló como una vela que se apaga, pero logró reafirmarla deteniéndose un instante y continuó con entereza—: Sólo que, precisamente porque ha tardado tanto, creí que ya no lo haría, y me he sorprendido al ver que no ha sido así.

—Y ¿con quién se ha casado? —preguntó Lorenzo.

—Con Egbert Norman.

—¿El del Instituto Norman? ¿El filántropo?

—Sí.

—Pues no comprendo cómo tu madre se ha enamorado de él. No me parece un hombre como para cautivar a Laura Cristina. Me extraña doblemente ese matrimonio.

—Mi madre no dice que se haya enamorado de él, dice que se ha casado con él. Es a mi padre a quien mi madre quiere. Siempre le ha querido más que a nadie en el mundo, más que a ella misma, más que a mí, mucho más.

—Pero tu padre murió hace mucho tiempo.

—Para quererle, eso no importa.

—Entonces este Norman...

—¡Oh, no sé, no sé! —Alba había perdido por un momento el dominio de sí misma—. ¡No sé! —repitió y volvió a vencer su agitación. Comenzó a hablar con sosiego, casi fríamente—: Habrá sido una cuestión de simpatía, tal vez de conveniencia, por el trabajo de ambos. Trabajaban juntos.

—¿Trabajar?... ¿Trabajaban juntos? Pero ¿en qué? —preguntó Leticia—. No sabía que tu madre trabajase.

—En cosas de beneficencia. Estaba completamente entregada a eso desde hacía algún tiempo. Ha dado sumas enormes para toda clase de fundaciones caritativas, especialmente a las destinadas a los niños, y se ha ocupado ella personalmente de la organización de muchas de ellas. Pertenece a la Junta del Instituto Norman y sé que ha realizado allí un trabajo muy loable.

—¡Un trabajo magnífico! —exclamó Leticia—. Si no lo fuera a tomar como una impertinencia, me gustaría mucho felicitarla por su trabajo. Es un trabajo...

—Cállate, Leticia —la interrumpió Lorenzo bruscamente—. Y tú serénate, Alba. No ha ocurrido nada grave, después de todo.

—Eso me decía Michelotto para consolarme. Pero no es consuelo lo que necesito. Ya sé que no ha ocurrido nada grave. Ya sé que mi madre tiene perfecto derecho a disponer de ella misma y que su determinación no tiene nada de particular, nada absolutamente. Es tan sólo que estoy... desconcertada. Debe de ser porque la noticia ha sido tan brusca, porque ha llegado tan sin preparación...

—¿Tendrán la ocurrencia de venir aquí en viaje de novios, Alba? —preguntó Leticia—. Y si lo hacen, ¿significará eso que tenemos que abandonar el nido a los tortolitos? Luna de miel en Florencia; solos al fin en la vieja casona solariega; yo para ti, tú para mí y el mundo contra una esquina; etcétera... Ya sabes. El eterno estribillo. ¿Tendrán ese plan? Pues eso sí que sería gracioso..., para mí al menos. Si he de ir ahora a la Residencia de Estudiantes, me fastidiaría enormemente, porque allí no tendré la libertad que tengo aquí. Y mis padres no me permitirán vivir sola en un hotel. Y supongo que contigo no podré contar. Supongo que tú no te quedarás en Florencia mientras dure la luna de miel materna. Por cierto, ¿dura mucho una luna de miel, doctor Bargioni?

—Depende, hija mía. Algunas duran toda la vida y otras no llegan a una hora.

—Mi madre no dice nada de venir aquí —explicó Alba—. Ni ahora ni más tarde. Y no me extraña, porque la vieja casona solariega, como tú dices, no es precisamente uno de sus lugares de predilección. Yo creo que esta casa la deprime un poco.

—A mí también me ocurría eso antes —exclamó Lorenzo—. Pero ahora todo ha cambiado aquí. El ambiente, quiero decir. Me parece ahora que no hay lugar más delicioso en el mundo que este viejo Palazzo Velletri.

—A mí también me lo parece —repuso Alba.

—Bueno, pues no se lo digáis a Laura Cristina, no se le vaya a ocurrir echarnos. Resulta que quien tiene un verdadero problema con su matrimonio soy yo.

—Pero yo te digo que en su carta no insinúa nada de venir aquí a pasar la luna de miel. Parece que piensa continuar en América.

—Menos mal.

Durante algún tiempo nadie halló nada que decir. Lorenzo y el doctor Bargioni daban furtivas miradas a Alba, tratando de penetrar su pensamiento. Pero el rostro de Alba se había cerrado y no hallaban en él expresión alguna. Lorenzo recordó aquel momento de su niñez cuando, en este mismo salón de música, pensó de ella que era una criatura insensible.

Cuatro días más tarde, Gian-Carlo llamó a Alba por teléfono.

—Ya estoy aquí, excelencia. He ido al Banco esta mañana. Se requiere tu firma y la de otra persona de la ilustre familia. ¿Podría el sublime Lorenzo prestar la suya? No tienes idea de cómo me repugna que me haga este favor, pero ya que él me conoce y los demás no, tal vez será mejor y, sobre todo, más rápido, que me acredite él. ¿Lo hará?

—Claro que sí. Hoy mismo.

—Hoy, no; mañana.

—Mañana, entonces.

—Bien. ¿Cuándo podré verte, excelencia?

—Me verás mañana, en el Banco.

—Mañana, no; hoy.

—Hoy no puedo.

—Piénsalo otra vez.

—No puedo.

—Pero ¿por qué?

—Tengo un compromiso para esta tarde.

—¿Y esta noche?

—Otro.

—No te creo.

—¿Tienes la costumbre de llamar embustera a la gente en su misma cara?

—No te veo la cara.

—Está presente en mi voz. ¿No tienes la costumbre de conocer la verdad por la voz?

—Tengo la costumbre de mentir yo mismo. Y magníficamente. No se me conoce ni en la voz.

—Tú mientes, pero yo no.

—Perdóname, pues. No conozco todavía tus trucos.

—¡Decir la verdad no es un truco!

—No puedo creerlo. Bueno. Y ¿adónde vas esta noche?

—Voy con Leticia y Lorenzo a una recepción.

—¿Quién es Leticia?

—La hermana menor de Lorenzo.

—¡Ah! Tanto gusto. Otra sublime De Brixia. Y esa recepción, ¿es particular?

—Sí.

—¿De esas con invitación personal y todo?

—Sí.

—He oído decir que esa clase de fiestas son aburridísimas. Propias para senadores y embajadores y títulos decrépitos. Hombres con una enorme barriga cruzada por una banda y mujeres con collares monstruosos colgando de las clavículas y apoyados sobre el esternón. No vayas. Ven conmigo a una trattoria[85] y comeremos queso y beberemos chianti. ¡Pero no traigas tu autobús, por lo que más quieras! Pasearemos a pie. Ésta es una ciudad preciosa para un artista. Es una ciudad llena de poesía. Estoy seguro de que tú no la conoces.

—He nacido en ella. He pasado gran parte de mi vida aquí.

—Eso no quiere decir nada. No la conoces. Pero yo te la enseñaré. Aunque acabo de llegar, estoy seguro de que conozco Florencia mejor que tú. ¡No pierdas la ocasión de que te la descubra un artista! Y no te cobraré nada por mi trabajo de cicerone, puedes estar tanquila. Completamente gratis. Decídete. Te enseñaré lo que es belleza y lo que es arte. Te debe hacer falta. Estoy seguro de que no sabes nada de nada, excelencia.

---

85. *trattoría:* denominación italiana de los pequeños restaurantes.

—Sé que eres un gran pintor.

—¡Dios mío! ¡Había olvidado que también puedes envenenar tus dardos!

—Hasta mañana, en el Banco. A las once.

Colgó el auricular y fue en busca de Lorenzo, a quien le comunicó la llegada de Gian-Carlo y su petición de la firma para los efectos del Banco.

—Le dije que podía contar con ella, Lorenzo. Supongo que no tendrás ningún inconveniente.

—Claro que no. ¿Dónde está hospedado Gian-Carlo, por cierto?

—No lo sé. Supongo que en alguna pensión de mala muerte. En Nápoles consiguió mil quinientas liras: el pago por adelantado de su cuadro. Había olvidado decirte que rechazó mi cheque. Se sentía opulento con sus mil quinientas liras. Yo creo que tenía gran empeño en demostrarme que no me necesita para nada.

—¡Oh! Para nada absolutamente —repuso Lorenzo con ironía—. Pero ¿qué es lo que sería sin ti? Un mísero bohemio de los suburbios de Nápoles para el resto de su vida.

Alba quedó un instante pensativa. Luego dijo:

—Pero el caso es, Lorenzo, que es verdad que no me necesita. Primeramente, le gusta ser un mísero bohemio de los suburbios de Nápoles. Lo ha escogido él deliberadamente, y le gusta. Luego, no le importa el dinero ni el prestigio familiar. No creo que le importe verdaderamente nada en el mundo; por tanto, lo tiene todo. Eso materialmente hablando. Moralmente, le siento todavía más acorazado. Es él quien escoge, ¿comprendes?, y eso es una gran fuerza y una gran riqueza. No, no me necesita. Ni a mí ni a nadie. Por eso toma cuanto se le da como cosa natural, porque si se le quitase o se le negase, no por eso se le podría hacer daño. No es, exactamente, que sea desagradecido; es que lo acepta todo como derecho propio. Y lo acepta así precisamente porque, en el fondo, le importa muy poco.

—Estás dando de él una descripción bastante diabólica.

—Es que no me extrañaría nada que hubiese en Gian-Carlo algo de diabólico. El diablo debe de frecuentarle con asiduidad. Debe de tener momentos muy sombríos. Me da la sensación de que su carácter es mudable e incierto, y que lo único estable que hay en él es su orgullo, un orgullo susceptible en extremo, petulante como el de una colegiala, irritable, desproporcionado. Un orgullo plebeyo. Esta clase de orgullo es la única plebeyez que he encontrado en él.

—Veo que le observas mucho.

—Sí; le observo mucho. Me da un poco de miedo.

—¿Miedo? ¿Qué clase de miedo?

—No sé. Miedo. Y el peligro siempre ha atraído mi atención y no precisamente por ninguna clase de deleite morboso, sino con un sentido de... de alarma. Observo el peligro de la misma forma que una persona pusilánime verifica las cerraduras de las puertas y mira debajo de la cama antes de acostarse.

Lorenzo se acercó a ella, posó las manos sobre sus hombros y miró profundamente en sus ojos.

—Pero ¿en dónde ves el peligro, querida?

—No lo sé. Él mismo es el peligro.

Lorenzo retiró las manos de sus hombros. Un gran desaliento se había apoderado de él y al mismo tiempo una especie de parálisis de expresión que le impedía manifestarse. Su alma se había cerrado, como el rostro de Alba en los momentos de mayor conturbación cuando sufría. Lo que en su alma permanecía, cerrado y silencioso, inmóvil, sin poderse manifestar. Y por más que en su mente tomaban forma las palabras con que podía hacer llegar

320

hasta Alba el conocimiento de su amor por ella, su voz se resistía a formularlas y quedaban dentro de su mente, vibrantes, pero muertas, muertas como seres galvanizados en un laboratorio. Eso eran sus palabras: muerte galvanizada dentro de él. Y sabía que aquella especie de invalidez expresiva había sido producida por el miedo de Alba hacia el peligro que veía representado en Gian-Carlo. ¿Qué peligro? Si era el mismo que él había intuido ya, entonces tal vez fuera mejor que sus palabras hubieran quedado sin vida.

Al día siguiente acompañó a Alba al Banco, y la firma se llevó a efecto. Gian-Carlo presentó sus documentos propios y los que Alba le había entregado, y pudo retirar el legado del marqués de Velletri. Lo ingresó en aquel mismo Banco, en cuenta corriente, y retiró en seguida una cantidad para gastos inmediatos. A la salida del Banco dio las gracias a Alba y Lorenzo, pero con la suficiente falta de efusión para que sus palabras no pudieran ser tomadas por otra cosa que por un acto de simple cortesía. Alba le invitó a cenar aquella noche, y él aceptó. En seguida se despidió de ellos, y se fue.

—Me ha parecido que debía invitarle —dijo Alba a Lorenzo en cuanto se quedaron solos—. Después de todo, es uno de nosotros. ¿Te parece que he hecho mal?

Su voz era insegura, como la de un niño que espera una reprimenda; había temor en su voz y también en sus ojos, que se alzaban hacia Lorenzo tímidamente. Lorenzo tuvo compasión de ella; todo su corazón se sintió inundado de piedad hacia aquella criatura que había estado siempre tan segura de sus actos y que, tanto por educación como por instinto, había tenido siempre plena conciencia de lo que estaba bien y de lo que estaba mal. Ahora, sin embargo, se hallaba vacilante; temía haber merecido la repulsa de Lorenzo, temía no haber obrado como era de esperar que ella obrase, e inquiría con aquel leve trémolo infantil: "¿Te parece que he hecho mal?".

—Has hecho perfectamente —contestó él—. Es lo más natural que has podido hacer.

—A mí también me lo parecía, Lorenzo. Después de todo, lo extraño es que, siendo un De Brixia, no se aloje en el Palazzo Velletri. Pero él mismo se adelantó a decir que no pensaba hacerlo. Yo temí que no aceptara mi invitación para esta noche. Porque si no ha querido venir como huésped...

—A mí no me extraña que no haya querido instalarse como huésped en el Palazzo Velletri y que no le importe ir a él como visita.

—¿Por qué?

—No sabría decirte por qué. Me lo parece. Tal vez porque estar en él como huésped lo juzgue... insuficiente. Y, como visita, no compromete a nada. Su orgullo, otra vez.

Gian-Carlo llegó tarde a cenar y se excusó con una naturalidad asombrosa, lleno de tolerancia hacia sí mismo; seguro de que sería disculpado inmediatamente. Le habían esperado más de una hora; se excusó en un segundo, sonriente:

—Creo que se me ha hecho un poco tarde. Lo siento.

Leticia, que estaba aquel día muy nerviosa y a quien la espera no había contribuido en nada a calmar su irritación, comenzó a mirarle con curiosidad. En la mesa no le perdía de vista, observándole en los menores detalles. Sus modales no eran siempre correctos, pero tenía una falta de afectación tan absoluta, su naturalidad era tan desenvuelta, estaba tan confiado y tan seguro de sí mismo, que no cabía tomarle por otra cosa que por un señor. Un señor que hacía algunas cosas que no se debían hacer, pero sabiéndolo, por juego, por capricho, por escandalizar a los demás. Tal vez por simple reto a la etiqueta estableci-

Elisabeth Mulder en la biblioteca de su casa de la Bonanova
a finales de los años cuarenta.

Elisabeth Mulder saludando en el estreno de *Casa Fontana* (1948) en el Teatro Romea de Barcelona. Junto a ella, los actores Vicente Soler y Ana María Noé, así como una jovencísima María Luisa Ponte (la primera actriz por la derecha).

da. Leticia comenzaba a divertirse. Era extraño ver un invitado así a la mesa de Alba, y más extraño aún pensar que ese invitado era un De Brixia, ligado a la duquesa de Paliano-Vasi por exactamente el mismo grado de parentesco que Lorenzo y ella. Era realmente muy divertido.

—Y ¿qué hacías en Nápoles? —le preguntó una vez, deseosa de saber cosas de él.

—Nada. Pintar. Vivir.

—¡Ah! ¿Tú pintas? Yo he venido a Florencia a estudiar arte.

—Estoy seguro de que no lo estudias.

—Es verdad. ¿Cómo lo has conocido?

—Pareces inteligente. Ninguna persona inteligente estudia arte. El arte se siente, se descubre, se intuye, se vive... si se puede, pero no se estudia.

—Estoy completamente de acuerdo contigo —repuso Leticia. Y volviéndose hacia Alba, dijo—: ¿Qué te parece, Alba? Es una magnífica teoría, ¿no es cierto? Mañana la expondré en clase. Tendré un gran éxito entre el profesorado.

—Un éxito —opinó Lorenzo— que te permitirá totalmente no estudiar arte.

Leticia y Alba se rieron; Gian-Carlo se limitó a sonreír, con una sonrisa parecida a la de un perro cuando enseña los dientes.

—Tú seguramente no eres artista, ¿verdad? —le preguntó a Lorenzo.

—¡Oh, no! —contestó él—. Yo soy completamente inofensivo.

—Me lo parecía. Y ¿has estudiado algo? —su voz daba a entender que suponía a Lorenzo totalmente incapaz de haber estudiado cosa alguna.

—Muy poco, muy poco... —contestó Lorenzo, haciendo un gesto despreciativo con la mano, para indicar cuán deleznable era, además, lo poco que él había estudiado.

Alba intervino. Su voz tenía una vehemencia un poco excesiva, en la que Lorenzo reconoció su lealtad hacia él.

—Lorenzo es ingeniero. Y acaba de regresar de un largo viaje de estudio por África. Ha recorrido Egipto inspeccionando obras hidráulicas.

—¿Del Nilo, por casualidad? —inquirió Gian-Carlo, volviendo a sonreír mostrando los caninos.

—Sí, por casualidad —contestó Lorenzo apaciblemente.

—Y ¿te has traído de allá muchas flores de loto?

Lorenzo no se desconcertó. Al contrario. Él también se permitió una sonrisa venenosa.

—Muchas —contestó escuetamente.

Leticia comenzó a reírse.

—¡No he oído jamás una conversación más deliciosa! —exclamó—. Parece que estamos todos un poco locos..., menos Alba, desde luego. Pero Alba nunca pierde la cabeza.

—¿No? —inquirió Gian-Carlo.

Y se puso a mirar la cabeza de Alba como si hubiera algo monstruoso en ella, alguna tuerca o clavija anatómica que hacía que no se pudiera perder, mientras todas las demás cabezas, las mortales, se perdían. Alba enrojeció al notar aquella mirada, y, sintiendo que enrojecía, enrojeció aún más. Bajó la cabeza y fingió estar muy interesada en el plato que tenía ante sí. De esta forma transcurrió un tiempo.

Gian-Carlo charlaba animadamente con Leticia y no había vuelto a provocar a Lorenzo. Se sentía fuerte en aquella pasividad, blindado contra su impertinencia por una deliberada intención de ignorarle. Sencillamente, no hacía caso de él. Y su orgullo le avisó inmediatamente que el antídoto contra aquel veneno no era otro que el veneno mismo: indiferencia. Y en defensa propia dejó de provocar a Lorenzo. Leticia, por otra parte, le tenía acaparado para sí misma. Continuaba divirtiéndose con él como con un leopardo amaestrado que hiciera gracias y monerías, pero que no dejara olvidar del todo que podía dar zarpazos terribles, mordiscos mortales. Y a él también parecía divertirle la idea de que aquella mujer fina y resistente como una fibra, con sus mejillas chupadas, sus gruesos labios escarlata y sus ojos de un verde químico de óxido o de tóxico, blandía una fusta peligrosamente, la hacía restallar en el aire, le azuzaba y estimulaba con ella. Muy bien. Resultaba un juego divertido.

La noche era templada y salieron a tomar el café en la terraza. Para hacerlo, como el comedor daba a una fachada del palacio y la terraza a otra, hubieron de cruzar por algunos salones. Gian-Carlo lo admiraba todo con una ingenuidad agresiva. Sus alabanzas estaban llenas de ironía, de burla encubierta, de ácido humor. Parecía: "Es una cosa graciosísima que pueda existir una casa así. Es la casa más *divertida* que he visto en toda mi existencia". Apreció debidamente, sin embargo, los Mantegna,[86] los Bellini,[87]

---

86. *los Mantegna:* se refiere a los cuadros de Andrea Mantegna, pintor renacentista de la escuela de Padua en el *Quattrocento.* (1431-1506). Es famoso por ser el primero que empleó la técnica del escorzo, como se admira en un famoso *Cristo muerto* de 1501.

87. *Bellini:* puede referirse a cualquiera de los hermanos Bellini, Gentile (1429-1507), o Giovanni (1430-1515). Ambos son pintores también de la escuela de Padua y discípulos de Mantegna. Gentile destaca por sus amplias composiciones en las que refleja el ambiente de las plazas y carnavales venecianos poblados de personajes ataviados con indumentaria musulmana, por ejemplo: *Milagro de la cruz* o *Procesión en la plaza San Marcos.* Giovanni es un gran colorista como se demuestra en sus obras *La Piedad,* en el Brera, o *La Madonna con el niño* de la National Gallery. Populariza el tema de la *Sacra Conversazione*, en la que la Virgen y el niño se hallan entre santos o pequeños ángeles músicos que juegan.

la maravillosa Virgen de Del Sarto.[88] Y por puro pirueteo provocativo, se encogió de hombros ante los dos Botticelli,[89] y dijo, ante el Rafael,[90] que no lo hubiera reconocido a no ser por su exquisita calidad de merengue. "Bufón", pensó Lorenzo, y le pasó los cigarrillos.

En la terraza se entabló una discusión sobre la estatua. Gian-Carlo dio la vuelta a ella, silenciosamente, y por fin dijo:

88. *Virgen del Sarto*: Andrea del Sarto (Andrea Vanucci) (1486-1531) es un pintor manierista del *Cinquecento* florentino. Recibe influencias de Leonardo, Miguel Ángel y Rafael en el tratamiento de las atmósferas. Es famoso por sus representaciones de *Madonnas*, como la de *las arpías* en los Ufizzi; luego no es extraño que Elisabeth Mulder se refiera a "La virgen del Sarto", ya que toma para estas referencias artísticas lo más significativo de cada pintor, sin referirse a obras concretas ni reales de ellos. A la hora de retratar a esta noble familia florentina imagina que en su colección privada pudieran figurar como signo de prestigio obras muy representativas de estos autores.

89. *Botticelli:* Andrea Filippepi Botticelli (1445-1510). Es probablemente el más famoso pintor florentino de la segunda mitad del siglo XV. Discípulo de Fra Filippo Lippi y Pollaiuolo, sin embargo pronto se distingue de ellos, y de todos sus contemporáneos por su estilo elegante y delicado, a la par que sensual, que se aprecia sobre todo en sus obras mitológicas como *Primavera* y *El nacimiento de Venus* (ver nota 8), ambas en los Ufizzi. Entre sus obras religiosas destacan sus *Madonnas, "del Magníficat",* y *della Melagrana*.

90. *Rafael:* Rafael Sanzio (Urbino, 1483-Roma, 1520). Es junto con Leonardo y Miguel Ángel uno de los pintores más representativos no sólo del *Cinquecento* sino de todo el Renacimiento en general. En su obra asimila y sincretiza influencias de la escuela de Umbría, sobre todo de Perugino, que fue su maestro, y de la de Florencia. Son famosas sus *Madonnas,* como la *de la Perla* en el Museo del Prado. Pero sin duda por la obra suya que influyó más en sus contemporáneos es la de los frescos de "Las estancias del Vaticano" en la que representa escenas histórico-alegóricas demostrando un dominio perfecto del dibujo y de las formas ideales del *Cinquecento*. Fue también retratista de las cortes papales de Julio II y León X. (El que el personaje de Gian Carlo se refiera en la novela a "Su exquisita calidad de merengue", bien podría considerarse como una alusión a la primera época del pintor en la que recoge influencias de Perugino que se manifiestan en un suave modelado y gracia femenina algo afectada en sus personajes.)

—No me gusta. ¿De quién es?

—Se atribuye a Canova —contestó Alba.

—No me extrañaría que lo fuera. Me temo mucho que lo sea. Tiene su blandura, su blandura de mármol y de espíritu, algo sin nervio, algo fofo... Es una Paulina Bonaparte con la cara tapada.[91]

—¡Paulina Bonaparte fofa y sin nervio! —rió Leticia—. Es como si me llamaras a mí obesa y flemática.

Gian-Carlo no le hizo caso.

—Y ¿qué representa? —preguntó—. ¿Representa algo?

—No lo sé —contestó Alba.

—Creo que representa la espera —dijo Lorenzo.

—¿La espera de qué?

—La espera del sufrimiento. O tal vez el sufrimiento mismo.

—¿Y por eso se oculta la cara con el cabello?

—¿No es una razón? Yo creo que lo es, por lo menos para ciertas almas.

—¿Pudor?

—Naturalmente. Un impulso invencible, que hace ocultarse para sufrir, que provoca, cuando no hay posibilidad alguna de cubrir el dolor, una sensación angustiosa de vergüenza. El cabello, desde luego, es sólo un símbolo.

—Esta interpretación de la estatua, ¿es la verdadera?

—No. Pero podría serlo.

Gian-Carlo no contestó. Dio otra vuelta a la estatua, observándola detalladamente, y al fin se encogió de hombros, y dijo:

—De todas maneras, no me gusta.

91. *Paulina Bonaparte con la cara tapada:* se refiere a una de las más famosas obras del escultor Canova (ver nota 4), el retrato de Paulina Bonaparte en forma de Venus.

—Lo celebro —repuso Lorenzo.

—¿Sí? ¿Por qué?

—Porque a mí me gusta extraordinariamente. Me gusta tanto, que tengo celos cuando la admiran los demás. Me ocurre con ella lo que a ciertos hombres con una mujer muy amada: quisiera que fuese invisible para los demás.

—Entonces, quien celebra que la estatua no me guste soy yo. Detesto las rivalidades.

Y viendo sobre él la mirada de Leticia, que parecía fosforecer en la noche, como una luciérnaga, dedicó toda su atención a ella.

La luna apareció tras un núcleo de nubes vaporosas que se deshacían en fragmentos ahilados. Estaba en la última fase menguante. Afilada, como transparente, extraordinariamente radiante, vertía su estrecha claridad sin apagar la dilatada de las estrellas. Alba se volvió hacia Lorenzo:

—¿Te acuerdas, Lorenzo, de aquella noche en Marechiare? Mira: es todo lo que queda de aquella luna: ese filo de luz.

Y se dio cuenta entonces de que Gian-Carlo, aunque estaba hablando con Leticia, se hallaba en realidad pendiente de ella, pues al oírla dirigirse a Lorenzo refiriéndose a aquella noche, el ritmo de las palabras que dirigía a Leticia se había entorpecido, quebrándose y recomenzando a sacudidas, como si hablase sin saber lo que decía, de una manera puramente maquinal. Y había aguzado las orejas. Sí, las había aguzado, tanto en el sentido figurado como en el literal. Sus orejas, que eran, por cierto, muy finas y bien modeladas, típicas orejas De Brixia, parecieron tesarse[92] y afilarse. En todo caso, se estremecieron. Una especie de vibración pasó por ellas y se estremecie-

92. *tesarse:* ver nota 6.

328

ron como las de un animal sensitivo que oye un ruido anó-
malo y está intrigado y alerta, escuchándolo.

Cuando Gian-Carlo se hubo marchado, Lorenzo se retiró a leer a la biblioteca y Alba y Leticia se fueron a acostar. Mientras subían la escalera, Alba preguntó:

—¿Qué te ha parecido Gian-Carlo, Leticia..., defectos
aparte?

—Es un tipo original —contestó Leticia—. Tiene ideas
propias, además; no digo que sean buenas, pero son propias. Es muy confortador para nosotros, los jóvenes. Yo
detesto las ideas heredadas. Antes se heredaban las ideas
y los trajes, figúrate qué horror. Pero supongo que las
unas y los otros tenían más solidez, más consistencia. Mi
madre conserva todavía trajes de su abuela; pero ¡qué se-
das, qué tejidos! En cambio, ¿qué parecerían nuestros
trajes dentro de veinte años, tan endebles como son, tan
faltos de calidad? Pero me gustan mucho más que los de
mi bisabuela, por escasa que sea su duración, o tal vez
precisamente por eso. Y con las ideas me ocurre lo mismo. Malas, pero actuales, y sobre todo originales. Me
gusta esto en Gian-Carlo. Pero lo que verdaderamente
admiro en él es su boca. ¿Cómo se las compone, con esa
boca, para no parecer un anuncio de dentífrico? Y no lo
parece, sin embargo, ni siquiera cuando se ríe, dejándole
a uno deslumbrado. No he visto nunca tanta blancura de
esmalte. Cuando se ríe parece que se abre la puerta de un
cuarto de baño. Pero no es una boca trivial, ni fría, no.
¿Recuerdas las carcajadas del diablo en *Mefistófeles*?[93]

---

93. *Mefistófeles:* éste es el nombre con el que aparece el diablo en la obra
Fausto de Goethe, nombre que él había tomado de la leyenda popular
alemana del Dr. Fausto. La cita en concreto se refiere a la ópera *Mefistófeles* con letra y música de Arrigo Boito, conocido también por ser el letrista
de alguna de las óperas de Verdi. Esta obra en cuatro actos, prólogo y
epílogo fue estrenada en la Scala de Milán en 1868 y supuso un rotundo

Pues la boca de Gian-Carlo parece indicada para una risa así: una risa de bajo profundo, pastosa, voluminosa, resonante..., diabólica.

Habían llegado ante la puerta de su cuarto y se detuvo.

—Buenas noches, Alba.

—Buenas noches, querida —contestó Alba, desconcertada.

* * *

Y a partir de aquella noche fue como lanzar la vida a los embates de un huracán. Así se sentía Alba: lanzada al aire, presa en las tenazas de un viento ardiente y galopante que la había arrebatado de su suelo habitable y la hacía volar con todas las raíces arrancadas de cuajo, como un árbol. Aquel ciclón. Aquellas invisibles aspas vertiginosas... Terrible, pero magnífico. La vida era ahora distinta en todos sentidos, y en especial en el de los sentidos. Tenía otro tacto, otro color, otra musicalidad. Y ¡cuán diferente era su pulso! Alba lo sentía latir. Por doquiera sentía el pulso de la vida latiendo subterráneamente en todos los seres, en toda la Naturaleza, en ella misma, de cuya viva palpitación no había estado nunca tan consciente. Si cogía una flor, la sentía latir; si se acercaba a un ciprés del parque, a uno de sus estanques o surtidores, los sentía latir; si una golondrina pasaba sobre ella, como una flecha viva, la sentía latir; si captaba el último rayo de sol en el crepúsculo, el primer estremecimiento de las estrellas al anochecer, el frescor del rocío, la brisa alegre de la aurora, en todo sentía latir un pulso acelerado que se unía misteriosamente al suyo propio. ¿Era esto la vida? ¿Era

---

fracaso debido a su intención desmesurada de abarcar la totalidad del texto de Goethe. Por ello Boito rehizo su partitura y la reestrenó en el Teatro Comunal de Bolonia en 1875, donde alcanzó notable éxito.

vivir aquel intenso y exquisito *sentirse*? Entonces ella no había vivido nunca hasta ahora.

Por las tardes, Gian-Carlo venía al Palazzo Velletri a pintar. Le había sido habilitada como taller una habitación del primer piso. La había escogido él mismo, después de haberlas recorrido todas en busca de la que tuviera la luz más conveniente. La idea había sido de Leticia. Gian-Carlo había dicho al marcharse, aquel primer día en que vino al Palazzo Velletri:

—Tendré que buscar un estudio o una habitación conveniente donde poder trabajar en un cuadro que tengo empezado. ¿Sabéis de algo que pueda servirme?

Y entonces Leticia miró a Alba y exclamó:

—¿Por qué no aquí mismo? No son habitaciones lo que faltan en este caserón. Seguramente se te podría encontrar una que te sirviera de estudio. ¿Verdad, Alba?

Y Alba había respondido, sin atreverse a mirar a Lorenzo:

—No sé... Sí, seguramente, sí.

—Pero —advirtió Gian-Carlo, con una de sus sonrisas ácidas—, necesitaré traer a una modelo. ¿No se escandalizarán los venerables retratos de familia?

—Tal vez. Pero nosotros, no. ¿Verdad, Alba?

—No. ¿Por qué íbamos a escandalizarnos?

—¿Ni Lorenzo tampoco? —inquirió Gian-Carlo, lanzando la voz hacia él, ligera, vaporosamente, con la vaporosidad de un gas deletéreo.[94]

—Me defenderé como pueda. Le haré la señal de la cruz cuando me encuentre con ella en la casa —contestó Lorenzo, dispuesto a no darle a Gian-Carlo el gusto de hacerle estallar. Pero se contenía con verdadero esfuerzo.

Leticia estaba pensando. Era curioso el modo en que la

94. *deletéreo:* venenoso, mortífero.

331

actividad del pensamiento se le conocía en el rostro. Se tesaba éste por la intensidad de la concentración, el ceño se le fruncía con dureza y se quedaba inmóvil, como si toda ella, su último ápice de energía, estuviera entregada a la laboriosidad mental. Se la *veía* pensar. Era un poco cómico.

—¡Se me ocurre una cosa, Gian-Carlo! —exclamó de pronto—. ¿Para qué quieres una modelo? ¿Qué es lo que vas a pintar?

—Una Madonna.

—¿Sirvo yo?

—¿Tú?

—¿No sirvo?

—Tienes un aire endiablado...

—Bueno, ¿y qué? ¿No eres pintor? ¿No puedes cambiarme el aire tú? ¿Crees que Monna Lisa tenía realmente el aire que le ha dado Leonardo? ¿Crees que los hombres del *Greco* eran tan ahilados como el *Greco* nos los ha dejado, o los caballos de Velázquez tan gordos como Velázquez los veía? ¿Crees que realmente eran así? ¿De veras? ¿Y las Madonnas de Rafael y las doncellas de Botticelli y los ángeles de Filippo Lippi y de Fra Angélico, y las Venus de Ticiano? ¿Sí? Pues yo ni siquiera creo en la exactitud de las mujeres de Rubens, que son lo más parecido a los caballos de Velázquez que hay en el mundo.[95]

95. *¿Crees que Monna Lisa (...) lo más parecido a los caballos de Velázquez que hay en el mundo?:* nuevamente Elisabeth Mulder está jugando con las caracterizaciones más tópicas que ha dado la historia del arte de cada uno de estos genios de la pintura, tan obvias que no merecen mayor comentario. Pero lo que me interesa destacar de esta cita es cómo la autora a través del personaje de Leticia, trata de demostrar que todos estos pintores no reflejaban la realidad tal y como era, sino sometida a su peculiar filtro estético, que es en buena medida lo que ella misma declara hacer en su novelística. (Ver al respecto el artículo de Elisabeth Mulder, "Interpretación novelística de la realidad", *Ínsula,* 122, Madrid (enero de 1957), p. 5, y la nota 37 del prólogo de esta edición.)

—¡Oh, hacedla callar! —clamó Gian-Carlo, llevándose las manos a la cabeza—. ¡Hacedla callar! ¡Esto es lo que resulta de estudiar Arte, con mayúscula! ¡Arte! ¡Porque tú estudias Arte, confiésalo, desgraciada! ¡Creí que eras inteligente, pero no lo eres!

—¿Te sirvo o no te sirvo como modelo?

—Me sirves.

—Entonces, está bien. ¿Cuándo empezamos?

—Ya te lo diré.

—Perfectamente.

Lorenzo hizo cuanto pudo por disuadir a su hermana de aquel capricho, pero le fue imposible conseguirlo, cosa que, por otra parte, conociendo a Leticia como la conocía, no le extrañó demasiado. Pero cuando Gian-Carlo se marchó, la reconvino duramente por la improcedencia de prestarse a servir de modelo en un cuadro destinado a ir a parar a manos extrañas.

Alba recordó los cuadros de Gian-Carlo que había visto en su taller de Nápoles, y sonrió a Lorenzo intencionadamente, diciéndole:

—Por eso no te preocupes. Te aseguro que nadie la reconocerá.

Al oír lo cual, Leticia comprendió que las obras de Gian-Carlo eran muy malas, y se echó a reír.

—¡Y luego dice que yo no soy inteligente! —exclamó con vehemencia—. Y él, ¿qué es él, señor pintor?

Fue entonces cuando Lorenzo se despidió, diciendo que se iba a leer a la biblioteca, y Alba y Leticia subieron a acostarse.

Las sesiones comenzaron dos días después. Alba se hallaba presente casi siempre. Al principio, Leticia era un modelo pésimo. Se movía, se levantaba a cada momento para ir a ver los progresos del cuadro por encima del hombro de Gian-Carlo, se cansaba, se ponía nerviosa, tenía

333

que fumar un cigarrillo, que tomar una taza de café, que salir al balcón a respirar una gran bocanada de aire. Gian-Carlo se exasperaba, se enfurecía, clamaba contra ella en el más crudo napolitano arrabalero. Y Leticia se reía, mofándose de él y de su cuadro.

—¿Ésa soy yo? —le decía—. ¿Soy yo, o un crepúsculo en el Mont Blanc, o una cesta de frutas, o una tribu de peces japoneses?

Y Gian-Carlo se enfurecía. Leticia tenía el don de enloquecerle de cólera. Pero además de esto le divertía enormemente, de suerte que, aunque muchas veces parecía que se fueran a destrozar, acababan siempre riéndose y siendo muy buenos amigos. Tenían una fuerza que les era común y que mutuamente los atraía, una fuerza nerviosa, eléctrica. Ambos sufrían arrebatos que les cegaba la razón y grandes reacciones violentas. Pero las de Leticia, más dueña de sí y, sobre todo, mucho mejor educada, eran interiores, mientras que las de Gian-Carlo se exteriorizaban. Sus iras terminaban siempre infantilmente con la rotura de algún objeto quebradizo. Su mismo cuadro lo había desgarrado dos veces, entre las burlas punzantes de Leticia, y lo había vuelto a empezar porque era, no se cansaba de recordarlo, un encargo, y le habían dado por él mil quinientas liras, y tenía que cumplir aquel compromiso, costase lo que costase.

Todo esto ocurrió en los primeros días. Luego, cuando tras innúmeras dificultades y altercados la obra fue precisándose y tomando cuerpo, Gian-Carlo pareció alejarse de ella, sin duda porque ya había conseguido dominarla y la consideraba salvada. Ahora ya sabía a ciencia cierta que podría terminarla, aun sin modelo, de memoria, si preciso fuera. Y ya Leticia perdió gran parte de su fuerza sobre él. Si se movía o se levantaba, Gian-Carlo seguía pintando como si no notara su nerviosidad o su ausencia, hasta que la muchacha volvía silenciosamente a sentarse ante él, despechada, sorprendida, no comprendiendo por qué él no se había encolerizado. Y, cosa peor aún: había ocurrido que, cuando ella volvía voluntariamente a ocupar su puesto, Gian-Carlo dejaba pinceles y paleta, encendía un cigarrillo y se ponía a charlar con Alba si, como solía ocurrir, ésta se hallaba en la habitación. A veces la miraba también mientras pintaba, y esto irritaba profundamente a Leticia, pues decía que, si Gian-Carlo tenía que mirar a Alba, ¿qué hacía ella allí, como una idiota, esperando que él la pintase? Y en más de una ocasión había ocurrido que, no pudiendo resistir aquella sensación de hallarse en ridículo, se levantaba y, sin dar excusa alguna, se iba. Y a veces regresaba a tiempo de continuar la sesión, y otras veces no regresaba ya. Alba, como todos los que conocían a Leticia íntimamente, estaba acostumbrada a sus arrebatos y genialidades, ocurridos frecuentemente en los momentos más inesperados y por las causas más imprevistas, y hacía poco caso de ellos. Y menos aún ahora, pues había presenciado demasiadas veces sus discusiones con Gian-Carlo, en las que parecía que entre los dos iban a hundir el cielo, y luego todo acababa en risas. Estaba ya acostumbrada al genio vivo de los dos, a sus mordaces ironías, a su temperamento insuave y rebelde, a su altanería fluctuante, sinuosa, que se hinchaba de pronto sin que nadie, excepto ellos mismos, supiera por qué. Y había aprendido a no tomarlas en cuenta, como juego de niños caprichosos. Un juego, sin embargo, que observaba fascinada. Había en él una dureza fría, un alucinante y bárbaro amor al peligro, y a la vez, algo grandioso, puro, como la crueldad injustificada de los dioses. En los primeros días, sobre todo, seguía con ojos de espectadora apasionada aquel choque de dos personalidades insumisas lanzadas a perseguir el imposible deleite de vencer la una a la otra. Luego, el hábito fue quitándole brillo al espectáculo, y, más que nada, el latir de su propia vida, que ella estaba *sintiendo* ahora por primera vez; aquella oscura, subterránea, estremecida corriente que era su vida ahora y que la arrastraba.

Desde su butaca, junto al balcón abierto sobre el parque, por el que trepaba la sombra dulce del magnolio y el perfume de sus flores, Alba, con un libro olvidado sobre el regazo, seguía el trabajo de Gian-Carlo o sus discusiones con Leticia. En general, ella se abstenía de intervenir. Era una espectadora pasiva e intensa, a la que ni uno ni otro habían podido arrastrar a sus encuentros. Se mantenía a distancia, sin indiferencia, pero con serenidad. Cuanto ardor, cuanto impulso había en ella, estaba ahora volcado hacia ella misma y a lo que era y significaba su vida desde que Gian-Carlo la amaba.

Él, Gian-Carlo, había intentado defenderse de aquel amor, y lo inútil de su intento le había dado la primera sensación de fracaso que había experimentado en su vida. Era un amor contrario a su voluntad y a todas sus determinaciones respecto a los De Brixias, gente que consideraba odiosa por principio. Y por deber. Sí; para él era un deber odiar a aquella gente por la cual su abuela, su madre y él mismo habían sufrido. Pero si no se ama cuando se quiere, tampoco se odia con sólo desearlo, y él había amado a Alba Grey cuando su único anhelo era odiarla. La había amado desde el comienzo, desde que la vio entrar en su cuartucho napolitano, fría, cortés, muy segura de sí misma, con una seguridad disimulada y aristocrática, que triunfaba de su timidez y quizás hasta de su miedo. Y él la había amado, a ella, que venía a humillarle con su protección. Mientras la tenía allí, en aquella primera visita, no cesaba de decirse que la odiaba y, además, que la despreciaba, como más tarde había despreciado a Lorenzo y más tarde a Leticia; pero en realidad estaba ya entregado a ella, amando su increíble presencia, el doloroso contraste que ella creaba en aquel sórdido cuartucho lleno de desorden, de olores acres, de luces crudas, de arte vil. Ella, con su traje blanco y su aplomo inconfundible, con su sonrisa graciosa como si se hallase recibiendo a sus invitados en los salones de su palacio florentino, con su naturalidad de mujer inequívocamente distinguida, que la hacía, sin aceptar nada, no sorprenderse de nada. Ella, que tenía aquellos gestos, y tenía aquellos ojos. Sí; desde el primer momento la había amado. "Pero —se había prometido a sí mismo— la nieta del marqués de Velletri no lo sabrá jamás." Sin embargo, lo había sabido. Y tal vez también desde un principio. Antes, desde luego, de que él se lo confesara, faltando a su promesa, en el Palazzo Velletri, que, también, se había prometido no pisar jamás. Y cuando se lo dijo, con una determinación súbita y hosca, como quien confiesa un crimen, se había quedado temblando, aterrado ante la idea de que ella le rechazara y dispuesto, si lo hacía, a las más extremas atrocidades: a matarla, a matarse, a prenderle fuego a aquel inicuo Palazzo Velletri. A cualquier cosa, a todo. Pero no le había rechazado. Ronca, brusca, desesperadamente le había dicho él que la amaba, y ella le había contestado sin sorpresa, con su voz igual, con su mirada de una enloquecedora nitidez: "Yo también, Gian-Carlo". Eso había sido todo. Él se había puesto lívido y había sentido su sangre helarse y helársele el corazón. La había mirado como se mira a los fantasmas y había huido como se huye de los demonios. Y una hora después, sin saber dónde había estado, había vuelto, delirante, con la cabeza tan desordenada por fuera como por dentro y la sangre, ahora, golpeándole las venas con trallazos de fuego. Y había buscado a Alba dando voces por el palacio, atropellando criados y doncellas, echando a un lado de un manotazo a aquella vieja urraca de Assunta. Y al encontrar a Alba, la había arrebatado del suelo en un abrazo frenético que había hecho crujir el cuerpo de ésta contra el suyo, y había buscado sus labios como si ella fuese un manantial y él acabase de cruzar, sediento, el más alucinante páramo. Así había sido. Y ni siquiera se dio cuenta de que en la misma habitación que Alba, hablando con ella, se hallaba Lorenzo. Cuando la soltó, Alba se volvió hacia aquél y dijo, con una trémula sonrisa y una voz pequeña que no era, sin embargo, ni opaca ni insegura:

—Lorenzo, creo que Gian-Carlo...

Gian-Carlo la interrumpió con una carcajada. Tal vez ésta fue debida a la sorpresa de hallarse inesperadamente ante Lorenzo o a excitación nerviosa, o constituyó una explosiva manifestación de felicidad. Pero si se trató de esto último, ciertamente no lo pareció. Fue una carcajada dura y fría, con notas como aristas. Paralizó a Alba por un momento. Pero Gian-Carlo terminó la frase que ella había dejado inacabada.

—¡Deseo, quiero, exijo casarme con Alba! ¿Es una buena idea, señor primo?

Miró a Lorenzo con ojos maliciosos, notando que sus labios estaban blancos, que una sombra se había extendido bajo sus párpados inferiores y que todo él estaba rígido, su rostro y su cuerpo, como si se hubiera convertido en una figura de madera.

—Es una excelente idea, sin duda —contestó Lorenzo, haciendo un esfuerzo por vencer la desesperante lentitud con que sus palabras fluían—, si a Alba se lo parece así —le tomó a Alba una mano y se la besó, sintiéndola un poco temblorosa—. Quisiera poder felicitarte, querida, pero me limito a desearte buena suerte.

Y abandonó la habitación.

Aquella noche Alba contestó la carta de su madre. Durante varias semanas había ido demorando su respuesta, que había intentado y abandonado por no acertar con el tono preciso. No quería ser ni hipócritamente entusiasta, ni estúpidamente resignada, ni menos aún pedantemente reprobadora. Era una carta difícil, visto lo correcto de sus relaciones con su madre. Pero ahora fue muy fácil. Aunque luego le hablaba de diversas cosas, aquel punto difícil de su matrimonio lo abordaba en un breve párrafo primero:

Querida madre: No sé si has hecho bien o has hecho mal en volverte a casar. Supongo que con el tiempo se verá y que la segunda vez ocurre lo mismo que la primera: es un juego de azar y cuestión de suerte nada más. Pero hayas hecho bien o mal, no soy yo quién para enjuiciarte, pues voy a hacer lo mismo muy en breve.

Y a continuación le decía con quién, y le daba los detalles que podrían ser de interés para su madre.

Ésta contestó por cablegrama.

Te has vuelto loca. Por lo menos aplaza atrocidad. Carta sigue. Si lo crees necesario, iré a reunirme contigo.

Esta última frase hizo sonreír a Alba. Rompió el cablegrama en pedacitos muy menudos.

Un mes más tarde se casaba, sin más testigos al acto que Lorenzo, Leticia y el doctor Bargioni, en la iglesuca de Ferratti, un pueblo próximo a Florencia, donde la casa de Velletri poseía vastas posesiones agrícolas y forestales y un coto de caza, joya y orgullo del último marqués. En el pabellón de ese coto, Alba y Gian-Carlo, sin más servidores que un guardabosques y la mujer de éste, pasaron su luna de miel.

* * *

Los días allí transcurrieron como fuera del mundo y fuera de la realidad. Era una vida en suspenso la que ambos vivían, sin raíces en la vida; una existencia que se nutría de sí misma para sí misma. Todo había quedado atrás para ambos. Nápoles y Marianna, Florencia y el Palazzo Velletri. El coto los acogía aislándolos de todo, dándoles para su amor aquel decorado nuevo, en una soledad de grandes bosques verdes de estío. Se tenían uno a otro sin que migajas de sí mismos hubieran de ser distribuidas entre otros seres, aislados como estaban en aquel bello rincón toscano.

El guardabosques Eusebio y su mujer, Gabriella, eran junto a ellos como dos sombras, prontos siempre a escabullirse, llenos de timidez. La nieta del marqués de Velletri les inspiraba un respeto casi fervoroso. Eusebio había sido guardabosques de aquellas propiedades desde que tuvo edad suficiente para coger una escopeta y amedrentar con ella a los cazadores furtivos. Y antes que él, y durante largo tiempo conjuntamente con él, había desempeñado allí aquel oficio su padre, y antes su abuelo. En cuanto a Gabriella, había nacido en Ferratti y sabía bien lo que en el contorno representaba la casa de Velletri y todo lo que esta familia había hecho por el pueblo, ligado a ella como éste estaba por lazos seculares. Y que la última descendiente de aquel linaje se hallase allí, viviendo en el pabellón del coto, dependiendo de ella para su comodidad y bienestar, era algo que la emocionaba y la turbaba hasta entontecerla, cosa bien difícil por cierto.

Eusebio era un hombre ya maduro, robusto y cuadrado, con una abundante pelambrera gris que sentaba bien a su rostro oscuro y áspero, como tallado en madera ahumada. Tenía los ojos pequeños, azules, llenos de malicia, pero buenos y rientes. Gabriella era muy joven, a punto

340

de cumplir los veinte años y con dos de casada. Era alegre, muy lista, casi bonita, con unos ojos negros, grandes, cargados de luz, y unos labios suaves y redondos. Tenía un cuerpo blanco, de curvas amplias, pero delicadas, y la cintura alargada y cimbreante. Gabriella amaba a su marido y estaba celosa de él, y casi cada vez que Eusebio volvía del pueblo, de tomar una copa de vino en la taberna, tenían unos disgustos terribles. Y si, como acostumbraba, Eusebio aparecía trayendo un regalito para su mujer, a fin de hacerse perdonar su escapada, Gabriella tomaba el obsequio, lo miraba por todos lados y preguntaba su precio, asegurando indefectiblemente que era una estafa. Y luego lo guardaba con amorosidad y el disgusto comenzaba con la misma fuerza por más que se hubiera retrasado algo por el regalo.

A veces Eusebio acompañaba a Gian-Carlo en excursiones de caza que no tenían de tal más que el nombre, pues, con gran desesperación del guardabosques, su señor no parecía tener otro interés en las piezas que el de mirarlas escapar ilesas. Y más de una vez, cuando él había querido remediar la fuga echándose a la cara su propia escopeta, que él, ciertamente, no habría de disparar al aire, como hacía su señor, sentía la mano de éste sobre su brazo, conminativa, paralizando el disparo. Y seguía el paseo, pues no era otra cosa que paseo, por bosques y montes, en el crujiente silencio del verano, bajo dulces sombras o al sol batiente, en horas de calor enfebrecido. Y a veces, súbitamente, el señor se daba vuelta y regresaba al pabellón, buscaba a la señora, recogida casi siempre bajo los grandes robles de la entrada, y se inclinaba ávidamente sobre ella, maravillado, como si de pronto hubiera temido su desaparición y al volver a la casa y encontrarla allí esperándole con su sonrisa y la claridad de su mirada no pudiera hablar de puro gozo.

Y así, en efecto, era, aunque Gian-Carlo jamás hubiera podido sospechar que la mirada del guardabosques se acercase tanto a su pensamiento. Tal vez, de sospecharlo, hubiera renunciado a su compañía, pues su dependencia de Alba por el amor le era ya en ocasiones suficientemente abrumadora, aun creyéndola secreta; cuánto más no lo sería de saber que trascendía hasta a seres de tan contadas luces como Eusebio. Era, precisamente, por librarse durante unas horas del exquisito yugo que ligaba su vida al hechizo de Alba por lo que buscaba la compañía del guardabosques con la excusa de la caza. Le gustaba el temple rudo y brusco de este hombre, la sana libertad con que iba al amor y se apartaba de él, libre nuevamente. Le gustaba sentir a su lado la vida independiente de aquel organismo elemental en su totalidad de cuerpo y espíritu.

Él, Gian-Carlo, se sentía a veces claudicante. A veces, cuando encontrárase donde se encontrara, había de abandonarlo todo y correr ansioso al pabellón porque el deseo de Alba tiraba de él irresistiblemente, sentíase un poco humillado, temeroso de desmenuzarse y, al fin, perderse, como si viera los tejidos de su personalidad entrar en un proceso de desintegración. Y entonces buscaba la compañía de aquel hombre, Eusebio. Hablaba con él gustando la crudeza de su lenguaje, la frescura tosca de sus opiniones y sentimientos, la dulce animalidad de su ser sin claudicaciones decadentes. Y le envidiaba. Gabriella no tenía fuerza alguna sobre él. La amaba; si preciso fuera, la defendería con su propia vida, rabiosamente, como el macho defiende a la hembra; dejaba que ella jugase cuanto quisiera a mandarle, a reñirle, a imponérsele con sus arrumacos o sus desplantes de mujer. Eran derechos de hembra, que él respetaba porque es de hombre respetarlos, como se respetan los derechos del niño. Era una concesión. Pero nada más; pero en el fondo él estaba libre, era un hombre libre. Gabriella no le había hechizado como Alba le había hechizado a él. Sin embargo, aunque estos pensamientos despertaban en él una sombra de rencor, ocurría con frecuencia que, aun en el instante en que estaban haciendo presa en él, el hechizo de Alba se le imponía por sobre ellos mismos, y el deseo de ella, la necesidad de su presencia, de su verdad física, le atravesaba como un dolor intensísimo, y no hallando remedio a este dolor intolerable sino en ella misma, había de volar a su encuentro e inclinarse maravillado ante el milagro de su realidad.

Era un amor así, y era intenso y hondo y completo. Se miraban uno a otro contemplándose vivir, y porque el espectáculo de la vida que se ofrecían era tan maravilloso, a veces tenían arrebatos de gratitud y se besaban con el alma blanda de aquel frenético reconocimiento.

Así pasaban los días. El bosque crepitaba en torno al pabellón de cantar de pájaros, de temblar de élitros, de sordo rastrear de pequeñas alimañas fugitivas. Era la madurez del verano y se desprendía de la corteza de los árboles, de las hojas en sazón, un olor fuerte a fibra viva. Habían ya nacido y muerto muchas flores en el bosque, y sus espíritus flotaban con perfume antiguo en el aire caliente, y sus cuerpos yacían en descomposición, preparando a la próxima primavera el mantillo del humus generador. Vinieron unas noches muy claras, con unas lunas rosadas y amarillas que surgían poco después del crepúsculo. Cuando la luna, alta ya, se había tornado tan blanca y tan fría como si fuese de cristal, Alba, con la mejilla hundida en el hombro de Gian-Carlo, la contemplaba desde el lecho, centrada en la ventana, vertiendo por ella unos rayos transparentes como largos hilos de hielo. Era todo muy bello. Alba se quedaba inmóvil, sintiendo latir la vida, la vida que el amor le había revelado. Y Gian-Carlo se quedaba inmóvil, sintiendo latir a Alba. Y pensando.

Y pensaba que todo debiera concluir allí. Pensaba incluso que, si para que aquella realidad no cesara de ser aquel sueño no hubiera otro recurso que la muerte, él aceptaría la muerte como una solución feliz. Sí, él invitaría a la muerte a cerrar aquel sueño, él que no invitaría a la vida a abrirlo a la realidad. La vida sólo podía descomponerlo, desintegrarlo y aventarlo como una ceniza más de las muchas cenizas que la forman. Pero ahora, allí, estaban seguros, ellos y su sueño. Era un mundo aparte, el único mundo en que se podían mover libremente, y estaba protegido por la soledad. Y todo cuanto allí había era de él porque Alba era totalmente de él y ella constituía su bien único y supremo. En aquella dulce inercia, con las horas deslizándose aterciopeladamente, sin más principio ni finalidad que el amor, Alba era como una flor que él llevase oculta en el hueco de su mano, y todo su perfume quedaba encerrado en él y era para él. Pero fuera de allí, en el Palazzo Velletri y en los lugares donde la vida de Alba transcurría habitualmente, entre tan diversos intereses y actividades, entre tantas gentes, un poco por lo menos de su perfume se lo llevaban los demás.

Y esto creaba en su alma un frío de terror. Era una sensación de pérdida que le vaciaba de todo y le hacía sentirse solo y miserable. Y no podía aceptarlo, la idea de aceptarlo le enloquecía y hacía aflorar a la superficie de su ser los más turbios y malignos posos de su espíritu. No, no *quería* aceptarlo. Alba debía existir solamente para él, ser para él, sin merma de ninguna especie. En cualquier instante que él la reclamase debía encontrarla como la encontraba allí, sola, con su sonrisa y su mirada para él, aguardándole. El mundo no debía jamás alzar entre los dos su muro de niebla, que hace a los seres vagos y borrosos y perdidos unos para otros. Allí, en el coto, toda claridad era posible. Fuera de allí... Tenía miedo, aquel terror de pérdida. Y mientras ceñía a su costado el cuerpo vibrante de Alba y sentía la presión de su mejilla sobre su hombro, envidiaba a aquellos hombres para quienes la permanencia de una vida así era, más que posible, inevitable. Envidiaba a Eusebio. En aquella misma hora yacería así junto a Gabriella, pero sus pensamientos no estarían atormentados por ella como los suyos por Alba.

En aquella misma hora, Gabriella, que no había conseguido en todo el día atraerse la atención de su marido, ahora, teniéndole al fin sin escape, vertía a su oído las confidencias que hasta aquel instante él no había querido escuchar, y ahora tampoco, pero no le quedaba más remedio que escucharlas. Que si la señora había pedido los dos mejores caballos de las cuadras porque ahora quería montar cada tarde, y si el caballerizo Giacobbe había sido llamado y había hablado con ella y que si el señor, que no había montado nunca, ahora iba a aprender y Giacobbe le iba a enseñar. Y que si al señor, por más que estuviera siempre de tan buen humor y tuviera aquel modo de reírse por cualquier tontería, como un muchacho, no le faltaban tampoco prontos de genio y arrebato de humor negro, y que ella, Gabriella, había presenciado uno aquella mañana y además lo había provocado ella misma.

Al oír esto Eusebio, medio adormilado por el sonsonete de la parlera y el calorcillo veraniego de las sábanas, abre unos ojos incrédulos.

—¿Tú le has provocado el humor negro, Gabriella?

Ella asiente excitada. Se pasa la punta de la lengua por los labios, saboreando el gusto de la relación que ha debido sofocar durante todo el día porque su marido, ocupado en sus faenas, no le hacía caso.

—Yo, sí señor. Pero sin querer, ya se sabe.

—¿Se ha enfadado contigo?

—A la cuenta. O no sé si conmigo propiamente, porque a mí no me ha dicho una palabra, pero se ha enfadado. ¡Huy, qué cara puso y qué mirada!

—Pero ¡acaba ya, mujer! ¿Qué hiciste tú para provocarle?

—Hacer, no hice nada. Fue lo que dije, que debió de sentarle muy malamente. Estaba el señor con la señora en la salita donde comen, y la señora me estaba dando unas órdenes para el avío de la mesa y va y me pregunta que si la había comprendido bien. Y yo que le digo que sí, pero como siempre se me olvida que la señora ya no es la señora duquesa porque se ha vuelto a casar y ya no tiene el mismo nombre, aunque para mis adentros yo siempre la llamo la señora duquesa, pues voy y le contesto: "Sí, señora duquesa". Y ella sólo me dijo, sonriendo, que ya no debía llamarla así, pero él...

Él se había puesto rojo como si acabasen de inferirle una injuria. Estaba leyendo un libro y tiró el libro sobre una mesa. Sus ojos se entornaron formando dos trazos estrechos y tirantes en cuyo centro la pupila parecía haberse contraído y concentrado hasta convertirse en un punto de luz taladrante. Y sus labios esbozaban una sonrisa de ironía amarga. Había en su rostro algo a un tiempo doloroso, burlón y demoníaco. Alba, por fortuna, no pudo verle aquella expresión. De haberla visto hubiera comprendido en el acto lo que le ocurría a Gian-Carlo, porque no ignoraba que la quería tan íntegramente suya que ni siquiera podía tolerar la idea de su existencia en el pasado, cuando su vida no se apoyaba en la de él, y que cualquier alusión a un tiempo en el que él no tenía parte alguna junto a Alba le hería en lo más vivo de sus sentimientos posesivos, como si se le hiciera víctima de un despojo. Así sentía, y Alba lo hubiera comprendido, y a la vez se hubiera entristecido e impacientado un poco porque en aquella actitud no dejaba de haber cierto inconsciente reproche hacia ella, como si hubiera cometido alguna falta que estaba en su mano remediar y no hubiese querido remediarla. Pero, por fortuna, Alba no le había visto. Estaba de espaldas a él, que se había levantado bruscamente después de lanzar el libro sobre la mesa y se había acercado a la ventana y miraba por ella, pero sin ver, ciego para cuanto no fueran sus propias y torturantes imágenes interiores y maldiciendo de todo cuanto tenía o había tenido algún derecho sobre Alba, y en especial del inofensivo y desaparecido duque de Paliano-Vasi, a quien en aquel instante odiaba con un odio fuera de toda mesura. Pero si Alba no había sorprendido su expresión, Gabriella sí, y se había asustado al ver la lumbre que se encendía en su mirada y aquella burla mala de su sonrisa.

Durante todo el día había estado muy preocupada pensando en todo aquello y no había podido aliviarse de su preocupación porque su marido se negaba a escucharla, poco interesado como estaba en su cháchara y demasiado ocupado con unas cosas y con otras. Pero ahora la escuchaba, pendiente de aquel susurro medio ahogado entre su mejilla y la almohada, de aquella especie de zureo[96] confidencial con que Gabriella le contaba lo ocurrido, hasta que se quedó dormida, con la cara pegada a la de él. Pero Eusebio tardó en dormirse. Sí, sus ojos permanecieron abiertos en la penumbra largo rato, sus ojos descon-

---

96. *zureo:* aquí está usado como un símil, ya que "zureo" es una palabra más bien onomatopéyica, que se usa para denominar el arrullo de las palomas.

fiados, maliciosos, sus ojos de zorro viejo y socarrón. Y de pronto recordó las súbitas escapadas del señor en busca de la señora, porque no podía pasar sin verla ni un instante más, y su ausencia le producía angustia de agonía, y sintió lástima de él, por más que tuviera a ratos aquel humor negro y aquellos prontos de genio. Y por aquella lástima que sentía de él se apartó bruscamente de Gabriella, con aprensión, como en un instintivo movimiento de defensa, y le volvió la espalda y se quedó dormido, apartado de ella.

Gian-Carlo, en cambio, dormía aún. Recordaba el incidente de la mañana, todo cuanto Gabriella había traído a su imaginación al llamar a Alba "señora duquesa", el malestar que había producido en él, su ira, su rencor, su inquietud, su despecho. Pero todo había pasado y había pasado pronto, porque en el ambiente en que él y Alba vivían ahora no existía nada capaz de nutrir aquel estado de alma negativo. Estaban solos en el coto, en aquel pabellón donde Alba había pasado jornadas de recreo o de reposo, pero donde no había vivido jamás, y, por tanto, los únicos recuerdos íntimos que la unían a él eran los que a su vida con Gian-Carlo se referían. Estaban solos y era fácil, allí, decirse que el pasado no existía, ni siquiera el futuro, y darse íntegramente al gozo de un presente en el que Alba y él lo llenaban todo. Él la amaba obsesionante, dolorosamente.

Cuando, aquella misma mañana, después que Gabriella se hubo marchado, volvió a oír la voz de Alba dirigida a él, fue como si le pasara la mano por la frente, ahuyentando con su frescura la fiebre de sus pensamientos, apaciguándole. Y todo, gradualmente, entró de nuevo en reposo, todo volvió a fluir incorporado otra vez al ritmo de las horas, al ritmo de Alba, que era bello y armonioso. Le quedó tan sólo como secuela de la conmoción una reticencia irónica, cierta tendencia a expresarse en imágenes caricaturescas y la necesidad de demostrar su orgullo a la más pequeña provocación y aun sin ella. El estado de defensa contenidamente agresiva le duró dos o tres horas, y si Alba se dio cuenta de él, no dijo nada, y pasó como si no hubiera existido.

La tarde fue deliciosa. A la mitad de ella llegó Giacobbe con los caballos requeridos por Alba y con *Orlando,*[97] nacido hacía cinco años en Florencia, en las cuadras del duque de Paliano-Vasi y trasladado a Ferratti por piedad a su genio excesivo, que parecía ahogarle en el encierro ciudadano, donde sus furores incontenibles habían puesto más de una vez en peligro a sus jinetes y cuidadores. En el campo, con bosques, prados y montes ofrecidos abiertamente a sus galopadas sedantes, y con Giacobbe, que le comprendía y amaba, para su cuidado, *Orlando* era feliz y casi inofensivo. Casi solamente: no se podía confiar en él demasiado. Tenía días.

A veces, sin que se supiera por qué, parecía poseído por un genio maléfico, y una llama cruel iluminaba perversamente sus ojos. Era un espléndido animal, grande, negro, brillante, con finos y fuertes remos, líneas elegantes y una hermosa cabeza orgullosa. Se entendía muy bien con Giacobbe, y puede decirse que con nadie más. Toleraba a Alba, cuya voz le era más grata que el azúcar que le ofrecía y que él tomaba, si lo tomaba, con afectada indiferencia, haciendo a todas luces una concesión. A veces, Alba, que era destrísima amazona, podía montarlo, pero no siempre. Dependía del humor del animal, de cómo estuviesen sus nervios aquel día, de su particular y capricho-

97. *Orlando:* Dado el final de la novela, no está de más señalar el carácter profético del nombre de Orlando, que inmediatamente nos remite a la idea de furia, al relacionarlo con la obra épica de Ludovico Ariosto, *Orlando furioso,* fechada en 1516.

so demonio. Giacobbe podía montarlo siempre. A él le amaba, eran amigos. Giacobbe conocía bien el alma altanera de los caballos, su reserva, sus susceptibilidades, sus dolorosas timideces, su gran soledad, sus supersticiosos terrores, su exclusivismo. Y *Orlando* correspondía a aquella comprensión con su amistad. Pero un solo amigo le bastaba en este mundo.

Gian-Carlo se entusiasmó al verle.

—¡Qué magnífico! ¿Es éste el que voy a montar yo? Me gustaría mucho montarlo.

Giacobbe sonrió disimuladamente, con una sonrisa compasiva. Fue Alba quien contestó:

—No... Me parece que será mejor que, para empezar, no montes a *Orlando.* Es un caballo de mucha sangre y lleno de caprichos. Y puede ser perverso.

—¡Ah! Ya comprendo... ¿Le montarás tú?

—Si puedo, sí.

—¿Si puedes?

—Si él me lo permite.

—¿Tú montas muy bien?

—Bien, sí. Creo que sí ¿Qué tal está *Orlando* hoy, Giacobbe?

Orlando, hasta aquel momento, había estado muy bien: de tranquilo humor, casi dulce. Se había dejado ensillar con satisfacción, prometiéndose una salida alegre, y había trotado dócilmente con los otros caballos, a la zaga de Giacobbe, hacia el pabellón del coto. Y allí había reconocido a Alba y el encuentro parecía haberle complacido. Pero de pronto una voz desconocida, de notas bajas y vibrantes, había sonado junto a él, y una mano extraña había resbalado por su cuello, en una larga, táctil, dominante caricia. Y todo, en un instante, había cambiado para él, todo. Se había quedado muy quieto, como paralizado de colérico estupor, pero su piel se movía, estremecida,

350

como si se agitase suelta sobre su esqueleto. Había vuelto la cabeza para mirar al intruso y había clavado en él su mirada inquieta, hostil. Y Giacobbe había sorprendido aquella mirada y había pensado: "No le gusta el nuevo amo. No le gusta nada. Ya tenemos hoy a *Orlando* imposible". Por eso, cuando Alba le preguntó cómo estaba el humor del animal, le contestó que mal, aunque hasta aquel instante había estado bien.

—Pues ¿qué le sucede? —inquirió Gian-Carlo, alargando el brazo para acariciar nuevamente al caballo, que al ver su movimiento comenzaba a dar cabezadas furiosas y a temblar—. ¿Qué le sucede? —repitió—. ¿Está nervioso?

—Sí, señor, es eso: que está nervioso —contestó Giacobbe en tono de excusa.

—Pero ¿por qué? ¿Le he asustado yo? ¿Qué le he hecho?

—Es que le impresionan las cosas nuevas, señor. No le gustan las visitas.

—Pero ¡yo no soy una visita! —exclamó Gian-Carlo esforzándose en reírse, pero nervioso ya él también.

—No, señor —contestó Giacobbe, adoptando una expresión estúpida. Y miró al caballo suplicantemente, como pidiéndole que no creara más dificultades con el nuevo amo, que ya estaba bien para el primer día.

Alba decidió, terminando el incidente:

—Muy bien, Giacobbe: no lo montaré. Móntelo usted, que conoce sus extravagancias. Si te parece bien, Gian-Carlo, tú puedes montar a *Godfrey* y yo montaré a *Vedette*. A *Vedette* le corresponderían en derecho los caprichos y las excentricidades de *Orlando,* pero es una muchachita muy buena y muy juiciosa. ¿Verdad, *Vedette*?

La yegua tendió el cuello y olfateó la chaqueta de Alba, en busca de azúcar.

Sí, había sido una tarde deliciosa. Gian-Carlo recordaba la luz del bosque, el sabor del aire, el rodar de algún eco perdido, el olor de los caballos, el acre olor a pelo humedecido y a cuero y a hierba seca. Habían regresado muy tarde y él sentía sus músculos ligeramente distendidos por aquel primer ejercicio de equitación y hallábase contento como un chico que vuelve de una aventura. Cuando la puerta del pabellón se cerró tras él dejando la noche atrás, y entró, con Alba cogida por el talle, en la salita donde Gabriella les tenía preparada una sencilla y sabrosa cena en la mesa dispuesta alegremente, según Alba le había indicado, la sensación de gozo que experimentó, de bienestar, de plenitud, la absoluta falta de todo deseo que no fuera aquello que ya tenía— fue tan pura, tan intensa, que produjo en su alma la inevitable reacción de la melancolía.

Y ahora, con Alba tendida a su lado, apoyada sobre su hombro, pensaba gozosamente que todo debiera concluir allí. Gozosamente lo pensaba, en la saturación de la dicha, con el terror, derivado del gozo, de perder aquel bien que era para él más que todo otro bien, más que la misma vida.

Se vuelve hacia Alba y la ve dormida. Cuidadosamente, para no despertarla, mueve su brazo sobre el que ella reposa, y la acerca más a él. La besa con suavidad en la frente, que la luna hace de una palidez traslúcida, y en los párpados, imaginando el azul delicado que ocultan, el tímido verde, la noble calidad de la mirada. Y siente, de pronto, una especie de congoja de felicidad que le contrae el pecho, y en sus ojos, inesperadamente húmedos, el estremecimiento de su alma. Y así se queda dormido él también, junto al sueño de Alba.

* * *

En septiembre presenciaron las alegres faenas de la vendimia en las colinas cercanas, que recogían en su halda al pueblecito. Y dijeron que después de la vendimia regresarían a Florencia. En octubre el bosque se convirtió en un mar de oro trémulo. Y dijeron que cuando aquel oro se hubiese transformado en oscuro cobre, regresarían a Florencia. En noviembre encendieron por primera vez la chimenea y fueron, ante ella, las más dulces veladas, leyendo y charlando y viendo las grandes sombras, que las llamas ponían en movimiento, brincar en los rincones y trepar alocadamente por las paredes. Y dijeron que antes de Navidad regresarían a Florencia. Después de todo, Leticia estaba sola. Cuando Alba pensaba en esto se sentía llena de remordimientos y de incumplida responsabilidad. Ella se había hecho cargo de Leticia mientras durasen sus estudios en Florencia, y ahora la tenía abandonada en el Palazzo Velletri, pues Lorenzo había regresado a España inmediatamente después de la boda. ¿Cuándo iban a volver? —le escribía Leticia con frecuencia—. ¿Cómo podían resistir aquella soledad y aquel aburrimiento? Debían de haberse vuelto locos.

Al fin el regreso hubo de decidirse, y por Leticia precisamente. Estaba enferma, aunque, según escribía, muy ligeramente, atacada de gripe. Pero el doctor Bargioni la había metido en la cama a viva fuerza y Assunta la vigilaba como un perro para que no se levantase, y, aunque no tenía nada absolutamente, estaba desesperada por la encerrona y el aburrimiento, la dieta y los potingues. Estaba segura de que la fiebre que tenía era debida a todo aquello, que la ponía nerviosa, y no a que se le hubiera inflamado la pleura, como decía el doctor Bargioni. De manera que si Alba había encontrado en el coto su particular forma de aburrimiento, y le gustaba, podía quedarse allí a disfrutarlo el tiempo que quisiera, pues por ella no tenía nada que temer.

Alba leyó la carta y corrió en busca de su marido. Le encontró junto a los grandes árboles que se alzaban a la entrada del pabellón, aserrando un leño enorme, mientras Eusebio, al que había escamoteado aquel trabajo, le miraba socarronamente.

—Hemos de regresar a Florencia, Gian-Carlo —exclamó al llegar junto a él—. Leticia está enferma.

Él dejó de aserrar y la miró. La decepción que reflejaba su rostro era tan honda, tan infantil, que Alba sintió a un tiempo lástima y deseos de reírse. Pero le entregó la carta en silencio y él la leyó, se la devolvió y durante un momento tampoco dijo nada.

—Bueno, parece que la cuidan bien —comentó al fin.

—Naturalmente, pero eso no importa, querido. Hemos de regresar.

—¿Por qué? —inquirió él sombríamente.

—De todas maneras teníamos que regresar un día u otro. Y ahora existe una razón urgente: que Leticia está enferma.

—Dice que no tiene nada, que son nervios.

—Pero Michelotto dice que es inflamación de la pleura. Yo no veo que podamos hacer otra cosa que regresar a Florencia en seguida.

—¿Por qué? —repitió él. Su voz era opaca, monótona. Se resistía tras de aquella voz, lleno de mal humor.

—¿Por qué? Pues porque sí. ¿No comprendes?

—No.

Tiró el serrucho, que chocó contra el tronco, produciendo un sonido casi melódico. Eusebio lo recogió del suelo y se puso a serrar él. Estaba muy serio y atento a su trabajo, pero en los ojos se le había encendido aquella chispa de zorro trapacero. Gian-Carlo le contempló un instante, torvamente. Luego se metió las manos en los bolsillos y entró en el pabellón seguido de Alba. Iba silbando furiosamente.

Durante cerca de una hora Alba trató de hacerle comprender y, al final, pareció que comprendía y aceptó la necesidad de regresar a Florencia en seguida.

—Pero ya no será lo mismo —murmuró con tristeza rencorosa.

—¿No será lo mismo?

—Ya no vivirás exclusivamente para mí. No tendrás tiempo para mí. En tu vida normal, Alba, hay demasiadas cosas.

—Hay las mismas cosas que en cualquier vida normal, Gian-Carlo.

—En la mía, no. Yo sólo te tengo a ti, porque todo lo demás no me importa, y, por tanto, no existe.

—Pero ¡yo también sólo te tengo a ti!

—Y todo lo demás.

—¿Qué es lo demás?

Él no contestó a esta pregunta, no habría podido contestarla. Sabía lo que quería decir, pero no cómo explicarlo. Se contentó con dar un ejemplo.

—Yo no me separaría de ti porque tuviera en alguna parte un pariente cualquiera enfermo de los nervios.

—No me separo de ti, puesto que vamos juntos. Y no se trata de un pariente cualquiera. Se trata de una muchacha muy joven, que está sola y bajo mi custodia.

—¡Sola! Me parece que los únicos De Brixias que han estado solos jamás han sido los de la rama condenada, la mía, ¡Leticia sola! Tendrá la casa llena de visitas todo el santo día, estará siendo la atracción suprema de Florencia. ¿Cuántas amistades tenéis en la ciudad, ella y tú?

—Temo no podértelo decir exactamente. Es una de esas cosas de las que uno no puede formar lista.

—Para vosotras será muy agradable estar continuamente recibiendo gente amiga. Pero ¿qué haré yo? No son amigos míos, yo no les importo nada a ellos y ciertamente ellos no me importan a mí. Filippa era amiga mía y todas las demás relaciones que he dejado en Nápoles y que no se me ha ocurrido jamás imponerte. Pero tú me impones una sociedad que no es la mía y que, además, nos separa.

—¿Por qué nos separa?

—Porque estará cerca de ti, y como yo no la quiero frecuentar, porque no tengo nada que darle ni nada que recibir de ella, y porque además la desprecio, tendré que estar alejado de ti. Seré una visita más en tu casa, pero una visita poco presentable, que se recibe a solas, secretamente, a altas horas de la noche. La gente que vaya al Palazzo Velletri irá a verte a ti y a Leticia, y si por casualidad me encuentra a mí por algún rincón, caso de que no me confunda con algún administrador o empleado tuyo, se preguntará intrigada: "¿Quién será ese pobre diablo que ronda por la casa?"

—¡Gian-Carlo! ¿Te das cuenta de lo que dices?

—Perfectamente: protesto contra lo que va a ser mi vida de ahora en adelante. ¡Protesto!

—La versión que acabas de darme de lo que será tu vida es falsa y monstruosa, y abominable. Y lo sabes muy bien. Si no lo supieras muy bien no lo dirías. Si creyeras que hay un ápice de verdad en lo que acabas de decirme, te lo habrías callado, porque tu orgullo te impediría proclamarlo. ¿Por qué me atormentas, pues, con palabras en las que ni tú mismo crees? ¿Por qué has reaccionado de esta manera ante la necesidad mía de regresar a Florencia, como si fuera una crueldad de la que yo te hiciera víctima caprichosamente?

—Aquí somos felices. ¿Por qué marcharnos?

—¡Dios mío! ¿No he podido, pues, hacértelo comprender?

—Lo comprendo, pero sólo aceptándolo desde tu punto de vista. Desde el mío es incomprensible. Trata de comprender esto tú también. Tú vas hacia algo, yo no voy hacia nada, como no sea hacia la merma de tu presencia. Tú tienes... eso que la gente llama "un mundo"; tienes un prestigio social, una tradición familiar, unas relaciones, unos deberes que obligan. A mí todo eso me da risa. A mí todo eso y todo lo demás que se le pueda añadir, todo en absoluto, me importa infinitamente menos que un solo instante de tener tu mano entre las mías. ¿Comprendes tú eso? Trata de comprenderlo.

—Pero ese mundo al que te refieres tú ya lo conocías a través de mí, tú sabías que era mi mundo, el mundo normal y corriente de una mujer de mi clase. No es mejor ni peor que otro cualquiera, pero es el mío, el mundo en el que yo he nacido, en el que he sido educada. No he podido escoger, no ha dependido de mí. Yo no tengo por qué avergonzarme de él y no me avergüenzo, aunque tú lo desprecies. Tú todo esto ya lo sabías. Me conociste como ahora soy y me aceptaste así. ¿Pensabas tú al casarnos que viviríamos aislados de todo y de todos para siempre más, en este coto?

—No pensaba nada. Yo nunca pienso las cosas que voy a hacer.

—No me parece un sistema muy lleno de sabiduría...

—Yo no soy un sabio. ¿Por qué tengo que obrar con sabiduría? ¿Creías tú que te casabas con un sabio?

—No. Pero con un hombre razonable, sí.

—¿Es eso llamarme loco?

—Me parece que no. Pero tal vez sea llamarte desconsiderado. Perdóname.

Se dio vuelta bruscamente y salió para irse a refugiar al dormitorio. Tenía los ojos llenos de lágrimas y el alma de exasperación. Se daba cuenta de que lo que Gian-Carlo tenía era una especie de pataleta infantil que le hacía decir cosas hirientes y mostrarse adrede absurdo y obstinado y malévolo. Pero ella no había sido nunca demasiado paciente con los chiquillos mal criados y sentía aquella exasperación y, a la vez, una gran tristeza, esa tristeza estéril y seca que se siente ante los males producidos porque sí, estúpidamente, y que son del todo inútiles y del todo evitables. Una tristeza así sentía, y sus ojos no pudieron ya contener las lágrimas y éstas empezaron a rodar por sus mejillas, con amarga abundancia. Pero antes que hubiera tenido tiempo de secarlas se halló en los brazos de Gian-Carlo, que había venido tras ella, contritamente, y en sus labios dejó todas las lágrimas y aquella exasperación y aquella tristeza.

Regresaron a Florencia al día siguiente y hallaron a Leticia tal como ésta se había descrito a sí misma: muy nerviosa, muy aburrida, en rebeldía contra el doctor Bargioni y con la pleura inflamada. Pero era cierto que no tenía nada grave. Gian-Carlo hizo un gesto amargo al saberlo, como si pensase que por lo menos hubiera hallado cierta compensación en encontrar a Leticia francamente mal. Su gesto, empero, tenía más de burlesco que de malintencionado, y Alba lo dejó pasar con una sonrisa.

Tal como Gian-Carlo había anticipado, Leticia cuidaba de paliar su aburrimiento con abundante compañía, y las visitas acudían en enjambre todas las tardes y el teléfono no dejaba de funcionar a todas horas, día y noche. Cuando, convaleciente ya, pudo descender al piso inferior, comenzó a dar verdaderas recepciones. Ella y Alba parecían encontrarlo muy natural. Se movían entre todas aquellas gentes con una simplicidad absoluta, como si estuvieran solas. Pero a Gian-Carlo le ponían nervioso y se mantenía alejado del centro de animación, recluido en la estancia que le habían habilitado para pintar y que ahora quedaba definitivamente como su estudio. Allí se encerraba durante horas y horas, y si, abajo, en los salones, Alba *recibía,* él se desentendía de ello por completo.

—Pero alguna vez deberías hacer los honores a mis invitados... —había insinuado Alba en una ocasión, y la frase le había sonado afectada y convencional a ella misma y había buscado con timidez el rostro de Gian-Carlo para ver qué efecto le había producido. Un efecto grotesco. Tenía el rostro crispado de ácido regocijo.

—Hacer los honores, querida Alba... Y eso ¿qué es? —había preguntado con irritante afectación de inocencia, sonriendo torcidamente—. Yo soy un ser simple. No entiendo muy bien esa fórmula, que, por otra parte, recuerdo haber visto alguna vez en los novelones que leía mi abuela y que tal vez por eso me resulte un poco anticuada, y anacrónica en tus labios. Hacer los honores... Pero el honor, ¿no es una cosa que cada cual se hace para sí mismo?

—No seas absurdo. No tergiverses las cosas. Sabes muy bien lo que quiero decir. Mis parientes, mis amigos, desean conocerte. Es natural, después de todo.

—¡Ah! ¿Sí? Entonces cuenta conmigo, entonces dispón de mí para la exhibición. Enséñales la ganga de marido que encontraste en Nápoles, a buen precio, sólo por dos millones de liras. Luciré todas mis gracias ante ellos para hacerte quedar bien. Besaré la mano de las señoras, rendidamente, como si no estuviera pensando alguna atrocidad de ellas. Y me interesaré apasionadamente por la política y los negocios y las digestiones de los caballeros, como si las tres cosas, además de ellos mismos, no me produjesen náuseas de muerte. Y diré a todos que pinto unos cuadritos muy monos, con unos colores preciosos, y que en el coto he aprendido a montar el caballo más manso de tus cuadras. Y cuidaré el acento con que lo digo, para que no trascienda ni el napolitano portuario ni el jíbaro de las Antillas. Desplegaré todas mis velas y me deslizaré graciosamente por tus salones, como una nave que navega con buen viento. ¿Estás contenta?

Alba no pudo responder. Sus labios palpitaban como los de un niño que no quiere llorar. Por fortuna la escena quedó cortada al entrar un erario anunciando la llegada de una modelo solicitada por Gian-Carlo. Éste dio orden al criado de que la hiciera pasar y la chica entró en la estancia con un aire perplejo y asustado. El palacio la había dejado atónita. No comprendía qué clase de casa era aquélla ni qué es lo que ella tenía que hacer allí. Le habían dado la dirección de un estudio, pero jamás había visto un estudio como aquél ni unas gentes como aquéllas. Un criado le había abierto la puerta y otro criado la había hecho pasar a una antesala, y allí se había presentado a pedirle su nombre un señor muy impresionante, vestido con enorme elegancia, como para una fiesta de muchas campanillas. Y la había mirado de una manera extraña, como preguntándose qué era aquello que tenía ante sus ojos, que es lo que ella se había preguntado de él y de toda la casa.

En realidad, el señor tan impresionante no era sino Fabio, y su enorme elegancia era simplemente un traje de mayordomo. Pero la chica le había tomado por algún altísimo personaje y no sabía lo que pasaba, las rodillas le temblaban y tenía más deseos de irse que de quedarse. La sorpresa que experimentaba era inmensa, pero a ella las sorpresas no le gustaban nada. No recordaba haber tenido jamás una sorpresa, por bonita que fuese, que no hubiera terminado en un disgusto o en una mala sombra cualquiera; de modo que no le gustaba nada. Ella era una pobre chica, una modelo de desnudo, y no quería que le sucediesen otras cosas que las que eran de esperar en su condición. No quería hacer de Cenicienta, por bonito que fuese, porque estaba convencida de que el cuento acabaría mal, y si otras podían perder un zapato y encontrar un príncipe, estaba segura de que ella sólo podría perder un príncipe y encontrar un zapato. Siguió, llena de alarma, al criado, que la condujo al piso superior por la suntuosa escalera de mármol, y cuando hubo atravesado hasta uno de sus extremos el corredor amplísimo, lleno de espejos y arcones y cuadros y tapices, había tomado ya la resolución de no hablar con el pintor al que la conducían, sino para decirle que se buscase otra modelo. Un pintor que era dueño de tal casa tenía que ser muy extraño y completamente distinto de todos los pintores que ella había conocido, y sabe Dios si lo de la pintura era sólo una trampa y se trataba en realidad de uno de esos desahuciados que beben sangre humana para curarse, o de esos dementes sexuales que atraen a su casa a las chicas y luego las matan y las queman en la chimenea o las descuartizan y las facturan en pequeña velocidad en un baúl que se queda tiempo y tiempo en cualquier estación sin que nadie lo recoja, hasta que huele tan mal que lo recoge la Policía.

La puerta se abrió y se encontró en el estudio, un estudio, naturalmente, distinto de cuantos ella frecuentaba. El techo relucía de oros antiguos y magníficos frescos, las paredes estaban tapizadas de damasco y el suelo era un entarimado de maderas preciosas. Pero lo que más le extrañó ahora es que había otra mujer allá, una dama, bellísima, con los ojos tristes y un leve temblor en los labios. Estaba muy quieta y no se fijaba en nada, ni en ella, que acababa de entrar. Con su inmovilidad y su silencio y sus ojos que vertían una luz clarísima, parecía una aparición. Esta idea no contribuyó nada a tranquilizarla. A lo mejor estaba en una casa encantada. A lo mejor el señor impresionante que le había preguntado su nombre era un espíritu. A lo mejor se le iban a presentar unas visiones espantosas, de esas que dicen que se presentan cuando una casa está encantada y...

—¿Eres tú la modelo? No creí que fueras tan joven —dijo alguien.

Dio un respingo de susto y se volvió hacia donde sonaba la voz. Sus ojos se encontraron con Gian-Carlo, que estaba mirándola.

—¿Es usted el pintor? —preguntó ella asombrada.

—Sí. ¿Por qué? ¿Te extraña?

—Me extraña porque..., porque no me extraña, porque es usted como otros pintores jóvenes que conozco.

—Y ¿cómo te creías que era? ¿Quién te creías que era? ¿Leonardo da Vinci?

Se echó a reír y su risa se contagió a la modelo, súbitamente tranquilizada de todos sus temores. Pero la risa del pintor paró en seco, tan inesperadamente como había estallado, y su voz conminó secamente:

—Vamos, quítate esa ropa.

La muchacha dio una tímida mirada a la dama, que continuaba allí como una sombra.

—¡Alba! —llamó el pintor.

Entonces la dama la miró a ella por primera vez, y sin decir palabra abandonó el estudio.

Cuando se hubo desnudado detrás de un enorme biombo que había en un ángulo, salió y subió a la tarima destinada a modelos. Por primera vez en su vida se sentía cohibida. Apretaba los codos contra los costados, nerviosamente, y se decía que tal vez debiera haber tomado una ducha antes de venir. No se sentía contenta de su aspecto. Estaba demasiado delgada y su piel desnutrida tenía una tonalidad amarillenta, y sus costillas se marcaban como al descubierto y sus caderas enjutas se perdían en sus muslos débiles. Tenía un aire miserable. En aquel magnífico recinto que llamaban estudio debía de resultar grotesca. Pero ¿qué hacía su pintor? Le miró con curiosidad. Estaba sentado junto al balcón y apoyaba la cabeza en una mano.

Parecía la imagen de la desesperación. Ella tosió discreta-mente, para recordarle su presencia, y él levantó la cabeza y miró como si le sorprendiera mucho verla, pero no se movió.

—¡Ah! Estás ahí, pequeña... —murmuró.

Sus ojos recorrieron el endeble cuerpecillo con expre-sión de lástima. Reconocía a aquella chica, o a la clase de chica que ella representaba. Había visto muchas así: au-daces, alegres, hambrientas, patéticas. Muchas de estas chicas había conocido él en su bohemia de Nápoles. Se sintió como si de pronto hubiera encontrado un amigo en la casa, alguien capaz de comprenderle a él.

—¿Cómo te llamas? —le preguntó, sin moverse aún de la butaca.

—María Anna.

—¿Cómo? ¿Marianna?

—No, María Anna.

—Pues vístete, María Anna, y márchate.

Ella le miró suplicante, avergonzada. Sin duda la recha-zaba, sin duda la encontraba repugnante. ¡Debía haber tomado la ducha!

—Pero ¿no iba usted a pintarme? —protestó dolorida-mente.

—No tengo ganas de pintar ahora. Vuelve mañana

Resignada, ella bajó de la tarima y volvió a desaparecer tras el biombo. Cuando compareció de nuevo, vestida ya, Gian-Carlo le entregó mil liras.

—No las quiero —dijo ella escandalizada, ofendida, maravillada, a punto de llorar.

—¿No las quieres, tontísima? ¿Por qué?

—No las he ganado. No hemos trabajado hoy.

—Si hubieras trabajado, ¿sí las aceptarías? ¿Es eso lo que cobras por cada sesión: mil liras?

—No. Pero no las quiero. ¿Por qué me las da usted? ¿Qué quiere a cambio de ellas? ¿Qué quiere?

—Asómbrate: nada.

—No las quiero, entonces —suspiró con satisfacción cuando vio que Gian-Carlo las guardaba silenciosamente en la cartera—. ¿He de volver mañana, dice usted? Muy bien. Hasta mañana, pues.

Y volvió a atravesar el corredor y a descender la escalera, encontrándolo todo mucho menos impresionante, mucho menos magnífico. Tenía la sensación de que también allí, a pesar de todo, se escondía algo que era como ella: patético y miserable. También allí había algo parecido a lo que ella sentía crónicamente: una especie de hambre…

Gian-Carlo permaneció mucho tiempo sentado junto al balcón. El sol se puso y luego las sombras cayeron sobre el parque. La noche debía de ser muy fría, pero era clara, estrellada. La luz se encendió de pronto en la terraza y vio salir a Alba, que, envuelta en un abrigo de pieles, descendía la escalinata. Entonces él abandonó precipitadamente el estudio, bajó la escalera a brincos y no cesó de correr hasta alcanzar a Alba. Al llegar a su lado la cogió por el brazo, la acercó a sí y se adentró con ella por el parque hablándole con la boca contra su mejilla.

* * *

Hacía rato que él martirizaba el fuego de la chimenea con un hurgón. Movía los troncos, corría las brasas, esparcía la ceniza. Y todo con aquel aire distraído, ausente.

—Deja el fuego en paz —le dijo Leticia al fin, cerrando el libro que estaba leyendo—. Me pones nerviosa. Y ¿en qué estás pensando? Porque estás pensando en algo, no has cesado un instante de pensar. ¿En qué?

Él dejó el hurgón[98] junto al trashoguero,[99] se echó hacia

---

98. *hurgón:* instrumento de hierro para remover y atizar el fuego.
99. *trashoguero:* losa o plancha que está detrás de la chimenea.

364

atrás en el asiento y cruzó las manos sobre el estómago, en una actitud que Leticia llamaba "de abate satisfecho" y que sabía la irritaba en extremo.

—Estaba pensando en Ferratti —contestó.

—¿En Ferratti? ¿En el coto?

—Sí.

Ella le hizo una mueca burlona.

—¿Nostálgico? —preguntó.

—Horriblemente.

—No sé con exactitud a quién me recuerdas con tus nostalgias. No sé si a la Dama de las Camelias, a Mimí o a madame Butterfly.[100] Pero tal vez sea a las tres juntas.

—¿De veras? Debo haberme transformado mucho. Re-.cuerdo que el otro día me comparaste a Marco Antonio.

—En honor a tu inteligencia espero que no lo tomaste en serio.

—Pues te equivocas. Yo siempre tomo en serio que una mujer busque la manera de hacerme comprender que me encuentra... ¿cómo se dice?... Bien parecido.

—Eres un mamarracho, Gian-Carlo.

—No lo dudo. Y lo celebro. Eso me asegura tu predilección. ¿Considerabas un mamarracho a Marco Antonio cuando me comparaste a él?

—Hice esta comparación porque me gusta reírme de ti.

—¿O porque te gusta creerte Cleopatra? Existe una

---

100. *Dama de las Camelias, a Mimí o a Madame Buterfly:* es una alusión a las heroínas de las óperas *La traviata* de Verdi, y *La bohème* y *Madame Buterfly* de Puccini. Estos tres personajes representan muy bien el "mal del siglo", y el decadentismo que como última instancia las lleva a la muerte, bien por una enfermedad típicamente romántica, como la tuberculosis, en el caso de *La traviata* y *La Bohème*, o por el suicidio ritual japonés, *Madame Buterfly*. Las tres protagonizan amores desgraciados. Aunque Elisabeth Mulder alude a *La dama de las camelias,* que es la novela de Alejandro Dumas, hijo que da origen a la ópera de Verdi, yo me he referido directamente a la ópera porque creo que es más coherente para mantener el parangón entre los personajes.

versión de ella, no sé si histórica o novelesca, que admite tu parecido: una mujer inquieta, inteligente, muy nerviosa, muy delgada, con los ojos verdes. Y cruel, exquisitamente cruel. Pero os diferenciáis en algo.

—¿En qué?

—Ella era hermosa.

Leticia se encogió de hombros despreciativamente.

—Usas un arma muy blanda contra mí —repuso—. No puedes herirme. El verdadero tipo de belleza actual es el de mi fealdad. Yo no cambiaría mi nariz, un poco irregular, por la más bella nariz clásica; mi áspera cabellera roja por los más sedosos cabellos rubios... o negros; mis ojos de un verde rabioso, por los más dulces ojos de cualquier otro color, cualquier otro verde... o azul impreciso. ¿Comprendes?

—¿Que si comprendo? Sólo falta que acompañes la fotografía. ¿De veras no te cambiarías por Alba?

—¿Lo dudas? ¡Cualquiera diría que la tengo envidia!

—No sé si lo diría cualquiera. Yo lo diría.

Ella le lanzó una mirada colérica.

—¿Por qué te complaces en sacarme de quicio?

—Me gusta —contestó él plácidamente—. ¡Y es tan fácil! No me cuesta el menor esfuerzo. Tú te pasas la vida provocándome a que te provoque. Si alguna vez me gusta complacerte, ¿de qué te quejas?

—Solamente de que no exista un acuerdo mejor entre nosotros. No, no es cierto, no es eso. Si el acuerdo existiese, probablemente no existirías tú para mí. Muy poca gente existe para mí, casi nadie. Para ti tampoco.

—Una sola persona.

—Sí. Pero es absurdo que esa persona sea Alba, el ser más opuesto a ti de todos los seres imaginables. En cambio, entre tú y yo hay muchos puntos de semejanza. ¿No se te ha ocurrido nunca pensar esto? A mí, sí, muchas veces. Tú y yo tenemos un inconfundible aire de familia, por dentro. Al lado de Alba, ¿no sientes un poco de frío? Pero en ti y en mí quema perpetuamente un fuego. Nuestra vida es como una llama, nuestra vida flamea magníficamente. Y nos hace ser capaces de todo.

—¿Eres tú capaz de todo?

—Sí.

—¿De todo?

—Sí.

Alba entró en aquel momento. Llevaba una carta en la mano.

—Tenemos que ir a Roma dentro de poco —dijo—. Ester se casa.

—¿Quién es Ester? —preguntó Gian-Carlo.

—Es una prima nuestra.

—Bueno, ¿y por qué tenemos que ir nosotros a Roma porque ella se casa?

—Porque estamos invitados a la boda. Es un acontecimiento de familia. Y un acontecimiento en la sociedad romana. Estamos obligados a ir. Si no nos hubieran invitado, nos habríamos ofendido; si no acudimos a la invitación, se ofenderán ellos.

—Pero ¿por qué?

—¡Dios mío! ¡Yo no sé por qué, Gian-Carlo! Es así, ha sido siempre así.

—Para mí no, en todo caso. De modo que yo no voy. La única boda a la que yo he podido asistir con gusto ha sido a la mía.

Esto pareció tener sobre Alba un efecto más convincente que cualquier otro razonamiento, pues sonrió y dijo con resignación:

—Está bien, Gian-Carlo. Continúa aquí tus placeres de ogro, ya te buscaré cualquier excusa. Iremos Leticia y yo solas.

Leticia le lanzó una mirada oblicua, fría y burlona.

—Yo tampoco voy —dijo.

Alba se volvió hacia ella con asombro.

—¿Tú tampoco? ¿Por qué?

—Porque no tengo ganas de ir. Y en mi caso tienes una excusa espléndida: he estado enferma hace poco y no me encuentro todavía en condiciones de viajar. Lo tragarán bien, querida. Pruébalo.

—Pero —comenzó a decir Alba— no existe ninguna razón para que te quedes y para...

—Sí, existe una —la interrumpió Leticia—, existe la suprema razón: que yo no quiero ir.

Alba se calló. Al cabo de un instante dijo:

—Vosotros, en cierto modo, sois admirables: vuestros deseos son vuestra conducta y la razón de vuestros deseos es la razón de vuestra vida.

—¿Por qué no haces tú lo mismo? —preguntó Leticia indolentemente, a tiempo que encendía un cigarrillo.

—Porque las personas que, como vosotros, sólo hacen lo que quieren, suelen encontrar siempre a su lado a alguien que hace lo que debe. Y me parece que, en vuestro caso y actualmente, ese alguien soy yo. Bueno —dobló la carta que tenía en la mano, formando pliegues menudos—, voy a escribir a Roma anunciando mi llegada y disculpando vuestra ausencia.

—¿Cuánto tiempo estarás allí? —inquirió Gian-Carlo.

—Lo menos que pueda, tres o cuatro días. ¿Crees que me va a gustar aquello, sin ti? No me gustará nada. Yo... Nada.

Pero entre el "yo" y el "nada" había interceptado una mirada de Leticia dirigida a Gian-Carlo. Y era una mirada extraña, indescriptible, que le produjo un vago desasosiego. Contempló a Leticia, tratando, mientras lo hacía, de relacionarla mentalmente con aquella mirada fugaz que había sorprendido. Estaba la muchacha enroscada en una esquina del sofá, con el cuerpo un poco inclinado hacia el fuego, que hacía más duros los ángulos agudos de su cara y más profundas las luces verdes de sus pupilas. Estudió su rostro y halló en él una tensión, una intensidad, una especie de apasionamiento y de violencia que nunca había percibido. Y se dijo que la enfermedad había dejado en ella, indudablemente, un gran desquiciamiento nervioso y con él relacionó la extraña mirada. Sin embargo, tardó mucho en olvidarla. Aquella inquietud que le había causado persistía en ella como el mal efecto de un presentimiento.

Cuando Alba salió para escribir la carta, Leticia volvió a dirigirse a Gian-Carlo.

—¿Te importa —le dijo— un poco de soledad conmigo?

—¿Por qué ha de importarme? —repuso él torvamente. Estaba pensando en la estúpida pérdida de vida que serían tres o cuatro días sin Alba. ¿Por qué se iba? ¿Por qué le dejaba? ¿Por qué le dejaba? ¿Qué importancia tenían la prima Ester, Roma, el acontecimiento familiar, todos los deberes y obligaciones del mundo, comparados con aquellos tres o cuatro días de vida malgastada?

—No te sentará mal el cambio —murmuró Leticia, y su voz descendió varios tonos y se hizo espesa, lenta, perezosa—. Un gato de Angora está bien, pero para las naturalezas salvajes, como tú, un gato montés está mejor.

Gian-Carlo no contestó. Volvió a coger el hurgón y a atormentar con él el fuego, distraídamente. Estaba pensando en qué forma combatiría aquellos días de soledad a que Alba le condenaba.

No los combatió en modo alguno. Se encerró en su estudio, a pintar furiosamente. Pero su trabajo resultó peor que nunca. Y ahora ya no pintaba por pintar, sin otra preocupación que su placer, sino por pintar bien, por triunfar como pintor. Quería tener aquello, siquiera, que ofrecerle a Alba, pero era menos pintor que nunca y había perdido, en cambio, su alegre despreocupación ante el fracaso.

Durante la ausencia de Alba sólo vio a Leticia a las horas de las comidas, algunas veces, porque comía en el estudio, en el que no dejaba entrar a nadie y menos a Leticia, que estaba hecha una víbora. Le provocaba continuamente diciéndole cosas venenosas, se reía de él, hería su amor propio, su orgullo, le desafiaba. Él fingía no darse cuenta de nada. Se había encerrado herméticamente en su rabia, en su soledad, en sus celos. Porque tenía celos, además, imaginando la admiración que despertaría Alba, imaginando el efecto de su belleza y de su espíritu sobre todos cuantos la rodeasen. Y si el martirio de sus celos no amenguaba el martirio de su soledad, lo enriquecía de furor prodigiosamente. Y contra todo esto Leticia se estrellaba.

Una vez —era el día anterior al regreso de Alba— saliendo del estudio a altas horas de la noche para ir a acostarse, la encontró ante la puerta, disponiéndose a entrar. Iba vestida con una bata de terciopelo color de almendra tierna y su cabellera roja caía suelta sobre sus hombros desnudos. Tenía en aquel momento una especie de belleza trágica. Algo desesperado, obstinado y violento le encendía los ojos, más que nunca semejantes a dos vivas esmeraldas, de reflejos febriles. Dentro de la bata verde su cuerpo se agitaba estremecido, tembloroso. Parecía una rama endeble, castigada por el viento. Gian-Carlo cerró la puerta tras de sí y pasó de largo, como si no la viera. Pero se había cruzado entre ellos una sonrisa como un cuchillo. Cuando él había avanzado unos metros por el corredor la oyó silbar entre los filos de aquella sonrisa:

—¡Miserable…, cobarde!

Alba, al llegar, la encontró más pálida aún y más nerviosa. Notó que había adquirido, en aquellos días, la costumbre de morderse los labios como por una especie de tic. Había adelgazado de nuevo, fumaba incesantemente y no asistía a la academia porque se encontraba demasiado cansada.

—¿No deberías irte a pasar una temporada en el campo? —le dijo Alba, preocupada por su aspecto.

Ella se echó a reír frenéticamente.

—¿Por qué no al infierno, Alba querida? Puesta a eliminarme, mejor será que me mandes al infierno. De allí no se regresa.

Y antes que Alba hallase qué contestar, echó a correr y fue a encerrarse en su cuarto. Alba se volvió hacia su marido, atónita.

—Pero… ¿qué le sucede, Gian-Carlo?

—No le hagas caso. Ya sabes que es rara —la cogió por la cintura, encerrándola en sus brazos, y la besó ávidamente—. Hablemos de nosotros, Alba, no nos preocupemos de los demás. ¿Cómo has pasado estos días? ¿Te has acordado alguna vez de que yo existía en el mundo?

—Si lo hubiera olvidado —murmuró ella—, ¿existiría el mundo para mí? Todo cuanto amo, todo cuanto tengo, yo misma y todo lo que tú encuentras en mí, lo amo y lo tengo más porque tú existes. Tú das vida a mi vida, Gian-Carlo, y ha sido de este modo desde el mismo instante en que te conocí. Y será siempre de este modo. Cuando piense en ti, pensaré en la vida que me has dado, y por esta conciencia de mí misma que te debo, y que es el milagro que tu amor ha hecho en mí, el fruto de tu amor en la carne de mi espíritu, bendeciré siempre todo cuanto a tu lado viva: lo bueno, lo mediocre, lo malo. Porque todo habrá valido la pena —se rió brevemente para quitar gravedad a sus palabras y para combatir la emoción que ella misma sentía al escuchar, volcada al exterior, la más honda verdad de su alma. Y dijo juguetonamente, arrugando el ceño, mirando con dureza, fingiendo una expresión de sospecha y de enojo—: Y ahora confiesa: ¿Te has acordado tú de mí una sola vez siquiera?

Él no contestó. Hundió el rostro en su pecho, apretándola contra él, sintiendo el precipitado latir de su corazón como si fuera el eco del suyo propio.

Almorzaron solos, pues Leticia continuaba encerrada en su cuarto. Y después de almorzar subieron al estudio.

—Lorenzo me preguntó si seguías pintando —dijo Alba.

Él se sobresaltó como si la hubiera visto empuñar una pistola contra él. Su rostro se descompuso. Un blanco ceniciento cubrió su frente y sus mejillas.

—¿Estaba Lorenzo en Roma? —preguntó.

—Sí.

—¿Por qué no me lo has dicho?

—¿Qué te pasa? Tienes una cara muy extraña. ¿Te encuentras mal?

—¿Por qué no me lo has dicho? —repitió él. Su voz fue casi un grito.

—Toda la familia estaba en Roma —contestó Alba—, menos Leticia y tú. Mi madre también estaba. Pero no hemos hablado casi nada de la boda y no te he dado aún los nombres de todas las personas que asistieron a ella. Además creía que estas cosas no te interesaban…

—¿Creías que no me interesaba saber que estabas divirtiéndote con Lorenzo mientras yo me consumía de soledad y de deseo y de desesperación en esta maldita casa? ¿Creíste eso?

—Yo no me he divertido "con Lorenzo". Ha sido una reunión familiar; le he visto a él con los otros y no me he

divertido más en su compañía que en la de los demás.
Pero ¿por qué no viniste conmigo?

—¿Por qué no me dijiste que iba Lorenzo?

—Porque no lo sabía. Sabía que estaban invitados todos, pero no quiénes podían no ir, e ignoraba si Lorenzo
se encontraría entre éstos. Además, no pensé en ello.

—¡Di la verdad, Alba!

—La estoy diciendo.

—¡La estás diciendo! ¿Cómo sabré si mientes?

—Porque soy yo quien te lo dice.

Él se rió con una de aquellas grandes carcajadas llenas
de violencia. Y luego se calló y miró a Alba como si ésta
fuera un espectáculo muy divertido. Tenía los labios dila-
tados por aquella sonrisa peculiar, de perro que enseña
los dientes, que le daba un aspecto peligroso y avieso.

—¡Qué afectada eres, Alba, qué pomposa y teatral!
"Porque soy yo quien te lo dice." ¿Y tú quién eres? ¿Qué
garantía me das al anunciarme que eres tú? ¿Quién eres
tú? ¡Una mujer capaz de mentir y de engañar y de atormentar, como todas las mujeres!

Alba comprendió que estaba fuera de sí e hiriéndose
cruelmente con las mismas palabras con que trataba de
herirla a ella. Y se esforzó por mantenerse serena sin ver
que su serenidad, haciéndola invulnerable a él, acababa
de enloquecerle.

—¿Por qué no te traías aquí a Lorenzo de una vez?
—exclamó rabiosamente.

—Si quieres decir —contestó Alba— que por qué no le
he invitado a visitarnos y ver a su hermana, lo he hecho
ya. Pero no pudo aceptar porque regresa en seguida a España.

—¿Le has invitado a venir aquí?

—Sí.

—¿Aquí?

—Sí.

Él volvió a reírse a carcajadas.

—¡Muy bien! —exclamó—. ¡Hazlo! Yo iré a Nápoles a buscar a Marianna y la traeré también con nosotros.

Alba se irguió orgullosamente. Por fin uno de sus golpes la había alcanzado.

—¿Crees que es lo mismo? —preguntó.

—¡Creo que es exactamente lo mismo!

—Entonces debes haberte vuelto loco.

—¿Por qué? ¿Porque Marianna no se puede comparar con tu familia?

—Por eso mismo.

—¡No se puede comparar porque es infinitamente mejor!

—¿Mejor que Lorenzo?

—Y que su hermana Leticia. Que su indecente hermana Leticia...

—Deja a Leticia en paz, te lo ruego.

—Dile a ella que me deje en paz a mí. Hace más falta.

—Ignoro por qué la insultas, pero la insultas, y no te lo permito.

—¡Qué manera de hablar! Como en el teatro. Toda tú eres teatro.

—Siento no hablar como Marianna para poderme hacer entender de ti. Es evidente que hablamos un lenguaje distinto.

—¡Hablar tú como Marianna! ¿Cómo crees que me habría hablado Marianna en este momento? Cruzándome la cara. Pero ella es una mujer, una mujer de verdad y no una muñeca engolada y hueca como tú y como esa... Leticia.

—¡Te he dicho que no tolero que la insultes, Gian-Carlo, y no lo tolero! Ella no tiene la culpa de que yo me haya casado con un..., con la clase de hombre que tú eres.

—¿Con un qué...? ¡Dilo! ¡Dilo! ¿Con un qué? Con un

mísero rufían de los barrios bajos de Nápoles, ¿verdad? Es eso lo que has querido decir, ¿verdad? ¿Es eso?

—¡No! —gritó Alba sintiendo que la congoja que le apretaba el pecho iba dejándola sin aire, sin aliento—. ¡No!

Gian-Carlo se le acercó hasta casi rozarla. Sus ojos brillaron sobre ella como los de un gato enfurecido. Su sonrisa la hirió, maligna, con el centelleo de sus colmillos descubiertos. Oyó su voz, ronca de cólera, sordamente estallante como un trueno lejano.

—Pero la clase de hombre que yo soy, ¿entiendes?, es la que le gusta a Leticia... que es como Marianna, pero menos orgullosa y menos digna que ella. Marianna, al menos, no rondaba mi puerta por las noches: esperaba a que fuese yo a buscarla. Pero ahora no la dejaré rondar más. Puesto que mi compañía la atrae tanto como a ti la de su hermano, no la dejaré rondar más. Puesto...

—¡Gian-Carlo! ¿Qué dices..., qué... quieres decir?

—¡Que puesto que a Leticia no le repugna un mísero rufián de suburbio como yo, voy a buscarla!

Abandonó el estudio con tal brusquedad y rapidez que Alba se encontró sola casi sin darse cuenta de que lo estaba. Desde luego no vio en las palabras de Gian-Carlo otra cosa que una calumnia y una amenaza, pero así y todo sus palabras le hicieron todo el daño que podían hacer.

No supo exactamente cuánto tiempo más permaneció sola en el estudio, tratando de calmar su espíritu, de apaciguar su cólera, su dolor y su miedo. Al fin se levantó y fue en busca de Leticia. Pero no la encontró en su cuarto ni en la casa y al preguntar por ella le dijeron que había salido con el señor. Y por las discretas e indirectas averiguaciones que hizo como si no las hiciera, supo que Leticia llevaba con ella una pequeña maleta y que se dirigían hacia el coto, porque al subir al coche, que conducía Gian-

Carlo, éste le había preguntado a Leticia: "Pero ¿por qué precisamente a Ferratti?", y Leticia había contestado...

Alba hizo un gesto, interrumpiendo la explicación, un gesto indiferente, como si supiera muy bien lo que Leticia podía haber contestado. Actuaba como si estuviera al corriente de aquella salida de Gian-Carlo y Leticia, de acuerdo con ellos, más aún: como si tomara parte de la improvisada excursión, sólo que ellos, por algún motivo que no se tomaba la pena de explicar, la hubieran precedido. Quería a toda costa destruir toda apariencia de fuga, a toda costa evitar el escándalo. Se sentía, sabía que lo era, responsable de Leticia, de Leticia, que había huido con su marido, de Leticia que aquella misma noche, o al día siguiente, regresaría con ella al Palazzo Velletri y, porque era evidente que ya no podían vivir juntas, volvería a salir de él al cabo de unos días, cuando se hubiera encontrado para ello la excusa y justificación adecuadas. Pero aunque pensaba y obraba serenamente, aunque hacía todo cuanto podía hacer porque *debía* hacerlo, sentía el alma fría y muerta, todo su ser en desorden, toda su vida en peligro.

Sabía que tras la determinación de Gian-Carlo no había más que despecho, ira, celos, amor propio, hábito de obrar por impulso sin medir jamás las consecuencias, falta de toda disciplina, irresponsabilidad. Leticia, que tal vez la odiase a ella, que tal vez la había odiado siempre sin que nadie, excepto Gian-Carlo quizá, lo percibiese, podía haber puesto en juego la inestabilidad moral de él y utilizarla en provecho propio, de su odio hacia ella, de su amor hacia Gian-Carlo, o de ambas cosas. Pero si Leticia había podido hacer esto, no podría, en cambio, quitarle a Gian-Carlo jamás. A pesar de todo, no podría. Gian-Carlo era de ella, y continuaría siendo de ella por voluntad, no ya de él, ni de ella, sino por voluntad de la vida y de lo que desde más allá de la vida rige y conduce el corazón de los hombres. Si Leticia, tan semejante a Gian-Carlo en rebeldías, podía burlar las leyes del mundo, no podría, en cambio, no podría jamás, burlar la Ley que actuaba sobre la vida. Sí, sabía todo esto, pero ello no impedía que su alma se hubiera quedado helada, con un helor de muerte.

Pidió su coche, llamó a Assunta y le dijo, con cuanta naturalidad le fue posible fingir, que se marchaba al coto, donde su marido y Leticia la estaban esperando.

* * *

El coche devoraba la carretera, lanzado a una velocidad vertiginosa. Hacía un rato que ninguno de los dos hablaba. De pronto Leticia dijo:

—Tú y yo tenemos la misma clase de demonio...

Gian-Carlo no contestó y ella repitió sus palabras.

—¿Qué demonio? —preguntó él entonces.

—El del peligro, el de nuestros deseos. Tú y yo somos capaces de todo por conseguir nuestros deseos, y siempre los conseguimos. Yo, por lo menos.

Él apretó un poco más el acelerador. Leticia se echó hacia atrás en el asiento, afirmó más los pies en el fondo del coche, como si quisiera frenarlo. Y transcurrió otro rato silenciosamente. A lado y lado del coche el paisaje volaba como una niebla. Leticia dio una mirada a Gian-Carlo, vio su expresión y tuvo miedo. Amaba el peligro, sí, pero también amaba la vida.

—¿No abusas un poco, Gian-Carlo? —se aventuró a decir—. A esta velocidad, no te sería difícil matarte...

—No me importaría matarme —contestó él.

—Pero ¡es que me puedes matar a mí también!

—No me importaría tampoco.

Ella se echó a reír, con una risa excitada y nerviosa. Y ya no hablaron más hasta llegar al coto. La valla de troncos del camino que conducía al pabellón estaba abierta y la atravesaron sin apenas amenguar la velocidad. Así llegaron a la pequeña plazoleta de la entrada, junto al grupo de grandes árboles. Giacobbe pasaba por allí en aquel momento montando a *Godfrey* y conduciendo a la zaga a *Orlando*. Eusebio y Gabriella, al oír el coche, salieron precipitadamente del pabellón a recibir a los visitantes. Giacobbe desmontó y se acercó a ellos, con las bridas en la mano, tirando de los dos caballos.

—Buenas tardes —saludó Gian-Carlo en general, y los hombres contestaron igualmente al saludo; pero Gabriella añadió con sincero regocijo:

—¡Qué alegría ver por aquí otra vez al señor... y a la señorita!

—¿Entro la maleta? —preguntó Eusebio al aire, sin dirigirse a nadie en particular.

Pero Gian-Carlo captó el filo de su mirada, la chispa suspicaz de sus ojos de zorro. Y adivinó lo que pensaba de él, de Leticia. Y permaneció indiferente, sin importarle nada lo que pensase. Tenía una gran envidia de él, y cada vez que le veía, sólo esto, la envidia, le obligaba a no ignorarle.

—¿Cenarán los señores? —preguntó Gabriella.

—Naturalmente —repuso Leticia. Y añadió, mirando, no a Gabriella, sino a Gian-Carlo—: No pensamos ayunar, ¿verdad? Y hemos venido con hambre...

Gian-Carlo se volvió hacia Giacobbe:

—¿Qué le sucede a *Orlando*? —le preguntó—. Cabecea sin cesar, parece muy impaciente.

—Tiene mal día —contestó Giacobbe, mirando al animal con reproche—. He querido montarle para que se desahogue dando una galopada, pero no hay medio. Creo que me hubiera estrellado.

—¿Es ése el famoso *Orlando*? —preguntó Leticia, mirándole con admiración—. Es magnífico, en efecto. ¡Qué hermoso animal!

—Muy hermoso, pero muy malo, señorita.

—¿No conoce a nadie?

—Conoce... cuando él quiere. Es muy caprichoso: sólo hace su voluntad.

—Me gusta, entonces.

—No es raro. Él también tiene su demonio —replicó Gian-Carlo.

—¿Te gusta a ti montarlo? —le preguntó Leticia.

—No lo he montado nunca.

—¿No te atreves?

—No lo he montado nunca —repitió él.

Su voz era hostil, dura, defensiva. Tuvo un extraño efecto sobre Leticia, estremeciéndola deleitosamente. Miró a Gian-Carlo con desafío, pero a la vez con apasionamiento.

—Si yo fuera hombre —murmuró aviesamente—, montaría a *Orlando* —su mirada verde se posó sobre Gian-Carlo, instigadora, incitante—. Es un caballo digno de un hombre. Es soberbio, es...

Gian-Carlo la interrumpió con una carcajada, que obró sobre el caballo como un latigazo y le hizo encabritarse. Leticia le miraba con el alma vibrante de admiración.

—¿Qué te pasa, estúpido? —le increpó Gian-Carlo con súbita irritación. Tendió la mano hacia él y el animal dio una cabezada furiosa y sus ojos se abrieron enloquecidamente—. ¡Estúpido! —repitió.

Giacobbe se precipitó a calmar a *Orlando*.

—No le eres simpático, me parece —dijo Leticia.

—¡Ah! ¿No? —inquirió Gian-Carlo, alzando el labio superior en aquella aviesa sonrisa perruna.

—Es natural.

—¿Por qué?

—Los caballos de sangre notan cuando una persona les tiene miedo.

—¿Sí?

—Sí. Y la desprecian.

—Y a las mujeres les ocurre lo propio que a los caballos de sangre, ¿verdad? Desprecian al que tiene miedo, ¿no es eso?... Las mujeres de sangre...

Lanzó otra carcajada súbita, estallante como una explosión, y el caballo comenzó nuevamente a agitarse, a dar cabezadas, a temblar. Giacobbe luchaba con él, maldiciendo interiormente a los señores y deseándolos a mil leguas de allí.

Leticia contempló ahora a la bestia con un deleite innoble, con un feroz deseo, como Salomé la truncada cabeza de San Juan.[101] Y su mirada pasó como una verde saeta envenenada a clavarse en Gian-Carlo. Él también temblaba un poco, exasperado por la rebeldía del animal. Él también era un bello animal indócil, caprichudo, sensitivo, orgulloso, solitario. Hasta físicamente se parecían: el pelo negro y lustroso, la mirada potente, fácilmente estrábica, el cuerpo fino, nervioso, musculado con elegancia,

---

101. *como Salomé la truncada cabeza de San Juan:* alude al episodio bíblico de la muerte de San Juan. Herodías, esposa de Herodes, despreciada por el Bautista, fue la instigadora de este hecho, ya que convenció a su hija Salomé para que pidiera a Herodes, como recompensa por su danza de los siete velos, la cabeza de San Juan en una bandeja de plata. Tras acceder a ello, Salomé que también estaba enamorada de San Juan, no pudo dejar de contemplar su cabeza con una mezcla de horror y fascinación. Este tema por la mezcla de sus componentes sagrados y paganos, por su erotismo morboso y su ambientación exótica, se convirtió en uno de los preferidos de muchos autores del tránsito del XIX al XX, que veían en él un buen reflejo de la estética decadentista que dominaba en la época. De todas sus recreaciones destaca la obra teatral *Salomé* de Oscar Wilde, que daría origen al libreto de la ópera del mismo título de Richard Strauss. Por eso, la comparación de Leticia con Salomé viene muy bien en el contexto de *Alba Grey*.

rebelde a todo contacto impuesto... De pronto Leticia se dirigió a Giacobbe y le preguntó, aunque ya lo sabía, si Alba había montado a *Orlando* alguna vez.

—Más de una —contestó el caballerizo—, pero no cuando está así, como hoy; no cuando parece que se le hayan metido en el cuerpo los malos espíritus...

—Está muy hermoso así. Está bellísimo, ¿verdad, Gian-Carlo? Pero así, claro, no es montura para mujer, sino para hombre: fuerza contra fuerza y rebeldía contra rebeldía. Lléveselo, Giacobbe, que me da envidia. Me gustaría ser un hombre, por *Orlando*. Pero no lo soy y no puedo montarlo cuando está así —volvióse hacia Gian-Carlo, y le dirigió una sonrisa incisiva, cortante como un mordisco—, ni tampoco soy Alba para hallar placer en dominarlo cuando lo tiene blando y sumiso a fuerza de azúcar...

Giacobbe no deseaba otra cosa que llevarse el caballo de allí. No era solamente *Orlando* a quien estaban poniendo nervioso los señores: a él también. Saludó y comenzó a alejarse, llevándose al díscolo. Le sentía misteriosamente herido, ultrajado; y él también lo estaba, sin saber por qué. Como *Orlando* no podía resistir la risa fustigante del señor, él no podía resistir la mirada verde de la señorita Leticia. Había algo en aquella mirada que le hacía a uno revolverse inquietamente..., algo atormentador y destructivo.

—¡Giacobbe! —gritó Gian-Carlo. El caballerizo se detuvo—. ¡Espere un momento, vuelvo en seguida!

Entró en el pabellón y regresó al cabo de pocos momentos. Se había puesto el pantalón de montar. Llevaba la fusta en la mano y la blandía agresivamente.

—¿Vas a montar? —le preguntó Leticia con deleitoso asombro.

—Voy a montarlo —replicó él.

ELISABETH MULDER

—¿A montar a *Orlando,* señor? —inquirió Giacobbe, incrédulo.

—¿A *Orlando*? —exclamó Leticia.

Y sintió que su corazón comenzaba a palpitar locamente, con una especie de placer angustioso.

—¿No has dicho —replicó Gian-Carlo— que es un caballo digno de un hombre?

Se acercó a Giacobbe y trató de quitarle de las manos las riendas de *Orlando.* Giacobbe protestaba, se resistía, suplicaba, ponía a todos los Santos por testigos de que aquello era una locura y una atrocidad. El caballo, nervioso por la cercanía de Gian-Carlo, excitado por aquel forcejeo con las riendas y aquellas voces de Giacobbe, comenzó de nuevo a agitarse. Su negra piel relució con más fuerza, húmeda de un sudor repentino, y el blanco de su pupila dilatada de terror pareció proyectarse fuera del ojo. Pero Gian-Carlo había conseguido arrebatarle las riendas a Giacobbe y montar sobre él.

—¡Vamos a llevar de paseo a nuestro demonio, *Orlando*! —le gritó exaltadamente.

Al sentir su peso, y luego su voz vibrándole sobre la cabeza, el animal dio comienzo a un pirueteo enloquecido y acabó encabritándose. Entonces Gian-Carlo le acortó brutalmente las riendas y le clavó las espuelas. *Orlando* salió disparado, en una carrera de locura y de muerte, y desapareció al final del camino del pabellón.

Leticia y Giacobbe se quedaron mirando por donde había desaparecido, inmóviles, helados. Leticia se pasó la lengua por los labios secos, sintiendo en su boca el polvo de la carretera. "Él cree que le tengo envidia a Alba —pensó—, pero no es cierto. No es cierto. Yo no tengo nada que envidiarle a Alba; yo sé que ella no es nada que yo no sea, no vale nada que yo no valga... —volvió a mojarse los labios, a gustar el polvo—; pero posee dos seres

382

que ella no merece y yo sí: Gian-Carlo y *Orlando*. ¿Por qué ha de poseerlos a los dos? Es demasiado para ella..."

Aquella misma noche no poseía ninguno. *Orlando*, desbocado, se precipitó por un barranco con su jinete, se rompió las patas delanteras y hubo que matarlo. A Gian-Carlo lo trajeron al pabellón unos leñadores, moribundo.

Al llegar Alba, encontró el coto en conmoción, lleno de gente del pueblo, de granjeros y labriegos de sus tierras, de leñadores y guardabosques. A retazos, según avanzaba entre aquellas gentes, se fue enterando de lo sucedido. Al llegar al pabellón, le salieron al encuentro unos gritos desgarradores. Era Leticia, que, roto el leve freno de sus nervios, había caído en una violenta crisis histérica.

Alba llegó, tambaleándose, hasta la habitación —¡la habitación de su luna de miel!— donde habían llevado a Gian-Carlo, depositándole sobre el lecho. Llegó a su lado, tendiendo las manos hacia él, como si hubiera quedado ciega. Y arrodillándose, posó sus manos sobre sus manos y su mejilla sobre su hombro. Un hilo de luna incipiente entraba por la ventana, una hebra de luz blanca y nueva.

—¡Que esto no sea verdad, Señor! —imploró Alba, sollozante—. ¡Que el daño que nos hemos hecho retroceda!

¡No, esto no podía ser verdad, no *podía* ser verdad! Las palabras hirientes, los pensamientos crueles, las turbias suspicacias, los sordos rencores... ¡No, no, no! Aquello que los había torturado, que los había separado..., aquello no existía, aquello no *era*. Y la muerte, tampoco. ¿La muerte? Sólo vida había recibido de él, vida maravillosa, vida completa, vida perfecta... ¿Cómo podía morir él, que le había dado vida a manos llenas?

—¡Que esto no sea verdad, Señor; que todo vuelva a su principio y a ser como antes era! —gimió nuevamente.

Sintió un leve temblor bajo su mejilla y alzó con rapidez

la cabeza. En los ojos vidriosos de Gian-Carlo parecía haberse encendido una lucecita vacilante. Sus labios se estremecieron, luchando por abrir paso a la voz, y Alba se inclinó sobre su boca para recibirla. La voz escapó con su aliento postrero:

—Excelencia...

* * *

Tres años después Alba estaba nuevamente en Nápoles. Se hallaba en el puerto, a bordo del barco que iba a zarpar de un instante a otro para España. Dejaba a Italia, no sabía si para siempre, y en ella todo cuanto su vida había sido hasta entonces. El Palazzo Velletri ya no existía para ella. Su madre, en un acceso de filantropía, la había obligado a abandonarlo para convertirlo en un Hogar Infantil. Todos sus recuerdos en él estaban destruidos. Ya no era su casa. No tenía casa. No tenía a nadie. Llegó un momento en que se sintió tan abandonada y perdida como la más mísera criatura de la tierra. Cuando el Hogar Infantil se inauguró —hacía de esto un par de meses—, ella se alegró por los niños internados en él, pero se sintió como si su madre la hubiera dejado en el lugar de donde los había recogido a ellos: en mitad de la calle. Y entonces, inesperadamente, Lorenzo le tomó ambas manos, como si quisiera calentárselas entre las suyas, porque la sentía tan helada y tan mísera y tan sola, y le dijo:

—Alba, ¿quieres casarte conmigo y venir a mi país?

Y ella quiso. Estaba tan helada y tan mísera y tan sola...

Cuando Lorenzo supo que el barco que iban a tomar salía de Nápoles, quiso dejarlo y tomar otro que partía de Génova; pero ella comprendió sus motivos, y le dijo:

—¿Crees que no tendré valor para volver a Nápoles?

Lo tendré, Lorenzo. El recuerdo no está muerto en mí, es preciso que sepas esto, Lorenzo. Pero está dormido, y su sueño es dulce y ya no me hace daño...

De modo que habían ido a Nápoles, después de su matrimonio, y allí habían embarcado.

Ahora, desde la cubierta del buque, Alba contempla la ciudad. Recuerda las horas pasadas en ella aquella misma mañana. Habían paseado por sus calles, le habían comprado rosas a una florista callejera y Lorenzo la había llevado a aquel anticuario conocido y le había comprado una cajita de esmalte. Ella iba como entontecida, como viviendo algo irreal e imposible. Miraba a un lado y a otro, pareciéndole todo extraño. En una tienda de animalillos domésticos se detuvo a contemplar un perrito que estaba en el escaparate. Era un cachorro muy pequeño, de dudosa raza, de mirada triste y aspecto desgraciado. Sus ojillos acuosos iban de un lado a otro en búsqueda desolada, y un leve gruñir, perceptible a través del vidrio, la acompañaba. Tal vez le habían separado hacía poco de la madre. Parecía lleno de desesperación y de nostalgia, perdido, enfermo, miserable. Alba hizo hacia él un movimiento de protección y de ternura, luego cogió a Lorenzo por el brazo y huyó de allí con los ojos llenos de lágrimas. Regresaron al hotel, que era el Metropole; ella se retiró a descansar y por la tarde embarcaron.

Y ahora el buque está a punto de zarpar. Lorenzo se hallaba hace un momento al lado de ella, pero con la excusa del acomodo de los equipajes se ha retirado, dejándola sola con sus pensamientos.

—Lorenzo —le había dicho ella—, ¿tú crees que seremos felices?

—Lo intentaremos, querida —le había respondido él.

Y sus palabras le habían procurado, misteriosamente, una gran paz y una gran confianza en el porvenir. "Lo intentaremos." Es decir, había un esfuerzo por hacer, algo por qué luchar. La felicidad no les sería dada como un don; tendrían que ganarla día a día. Era una empresa a realizar, una disciplina, una norma de vida. No podrían disgregarse, perderse, crucificarse en insignificancias y menudencias, destrozar sus horas. Todo les haría falta, hasta la última chispa de energía, hasta el último instante de vida para intentar aquello: ser felices. Esto es lo que prometía Lorenzo, y esto era *verdad*. Lorenzo era su verdad y la dicha le vendría de él de un modo verdadero.

—¡Lo intentaremos! —repitió—. Me gusta que me hayas dicho eso, Lorenzo. Es una respuesta honrada.

—No te mereces otra, mi vida.

—¿Has dicho... mi vida?

—Lo he dicho. Eres mi vida, ¿no lo sabes? Mi vida. Toda mi vida.

Y se había marchado murmurando algo sobre el equipaje.

Ella se había sentado junto a la borda. El mar latía contra el costado del buque como un corazón. El aire era denso y caliente y la adormecía acariciándola.

Un viejo diplomático francés, amigo de Lorenzo, que viajaba en el mismo barco, se acercó a ella.

—*Vous vous reposez, madame De Brixia?*[102]

—*Oui, monsieur.*

—*Pourtant, vous n'avez pas l'air fatigué...*

—*Mais je le suis, monsieur.*

El diplomático hizo una ligera reverencia y se alejó, perplejo. Alba cerró los ojos. Volvió a abrirlos al oír pasos tras ella. Era Lorenzo.

---

102. *Vous vous reposez (...) mais je le suis, monsieur.*
—¿Reposa usted, señora de Brixia?
—Sí, señor.
—Sin embargo, no tiene aspecto de cansada.
—Pero lo estoy, señor.

—He pasado esto de contrabando —le dijo. Y depositó sobre su falda un objeto tibio.

Era el perrito que había visto en la tienda de animales, por la mañana. Alba lo cogió y acercó el rostro a su cuerpecillo suave, blando, todo estremecido y palpitante. El cachorro, al sentir el calor de ella, al intuir su ternura y el bien que de ella había de venirle, comenzó a agitarse mimosamente, tratando de hacerse amar. Alba lo contempló con una piedad un poco irónica.

—Tienes un aire muy desvalido, criatura —le murmuró—. Aunque tal vez tú pienses lo mismo de mí... —y añadió con una vehemencia repentina, consciente por vez primera de que también ella había encontrado de quien esperar la felicidad—: Pero Lorenzo cuidará de nosotros, está tranquilo.

Una ola de emoción la embargó. Comenzó a llorar. Las lágrimas corrían libres y abundantes y silenciosas por sus mejillas, sin que ella pensase en enjugarlas. Silbó la última sirena, trepidaron los motores y el barco empezó a separarse del muelle. Ella veía alejarse la ciudad a través de sus lágrimas, que el cachorro trataba en vano de secar. Sus hombros se agitaron, convulsos. Lorenzo se inclinó sobre ella, le alzó la cabeza con una mano y con la otra le señaló un punto invisible en el horizonte.

—Allí está España —dijo.

Y aunque ella hubiera querido responderle en seguida diciéndole todo cuanto aquellas palabras significaban para ella, y el amor, la fe y la esperanza que en ellas y en él depositaba, pensó que sería mejor dejarlo para luego y se limitó a coger en silencio el pañuelo que él le tendía y a utilizarlo, porque estaba poniendo al cachorro perdido de lágrimas.

F I N

Índice de láminas

ESTE LIBRO
SE TERMINÓ DE IMPRIMIR
EL DÍA 10 DE NOVIEMBRE DE 1992